U0129710

矫健 中短篇小说集

矫健 著

红印花　金手指

到巴金花园去　曲

挡浪坝

海猿　古树　钟声　至至一兆

无期　徒刑预兆　雪夜

小虾找地　独臂村长

作家出版社

图书在版编目（CIP）数据

矫健中短篇小说集 / 矫健著 .—北京：作家出版社，2017.12
ISBN 978-7-5063-9632-5

Ⅰ.①矫… Ⅱ.①矫… Ⅲ.①中篇小说—小说集—中国—
当代 ②短篇小说—小说集—中国—当代 Ⅳ.① I247.7

中国版本图书馆 CIP 数据核字（2017）第 186736 号

矫健中短篇小说集

作　　者：矫　健
责任编辑：省登宇
助理编辑：张文剑
特约策划：瓦　当
装帧设计：张亚群
出版发行：作家出版社
社　　址：北京农展馆南里 10 号　　　邮　　编：100125
电话传真：86-10-65930756（出版发行部）
　　　　　86-10-65004079（总编室）
　　　　　86-10-65015116（邮购部）
E-mail:zuojia @ zuojia.net.cn
http://www.haozuojia.com（作家在线）
印　　刷：中煤（北京）印务有限公司
成品尺寸：160×230
字　　数：360 千字
印　　张：18.25
版　　次：2017 年 12 月第 1 版
印　　次：2017 年 12 月第 1 次印刷
ISBN 978-7-5063-9632-5
定　　价：39.00 元

目　录

圆环①

在农村，还有一个怪人，也是我时时想起的。他叫泥禄，曾和我割了一夏天驴草。他给过我许多教训。后来，我一看见活物，比如蚂蚁、蜜蜂、蜻蜓之类的，就会记起他来。

那时，我的眼镜给我带来不少麻烦。村人随意摘去，尽情玩耍，在镜片上留下一些油腻腻的手印，累我擦而再擦。他们把拳头在我眼前一晃，威胁说："要打架，一拳先砸碎你的玻璃窗！"我心中不服，却亦不敢尝试。

泥禄稍文明些。他只是划拉一堆干草，拿我眼镜对准草堆，使阳光透过镜片，企图燃起熊熊烈火。我戴近视镜，镜片并不聚光，试验自然失败。他不免怏怏然。

"你的眼睛是叫电灯烤坏的。"他沉思道，"电灯烤眼，城市人的眼都有毛病。"

泥禄这人总爱思考，万事万物都要找到一个原理。他的脑细胞格外活跃，远非一般庄稼人所能比。他的思考似乎很笨拙，却是形而上的。在后来的日子里，我对他的思想体系逐步理解，终于确认，他是我所认识的第一位哲人。

那时，我们一人要交二百斤青草喂驴，才能挣得一天的工分。我根

---

① 《圆环》《死谜》《无期徒刑》《预兆》《钟声》《轻轻一跳》《海猿》《古树》八篇小说曾以《矫健短篇小说八题》在《解放军文艺》发表，并获得解放军文艺奖。

本不行，镰刀老砍手，充其量一天能割百把斤。泥禄是好把式，运镰如神，砍草如飞。看见我的狼狈相，他淡淡地说："咱们搭伙吧。"我不好意思，却也不吭声。这样，我总算能挣个满分。

我们经常上北岭杠子割草。那地方青草繁茂，溪水清澈，松林郁郁苍苍。又有一小水库，热时跳入畅游一阵，洗去草屑尘土，止住浑身刺痒，其乐无比。洗罢，我们坐在黑石板上，树荫遮掩，山风习习，神仙般的快活！这时，泥禄就要高谈阔论，脑子里泉水般地涌出许多光辉思想。

"城市人其实是很蠢的。"他说，"我在北京住过，住的地方隔火车站不远。我天天去看自动扶梯，发现这玩意儿是个大错误……"

他发现，旅客踏上扶梯的一刹，十个人总有七八个要晃一跟斗，即令不摔倒，模样也十分狼狈。为什么要造这东西呢？花费的钱买粮食，够多少人吃？而且关键在于：这么几步路怎么就不能走走？懒到这地步，人将变成废物！

"你等着瞧吧，总有一天，城市人的腿就会变得这么细，这么细——"他竖起两根食指，朝我摇摇。

如此理解问题，我实在难以辩驳。何况我要讲的道理，他胸中早已了然；我一张口，他脸上就露出不屑一顾的神情，使得我无颜把话讲完。好在我有一件法宝，亮出来便能将他制服：一架袖珍式半导体收音机。

"你聪明，能造这个吗？"

每当他接过收音机，总是那么惊愕，那么迷茫。他把长方形的小匣放在手中翻倒，听见里面哇哇唱戏，便陷入沉思。"古怪，古怪。"他喃喃道，"外面又没有线，声音怎么传进去？……要么造时就把声音藏进去了……"我不肯把电波原理告诉他，憋他一憋。他屡屡要将收音机拆开，我一把夺去。他便躺下，头枕双手，仰面朝天，久久凝视无垠的苍穹，冥想不已……

泥禄四十岁，仍是一条光棍。家中只有瞎眼的老母，极贫穷。我常去约他割草，发现院子东角有个草垛很奇怪。那是松柴，不知堆放了多少年，早已黑烂。要是有人上去跳几跳，草垛顷刻便会化作朽木。为何不烧呢？问泥禄，泥禄总是神秘地笑笑，含糊道："山上不是有草吗？"

终于有一天，我解开了草垛之谜。那天，泥禄在屋里听瞎老妈吩咐抓咸盐、打灯油、买火柴，我站在院中等。忽然，东墙角传来细微的响动。我回头一看，只见一只黄鼠狼蹲在草垛上。好家伙！那一身皮毛在阳光下闪着油亮。纯黄，脊背一道黑杠，有猫一般大。这是何等珍贵的皮毛啊，送到采购站定能卖个好价钱！我悄悄捡起一块石头，趁那东西眯眼晒太阳，猛掷过去……

哪里打得中？黄鼠狼轻轻一跃，消失在屋脊后面。泥禄闻声跑来，大声责问："干什么？干什么？"

"一只黄鼠狼！……快，快，去打死它！"我急急地说。

"黄鼠狼就要打死吗？你凭什么？"

"黄鼠狼还不打？"我惊讶地瞪大眼睛，"黄鼠狼偷鸡！"

泥禄涨红了脸嚷："我告诉你，俺家和黄鼠狼处了二十多年邻居，它从没偷过我家的鸡！这草垛里有它的窝，俺才不舍得烧。"

我望望黑朽的松柴，望望悠闲的母鸡，瞠目结舌。真是太不可思议了！泥禄不仅是怪物，而且是天下最大的傻瓜。和黄鼠狼处邻居有什么好处？赔一垛松柴给它做窝有什么好处？

泥禄对我说，黄鼠狼通人性，比有些人强得多。他妈曾讲起一件事情：很久以前，她眼还没瞎，黄鼠狼刚刚在草垛里安下窝，发生了一场误会。有一天，她发现一只小鸡死了，脖子上有牙印，分明是黄鼠狼咬死的。她提着小鸡在草垛前骂："你这没良心的东西！俺给你草垛做窝，你怎么咬死俺的小鸡？好意思的！呶，你吃了吧，你吃了吧！"泥禄妈气得把小鸡扔在草垛旁，回屋睡觉去了。第二天早晨，她上院子喂猪，发现小鸡仍躺在草堆旁。与小鸡并排着，还有一具小黄鼠狼的尸体，脖子上也有牙印。泥禄妈顿时哭起来："啊呀呀，你怎么这样狠心？孩子还小，不懂事打几下就是了，你怎么把它咬死啦！……"她把小鸡和小黄鼠狼一起埋在梧桐树下。这棵树，长得特别快，特别粗壮。

"你们看见黄鼠狼就打，它怎么不咬你们的鸡呢？"泥禄沉思道。

这天，泥禄腰间别着一只葫芦。上了北岭杠子，他不歇憩，不洗澡，太阳还有几竿子高，就割够了驴草。他拍拍葫芦道："我妈还要叫我买咸盐洋火，你等着，我去找几个钱来。"

找钱？上哪找？我怀着好奇心，悄悄跟在他后面。泥禄走进一条乱石沟，拣阴湿地方，一块一块翻石板。我喝一声："是偷人家藏着的钱吧？"他指指石板道："你过来看。"我蹦过几堆山石，上前一看，惊得倒抽一口气："喔！"

石板上趴着一只大肚子母蝎，灰褐色，尾巴带毒针，向上勾勾着。泥禄伸出手，一捏，正捏在毒针根部！蝎子细足乱蹬，毒针在他指缝里上下翘动，却蜇不到他。他朝我嘿嘿一笑，把蝎子塞进葫芦里。

傍晚，我们交了青草，到供销社去卖蝎子。泥禄的葫芦成了宝葫芦，那么几个毒虫竟卖得两块多钱。他买了需要的东西往家走，我跟在后面像一条撒欢的小狗。

"啊呀泥禄哥！咱还割驴草干吗？一个工分才值两毛来钱，你抓一小会儿蝎子就挣两块多。抓蝎子！抓蝎子！咱哥儿俩发个大财……"

"发财干吗？"泥禄板着脸说，"够用就行。蝎子在沟里也跑不了，什么时候用钱去抓两个。这就好比银行，干吗非要把钱装在腰里？"

"你这人才怪哩。割驴草多累？轻轻快快地抓蝎子，又来钱又省力，你干吗非要割驴草？"

"人是活物，蝎子也是活物，同是土里生出来的，凭什么你靠抓蝎子过活？你生着双手，本该割驴草。没法过日子了，抓几只蝎子补贴补贴。过分不行，过分就是贪，违背天理。那样，人还不如蝎子。"

我不听他那套理论。我上合作医疗室借了一把镊子，一只酒精瓶，第二天上山偷偷带着。割草时，趁泥禄不注意，我扔下镰刀就跑。跑到昨日那条乱石沟，急急地翻动石板。奇怪，蝎子好像知道我的心思，全躲起来了。傍晌，我才发现一只蝎子。我慌里慌张地伸出镊子，却怎么也不能将它镊起。蝎子往石缝里钻，我急眼了，学泥禄样子用手一捏——"啊呀！"我惨叫一声，只觉得拇指一阵剧痛，痛得眼睛发黑。

泥禄在我身后道："给你点教训——蝎子最毒，一会儿工夫你的指头就会变成一根胡萝卜。"

我疼得乱蹦乱跳，被蜇的右手直甩直甩。最后，我一路呼号着奔回村庄，一头跌进合作医疗室。赤脚医生给我抹酒精，抹碘酒，甚至擦红药水，可是疼痛一点儿也没减轻。果然如泥禄所说，我的拇指成了胡萝卜，只是颜色乌紫乌紫。

泥禄也跟来了。他倚在门框上，脸上挂着一丝嘲笑。他问："好了吧？"

我骂："好你妈的蛋！"

泥禄笑道："指这些洋药，怎么治得住蝎子的毒？还是跟我走吧！"

赤脚医生满脸通红，看来确实使尽了浑身解数。我只好抱着拇指跟他走。他领我穿街走巷，钻进一条阴暗的夹道。他伸手一指，喊："看，医生在那儿！"

我抬头一看，只见屋檐下挂着一张蚊帐似的蜘蛛网。网中有一只蜘蛛，奇大，静静地伏着，仿佛专门在此恭候。泥禄轻轻一跃，将蜘蛛捏在手里；又掰开我可怜的拇指，找着难以觉察的伤口，把黑色的大肚蜘蛛放上，按着它头迫它吮吸。我害怕地闭上眼睛。过了一会儿，疼痛大减，变作一种麻酥酥的痒。我睁开眼，刚要夸奖这医生极灵，却发现蜘蛛已经死了。

"怎么了？"

"它吸了你的毒，又将毒吐在你指头里，以毒攻毒。你好了，它死了。"

泥禄神情忧郁，将死蜘蛛放在墙根下。我不禁想：为救我，又坏了一条性命。泥禄抱起两条胳膊，腿做稍息状，仰脸望着屋檐间一线天空，陷入沉思。我在这阴湿的夹道里等他思考，处境颇为尴尬。但是，就在此时，就在此地，泥禄发表了他伟大的理论。

"世界是一个圆环。"他用手指在空中画了一个大大的圆圈，"你看：你抓蝎子，蝎子蜇你，蜘蛛救你——一物治一物，一物解一物，正好一个圈。土生草，羊吃草，人杀羊，人肥土——又转了一个圈。天下雨，雨变水，水化气，气成雨——还是转一圈。倒过来也能转：土克水，水克火，火克金，金克木，木克土……转过来转过去，都脱不了一个圆环！"

我似懂非懂地点点头。

"懂这个道理，万事通晓。人生在世，跟着圆环转就是了。不老实，就生邪。人心有邪是藏不住的。我问你，你在城里干没干坏事？"

他猝然调转矛头指向我，使得我惊慌失措："没有！没有！谁干坏事啦？"

"那么，心里想没想干坏事？"

"没有，没有……"

我嘴上否认，心中不由得想起批斗老校长时，我曾在背后偷偷踢了他一脚……

"你不说实话。好吧，我再问你：那天你在我家打黄鼠狼，到底为什么？是为它偷鸡吗？"

"是……是偷鸡！"

"不对吧——"他狡黠地眯起眼睛，瞅得我面孔赤红，"你是看好那张皮了吧？"

我恨不得找个地缝钻进去。

"别赖了，你逃不出我的圆环。对你实说吧，那次我讲你的眼睛叫电灯烤坏了，只说到一层。还有一层，我没好意思点破：心不明，则眼不亮！你们城市人，心上都蒙着一层灰。"

我极狼狈，却无力辩驳。

"还是毛主席他老人家看得准，叫你们到农村来改造。年轻改造还来得及。你把眼镜给我，我有法治好你的眼。怎么，不肯？别遮啊捂的，那两块玻璃片片没用！"

"不，没有眼镜我一步也走不动！八百度近视眼呀……"

由于我力保，眼镜总算没被他摘走。但是，几天以后我在水库游泳，却不幸把眼镜沉在水底。连我都疑心这是天意。我一遍遍潜水打捞，总也找不到。我急得快哭了，泥禄却坐在水库坝上，大拇脚指头一跷一跷，笑眯眯地道："这下你好找我治眼了！"

"你知道这眼镜多贵？二十多块钱买的！"

我这一喊，他不笑了。泥禄是反对浪费的。他犹豫一阵，终于跳下水，帮我摸眼镜。他仿佛对世上一切东西都了如指掌，扎了几个猛子，便擎着眼镜浮出水面。

我叫："给我！给我！"

他不吱声，游到水边，穿上衣裤，径直走了。我深一脚浅一脚地跟着他，一路上好话说尽，就差没有下跪。他说："我捡的东西，就是我的。"我跟他到家，纠缠不休。他拿出一把生锈的大锁，套在眼镜梁上，咔嗒一锁，递给我，道："拿去吧，秋天我再开锁。"

我想把锁退下来，可是两边镜片挡着，怎么也退不下。我勉强戴上眼镜，然而锁坠得眼镜直往下滑；稍一动弹，鼻子又遭锁打，弄得我狼狈不堪。我哭丧着脸，把眼镜还给他。

"得，啥时候你高兴开锁，啥时候再把眼镜给我。"

从此，我摸摸索索走路，成了半瞎子。世界在我眼里模模糊糊，我的脑子也被那个圆环搅得混混沌沌。泥禄见我"进步"，十分高兴。他开始教我练功。

每天清晨，他挽着我的手，将我领到一块突出的巨石上，让我盘腿坐定。先闭目养神，然后用双掌在脸上抹两把，深呼吸，凝神静气，再慢慢睁开眼睛，看山谷里的景色。

"你拣绿处看。哪儿树多草深，就往哪儿看。我先割草去。看到太阳从沟头那个小山包后面出来，你就找我去。"

泥禄走了。我依他的教导，专心往山沟里眺望。这时，雾还没有散尽，我仿佛坐上云端。鸟儿欢叫，我辨不清都有哪些鸟，但山凹那边一只布谷鸟叫，我却听得出来。"布谷——布谷——"一声声清脆婉转，在山间幽幽回荡。空气被洗过，深深吸一口五脏六腑也被洗过。那么清新，那么凉爽，一颗心舒服得颤动不已。我永远忘不了这样的早晨！

长长的山谷伸向东方。沟头那座小山包飞出朝霞，山谷明亮起来。我极目远眺，看不清树叶、草丛。在我眼里，净是一摊摊绿色，朦胧、模糊，仿佛稠稠的汁液在流动。沟底的泉水叮叮咚咚，好像在我心上淌过。白雾状如团团棉纱，把我的心细细擦洗。我觉得，心透明了。忽然，太阳跳出来，山谷里的颜色顿时强烈了！大块大块的绿仿佛获得生命，旋转着，跳跃着，变幻成金绿、黄绿、镶红绿、镶紫绿……一齐扑进我眼帘！我晕眩了，我惊讶、喜悦地叫出声音："噢——噢——"青山中回荡着我的声音，那么陌生，那么熟悉。我仿佛对着一面镜子，确确实实地看到了自己的存在。"噢——噢——"我欢呼着，大自然生动地展示出它瑰丽的生命……

以后的日子里，治眼成为我最大的享受。也许我习惯了模糊的世界，也许我的视力果然有进步，我居然不想问泥禄讨还我的眼镜。直到有一天，我接到上调通知书，即将离开这小山村，泥禄才将眼镜还我。

泥禄开锁开了很久，锁仿佛锈死了。他皱着眉头，喃喃地说："你要走了，又要回城市去……完了，这回你的眼没救了！"咔嗒一声，锁开开了，他把眼镜递给我。

为了不让他失望，我把眼镜装在书包里。今后，戴眼镜的日子还很长很长。我心里真有些难受，人为什么总要分离呢？我看看泥禄，他又开两只带泥的赤脚，双臂抱在怀里，一脸若有所思的神情……

"泥禄哥，我想送你一样东西做纪念。你要什么？"

他扫了我一眼，目光很机警："真心吗？不是说嘴？……那好，你把小戏匣子给我！"

我早料到他要这个，便感慨地把袖珍式半导体收音机送给他。尽管我知道，他迟早会把收音机拆散。他笑了，粗大的手掌握住那长方形的小匣。接着，他低下头，入迷地研究起来。我走了，他也不知道。

当我登上北岭杠子，最后一次看见山坳里的小村，我不禁哽咽了。

到现在，已经距离割驴草那个夏天很远很远。因为从事文字工作，我的眼越来越近视。正如泥禄所料，这回是没救了。我渐渐懂得了城市的烦人处。有时候，爬格子也爬得厌倦了，于是，我就摘下眼镜，双掌在脸上抹两把，深呼吸，凝神静气……

我又看见了绿色。一摊摊凝固的绿。一团团跳跃的绿。溪水在我心上流淌，白雾将我的心细细摩擦。心活泼起来，绿色中便有了黄鼠狼、小鸡、蝎子、蜘蛛……最后，一切归于圆环。

我睁开眼睛，心头一片惆怅……

死谜

咏楞咏楞一道线，
吭唧吭唧一大片，
地下蹦起老黑猫，
天上落来土哗哗。

——死谜

许多事情我永远搞不清。我在乡村当赤脚医生，时常去公社医院领药。有一次，我遇上桩怪事。那天傍晚，几个山里人从马车上抬下一条大汉，放在医院门口。人们围拢去看，说是吃了砒霜。为何服毒？说他有个习惯：喝醉酒不疯不闹，专找毒药吃。

我看他：个极高，担架盛不了，耷拉出两条小腿。人不胖，精壮精壮。面庞满是忠厚气，眼珠略向上翻，流露出一种迷惘。

赵医生出来，问他："什么时候吃的？"

"昨天……过晌。"

"吃了多少？"

汉子伸出颤颤的双手，比量出鸭蛋大的一块。他们谈的仿佛不是砒霜，而是一种可口的食物。汉子如此清醒，叫赵医生惊异不已。他愣了一会儿，毫不客气地问："那你怎么还不死？"

汉子抬进去。人们议论着散去。我问那马车往哪去，知道路经我村。

我搭乘马车,一路和赶车老汉谈那汉子。心里老有个疙瘩,希望解开。

老汉告诉我,那人叫乔干,是他们井乔家的民兵连长。那人好极了好极了,浑身是劲,谁家的活也干。他终日笑呵呵的,全不计较吃亏占便宜。就是一个毛病:爱喝酒。这也是被人们惯出来的,一则他人好,二则他是村干部,谁都拉他喝酒。据说,他一年要喝三百六十斤白酒,平均一天一斤。他极少醉,醉一次可不得了,人忽然不知哪去了,不知从哪搞来毒药吞服。但他总不死,身体太棒了。再者吃过几次毒药,体内可能产生了抗毒性。他们村的赤脚医生叫绿女,我认识,是个好姑娘。她常备些解毒药品,以防不测。

一次次虚惊,村里人终于不恭敬地拿此事开玩笑了。问他:"毒药是啥滋味啊?"他笑呵呵地回答:"六六六不好吃,苦辣;磷化锌好吃,稀甜稀甜;那个,敌敌畏太呛人,比什么酒都有劲……"

我听了哈哈大笑。赶车人挥了一下鞭子,马车嘚嘚地跑起来。绿色的山峦缓缓退后,夕阳的光芒变得格外晶亮。我真喜欢乔干。有些人,只要看见过,又听说他怎么做事情,你就会喜欢他。我一点儿也不为他担忧,他命硬,常常拿死亡开玩笑。

"俺村里有个鬼屋,谁也不敢去住。我年轻时亲眼看见,半夜房梁上吊下一条长满黑毛的大腿。乔干吧,他就爱在鬼屋睡。他是民兵连长,背着枪,能镇住邪。可也难能太平,有人听见他在屋里乒乒乓乓地摔打。人们说,他爱在鬼屋睡觉,是为了在梦里会一个女人。"

乔干少年时代学过木匠。南八十里有个口子村,乔干曾随师傅去那儿为支书盖房子。他和支书闺女相好,领她逃跑了。支书带民兵把他抓回来,吊在树上打一顿。打完,还逼他干活。他起了黑心,悄悄在房梁下了镇物。可是镇物没克着支书,却把支书闺女克死了。

山村有许多奇奇怪怪的事情。所谓镇物,就是用一种东西表示诅咒。夏夜星光闪烁,我坐在石板桥上,常听老人们说:某家待盖房的瓦匠苛刻,新屋盖起后老死人。那一家人都死光了,墙塌了,人们发现墙里有一条孝巾,才知道瓦匠下了镇物。我听了总有一种说不出来的心情,却又相信镇物极灵。

这样，我就问赶车老汉：乔干下的什么镇物？老汉说：他在房梁上刻了个小人，脖颈吊在绳套上。他走后，听说姑娘在新房子的屋梁上吊自尽了。

"他四十岁了，不肯娶媳妇。在鬼屋，他梦见那女子，约莫是女子的魂缠住了他。"

天色暗淡下来。远村的炊烟织成夜幕，在山脚下徐徐升腾。前面一片柳林子里，一只鸟儿古怪地叫着，声音极凄婉。马儿打个响鼻，嘚嘚向前跑。我抬起头，看见灰色的天空中挂着一块暗红的云彩。

"那年发洪水，绿女的弟弟被水卷走了。乔干跳下去，一气让水冲出二十几里地，好歹救起小孩，已经叫水呛死了。他自己也险些搭上一条命。谁都说他傻，这样的水怎么能救人呢？公社却发给他一面奖旗。公社刘书记亲自把旗送到井乔家，还去绿女家慰问。刘书记喝丧酒，喝醉了。后来，他就老到绿女家去，幸亏去年他调走了……"

老汉闭嘴，狡猾地看我一眼。我佯装不懂，心里却有些难受。老汉接着刘书记的话题往下讲，内容可都转了。他说，刘书记倒也挺会做工作，难干的任务，总请乔干喝一顿酒，分派给他。乔干呢，领导加酒，赴汤蹈火也要完成。说也怪，他只要和刘书记喝酒，总要醉到吃毒药的份上。

刘书记让乔干领民兵修一条路。路在荒山里修，说是要用拖拉机往山上送粪。那山陡得只有毛驴才能上去。让农民出尽了力气，就是学大寨。乔干就干了，全村都骂他。修这条路，他那样的汉子还累昏好几回。最后一声炮响，炸死一个人。死者的小媳妇葱俊葱俊，披着头发又哭又喊冲进鬼屋，噼噼啪啪打乔干耳光。乔干那么高的汉子，扑通一声跪下，让小媳妇狠打……

路现在已经废了。路当初修起，可是好热闹！刘书记又送来一面奖旗，又去慰问小媳妇，又喝醉了。这次，乔干喝酒带着枪。喝一盅，就摸摸枪。喝足一斤时，他端起枪来，向刘书记瞄了瞄。他修路，憋了一肚子窝囊气。刘书记乜斜着醉眼，说的却是另一回事："为个女人，何必呢？……绿女全对我讲了……"

乔干愣了半天，把枪一扔，醉了。这一回，他又不知吃了什么毒药，很厉害。是绿女把他救了。

"他上南山锄花生，那天我也在。歇憩时，俺们问他：你吃了毒药见到什么？他笑了，回答得老实：'嗨，我看见个小娘们，隔着条小河，朝我招手。小娘们那个风骚那个俊呀，我一看见她骨缝子也痒痒！我揪住根柳条往河那边一荡，她接我，差一点点就抓住我脚，可是我又荡回来了……荡回来，我就活了！'他就那么说。伙计，我听了他的话就琢磨：那小娘们是什么呢？阎王爷可是个男人呀！"

天完全黑了。新月的光比星星亮些，幽蓝幽蓝。这种颜色的月光，总使我心中荡漾起一阵音乐，我想哼，却哼不出来。前方，我的小村显出黑黝黝的轮廓。我往后一仰，躺在马车上，望着一弯新月，大口大口地呼吸着夜间有些湿润的空气。

"喝醉酒就吃毒药，这究竟是为什么？醉了想死，醒了想活，我太不明白了！要么，他醉了是醒，醒了是醉？"

老汉用一则谜语打破了我的思辨。这谜语在我们那一带山区流传，谁也猜不出，所以叫它死谜。

"㖞楞㖞楞一道线，吭唧吭唧一大片，地下蹦起老黑猫，天上落来土哗哗——你能猜出这个谜吗？不能吧！世上的事情讲到最后，谁也猜不透！"

忽然他从辕杆上爬过来，核桃般干瘪的脑袋凑到我眼前，像一具僵尸。他说："我猜出最后那句了，我不敢说。'天上落来土哗哗'，你想那是什么？黄庵山上的老道士说：人在死前就猜出这个谜了，猜出来就死了，所以说不出……我老了，隔死不远了，所以猜出最后那一句……可我不敢说，不敢说。"

我眼一花，他就真的变成僵尸，与我并排躺下。一片漆黑。在漆黑中，我恐惧，我隐隐约约猜到第三句："地下蹦起老黑猫……"但也和音乐一样，心里有，嘴上唱不出。到我村了，我跳起来，落下马车。

那夜，我梦见鬼屋。乔干在里面与一女人摔打。女人被他压倒，脸被灯光照亮——竟是绿女！我抬起头，看见刘书记在房梁上喝酒。他龇着大牙笑，慢慢将裤腿捋起，慢慢将长满黑毛的大腿垂下。我心里猛一激灵，晓得这屋子让人下过镇物。

第二天，公社医院通知赤脚医生学习。我一去就奔病房办公室。赵医生正把一小瓶一小瓶去甲肾上腺素抽入大针管。我问："他死了吗？"

"没有。真奇怪，那么大一块砒霜……他怎么还不死？"

"他还有救吗？"

赵医生翻我一眼。他是老师，考我道："病人眼睛向上翻，这是什么症状？"

我机械地回答："毒素与神经结合的症状。"

我心里一动，明白了许多东西。特别是，他没救了。果然，小护士跑来，说六号床不行了。我们一同跑去，看见那长而精壮的汉子。

吊瓶不滴了。针从胳膊拔下来，找脚踝的静脉捅，捅出一个个小眼眼，却不冒血。血压计的水银柱降到零，他已经没有血压。赵医生喊："快换衣服！"井乔家来的人把他扶起，急速解下医院的白衣服，换上乡村里那种粗布衬衣。这位民兵连长极痛苦，两只手抓住被子使劲扭，扭，牙齿咬得咯咯响。他也极清醒，牙缝里吐出的字大家都听见："我……不……死……"赵医生用力掰开他的手，保护公家的被子。他们为他套上一只袖子，套第二只袖子时，他全身用力一进，腋下哧啦一响。衬衣破了，他死了。

他的尸体运进太平间。我等大家走了，又拉开太平间门，在门外独自站了一会儿。我看见他穿着一双崭新的回力球鞋，没有鞋带。他太长了，停尸床盛不下他，于是小腿耷下来，使人担心新球鞋会掉。我看着他，又想起那则死谜。

我们那天上中医课。老大夫史诚正讲阴阳五行。我看了绿女一眼，她端坐着听课。那天，她是唯一没上病房去的井乔家人。她的俊美的脸曾使我暗自心动，现在却令我无限悲伤。

不久，我听说绿女死了。他们说，绿女上水库洗衣服，脚下一滑，平平静静地淹死了。我不相信。

我想：当我有一天走进坟墓时，就会发现死者带走了许多秘密。自然，我也要带走这世上一部分秘密。

无期徒刑

　　亢头被判无期徒刑。这与大包不无关系。殴斗是因他引起的：对方八人，其中一个高个儿老远就用眼瞪他。大包也瞪他。走近了，谁也不相让，两人砰地撞个结实。大包跳起来一拳，于是莫名其妙的混战开始了。刀是对方先拿出来，捅伤亢头的胳膊。亢头极英勇，握着刀刃夺过刀来。他看见高个儿猛揍大包的肋骨，就红着眼上去，朝他背心一刀！高个儿摇几摇倒下，死了。就这样，亢头犯下了重罪。

　　这段历史本来可以过去，但大包因怯懦而欠下一笔债。审讯时，对方七人一口咬定刀是亢头的，是他先动手，先拔刀。大包没有为朋友做证。先动手就是首犯，他若挺身而出，承认自己打了第一拳，高个儿的死就由他负责。他含含糊糊，顺水推舟，甚至默认刀就是亢头的。众口一词，亢头锒铛入狱，开始漫长的服刑生涯。

　　十几年过去，大包步入中年。他日子了不起的好，人发胖，小腹凸凸鼓起。他当供销科长，结识了七个大厂的供销科长，号称"八大金刚"。S市的紧俏物资都被他们暗中掌握，"除了飞机大炮，什么都能搞到"。钱便一沓子一沓子地装进手提包。他通天，谁也治不得他。就良心而言，他早可以将埋葬在监狱里的朋友忘却；但良心被一桩事件牵扯，使他不得不时时想起那个亢头。

　　每年年底，从监狱里寄来一封信。信上总说：我表现好，减刑了，很快就要出来。你欠下的债定要还，我会来讨债！大包第一次接到信时，竟火了："我没咬他！我没咬他！"再来信，他不理睬，把信撕得粉碎。那时他年轻，还不能正确理解事物，还不会反省。

生活是怎样的复杂啊！大包娶了兀头的女朋友为妻。他本是为了义气，常去看望那姑娘。想起自己对不住朋友处，就百般地关照她。姑娘很美，况且是少女，最易使人动心。大包又没守住某种东西，由补偿心理渐渐地滑入爱情。姑娘在不幸中以他为知己。

婚礼很隆重。新婚之夜极甜美。第二天早晨起床时，那封信来了。邮递员在敲门，咚咚响。从那一刻起，他就觉得死神在敲门。

钱太多，不敢存银行。他就学老农民的样子：将枕头拆开，钞票成捆地塞进去。这种钞票枕头他家非常多。这时候，每年从监狱寄来的那封信，就显得特别有分量。他曾搬了几次家，但信到底还寄到他手里。于是他不再搬家，而装上了沉重的铁栅门。他有一种高级门铃，一按就奏出美丽的外国音乐。去开门，他先隔着栅栏看清客人，再把铁门打开。他还备有两把匕首，到关键时刻好拼个你死我活。

大包为钱惴惴不安。同时，不能继续捞钱，他的手就痒痒。他终于找到一个比较合法的途径：在老家，他鼓动起一个远房亲戚办养兔场。他拿出一个枕头的钞票投资，并通过关系雇到一位技术员。养兔场一派欣欣向荣，钱又源源不断地流入他手中。

大包要找一个保险箱。这保险箱必须是人，忠实可靠，关系特殊。有一天，他发现了养兔场的小翠，觉得十分理想。小翠很难看，粗粗胖胖，嘴唇极厚，一天也不说一句话。他便考验她："小翠，这一千块钱放在你这里，要花随便花。"下个星期，他又骑着摩托车去了，随随便便地交给小翠三百块钱。左一笔，右一笔，没有账，乱糟糟。但他有个小本，一分一毛也记得清清楚楚。

等够了一万块，他忽然问："小翠，你把钱都藏在哪里？"姑娘翕动着厚厚的嘴唇道："藏在箱子里，埋在槐树下。"夜里，他叫出小翠："走，领我去看看。"他们走出村，来到槐树林。小翠用镢在一棵老树下挖起来。一会儿挖出了那箱子。大包仔仔细细地把钱数了一遍，分文不少。他笑了："小翠，你真老实。"姑娘也笑了，慈厚得近乎愚蠢。

接着，大包采取了决定性的行动：他笑嘻嘻地摸摸小翠的头发，猛地把她压倒在柳丛里。胖姑娘不敢喊，但力气很大。大包与她搏斗到半夜，终于将她奸污了。

她呜呜地哭，大包细心地帮她把衣服穿好。他说，他喜欢她。他要给她许多钱，还要在城里找个工人娶她。他说，这一切凭小翠自己很难做到，因为小翠丑，家里又穷。她只能依靠他。反过来呢，小翠去告他，自己名声坏了，还不能在养兔场工作，事情就全搞糟了……小翠不哭了，顺从他，相信他。

走出柳林子，大包感到一阵恶心。他甚至不是为了性欲而奸污小翠。但他想：这样就保险了。女人最保险。

大包并没觉得自己做错。都是亢头在监狱里逼他。亢头被判了无期徒刑，他出不来，没关系。可你又不得不防。就好像头上悬了一把铡刀，总感到它随时要落下。大包为了弥补良心的不安，也为了更保险，真的对小翠很好。他常常给她买高跟鞋、吊袜、进口服装，把她打扮得土不土，洋不洋。他甚至为她物色了一个对象，只是年龄很小，小翠要结婚还得等许多时间。但做了这一切，并不能消除来自监狱的威胁。非常奇怪，随着生活的发展，他内心的恐惧越来越严重。

大包生就一副讲义气的模样，叫人觉得跟他办事十分牢靠。林山村一个万元户就是这样，对大包信服得五体投地。大包说："贩苹果到深圳，能赚大钱。"万元户说："就是没法运。"大包拍拍胸脯："那没问题，我给你搞两个车皮。"大包神通广大，果然把事办妥了。万元户孤注一掷，买下全村的苹果，总共十万斤！他说："你再上深圳联系好买家，赚钱我分一半给你。"大包立即给深圳的朋友写信。那边说，没问题，来吧！

结果出了大问题。那一年苹果丰收，无数"二郎神"往南方贩苹果。价值规律显示出其神奇的效应，广州一带的苹果竟比产地还便宜。大包害怕了。幸亏没投资，事情好办。他偷偷买了一张飞机票，"日"地飞回北方。万元户在一个明丽的早晨，从著名的白天鹅宾馆跳下来，摔得粉身碎骨……

噩耗传来，大包坐不住了。深深的内疚逼他来到林山村。他为万元户哭坟，哭得死去活来。他悲怆地喊："大哥你怎么就寻短见你怎么就不向兄弟我张张口啊——兄弟我不是那号人啊——啊——"在林家喝酒，大包喝得酩酊大醉。他对死者家属说："我买一半苹果！我买一半苹果！"接着从提包里抖出数千元钞票。

酒醒，又是新的一天。这天，大包自我感觉良好，钱和泪水似乎洗刷掉积存在心底的污垢。他去养兔场看小翠。小翠告诉他箱子里的钱装满了。他一激动，慷慨地说："你能不嫁人，我养你一辈子！"他得意扬扬回家去。结果，他在桌子上发现了那封信。

还是这样说：我表现好，减刑了，很快要出来。你欠下的债定要还，我会来讨债！

顿时天旋地转。大包三十五岁，第一次感到真正的打击！他得了美尼尔氏综合征，躺了几天。他奇怪：过去我并不太怕，现在怎么越来越怕？过去从不感到自己有罪，现在怎么感到有罪？他晕眩着，百思不得其解。

他决定去看他。这笔债再也不能背下去。让他捅一刀吧！或者，用许多许多钱赔偿，让他出狱后成为一个富翁。

大包通过许多关系，和监狱领导挂上钩。他带着钱、茅台酒、外国烟，到监狱去。一位戴眼镜的管理干部，仔仔细细地将犯人档案查了一遍，告诉他说：亢头早死了。入狱三年后就患脑炎死了。大包头上仿佛炸响一个霹雳，呆立着犹如一根焦木桩！

他哭了。这回是真心诚意地哭。他感到内疚，这种内疚却是被恐惧逼出来的。心头升起迷信，绻绻缕缕宛如青烟。他要求看看亢头的牢房，暗怀着祭奠鬼魂的念头。

大包来到一间大牢房，里面关着二十几名囚犯。他站着，囚犯全部抓着铁栅栏看他。那些人中有杀人犯、强奸犯、贪污犯、赌徒……一个个蓬头垢面，脸色白中泛青，目光烁烁似火炬。一位独眼老囚朝他笑，笑得意味深长。另一个驼子出奇的高大，巨人似的弯下腰，瞪着凶恶的眼睛，对他喷出火热的臭气。还有一个小孩——其实不是小孩，长着一张狐狸般的小白脸，淫邪地努着嘴，细眯的眼睛左右顾盼，却从栅栏缝里伸出一根中指，向他勾勾，勾勾……他们全都知道大包的秘密，仿佛大包早就是他们其中一员。那一排排紧握栅栏的手指，那一蓬蓬刺猬毛般直竖的头发，那一张张千奇百怪的阴郁的面孔，好像构成一个模糊不清的、荒诞的整体；而神秘的信，就是由这个整体发出的！

大包把烟、酒、钱全分给犯人。他虔诚而恐慌，仿佛他们就是鬼，他在地狱中祭奠。离开时，他不敢回头，总感到兀头还在，一回头便要给他看见。到了阳光下，大包心中才释然。"好了，好了……不会有那封信了！"

然而，当他回到家，桌子上又放着一封来自监狱的信！他不敢走近，左躲右藏，却避不开那封信。他被关在笼子里。他抓住防盗的铁栅门，用力拽，拽不开。他蹦跳，喊叫，发疯似的用头撞墙，却无济于事……

他永远弄不懂，信是从哪里寄来的。

预兆

傍晚，我们去钓鱼。

夏时制六点多，天全没要黑的意思。太阳金灿灿，还有一些灼人。开始退潮。长岛人叫"靠潮"，正是鱼儿咬钩的时候。我们摇一只小船，在海上懒懒地荡。海鸥"噢噢"地叫着，在扇贝架那边盘旋，似乎在寻觅什么东西。我的朋友古月，熟练地摇着橹，随便谈些钓鱼常识。他在这小黑山岛长大，处处向我显示自己对海洋的熟悉。

"去扒些海红。"

"人家让吗？"

"你就不懂了！扇贝架上的海红是天然生长的，长得太多要压坏架子。这就像拔野草。咱们扒海红是帮忙，他们得谢谢咱！"

"在城里要卖一毛多钱一斤呢！"我嘟哝道。

我们把船摇近扇贝架。海面上只见一行行玻璃泡子，整整齐齐如耕出的田垄。玻璃泡子下面有一条长绳，吊着一只只扇贝笼。一扯绳子，笼出水，便听见喀喇喀喇的响声。那是扇贝急急合上外壳。这二年，养扇贝使长岛渔民发了大财，海面处处是耕耘过的田地。长绳上一疙瘩一疙瘩地长满海红，倒像一条披鳞挂甲的黑龙。我按古月指示奋力去扒，手指立时划出血来。

太阳渐渐暗淡，半浸在海里放着暖暖的红光。海面极平静，青翠的小岛点缀着空间，见不出海的广阔。于是，这里倒像风景画里深蓝深蓝的湖。钓不到鱼。古月说这季节该钓到黑鱼。他声称自己最擅钓鱼，海里的鱼儿都愿往他钩上碰。显然吹牛。古月有些恼火，将半桶海红砸得稀烂，一把一把往船周围撒。我诧异地望着他，不知他为何这样对待我的劳动。

"这叫诱惑。"古月神秘地说，"女人经不住诱惑。黑鱼也经不住诱惑。"

然而黑鱼没受诱惑，就像有时女人也不受诱惑。古月直嚷见鬼了。我却不急，超脱地观赏风景。此时，岛上的山峦已有了几层颜色：山坳灰蒙蒙的；岩壁呈紫色；接近山顶的槐树、榆树，树梢正沐浴着最后一抹霞光，金绿金绿，竟如春天初萌的嫩叶。山的倒影映在碧澄澄的海水里，又如神仙随笔泼下的墨画。全部景色凝结着恬静，于是有了蜜汁一样的甜美。古月一手摇橹，一手擎鱼竿，在我脑中唤起"海岛小渔夫"的形象，可惜年龄大了几岁。又猜想海底的黑鱼们，正急急吞食着"诱惑"，却狡猾地不去碰他的鱼钩，我不禁哑然失笑。

正焦急时，古月看见礁石那边摇来一只小船，上载两个老头，也是钓鱼的。他低声道："老家伙钓到大的了！咱们也过去。"船驶向礁石。古月高呼："那边有吗？"回答："没有！"两船相交时，古月不信任地朝船舱窥视。摇橹的老头道："伙计，把篓子给他看看。"另一老头就拿起盛鱼的篓子，对古月晃晃，空空如也。

"回吧。今年的黑鱼成精了，钓它不着。回吧！"

"你还能钓鱼？"古月藐视地道，"等我过去看。"

摇橹老头笑道："看也白看，除非有你爹的本事。俺可要回家了。拜拜吧——"

老头出口一句英语，叫我大吃一惊。随即想到，是电视电影的影响。但老头学时髦话，却极富于幽默感。随着扳橹的节奏，老渔民开心地念叨："拜拜吧——拜拜吧——拜拜吧——"声音越来越低，越来越含混，终于消失在浓浓的暮色中。

古月把船摇到礁石旁，下了鱼钩。他咳嗽一声，道："那老家伙钓鱼最臭。老人都说他笑话：有一回下了钩，摇着橹慢慢走，一天钓了一条鱼。拉起钩子一看，你猜怎么着？鱼都在海底拖死了！"

我忍不住大笑。

"没人肯和他钓鱼。就我爹肯。我爹活着那会儿，岛上公认的钓鱼高手！带着那么个累赘，一晌午两人还能分得十几斤鱼。老人都说我爹的眼能看见海底的鱼。我也相信他有些特异功能。"

"你爹怎么死的？"

"钓鱼淹死的。"

我很奇怪，让古月讲讲他父亲的故事。他父亲自小在大连学生意，所以不会游泳。回到岛上，他在队里当会计。摇得好船，钓得好鱼，就是不会游泳。他老想学，可老没学。有一年过年，古月舅舅来喝酒，喝醉了，反复念叨："怎么不会水？怎么不会水！怎么不会水？怎么不会水！……"舅舅走后，父亲很悲伤。他说：今年一定要学了！春天，他到浅滩蹚蹚，说水太凉。初夏，他却淹死了。

"人的心理很奇怪。长大了，我老琢磨，慢慢明白爹心底里有一种恐惧——对水的恐惧。"

我瞅他一眼，他满脸沉思的表情。我想：现在，古月是作为一个大学生思索父亲的死。我静听着，企图进入渔民的心灵世界。

"渔民其实是最怕水的。他们得益于海，也受害于海。'三年自然灾害'，岛上没人饿死，海里有的是吃的。可是，每年都有渔民在海上遇难。他们面对的自然灾害，不是三年，而是三十年、三百年……他们永远处在自然灾害的威胁中。"

我懂得，古月力图描述渔民潜抑的心理状态，然而，我更希望古月讲讲他父亲。

天已黑了。礁石变成一群狰狞的怪物。岛子灰蒙蒙的，仿佛被一团浓雾罩住。没有钓到鱼，但我们还钓。肚子不觉得饿，心思也没放在钓鱼上。远处，庙岛闪烁着粼粼的灯光……

"人死前，会有预兆。"古月说，"你相不相信？"

我将信将疑。

"我父亲死前就有。那年我六岁，记得事情了。那天早晨，我们全家一起吃饭，父亲老讲老讲……"

"讲什么？"

"他熟悉的人怎么死的！"

古月至今还记得父亲讲的话。他先讲邻居张老大的死。张老大和他同岁，两人交情不错。他指挥一条渔船，常出远海去打鱼。有一年遇上大风，船在归途中遇难。只有张老大抱着一块船板漂回来。可是岛周围都是浪，他怎么也靠不上岸。全村人都跑到海边上，眼巴巴看他在海里挣扎。那时候放一条船下去，船就会像人一样无法靠岸。他老婆孩子哭得瘆人，被男人们捂住了嘴。最有经验的老人在岸上指挥，让他绕着岛转，试着找个浪小的地方靠岸。张老大那年二十九岁，是一条何等精壮的汉子啊！他抱着木板顶着骇人的浪涛，绕着岛转啊转啊，硬是一点一点耗尽了力气。他的脸死白，嘴一张一张，眼睛死死盯着面前小岛，盯着家人乡亲，却无力再靠近一点。海浪时而把他抛起，时而将他吞没，像猫玩弄一只它即将吞食的老鼠。张老大不肯放弃近在咫尺的生机，拼挤出身上最后的力气，缓缓地顽强地绕着岛游。天将黑，他回头看了一眼茫茫的大海，顿时丧失了信心，再也游不动了。人们眼看着他越漂越远，最后被巨浪吞噬。海边一片恸哭。

"他一下子软了，好像叫人点了穴眼——我爹就那么说。"

古月父亲接着讲婆婆之死。婆婆是村里辈分最大的人，但大家一辈子叫他小名。他好乐，爱唱旦角，女里女气的，常惹人笑。他死在宝塔礁。宝塔礁在岛东十八里的海面上，上窄下宽，三丈多高，方方棱棱一块火成岩。他去宝塔礁一带捞海参。傍晌，海水发疯一样涨起来！他连惊带吓，不知怎么爬上了宝塔礁。人们都说这事邪门：宝塔礁光溜溜的，不可能爬上去。可是发现他时，他偏偏在塔尖上坐着。从没有人上去过，婆婆上去了。大家想尽办法就是没招儿救他下来。婆婆在礁顶说："你们别忙活了，我是得罪海娘娘了！"于是他向海娘娘赎罪：站立在礁石上唱戏。他老婆一天三顿往宝塔上扔馒头，许多馒头都落到海里去了。他就那么站着，对着大海唱呀唱呀，一直唱了三天三夜。人们说，旦角咿咿呀呀的细声最后在他嗓子里变作牛吼一般动静。然而他还是下不来。本来，有他媳妇扔着馒头，他怎么也能多活几天。可是他忽然疯了，在宝塔礁上狂奔乱跳，嘶哑地喊："海水涨上天啦！海水涨上天啦！"他扭动身子，两手在空中乱抓，大嘴一张一张，好像咕咚咕咚地喝水——完全是溺水者的动作！最后，篓篓头朝下，直直地跌下来，脑袋撞碎在乱礁丛中……

那天早上，父亲净讲这些事。讲完张老大讲篓篓，讲完张三讲李四。古月记得非常清楚。最后妈妈火了，把筷子一摔，道："你还让不让人吃饭？弄得人心惊肉跳的！"父亲再没说。吃完饭，一声不响拿着鱼竿走了。不久，有人报信！他淹死了。

"你父亲是怎么淹死的？"

古月说：那也是很奇怪的事情。他刚刚把船摇出五六丈远，弯腰整理鱼线，忽然船一侧，人栽到海里去了。当时海边有许多人，眼睁睁看他栽下去。海从没那样平静过，说不出的平静。水也不深，他两只手时时伸出水面乱抓。立即有人跳下去救，可是拖上来人已经死了。

就那么平平静静地死了。

"可能是假死。现在，医疗条件好，没准能救活。"

我们都很忧郁。人有各种死法，但你仔细想想，就会感到有些死亡特别令人难受。月亮出来了，海面摇荡起鬼魅般的影子。淡淡的雾气凝结在海上，一动不动。整个海都很忧郁。在遥远的东南方，一条客轮缓缓驶过，低沉而孤寂地长鸣一声，隐没在茫茫的夜海中……

我们钓不到黑鱼了。古月摇船回去。我们感到饿了。小船轻轻越过扇贝架，一行行玻璃泡子在月光下闪亮，好像什么东西在水中排好队，一齐将脑袋探出海面。古月告诉我，人们说宝塔礁那边现在还传出篓篓的唱戏声。深夜，咿咿呀呀地飘得好远。他问我去不去听，我摇摇头。小船绕着岛子转，山缓缓转动，月光在黑魆魆的山体上变幻出种种色彩。我不由得想起那个年轻的张老大，绕着岛子拼命游的情景……

这些故事隐隐约约地透露出渔民对水的恐惧。人在危险中总会感到恐惧，但是我所讲的恐惧却更抽象，似乎早就埋在人们的意识底层。在最后时刻，海，仿佛成了某种象征。我想起医学上的有些病状，与水有着神秘的联系。比如人被狂犬咬了，会得恐水症，病人见到水就歇斯底里。某些精神病患者也有恐水现象。为什么怕水而不是怕火呢？我不由得追想到远古时代，当一切生物还在海中进化的时候，不知道有没有某种遗传机制存留下来。生命来自于海，也许海给生命打下了不可磨灭的印记。

海是博大的、神秘的。人也与海一样博大、一样神秘。

我们靠岸了。把小船锚好，古月扛着橹回家。我叫住他，要求看看他父亲的坟。他迟疑一下，领我往山上走去。岛子的山一般不高，多是些小丘陵。山上长着一些油松、刺槐，并不茂密。灌木倒挺旺，黑暗中看不清都是些什么，又嫌它们绊绊拉拉的。

我们来到一个小山凹，朝海。山坳里有一些矮小的坟堆，长满杂草。没有苍松古柏，没有碑，也没有大陆坟地那种阴森肃穆的气氛。一切都很平凡。古月告诉我，这些坟墓中不少是衣冠冢——没有尸首，只将死者生前的衣物埋在里面。他们都如那张老大，被海流拖进遥远的大洋里，永远找不到了。他又指着其中一个坟堆，说那里就埋着他父亲。

这坟堆与其他的都一样，像一个貌不出众的矮人。我走到坟前，默立着。这里埋着一个普通的渔民，善钓鱼，却不会游泳。他本来就要学了，却不幸淹死。他的一生那样平凡，他的死也那样平凡。我和他儿子是好朋友，他儿子已经是大学生了。他儿子知道他怕水。这个事实恐怕他自己都不知道。

月亮升到中天，光的强度大大增强。从山上看，大海一片光辉灿烂。在银斑跳跃的海波中，我仿佛看见古月的父亲，他摇着小船去钓鱼。只有他能钓到黑鱼。他摇着橹，对我们说："拜拜吧——拜拜吧——拜拜吧——"渐渐远去，终于消失在苍茫的大海中……

钟声

现代青年对生活表现出一种勇气，往往叫你大吃一惊！女工黄丽就直截了当地宣布："我要嫁给一个骑摩托车的男人！"把爱情理想简单化到这种程度，令人哭笑不得。要知道，当今世界满街都是摩托车，摩托车上驮着的又多数是些酒囊饭袋。

谁知道她脑袋里怎么闪出摩托车来？也许是看电影看的。电影里英雄都骑马。佐罗骑马，"神秘的黄玫瑰"骑马，高仓健甚至在东京大街上也策马飞驰。黄丽爱想入非非，可能在印象中将马与摩托车混淆起来了。

不过，生活目标明确的人，往往有福气。黄丽找到一个骑摩托车的对象，名叫波棱，是位挺不错的小伙子。事情就是这样：内心丰富的姑娘，想这想那，往往找不到令她心满意足的爱人；头脑简单的姑娘，却能凭着某种表征，一下子抓住理想的丈夫。

波棱太棒了！

波棱说："走吧，出去玩玩。"黄丽就爬上摩托车后座。这是铃木100型，如此的宽大，黄丽觉得再坐一个人也行。摩托车"日"地开走，黄丽好像飞了起来。她紧紧搂住波棱的腰，有些害怕又很兴奋。

他们上咖啡馆，或者去舞厅。黄丽说："你骑得真快！"

"没有你更快！"波棱的回答简短干脆。他这人从不啰唆，低沉的男声显示出自信。

　　黄丽瞟他一眼，他正喝咖啡，黝黑的小胡子湿漉漉的，长鬓角好看地向上弯曲，棕色的眸子总流露着若有所思的神情。他若站起来，比一般男人高个头，胳膊铁棍似的梆硬，打架没比。戴上天蓝色头盔，往摩托车上一跨，就是十足的现代骑士了。

　　黄丽不能老盯着他看。看久了，便有一股热潮在身子里翻腾。于是，忍不住就要活动活动——她去跳迪斯科。她跳得好极了！随着音乐的激烈的节奏，她浑身的关节奇妙地扭动，爆发出诱人的魔力。她周围的人纷纷闪开，让她的长腿长臂充分舒展。你瞅着她，会觉得她的身子既那么硬，又那么软；时而这儿硬，进而那儿软；软硬交错移位，好像一条蟒蛇在体内翻滚。突然，音乐达到高潮，黄丽仿佛触电，身子猛缩成一团；然后腾空一跃，手脚展开构出一个"大"字。如此反复，越跳越高，一股股青春热潮从她体内喷出，滚滚冲向舞场的每一个角落……

　　音乐停。人们向她投去崇拜的目光。几个小伙子蠢蠢欲动，围拢去搭讪，而她却将披肩发一甩，昂扬离去。她骄傲得像皇后。波棱呢？喝着咖啡看她，待她到跟前，提着头盔站起来，伸出胳膊将她随随便便一搂，朝门口走去。人们羡慕地望着这一对儿，赞叹他们高高的个头，赞叹他们目空一切的牛气……

　　波棱极勇敢。他们厂的大烟囱几十米高，有一回避雷针坏了，谁也不敢上去修。班长许下大愿："这活儿谁干，奖金翻一番！"波棱大摇大摆地走到班长面前："此话当真？"班长刚点点头，波棱已经向烟囱走去。厂里大半职工围在烟囱下面看。他踩着生锈的梯子，敏捷地向上爬。一会儿，他高大的身材就变成一个小黑团。人们不知道烟囱顶上风有多大，也不知道烟囱怎样忽忽摇晃，只感到心都堵在嗓子眼上。忽然，波棱踩断一节梯子，人悬挂在空中！众人惊恐地尖叫："啊……"波棱的双脚乱蹬，企图踩住什么东西。但风吹得他身子飘起来。他只好忍耐，静静地吊着。等风一停，他将身体缩成一团，两只手顽强地抓住上面的梯子，脚终于蹬住了烟囱……人们松了一口气。回头一看，班长晕倒了。

　　月底，波棱多领了三十块钱奖金。他找到黄丽，说："走吧，上烤鸭店！"黄丽愉快地爬上铃木 100 型那宽大的后座。

波棱开摩托车极快，但反应敏捷，从不出事。有一次，却遇到意外：他到郊区办事。深夜，田野一片漆黑。突然，岔道蹿出一辆自行车，骑车的人喝醉了，东倒西歪地斜在公路中间。波棱急急躲避，摩托车飞跃一条大沟，冲到小树林里。他迅疾地绕开一棵棵迎面扑来的树，企图开回公路。他太逞能了，树干像魔鬼一样，逗得他眼花缭乱。最后，不知怎么，他撞在一棵老柳树上……

波棱缝了十八针，从头顶到后脑勺，正处中间。伤愈，他就那长疤，将头发理成一种独特的式样。

波棱从不对黄丽提这件事。黄丽和他接吻时发现伤疤，也没有问。只是，她在疤上吻了又吻，吻了又吻……

他们对生活很满意。工作好赖不说，总有个铁饭碗。不比人多干，也不比人少干。工资虽然低些，但这年头总有地方捞外快。头脑说简单简单，说复杂复杂，反正要欺侮他们没门儿。文化水平低些，算一个缺陷，可是他们也有办法弥补：电影院只要有片子就去看；手头常备几份《青年一代》《古今传奇》《武林》之类的杂志；要是弄到带有"艳尸""血案"字眼的小报，必从头至尾仔细阅读。国家大事用不着他们操心。物价上涨，官僚主义，他们发发牢骚骂骂娘，便算尽了公民责任。他们生活在自己的世界里。他们自我感觉良好。这一切，构成了一种英雄气概，使他们对于人生犹如驾驶摩托车，横冲直撞。

深秋一个夜晚，波棱带黄丽去公园玩。月光将树叶照得水灵灵的，仿佛春天又来到。湖畔有人在拉手风琴，风伴琴声飘到山上，悠悠扬扬。山坡净是枯草落叶，松软如地毯。在灌木丛中，他们把风衣铺下，默默地躺着。后来，他们接吻。甜蜜。绵长。他们想起"拔丝山药"——这种菜挟一块，便会拖出长长的糖丝，扯也扯不断……

这时，教堂响起了钟声。钟声在静谧的夜空中回荡，神圣而忧伤。公园附近有一座大教堂，星期天开，逢重要的宗教节日才打钟。可是，现在不知为何钟声响了。

"波棱，我们要在教堂结婚。听说这最时髦……"

波棱以男人深沉的爱吻她。他有力的臂膀搂得她喘不过气来。黄丽感到他猛烈的冲动，自己的身子也在酥软。波棱解开她衣服，她害怕了。

"哦，不……等我们上教堂……"

"这儿就是教堂！"波棱坚定地说。话的含意颇深。

钟声一下一下地响着。在这布满繁星的夜空里，它好像迈着从容的脚步，来来回回地走。波棱和黄丽感到大地在钟声中旋转。风抚摸他们，灌木丛簌簌响。树林里一只鸟忽然从梦中惊醒，啼叫一声，又沉沉睡去。钟声多么神秘，多么古老，仿佛表现出宇宙深处的节奏。而这节奏又隐藏在一切生命里，统治着世间万物的生生死死。钟声最后响了一下，拖得很长很长，好像那脚步渐渐远去，走向不可预知的未来。他们也从晕眩中醒来，恍若隔世，迷迷怔怔地望着远方。四下，月光如纱如雾，将草坪、湖水、山林遮掩得朦朦胧胧……

黄丽贴着波棱宽阔的胸脯。此刻，她觉得自己的爱那么深切，似乎深入到骨髓里。她抚摸着波棱头上缝过十八针的伤疤，喃喃地道出心中的秘密。

"你知道我最爱你什么？……我最爱这疤。我从没有告诉你呀！"

她坐起来，把波棱的脑袋抱在自己腿上。波棱极感动，粗大的喉结挪动着，似乎在哽咽。黄丽把他头发拨开，月光下，那疤发出白亮的银光。黄丽情不自禁俯下身去，在疤上吻了又吻，吻了又吻……

波棱叹息一声，好像无法表达他的满足。他低沉的男声嗡嗡响起来："我有个秘密，现在告诉你吧。我在攒钱。你知道，我是从不攒钱的，对吧？"

黄丽点点头。波棱坐起来，两眼烁烁放光："我要为你买一辆女式摩托，白色的！……结婚时我突然送给你。然后，我们骑着摩托去旅行。我们开得很快很快，追山，追海，追……追好日子。你敢不敢？你敢的！"

黄丽温柔地躺倒在波棱怀里。于是，爱情便像冬天的炉火，暖暖地烘着他们的心。黄丽仰着脸，眼睛里闪动着两个月亮。她在看辽阔的天空：月亮已经西移，无数颗星星组成的银河，缓缓地向西南方流动。天色灰蓝灰蓝，月光又抹上一层淡白，使得夜空的色彩如此丰富。波棱的头影仿佛一座铜雕，衬着无际的苍穹，线条刚劲有力，似乎用刀斧劈砍而成。黄丽想喊："我爱死你了！我爱死你了！"一张口，眼泪却哗哗地流下来……

这一夜，他们在公园里度过。看门的老头曾仔细搜索公园，却没有发现他们。

第二夜，黄丽就做了一个梦，梦见她和波棱骑马。波棱骑一匹黑色的高头大马，她骑一匹白色的小马，他们并驾齐驱，在原野上飞奔。黄丽醒来，甜蜜地笑了。朦胧中，她问自己："不是摩托吗？怎么变成马啦？"她翻个身，沉睡过去。她又梦见骑马：马蹄慢慢弹起，腾在空中，慢慢落下；她的披肩发慢慢飘起，慢慢落下；树林慢慢退去，小溪慢慢退去，山峦慢慢退去……和着这些慢镜头，教堂的钟声一下一下响着，神圣而忧伤。

生活像梦中那样，一切都慢慢地来，慢慢地去，该有多好啊！可是，它瞬息万变，多有不测。黄丽上班时，突然接到一个电话：波棱出事了！她喊："不！不！"仿佛要抗拒别人强加于她的东西。接着，她晕倒在电话机旁……

那天深夜，波棱和一个朋友在别人家喝酒，出来时都有了几分醉意。他朋友坚持要骑摩托车，波棱只得让他带自己。下大坡，后面驰来一辆大卡车，高音喇叭嘟嘟响，雪亮的灯光忽闪忽闪。朋友慌了，摩托车蛇一样乱扭。他以骑自行车的习惯，只捏后闸，摩托车猛一打横，将波棱甩了出去。波棱飞到路中间，卡车轮子恰巧从他脑袋上轧过……此时，黄丽正梦见骑马。

殡仪厅里响着哀乐。经过整容的波棱静静地躺着。他整张脸只有鼻子还剩一点人的颜色。黄丽的悲伤是无法形容的，她哭得鼻子直淌血。死亡中断了他们的爱情。死亡常常这样突然中断许多事情。波棱生活得多么多么英勇啊！黄丽说什么也不肯让他死。他都会死，这世上还有什么东西靠得住呢？黄丽哭啊哭啊，哭昏过去。昏迷中，她听见教堂的钟声。钟声来自遥远的地方,一下一下,缓慢而悠长……

当人们架着黄丽离开火葬场,听见她反复念叨一句话。她声音极轻,极含糊,谁也听不清楚。人们把耳朵凑到她嘴边,听了许久,才明白她的意思。

她说:"要是波棱自己骑摩托,他绝不会死!……"

轻轻一跳

　　小时候华克特别任性。她扎着美丽的蝴蝶结，一刻不停地飞来飞去。邓夏的视线被她搅成线团，谁也不能帮他理清。他常常忧郁，华克越高兴他就越忧郁。大家都说他是一个古怪的小孩。

　　华克的念头奇异纷乱，和她待在一起，邓夏就觉得自己跃进万花筒里。他们住同一个大院，两座楼房隔得很近，华克家的前凉台几乎衔接着邓夏家的后凉台。她常常挑逗他："你敢跳过来吗？你敢跳过来吗？"邓夏低头看看，不敢。他们住在三层楼。

　　有一天放学，华克在他耳边说："半夜十二点，你在凉台学三声布谷鸟叫，我就出来！"他迷惑地问："出来干吗？"华克惊异地瞪大眼睛瞅他，薄薄的嘴唇吐出两个字："真笨！"他从那深黑色的眸子里看见自己傻头傻脑的模样，羞愧得无地自容。

　　这夜他没敢睡着。当奶奶床头的老钟响过十二下时，他蹑手蹑脚地爬起来，赤脚走向后凉台。他的心跳得多响啊，奶奶一定会被惊醒的！他用力捂住胸口，一只手在黑暗中摸索。当时他觉得自己在做贼，在犯罪。然而当他站在凉台上，银色的月光水一般浮满全身，他便被深夜凉爽的空气刺激得兴奋起来。他用手圈住嘴巴，嘹亮地叫道："布谷——布谷——布谷——"

　　多了不起，城市的夜竟有布谷鸟叫！对面凉台的玻璃门一晃，华克出来了。她穿着一条洁白的裙子，赤着脚，猫一样趴到水泥栏杆上。他们说起话来。说什么，邓夏已经记不得了，无非是作业啦、劳动课啦，好像华克还说了老师许多坏话。邓夏记不得了，他只感觉到周围那种气氛。夜被露水洗过，湿漉漉地晾在天空。宁静就如月光本身，温柔而神秘。空气甜丝丝地飘荡着甘蔗似的气味，吸几口令人心醉。华克的长发披在肩上，椭圆的面孔在月光辉映下苍白苍白的。她竟那样的美丽，那样的圣洁，晚风吹得白裙子飘飘舞舞，仿佛要变成天使飞到月亮中去……

哦，少年时代最美的梦境就是这样！有好几个晚上他们都玩这套把戏。华克创造了只有他们两个人的世界！邓夏长大后成为了一个诗人，他的灵感令人惊讶地喷涌不止，而最初的源泉却是这样一个意境。

几年过去，邓夏的爱情成熟起来。他终日焦灼不安，无穷无尽的烦恼几乎将他揉碎。中学毕业了，他们都在家等待就业。邓夏尽量克制自己不要天天到华克家去，然而他终究还是天天到华克家去。华克越长越迷人，颀长的双腿高傲地摆动着，胸脯渐渐勾出诱人的轮廓，明亮的眼睛左右顾盼，用少女的纯真撩动人心……他不能一天见不着她，真的，魂魄全拴在她那纤细的手指上。

"喂，上午你怎么不来？……晚上你还来不来？"华克带着责备的口气问他。

他来了，但华克又总将他搁在一边，好像他是墙角落的花瓶。她是那样的忙，从这屋跑到那屋，又哼又唱又叫喊，做着无穷无尽的她自己也说不清的事情。邓夏却咀嚼着痛苦，他觉得自己微不足道。他有一天终于愤怒了，刚坐下就忽地站起要走，华克却拉住他手，静静地陪他坐了半天。

她就这样折磨他，一会儿对他好，一会儿对他坏。

有一天，他们谈起爱情。华克忽然将头一偏，问他："你猜，我爱不爱你？"

邓夏犹如遭到雷击，木头似的僵住，脑子里轰鸣不已。华克咯咯地笑起来，一头长发左甩右甩。邓夏忽然斩钉截铁地说："爱！"

"不爱！"

于是，大地整个儿塌陷了。他踉踉跄跄地朝屋外走，眼睛里噙着泪花。可是华克叫道："等一等——"她亮出一副扑克牌，"我会算命。我算一算……究竟爱不爱？"

她飞快地摆牌，收牌，让邓夏反复洗牌。最后抽出几张牌扣着，又小心翼翼地一张一张翻开……她的脸色忽然变得苍白，拿起一张红桃皇后抚弄着，喃喃道："你的爱人……远在天边，近在眼前……"

邓夏屏住呼吸，心脏停止跳动。那张神奇的红桃皇后竟这样决定了他的命运！他想说什么，却什么也说不出，但他仍顽强地想，想……

"我会干出一番轰轰烈烈的事业！"他愚蠢地说。

华克似乎没听见。她凝视着窗外，自己问自己："我懂得爱吗？这样问，就是不爱……可是我为什么没有爱呢？爱在哪里啊……"直到邓夏痛苦地走出屋去，她还翻来覆去地想。

什么是不幸？你永远也搞不清。邓夏这样苦苦地爱着，却得不到回报。爱情就是这样，走快了赶不上，走慢了也赶不上。且不说世俗力量的破坏，且不说人的喜新厌旧的本性作怪，且不说互爱的双方总有爱与被爱的不公平，看吧，就是你爱的人并不爱你这样简简单单的情况，也足以将世上最纯洁最美好的爱情毁灭！

有一天，邓夏半夜回家，走近楼梯的拐角听见一种细微的动静，他敏感地站住，屏息静听。过了许久，他听见华克娇弱而热烈的声音："嘿，我爱你，我爱你，我真爱你啊……"路灯透过玻璃窗将一抹昏黄的光亮投向墙壁。他们离开时在灯光里晃过，邓夏看见华克柔软的双臂绕住一个魁伟的男人，吊在他脖颈上恋恋不肯松开。

他没回家，躺在院子潮湿的泥土里整整一夜。华克找到了爱情，她爱得那么奔放那么炽热，这是他所从没得到过的。从此，他们之间牵牵扯扯的微妙感情便一刀斩断，他永远失去了她！他在泥土里翻滚呻吟，心被撕得一块一块……

太阳出来了。满脸泥巴的邓夏走进华克家，目光痴痴地盯住刚起床的姑娘。她惊疑地望着他，问："你怎么啦？"

"你别爱他，你别爱他……"

华克矢口否认，劝慰着哄他出门。

可是，当傍晚华克推着自行车走进院子时，邓夏幽灵一般从冬青树后面转来，固执地重复道："你别爱他，你别爱他……"

他就这样纠缠，时时刻刻地重复这句傻话。可怜的人除此之外没有任何办法挽回爱情。然而华克终于厌烦了，骂他，奚落他，躲避他，最后把他当作陌生人，高傲地昂着头从他身边走过。

他孤零零的，孤零零的。他在孤独中产生一种预感：那个男人不会好好爱华克的，华克将注定不幸。他想把这预感告诉华克，但他怎么也见不到华克。在一个不眠之夜，当老钟敲响十二点时，他脑际忽然蹦出念头。他翻身跃起，赤脚奔向凉台……

又是一个美好的月夜，月光水一般地泻满全身。他深深吸一口凉爽、湿润的空气，双手圈住嘴巴叫起来："布谷——布谷——布谷——"

也许这布谷鸟的叫声唤醒了华克童年的梦幻，也许华克在梦幻中又回到童年，她出来了——她依然穿着白色的裙子，依然赤着脚，依然猫一样趴在水泥栏杆上……

"你……干什么？"

"我要听你说一句话：你不爱他！"

"就爱！就爱！就爱！"华克被激怒了，毫不掩饰地叫道。

邓夏爬上窄窄的水泥栏杆，慢慢地站起来，脸色苍白，目光里闪耀着一种决心。

"你再说一句？"

华克恐惧地后退一步，望着童年的伙伴几乎窒息。但生命中最顽强最深刻的力量终于战胜恐惧，她忘情地朝着银光灿烂的夜空喊："我是多么多么地爱他啊！"

轻轻一跳，邓夏只是轻轻一跳！他像一只被枪射中心脏的麻雀，直直地从三层楼跌落下去……

"后来呢？"我问，"后来呢？"

诗人邓夏咬着烟斗，久久没有回答。他的沉思的脸庞显示出超人的魅力，使我很难把他和故事中那个不幸的少年联系在一起。是的，这个故事是一场我们关于爱情的辩论引起的，我指责他滥用自己的魅力而毫不珍惜女人们奉献的爱情。

"她没能嫁给那个男人。她苦苦地爱了许多年，直到她的爱情和青春渐渐地毁灭。我知道，她一生就爱那一个男人。"

"你呢？"

"我就不同了。我爱任何女人，因此我也不爱任何女人。我在她们中间找她，但永远找不到……"

"可是，你从三层楼上摔下来了……"我还在关心故事的结局。

"我摔下来了，可是像猫一样落地，什么地方也没摔坏。这真是奇迹！我在潮湿的泥地上坐着，听见胸膛里咔嚓一响，好像什么东西摔碎了。但是没有一点疼痛。我妈领我上医院好多次，怎么也检查不出哪个器官受到创伤。这真有点儿幽默！"

他苦涩地笑了。接着，他喝了半瓶啤酒。我也喝，我们默默地喝，默默地理解生活。

"你摔碎了一只珍贵的玉盘。"我说。

"是的，许多人都摔碎过。"他咬着烟斗沉思，"我把碎片捡起来，就变成诗，就变成我现在的爱情。"

海猿

我教自然地理。在我们这小岛上，我算一个科学家。孩子们把我当神来崇拜。我真的喜爱自然科学，读两本书，躺在沙滩上沉思冥想，朦朦胧胧地感觉着大自然的奥秘。

有一天，驻军几个战士挖蓄水池，挖出些盆盆罐罐。他们叫我去看，我脑袋轰轰响，嘴里嘀咕道："这是古人的东西。"他们立即往大陆挂电话向首长报告。我看着那些东西，心中清清楚楚地感到，我一生的重大事件发生了！

脑袋轰轰响。古人的东西。我们的小岛处于这样一个地理位置：长长的一串列岛，逐渐往海里延伸，好像曾有一个巨人，踏着这些岛一步一步朝大海深处跳。我们的岛在最顶端，巨人到这里又一跳，跌进大海再没浮上来。问题就在这儿：古人是怎么上小岛来的呢？这个岛，坐机器船来要六个小时，而且常常因风浪不能开船。独木舟、木排子无论如何到不了这里！

上课时我讲了这个问题。我说：可能人类有些秘密还没解决；这些秘密又可能在小岛上解决。孩子们激动了：老师，我们再去挖吧！说不定还能挖到些什么东西。

我们不断地挖。我的预感是准确的：小岛藏着伟大的秘密！陆陆续续挖到许多东西：人骨化石、石斧、石球、陶罐……面积越来越大，规模越来越惊人。开始县文化馆来人，后来地区来人，再后来省里、中央都来了人。他们的表情越来越严肃，可以断定，我们岛的发现震动了全国！

在这个时候，我明白了自己。我老是想入非非，心中有一种莫名其妙的冲动。科学家？笑话。我们岛二十来户人家，只有我一个高中毕业生。让我当小学教师。我只读过几本通俗的科学小册子，基本是门外汉。可是，为什么我会有那种冲动呢？为什么我总能感受到最高深的学问呢？岛上的发现使我豁然开朗：我身上有些古怪的东西，与地下的秘密丝丝缕缕地牵连着。

我说过，我爱躺在沙滩上沉思冥想。我总是深夜躺在沙滩上。在漆黑漆黑的夜里，我的感觉特别敏锐，我的心特别激动。一种模模糊糊的东西从脑子深处流出来，遍布血液。于是，我感到巨大的恐惧。有些秘密人是不能知道的。所以有迷信产生，总是人感到了超出他智力范围的学问。那时刻，我是岛上最迷信的人。我仿佛听见有人叫我，轻轻的，像叹息。周围是沉重的黑暗，海浪缓缓地舔着沙滩。我把耳朵埋在沙了里，听见呼声来自地球的深处。我疑神疑鬼，猜不出怎么回事。现在我明白了，是祖先的灵魂在地下呼唤我！

人果然能凭知识掌握世界吗？我有些怀疑。科学家们严肃地工作着，我整日跟着转来转去。他们有的是德高望重的老者，有的是风度翩翩的青年，全使我崇拜。然而崇拜中总夹着那么一丝怀疑。他们对一切知道得太确实了：岛上的古人属于新石器时代，距今七千年左右。这里曾是一个村落，大约有二三百人口。古人怎么到岛上来的？从地质学观点看，渤海生成得很晚，今天的岛屿原来与大陆连成一片。是海水逐渐上涨，我们这儿才变成孤零零一个小岛。如此一来，最使我感到神秘的问题，便如一团撞上礁石的海浪，飞洒到天外去了。

我心中空荡荡的。古人从大陆一步步走来，未免叫我失望——猫也能这样走来。他们的知识太实际，全没有想象与神秘。但这些知识又那么坚实，那么无可辩驳，足以征服我的理智。只是，我心底那一丝微妙的感知，却无法从中满足。

后来，来了一个老头。他一只眼睛大，一只眼睛小，模样有些古怪。他细细地考察了出土诸物，喃喃道："没找到，没找到，还是没找到……"他昂起头，小的那只眼流露出失望和迷惘；而大一些的眼睛，越过渔村，越过山崖，越过礁石，向茫茫的大海投去灼灼的一瞥。

我跟上他。他和别的科学家不一样。大家叫他"六一老"，恭恭敬敬。但他一转身，人们脸上就流露出隐微的讥笑。他的知识一定比他们渊博，他的某种异想天开的念头又使他们受不了。他对面前的古物有些漫不经心，也许七八千年在他眼里不过是一秒。他到底要寻找什么呢？我得跟上他。

傍晚，六一老站在海滩上。霞光由于海面反射，格外强烈。他眯缝着眼睛，眺望大海。我走过去，轻轻问："想钓鱼吗？"六一老点点头。我立刻扛来一张大橹，摇过一条小船，扶他上船去。橹劈开平静的海面，摇荡起光怪陆离的色彩。六一老仿佛被这些色彩迷住，半张着嘴巴，一动不动地趴在船沿上。大海是有魔法的。你有慧眼，不难看见种种幻境。

我钓了许多鱼。六一老一句话也没对我说。我们回家去，把鱼洗净，什么作料也不放，用清水煮。煮出的鱼汤牛奶似的雪白。六一老被鲜美的鱼汤打动了，咯咯直笑。我趁机劝他喝酒，用大碗，像真正的渔民那样大声吆喝。六一老纵情地喝，酒量大得惊人。喝到半醉，他忽然急急地走出屋，仿佛有人叫他。

我跟着六一老。一只眼大，一只眼小。喝鱼汤咯咯笑。这样一个人要找的东西，一定是了不起的。不知怎么，一看见他，我的神经就颤动，好像看见自己信奉的神。在他无形的影响下，我不再将岛上的发现看得那么伟大。我要追随他，去寻找更加遥远的秘密。

六一老躺在沙滩上。像我常常做的那样，耳朵埋在沙子里。我惊呆了！难道他也听见有人叫他吗？我屏住呼吸不敢弄一点声响。月亮出来了，沙滩一片洁白。那边有几块礁石，海浪撞击，泛出一片粼光。六一老叹息一声，坐起来，抖去耳朵里的沙子。

我挨到他身边，低声问："你听见了吗？"

"什么？"

"有人叫你名字。"

"我常常听见。"

"你在想什么呢？"

"人。"

"请你给我讲讲人吧。"

六一老讲起来。他的声音平静、缓慢，渐渐把我带入梦境。

地质学上的新生代渐新世，距今四千万年。喜马拉雅山尚未隆起，南亚次大陆正在漂移，大地一片葱茏。最早的猿类就在地球上活动。这些动物化石后来在埃及被发现，所以称作埃及古猿。到中新世，距今一千二百万年，埃及古猿又进化成两支，一支叫森林古猿，一支叫腊玛古猿。腊玛古猿被确认为人类最早的祖先。森林古猿以后繁衍为长臂猿和黑猩猩。

腊玛古猿又进化为南方猿人。南方猿人分粗壮种和纤细种，人类学家曾为它们谁是人类的祖先感到困惑。后来，在埃及一个叫阿法的地方，发现另一种古猿化石。从骨骼推测，这种古猿的形体相当优美，科学家们也为它起了个优美的名字：露茜。露茜是人类的直系祖先，也是两种南方猿人的祖先。那时候，露茜已会直立行走，手里拿着石片、木棒，摇摇摆摆地到草原、到湖畔寻找食物。这是八百万年前的事情了，地质时代属于第四纪的更新世。

到更新世，绝对年代在三百万年前后，人类完全进入直立状态。在最近的一百万年中，诞生了智人。智人已能依靠智力适应环境，制作一些较复杂的工具，自由地思考与反省。这时候，人才真正成为人。周口店发现的北京人，就属于智人。智人分早期和晚期，晚期智人逐渐过渡到母系氏族社会。

六一老一边说，一边用一根树枝在沙滩上画。他在画人类进化的图表，可是画出来却是一棵树——

我望着这棵树，半天没言语。我早知道人类渺小，却没想到这样渺小。它不过是一个小树枝，侥幸没有折断。在这棵树面前，我们岛上发现的盆盆罐罐确实微不足道。我想：假如在漫长的历史进程中稍微走错一步，我们就会进入歧途，我们就不会是人。真的，你把事情的前后仔细想想，真要为人类捏一把汗呢！

"六一老，你不是全知道了吗？你好像在找一样东西，找得好苦！你还要找什么呢？"

六一老直视着我，好像诧异我怎么知道他的苦恼。许久，他才缓缓地摇头："不，不，许多事情我们不知道。从腊玛古猿到南方猿人，有四百万年时间是人类发展史的空白。这时期全世界没有发现一块猿骨化石，好像古猿突然从地球上消失了！它们到哪去了呢？它们到哪去了呢……"

六一老闭上眼睛。这时，我觉得六一老和我往常的处境一样，既感到存在着一个巨大的奥秘，又无法将它抓住。他不仅要理智地思索，还要冥冥地感觉，把这两者结合为奇妙的想象力，去勾画失去了的四百万年的人类生活。

"我提出一个理论，他们都不相信。我要找证据，可是一直找不到。但我知道，我知道它们闪到哪里去了！"

我激动而紧张地问："到……到哪里去了？"

六一老伸手一指："大海！"

我蒙了。

六一老认为：由于某种地理原因，人无法在陆地上生存，迁移到大海里过类似鲸鱼的生活。他把这一阶段称为海猿阶段。他指出，人类至今还保留着许多海洋动物的特性。比如，陆地上任何动物对盐的反应都很敏感，多食一点盐就会引起生理机能紊乱。只有人，对盐的适应性很强，口重口轻便使人的食盐量存在着惊人的差异。再如，人的汗毛孔系统特别发达，可以大量出汗调节体温，不怕水分与盐分的丧失，这在其他一切陆地动物中都是罕见的。还有，哺乳动物除了鲸类，人的潜水能力最强。人肺的构造使人有可能像鲸鱼一样在水中生活。猿人鼻孔朝天可能与浮出水面换气有关。经过锻炼，人的肺活量可以大大增强；因此不难理解，今天的人肺很可能已经是退化了的……

"海猿——"我叫起来，"海猿！"

"是啊，听起来不可想象，但为什么不可能呢？一切生物来自大海，猿人为什么不可以返回大海呢？造山运动、冰川期、海侵期，都可能把猿人逼进大海。许多动物被消灭了，人类祖先却没有，它们适应了大海……我们回到一个简单的事实上去：陆地四百万年没有猿类的踪迹，那么，在地球上除了海洋，猿人还能在哪里生存呢？我认定，在腊玛古猿和南方猿人之间，还有一个海猿时代！"

六一老大眼小眼一起瞪圆，射出炯炯的目光。他语言洪亮激昂，包藏着火一样的热情。他真有勇气。他还有悟性。他是怎么想到海猿的呢？现存的知识并没有提供任何关于海猿的线索。

云层遮住月亮，周围是朦胧的淡白。大海默默地鼓动着宽广的胸膛，埋藏在心中的无数秘密使它激动不安。大海，黑沉沉一片深渊，地球上最大的未知世界，人类怎样才能叩开大门？

我闭上眼睛，像往日一样感受大自然的奥秘。这回，我看见一幅清晰的图景：大地震动，火山爆发，惊慌的古猿纷纷奔向大海。在温暖的海水里，它们得到慰藉。它们潜水，捉鱼捞贝，像一群群海豹。它们终于在大海中获得自由，跟鲸鱼并驱巡回，出没于深不可测的汪洋。当阳光灿烂的日子，它们把湿漉漉的脑袋探出海面，欢快地呼喊，就像昔日在森林里呼喊伙伴。于是，我又听见有人叫我名字，隐隐约约的声音仿佛从地心传来……

我睁开眼，月亮从云隙间投下一束光亮，海面亮了一块，银灿灿的仿佛许多小鱼在跳跃。周围依然是茫茫的黑暗。

我好长日子在想六一老这个人。我觉得就本质而言我们是同类。他说他常常听见有人在叫他的名字，就是说他和我一样常常在冥冥中感觉着最高秘密。真正的创造总是起源于那种莫名其妙的冲动——生命正是用这种方式促使我们去创造。我力图描述这种带神秘色彩的状态，因为我想证明生命的创造机制。最重要的是突破！远古时代，是不是也有一些猿人像我一样想入非非呢？假如真有海猿时代的存在，那么定有第一只古猿早就在窥视大海。从这个意义上说，六一老，我，还有那只古猿确实是同类。

小岛上的发现结束了。盆盆罐罐都被运走。再也没听说六一老的消息，大约他仍瞪着一只大一只小的眼睛，徒劳地绕着大海奔波。

我还在小岛上教自然地理。那天清晨，我忽然想起六一老在沙滩上画的那棵树。我想，把它画下来讲课用，同学们一定很感兴趣。我急急地奔向海滩。

海，正涨潮。海水翻着白花一排排地冲向沙滩。它们抹掉了那棵树。细细的沙粒随海水流动，沙滩变成秃秃的一块白板。我心中有些忧郁。但我看见海浪在霞光里跳跃，变幻出五颜六色的光彩，那么生机盎然、那么朝气蓬勃时，我不由得笑了。

我们都是水珠。大海是不乏水珠的。

古树

田总经理被一位北京来的女记者搞得有些惶惑。这女记者太活跃，太美丽，说话像女高音演员唱歌，闹得人头晕目眩。本来，田总经理是见过世面的人，上至国务院副总理，下至市委书记，都来参观他的公司。作家、记者之流更是趋之若鹜，挥手也赶不走。自从与一位副总理合过影，他觉得风头出够了，就定了一条规矩：除了朋友，任何方面的来客都在办公室外的大厅里等候。于是，他那大厅像医院候诊室似的，终日挤满了人。但是那个记者赵娜不听这一套，径直撞进来，甩着披肩发说："喔哟，田总经理，你的架子太大啦！说到底你也是个农民呀！"

就为这句话，他接待了她。

回到家，脱掉笔挺的西装，他确实变成了农民。夜深人静，他热得睡不着，穿短裤打赤膊跑出来，一抬头看见那棵古树，他就像被人提醒了似的，心里翻腾起半辈子的耻辱。他呆立许久，脑子里打定砍掉这棵古树的念头，便哼·声，回屋睡觉去了。但第二天起来，他就忘了这件事情。

古树砍不掉的。这是一棵老槐树，两搂粗，树荫铺散开半亩地面积，谁也说不清有多久的历史。老人都说老槐树成了精，一砍就会流血。田总经理对此深信不疑。十几年前，他还是个年轻的农民，半夜曾爬上树，企图锯一根树枝卖（一根树枝能做一支梁！），刚锯了几下，古树滴滴答答流出血来。他大惊，一跟斗翻下来，逃回家去。古树确确实实会流血！这个秘密埋在他心里。

十几年过去了，他使他的村庄神话般地富裕了。他耍了一些阴谋诡计，把原大队书记搞下台，自己掌了权。形势开放，他看得准，下手狠，办了一些社队企业。以后的事情他自己也不敢相信：那几个企业竟如吹肥皂泡似的鼓起来！接着他又办、又办、又办，直到整个村庄变成一座大工厂。当然，整个过程很复杂，他历经了千辛万苦。但总的来说就是这样，他感觉并不太难。他松了一口气，对自己说：我行了！去年，他取消了老辈子传下的村名——田家庄，挂出了"新凤凰国际实业公司"的招牌。他让村民改口，将"田书记"改为"田总经理"。这一变动给村里人带来了很大的麻烦。

至此，他的小名狗狗与许多辛酸的经历一笔勾销。

女记者赵娜受到很好的接待。她到临死那天也不会知道自己为什么受到那么好的接待。田总经理亲自陪她参观：电器厂、机器修造厂、服装厂、建筑公司、信息研究所……赵娜睁大漂亮的圆眼睛惊叫："这是一个大队吗？我简直不敢相信！"她的北京话真好听，蜜糖似的甜。田总经理心口窝被一只小手搔挠，舒坦无比。他又领她看托儿所、小学、联中、俱乐部、宾馆、电影院……他的"公司"太大了，一天半天看不完。于是，他又一顿接一顿地举办宴会：海参、对虾、加级鱼、扇贝、海螺……赵娜举着酒杯，脸红扑扑，眼睛晶亮，激动地说："我做了一个美丽的梦，我但愿永远不要醒来……"

田总经理大手一挥，豪迈地说："没什么！小老鼠拉木锨——大头在后边！"

赵娜确实是个可爱的姑娘，她喜欢开玩笑。有一次，她问田总经理："我能不能学你走路？"不等田总经理点头，她就学起来：腰往前一哈，头高高昂着，两只手一齐摆动，腿笨拙地别来别去。嘴上不住说："就这样走！就这样走！"田总经理哈哈大笑，拍了拍她的小脑袋。她把头一歪，道："活像狗熊推车！"

他的宾馆漂亮极了。当初盖时，许多人反对，说太不实惠了。他眼睛一瞪铜铃大："少说！"他在实现自己的力量。他知道自己的力量，但不通过具体事情实现，他就觉得心里不踏实。宾馆盖起来了：花园、大厅、宴会厅、套间、地毯、电话、彩电……县委书记到他这里来住着，总不舍得走。他为赵娜开了一个大套间，赵娜害怕地说："我回去报不了销……"

他又拍拍她的头："我给你报！"

赵娜问："你们这里跳舞吗？"

田总经理说："暂时还没有。俺还需要建设精神文明。"

"那你总经理得带头啊！"

"我没人教。"

"我教你！"

于是搬来录音机，宽敞的套间回荡起外国音乐。赵娜教他跳迪斯科，他跳得又像狗熊又像蚯蚓。赵娜笑弯了腰，他也开心极了。不过他更喜欢跳交谊舞，三步、四步都行。这时候，赵娜的小手搭在他肩上，他搂住赵娜的柳腰，那一对高高耸立的乳房离他胸口那么近那么近……

他很想做一件事情。

他在心里琢磨：她教我跳舞干吗？男人女人勾肩搂腰的，身上会没有感觉吗？莫非她想和我那个？……想想又不对，在赵娜热情活泼的性格中，有一种高傲的东西。她还说："说到底你也是个农民！"这句话刺伤了田总经理，正因为如此他才接待她，他要她知道他是真正的总经理。高傲的小姐，得教训教训她！

田总经理跳舞时，常常无端地恼火。他粗鲁地将她一推，说："不跳了，学不会！"可是赵娜热情地拉住他的手，继续教他。田总经理仿佛受到鼓励，心中的冲动更加强烈。

他想：事情也难说。现在城市青年思想解放得很，记者演员更是风流货。他可以算有钱有势，也可以算英雄。不是自古美女爱英雄吗？倘若他在赵娜眼里真的是个农民，她怎么会跟他跳舞呢？娇小姐，怕牛粪熏了她！再说，他两次拍过她的头了，怎么样，她总是甜甜地一笑！女人一般不肯让别人动。他落魄那会儿，年轻，心头老鼓涌，喜欢赶集时在女人身上瞎挤。女人总是朝他翻白眼。有一次他做得过分些，一个姑娘尖叫起来！不是跑得快，说不定叫派出所抓去蹲监……今天，这个骄傲的女记者，这个洋里洋气的北京小姐，让他拍头，让他搂腰，事情不是明摆着的吗？田总经理，你可要解放思想！

敢不敢做？

他已经做了许多事情。每做一件事情，他就觉得自己的力量增强一分。有些事情本是不可能的，他去做，并做成了。这时，他就对自己说："我行了！"办电器厂时，没有技术力量，他通过关系，认识了江南一个优秀而又颇不得意的工程师。他想请工程师来田家庄落户。他在江南住了一个多月，天天到人家家去动员。他许诺一个月给工程师一千块钱；他许诺为工程师盖一座小楼；他许诺为工程师专门设一个研究室，每年拨几万块经费……最后，他堂堂五尺男子汉竟跪倒在工程师面前，呜呜地直哭。知识分子心软，面对一番火红的事业，面对这样一个党支部书记，他终于下了决心，冒天下之大不韪，辞去公职，千里迢迢到山东一个陌生的农村办电器厂。这个电器厂取得了巨大的成功，年产值二百多万元，至今仍是"新凤凰国际实业公司"的骨干企业。

他还做过一件事情：打人。前支部书记田高风整天告状，说他挖社会主义墙脚，说他经济有问题，说他作风有问题……弄得上级老来调查，严重妨碍他的事业。他咬着牙问自己："我敢不敢揍他？我敢不敢揍他？"他了解这个人——软骨头，贱！他找了个碴：田高风每天上班迟到。这一回他堵住他，气势汹汹地骂："养你这号人不如养只老鼠！你怎么？就该你少干？你是谁家的大爷？"前任支书怎甘服软？开口回骂："我是你家的大爷！"话音未落，田总经理抡起蒲扇大的巴掌，照嘴拍去！又一掌，打得田高风陀螺似的滴溜溜转，转够了，一头撞在地下，门牙撞落两颗。当时不少人在场，都恨他捣乱，齐声叫好。田总经理点着地下的"死尸"道："小子，你爬起来去告，你就说我田壮林揍你！我给你讲明白：告成了我去蹲监，告不成回来再揍！我拼做一个鲁智深，三拳砸死你个镇关西！"田高风再没敢告，并从此老老实实干活儿。这一掌打出了虎威，平日调皮捣蛋的都受了惊，暗底下叫他"鲁智深"。田总经理将两只大拳头对起来，磨磨，自语自言道："实践是检验真理的唯一标准……"

他打出了天下。他感到自己在人们眼里的位置。但是，他心底深处总有个创口，悄悄在流血。只有一次又一次证实自己的力量，血才能稍止。现在，他又燃烧起征服欲，渴望征服高不可攀的女记者赵娜！他像一个开国皇帝，功业垂成，自然考虑三宫六院。这件事情一定要做——赵娜象征着这个世界尚未被他征服的方面。

女记者完成了她的长篇通讯，请来田总经理，亲自读给他听。阳光透过高大的玻璃窗，照得满屋金灿灿。赵娜穿着薄薄的连衣裙，太阳照得它透明。她趿着拖鞋在屋里走，脚那么小，那么白嫩。一边走一边读，文章才华横溢。田总经理心头有一种压抑感。女记者一改她小姑娘的娇弱，赫然如一尊女神。文章里有些词句刺痛他的心："新时期的农民……""富裕的农民……""农民企业家……"妈的，我是总经理！我是新凤凰国际实业公司！小娘们，一身臭老九的穷毛病！

不过，文章读完，他仍颔首称赞："不错，不错，词用得挺多！"

赵娜眉开眼笑："那我完成任务啦！"

一笑，满屋子娇媚。田总经理心神荡漾。

"咱们跳舞吧！"他站起来。

"今天不啦……你有关系买飞机票吗？"

田总经理一愣："怎么，着急走？"

"最好今天就走。我回北京还有事……"

"什么事那么急？结婚？做新媳妇？"他嬉笑着问。

赵娜羞涩地低下头，随即一甩披肩发，爽朗地说："我对象下星期要出国。结婚，还得等几年。"

"上哪个国家？干什么？"

"美国。去读博士研究生。"

赵娜语气里透露出自豪。田总经理心中酸溜溜的，一刹那，感到自己的卑微。

"嗯……"田总经理思忖道，"只是，你的文章有些地方与事实不符。"

"什么地方？"赵娜惊讶地睁大眼睛。

"这样吧，你走不走明天再说，先把文章给我，我今晚上琢磨琢磨。"

赵娜赶忙把文章递上，心里虽然快快，仍谦虚地说："你得严格批评，一定要实事求是！"

夜里，田总经理没有研究那篇文章。他在古树下走来走去，像一个即将攻城的将军。赵娜就要走了，今晚是最后的的机会。赶快下手！赶快下手！

可是他不知道怎么下手。赵娜身上总有一种东西，叫他自惭形秽。她和村里的姑娘不同。那些女人，你只要把眼睛一瞪，她们就会索索发抖。赵娜究竟有没有意思呢？一闪一闪的，拿不准。今天她就不肯跳舞。她还没结婚，她男人要到美国当博士。听说美国那地方女人都疯了，见了男人就往被窝里拖。赵娜心里清楚，她男人准得大开洋荤！她在国内一等就是几年，小娘们，能守住吗？哼，男人前脚走，别人跟着钻进她被窝！瞧那风流样吧……

别人睡得，我就睡不得？我比别人缺胳膊少腿吗？我有钱，她只要肯，马上给她一千块！明天给她海参、海米、干贝，让她背回北京，给那鬼男人带到美国去。女人的身子和东西连着，只要东西上足，那身子没有不扭的！你瞧瞧她吃菜的样子，好像八辈子没吃过。喝了两杯味美思（三块来钱一瓶），就说好像做梦。怎么说来着？愿意永远不醒……好吧，叫你不醒，叫你睡个够！成！

田总经理吧嗒吧嗒嘴，该吃口好东西了。

他心头忽然涌起一阵忧伤。该吃好东西了，他曾饿得那么惨。他抬起头，看着老槐树扭曲、畸形的枝干。看着它，那些竭力遗忘的事情重在心中浮现。于是，他又对这棵古树充满了恨意……

他爷爷是小偷。有一次，偷了本村财主的东西，被人家吊在老槐树上活活打死。打时叫得那个惨！全家人蹲在家里呜呜哭，却不敢出头解救。小偷该打，出去丢人。没想到打死了。打死了也不行，他们一家背着贼的名声。邻居丢了东西，总在他家门前指桑骂槐。

爹爹是条好汉子，要脸，争气！他从八路时代就干革命，跑腿送信儿那个勤快。解放后，他当党支部书记，领着大家干合作化，威信很高。可是"四清"那年，工作组说他贪污。田高风那小子帮着做伪证，爹爹跳进黄河也洗不清。老人家要强，半夜拿了一根绳子在老槐树上吊死了！

爹一死，爷爷的事又翻出来，村里人说他家世代做贼。田壮林周围净是鄙视的眼光。好，他咬碎牙齿往肚里咽，憋一股暗劲，混出个人样儿叫大家瞧瞧！他当了几年兵，赚回个金光闪闪的共产党员。回村，出牛马力，处处小心，更要在支书田高风面前装巴儿狗。田高风防着他呢，因为他的宝座是从田壮林老爹那儿夺来的。可是怎么样？田壮林待他真比亲儿子都孝顺！慢慢放松了警惕，让他进了支部。他又和公社老爷们打得火热，扎下了根子。搞责任制，田高风想不通。田壮林可没容他慢慢学习，呼啦一下把脸翻了——你骂邓小平！你骂党中央！你闪开，我要领大家走致富的路！得，这些情况在公社党委会上一摊，田高风乖乖下台。田壮林憋了半辈子的劲儿使出来，翻江倒海，龙吟虎啸，几年工夫搞出个天堂似的富裕村！他，小名叫狗狗的农民，终于成了鄙视他家的那些人的上帝！当他举起巴掌朝田高风劈下去时，一半为现在，一半为过去。这一巴掌包藏着历史，所以那么沉，所以那么狠！被打倒的不仅是田高风一个人，全村人都被他打倒了。

于是，他想砍倒古树。可是古树会流血。他相信，那些血里有爷爷的，有爹爹的，还有不知哪辈子祖宗的。

想起往事，田总经理不由得怒火中烧！他把火气全集中到赵娜身上。你臭娘们瞧不起人！说得好听，农民了不起，农民富了，叫你嫁给农民你干吗？你，嘿嘿，就和当年骂我贼的人一样！我他娘的狠狠揍你，掐死你，干你，咬你……

他不知怎么才能把女记者脑子里那一丝丝不尊重他的念头抹掉。这种愤怒又激起他如火的情欲。他闭上眼，想入非非，感到一种特殊的快感……

喔，这种快感是占有整个世界的快感！这种报复是对于整个世界报复！田总经理，把世界当作面团任意搓揉，搓揉成柔软而胶黏的面筋，好糊他心上的创口。他是一个了不起的农民，或者说，是伟人！

可惜，事情并没有按照他想象的那样发展。当他去敲赵娜房间的门时，胸中忽然有什么东西梗着。本计划一见赵娜就扑上去，估计在混乱中可以取胜，然而赵娜应声来开门，他的腿却无端地发软。他狠狠拍了一下大腿，暗骂这腿没出息。但是，他的心更加慌乱。等赵娜把门打开，他已不能扑了。他像个木头人似的站在房间里，不会说话，也不会动。

"田总经理，你怎么了？"

没有反应。

赵娜抓住他一条胳膊用力摇晃："你喝醉了吗？你到底是怎么了？"

田总经理的腿彻底软了，扑通一声跪下。就像他当年跪在工程师面前一样。他的目光贪婪而又可怜，嘴里含糊不清地说："赵记者，我要和你……我要和你……"

赵娜毕业于中文系，对鲁迅先生的《阿Q正传》十分熟悉。她望着那张自己曾视为英雄的脸庞，心中涌起一种怜悯而鄙视的情感。她毕竟是记者，善于应付各种尴尬的场面。她落落大方地一笑，像托儿所阿姨似的，伸出手摸摸田总经理的额头（摸得田总经理浑身直颤），惊叫道："啊呀，田总经理，你发烧了！我叫人送你上医院……"接着她轻盈地一跳，跳到电话机旁，拿起话筒连呼："总机！总机！"

田总经理从地上弹起来，旋风一般奔出房间。赵娜立即锁好房门，瘫软在沙发上。她呆呆地想着，想着，苍白的脸上浮出一丝苦笑……

田总经理的心整个儿被撕裂了！他脸上火辣辣，好像刚才被人狠狠扇了一顿耳光。脑子一片混沌，只有一个念头固执地盘桓：没脸活下去了，没脸活下去了……他跟跟跄跄回到家，找了一根绳子，来到老槐树下。他要像他爹那样，在古树上吊死！

他太要强了。小娘们戏弄了他。而他自己那么贱，像一条狗！田总经理，你完了。他一跳，将绳子甩上树杈，系了一个圆环。他试图把脖子伸进去，可是一转身，看见了他的村庄……

不是村庄，是他的公司。他为职工新盖的小楼灯光闪烁，像掩藏在山村里的一颗颗珍珠。他的工厂传来嗡嗡的马达声，夜班工人正忙于生产。遥远的原野上正铺设一条柏油马路，这是他的路，直通铁路、港口……他已经有四千万元的固定资产，有八百万元的流动资金，有三千万元的公共积累。他雄心勃勃，曾向那位副总理保证：三年内成为全国最富裕的村庄！

这是他的事业，也是他做人的资本。他舍不下这一切，舍不下呀！田总经理猛一使劲，扯断了指头粗的绳子，嗷嗷号叫着奔向村外。他在田野里奔跑，他在河边奔跑，他在山坡上奔跑，他像一只受伤的老狼，急急躲避猎人的追击。他不停地号叫，叫声那么惨烈，星星都在天上颤抖。他跌在泥淖里，野猪一样翻滚。他跳进河里，疯狂地扑腾，水柱溅起丈把高。他用头拼命撞地，于是整个大地震动起来……

最后，他提着一把斧头，奔向古树。既然没在古树上吊死，他就不能允许它再存在。老槐树静默地站着，根扎得那么深，好像一个活了几千年的老人。它看着他，静默中显露出难言的苦痛。然而田总经理不管。这个湿漉漉的，浑身泥浆的野人，高高举起斧头，一家伙砍下去！古树剧烈颤抖，发出长长的呻吟："噢——"流血了，殷红殷红的血在地上蜿蜒流淌。他一愣，随即哈哈大笑。他疯狂地挥动斧头，连续不断地砍。血喷涌出来，润湿了大片土地。古树不住咳嗽，咳得浑身痉挛。他觉得树干那么粗，仿佛永远砍不倒。他就更加用力，更加迅猛地砍。古树大出血。鲜血如潮如浪，铺天盖地地漫开，染出一个血红血红的夜！

早晨，太阳出来，天地间已是血浪滔滔。

天局

西庄有个棋痴，人都称他"浑沌"。他对万事模糊，唯独精通围棋。他走路跌跌斜斜，据说是踩着棋格走，步步都是绝招。棋自然是精了，却没老婆——正值四十壮年。但他真正的苦处在于找不到对手，心中常笼罩一层孤独。他只好跟自己下棋。

南三十里有个官屯小村，住着一位小学教师，是从北京迁返回乡的。传说他是围棋国手，段位极高，犯了什么错误，才窝在这山沟旮旯里。浑沌访到这位高手，常常步行三十里至官屯弈棋。

浑沌五大三粗，脸庞漆黑，棋风刚勇无比，善用一招"镇神头"，搏杀极凶狠。教师头回和他下棋，下到中盘，就吃惊地抬起头来："你的杀力真是罕见！"浑沌谦虚地点点头。但教师收官功夫甚是出色，慢慢地将空捡回来。两人惺惺惜惺惺，英雄识英雄，成为至交。教师常把些棋界事情讲给他听。讲到近代日本围棋崛起，远胜中国，浑沌就露出鲁莽性了："妈的，杀败日本！"

浑沌确是怪才。儿时，一位瘸子老塾师教会他围棋。"三年自然灾害"，先生饿死了。浑沌自生自长，跑野山，喝浑水，出息成一条铁汉。那棋，竟也浑然天成，生出一股巨大的蛮力，常在棋盘上搅起狂风骇浪，令对手咋舌。无论怎样坚实的堡垒，他强攻硬打，定将其摧毁。好像他伸出一双粗黑的大手，推着泰山在棋盘上行走。官屯教师常常感叹："这股力量从何而来？国家队若是……"仿佛想起什么，下半句话打住。

腊月三十，浑沌弄到了一只猪头。他便绕着猪头转圈，嘴里嘀咕："能过去年吗？能吃上猪头吗？落魄的人哪！"于是背起猪头，决意到官屯走一遭。

时值黄昏，漫天大雪。浑沌刚出门，一身黑棉衣裤就变了白。北风呼啸，仿佛有无数人劝阻他："浑沌，别走！这大的雪——"

"啊，不！"

千人万人拉不住他，他执拗而任性地投入原野。雪团团簌簌如浓烟翻滚。群山摇摇晃晃如醉汉不能守静。风雨夹裹逼得浑沌陀螺似的旋转，睁不开眼睛，满耳呼啸。天空中有隆隆声，神灵们驾车奔驰。冰河早被覆盖，隐入莽莽雪原不见踪迹。天地化作一片，无限广大，却又无限拥挤。到处潜伏着危险。

浑沌走入山岭，渐渐迷失了方向。天已断黑，他深一脚浅一脚，在雪地里跌跌撞撞。背上那猪头冻得铁硬，一下一下拱他脊背。他想："要糟！"手脚一软，跌坐在雪窝里。

迷糊一阵，浑沌骤醒。风雪已停，天上悬挂一弯寒冰，照得世界冷寂。借月光，浑沌发现自己身处一山坳，平整四方，如棋盘。平地一侧是刀切般的悬崖，周围黑黝黝大山环绕。浑沌晓得这地方，村人称作"迷魂谷"。陷入此谷极难脱身，更何况这样一个雪夜！浑沌心中惊慌，拔脚就走。然而身如着魔，转来转去总回到那棋盘。

夜已深。雪住天更寒。浑沌要冻作冰块，心里却还清醒："妈的，不能在这儿冻死！"四下巡视，发现山上皆黑石，块块巨大如牛。他索性不走，来回搬黑石取暖。本来天生蛮力，偌大的石块一叫劲，便擎至胸腹。他将黑石一块块置于平地。身子暖了，脑子却渐渐懵懂，入睡似的眼前模糊起来。

他似乎转过几个山角，隐约看见亮光。急赶几步，来到一座雅致的茅屋前。浑沌大喜："今日得救了！"莽莽撞撞举拳擂门。

屋里有人应道："是你来了。请！"

浑沌进屋，但见迎面摆着一张大床，蚊帐遮掩，看不出床上躺着何人。浑沌稀奇：什么毛病？冬天怕蚊咬？蚊帐里传出病恹恹的声音："你把桌子搬来，这就与你下棋。"

浑沌大喜：有了避风处，还捞着下棋，今晚好运气。又有几分疑惑：听口气那人认得我，却不知是谁。他把桌子搬到床前，不由得探头朝蚊帐里张望。然而蚊帐似云似锦，叫他看不透。

"浑沌，你不必张望，下棋吧！"

浑沌觉得羞惭，抓起一把黑子，支吾道："老师高手，饶我执黑先行。"

蚊帐中人并不谦让，默默等他行棋。浑沌思忖良久，在右下角置一黑子。蚊帐动动，伸出一只洁白的手臂。浑沌觉眼前一亮！那白臂如蛇游靠近棋盒，二指夹起一枚白子擎至空中，叭一声脆响，落子棋盘中央。浑沌大惊：这全不是常规下法！哪有第一着占天元位置的？他伸长脖颈，想看看蚊帐里究竟是什么人。

"你不必张望，你见不到我。"

声音绵绵软软如病中吟，比女子更细弱；但又带着仙气，仿佛从高远处传来，隐隐约约却字字清晰。这声音叫浑沌深感神秘，暗叹今夜有了奇遇。浑沌抖擞精神，准备一场好战！

棋行十六着，厮杀开始。白棋飞压黑右下角，浑沌毅然冲断。他自恃棋力雄健，有仗可打从不放手。白棋黑棋各成两截，四条龙盘卷翻腾沿边向左奔突。浑沌素以快棋著称，对方更是落子如飞。官庄教师常说浑沌棋粗，蚊帐中人却快而缜密。浑沌惊愕之心有增无减，更使足十二分蛮力。白棋巧妙地逼他做活，他却又把一条白龙截断。现在谁也没有退路了，不吃对方的大龙必死无疑。

围棋，只黑白二子，却最体现生存竞争的本质。它又不像象棋，无帅卒之分，仿佛代表天地阴阳，赤裸裸就是矛盾。一旦自己的生存受到威胁，谁不豁出老命奋起抗争呢？此刻，右下角燃起的战火越烧越旺，厮杀极惨烈。浑沌不顾一切地揪住一条白棋，又镇又压，穷追猛打。白棋却化作涓涓细流，悄悄地在黑缝中流淌，往黑棋的左上角渗透。假若不逮住这条白龙，黑棋将全军覆灭。浑沌额上沁出一层汗珠，心中狂呼:"来吧！拼吧！"义无反顾地奔向命运的决战场——左上角。

第九十八手，白棋下出妙手！蚊帐中人利用角部做了一个劫，即使浑沌劫胜了，也必须连走三手才能吃尽白棋。浑沌傻眼了。这岂止是妙手？简直是鬼手！但是，浑沌没有回旋余地，只得一手一手把白棋提尽。蚊帐中人则利用这劫，吃去黑右下角，又封住一条黑龙。

现在，轮到浑沌逃龙了。可是举目一望，周围白花花一片，犹如漫天大雪铺天盖地压来。浑沌手捏一枚黑子，泥塑般呆立。一子重千钧啊！他取胜一役，但又将败于此役。只有逃出这条龙，才能使白棋无法挽回刚才的损失。然而前途渺茫，出路何在？

正为难时，一阵阴风扑开门，瘸瘸拐拐进来个老先生。浑沌闻声回头，见是那死去多年的私塾先生。既已死，怎的又在这荒山僻野露脸？太蹊跷！紧急中浑沌顾不得许多，连呼："老师，老师，帮我一把！"

私塾先生瘸至桌前，捻着山羊胡子俯身观棋。阴气沉重，压得灯火矮小如豆。那白臂跷起食指，对准罩子灯一点，火苗倏地跳起，人放光明。老先生一惊，身子翻仰，模样十分狼狈。

"哼哼。"帐内冷笑。

浑沌心中愤愤：这局棋，定要赢！一股热血冲向脑门，阳刚之气逼得黑发霍霍竖起。

瘸子先生似乎知道对手不是常人，一招手，门外进来他的同伴，先入二人羽扇纶巾，气宇轩昂，正是清代围棋集大成者：飘飘然大师范西屏，妙手盖天施襄夏。他们在当湖对弈十局，成为围棋经典；施襄夏因心力耗尽，终局时呕血而死。再进来一位，明代国手过百龄，他著的《官子谱》至今流传。宋代的围棋宗师刘仲甫扶着龙头拐的骊山老母蹒跚而入。一千年前他们在骊山脚下大战，只三十六着，胜负便知。直至春秋时代的弈秋进屋，围棋史上英豪们便来齐了。

浑沌端坐桌前。他再不猜测这些人如何来到人间，只把目光集中在那只手上。洁白如玉的手，如此超然，如此绝对，一圈神圣的光环围绕着它。它仿佛一直是人、鬼、神的主宰，一直是天地万物的主宰。它是不可抗拒的，不可超越的。浑沌明白，他是在与无法战胜的对手交战。

他想赢，一定要赢！

大师们皆不言语，神情庄严肃穆。浑沌的穴位被一人一指按住，或风池或太阳，或大椎或命门。霎时间灵气盈盈，人类智慧集于浑沌一身。他觉得脑子清明，心中生出许多棋路，更有一种力量十倍百倍地在体内澎湃。他拿起黑子，毅然投下，然后昂起头，目光灼灼，望着蚊帐里不可知的对手。

中原突围开始。浑沌在白棋大模样里辗转回旋，或刺或飞，或尖或跳，招数高妙绝非昔日水平，连他自己也惊讶不已。然而蚊帐中人水涨船高，棋艺比刚才更胜几筹。那白棋好似行云流水，潇洒自如，步步精深，着着凶狠，逼得黑棋没有喘息的机会。黑棋仿佛困在笼中的猛兽，暴跳如雷，狂撕乱咬，却咬不开白棋密密匝匝的包围圈。浑沌双目瞪圆，急汗如豆。棋盘上黑棋败色渐浓。

忽然，浑沌脑中火花一闪，施出一着千古奇绝的手筋。白棋招架之际露出一道缝隙，黑棋敏捷地逮住时机，硬挤出白色的包围圈。现在，右边广阔的处女地向他招手。只要安全到达右边，黑色的大龙就能成活。但是，白棋岂肯放松？旁敲侧击，步步紧逼，设下重重障碍。黑棋艰难地向右边爬行。追击中，白棋截杀黑龙一条尾巴。这一损失叫浑沌心头剧痛，好像被人截去一只左脚。他咬着牙，继续向处女地进军。白棋跳跶闪烁，好似舞蹈着的精灵，任意欺凌负伤的黑龙。黑龙流着血，默默地呻吟着，以惊人的意志爬向目的地。只要有一线生存的希望，无论忍受多少牺牲，浑沌都顽强地抓牢不放！棋盘上弥漫着沉闷的气氛。人生的不幸，似乎凝聚在这条龙身上。命运常常这样冷酷地考验人的负荷能力。

终于，浑沌到达了彼岸。他马上反过身，冲击白棋的薄弱处。蚊帐中人跷起食指，指尖闪耀五彩光辉。这是一种神秘的警告。浑沌定定地望着那手指，朦胧地感到许多自己从不知晓的东西。白子叭地落在下边，威胁着刚刚逃脱厄运的黑龙。他必须止步。他必须放弃进攻，就地做活。但是，这样活多么难受啊！那是令人窒息的压迫，你要活，就必须像狗一样。浑沌抬起头，那食指依然直竖，依然闪耀着五彩光辉。浑沌把头昂得高高，夹起一枚黑子，狠狠地打入白阵！

这是钢铁楔子，刚刚追击黑龙的白棋，被钉在将遭歼灭的耻辱柱上。下边的白棋又跳一手，夺去黑龙的眼位，使它失去最后的生存希望。于是，好像两位立在悬崖边上的武士，各自抽出寒光闪闪的宝剑，开始一场你死我活的决斗。

这是多么壮烈的决斗啊！围棋在此显示出慷慨悲歌的阳刚之美：它不是温文尔雅的游戏，它是一场血肉横飞的大搏杀！看，浑沌使出天生蛮力，杀得白棋惨不忍睹；蚊帐中人猛攻黑龙，一口接一口地紧气，雪白的手臂竟如此阴冷，刽子手一样扼住对手的喉咙。浑沌走每一步棋，都仿佛在叫喊："我受够了！我今天才像一条汉子！"白棋却简短而瘆人地回答："你必死！"黑棋的攻势排山倒海，招招带着冲天的怒气。一个复仇的英雄才会具备那样的力量，这力量如此灼热，犹如刚刚喷出火山口的岩浆，浩浩荡荡，毁灭万物。白棋置自己的阵地不顾，专心致志地扼杀黑龙。两位武士都不防卫，听任对方猛砍自己的躯体，同时更加凶恶地刺向对方的要害。

屋外响起一声琵琶，清亮悠扬。琵琶先缓后急，奏的是千古名曲《十面埋伏》。又有无数琵琶应和，嘈嘈切切，声环茅屋。小小棋盘升起一股血气，先在屋内盘桓，积蓄势大，冲破茅屋，红殷殷直冲霄汉。天空忽然炸响焦雷，继而群雷滚滚而下。琵琶声脆音亮，激越如潮，仿佛尖利的锥子，刺透闷雷，挺头而出。两者互压互盖，反复交错，伴那一柱血光，渲染得天地轰轰烈烈。

蚊帐中人吃了浑沌的黑龙，浑沌霸占了先前白阵。沧海桑田，一场大转换。棋细势均，胜负全在官子上。浑沌回头看看，列位先师耗尽真力，已是疲惫不堪。浑沌方知这场大战非自己一人所为。人、鬼、神结为一阵，齐斗那高深莫测一只手。

官子争夺亦是紧张。俗语道："官子见棋力。"那星星点点的小地方，都是寸土必争；精细微妙，全在其中。《官子谱》《玄玄棋经》连珠妙着尽数用上，妙中见巧，巧中见奇。小小棋盘，竟是大千世界。

棋圣们一面绞尽脑汁，一面审度形势。范西屏丢了羽扇，先失飘然神韵；刘仲甫扯去纶巾，不见大家风采。瘌子先生挨不到桌边，急得鼠窜，却被诸多大腿一绊一跌，显出饿死鬼的猴急。骊山老母最擅计算，已知结局，扁着没牙嘴巴喃喃道："胜负半子，全在右下角那一劫上……"心里急，手上一运仙力，竟把龙头拐杖折断。

果然，官子收尽，开始了右下角的劫争。围棋创造者立下打劫规则，真正奇特之极：出现双方互相提子的局面，被提一方必须先在别处走一手棋，逼对方应了，方可提还一子。如此循环，就叫打劫。打劫胜负，全在双方掌握的劫材上。浑沌的大龙死而不僵，此时成了好劫材，逼得蚊帐中人一手接一手应，直到提尽为止。黑阵内的白棋残子也大肆骚乱，扰得浑沌终不得粘劫。两个人你提过去，我提回来，为此一直争得头破血流。

鸡将啼，天空东方一颗大星雪亮。浑沌劫材已尽，蚊帐中人恰恰多他一个。大师们一起伸长脖颈，恨不得变作棋子跳入棋盘。然而望眼欲穿，终于不能替浑沌找出一个劫材。一局好棋，眼看输在这个劫上。满桌长吁短叹，皆为半子之负嗟惜。浑沌呆若木鸡，一掬热泪滚滚而下。

列位棋祖转向浑沌，目光沉沉。浑沌黑袄黑裤，宛如一颗黑棋子。祖师们伸手指定浑沌，神情庄严地道："你去！你做劫材！"

浑沌巍巍站起。霎时屋内外寂静，空气凝结。浑沌一腔慷慨，壮气浩然。推金山，倒玉柱，浑沌长跪于地。

"罢，浑沌舍啦！"

蚊帐中人幽幽叹息："唉……"一只白臂徐徐缩回，再不复出。

浑沌背猪头出西庄，几日不回。西庄人记得除夕雪大，不禁惴惴。知底细者都道浑沌去了官屯，便打发些腿快青年去寻。官屯小学教师见西庄来人，诧异道："我没有见到浑沌，他哪来我这里？"

众人大惊，漫山遍野搜寻浑沌。教师失棋友心焦急，不顾肺病，严寒里东奔西颠。半日不见浑沌踪迹，便有民兵报告公安局。

有一老者指点道："何不去迷魂谷找找？那地方多事。"于是西庄、官屯两村民众，蜂拥至迷魂谷。

迷魂谷白雾漫漫。人到雾收，恰似神人卷起纱幔。众人举目一望，大惊大悲。只见谷中棋盘平地，密匝匝布满黑石。浑沌跪在右下角，人早冻僵；昂首向天，不失倔强傲气。一只猪头搁在树下，面貌凄然。

浑沌死了。有西庄人将猪头捧来，告诉教师：只因浑沌送猪头给他过年，才冻僵于此。教师紧抱猪头，被棋友情义感至肺腑，放声号啕，悲怆欲绝。

有人诧异：浑沌背后是百丈深谷，地势极险，他却为何跪死此地？众人做出种种推测，议论纷纷。教师亦觉惶惑，止住泣涕，四处蹒跚寻思。

他在黑石间转绕几圈，又爬到高处，俯瞰谷地。看着看着，不觉失声惊叫："咦——"

谷地平整四方如棋盘，黑石白雪间隔如棋子，恰成一局围棋。教师思忖许久，方猜出浑沌冻死前搬石取暖，无意中摆出这局棋。真是棋痴！再细观此局，但见构思奇特，着数精妙，出磅礴大气，显宇宙恢宏，实在是他生平未见的伟大作品。群山巍峨，环棋盘而立；长天苍苍，垂浓云而下；又有雄鹰盘旋山涧，长啸凄厉……

官屯教师身心震动，肃穆久立。

众人登山围拢教师，见他异样神情皆不解。纷纷问道："你看什么？浑沌干啥？"

教师答："下棋。"

"深山旷野，与谁下棋？"

教师沉默不语。良久，沉甸甸道出一字："天！"

俗人浅见，喳喳追问："赢了还是输了？"

教师细细数目。数至右下角，见到那个决定胜负的劫。浑沌长跪于地，充当一枚黑子，恰恰劫胜！教师崇敬浑沌精神，激情澎湃。他双手握拳冲天高举，喊得山野震荡，林木悚然——

"胜天半子！"

女巫梅真

　　说到巫婆，你就想起一个干瘪瘪的老太婆。可怕不可怕先甭说，一定丑死人了。但惶向村的女巫梅真，却美丽端庄，竟如一尊观音菩萨。

　　晨土还是少年，第一次学挑水。沉重的担子压在肩上，塌陷一半，另一只肩膀高高耸起，正痛苦万状地搏斗，忽听一女子脆笑不已。他一回头，看见了梅真。梅真三十岁，雪一样白，两片嘴唇红艳艳，笑起来仿佛摇响魔铃。晨土触电似的一颤，"哐啷"一声水桶跌在地上。刹那间，天地显现一片光辉，梅真驾着五彩祥云冉冉上升……

　　那时晨土十三岁。那时晨土知道了世界的神秘。

　　人们都说锡凯大舅中了女巫梅真的邪法，把魂儿收去了。锡凯大舅罗锅腰。这不是一般的罗锅法：从腰际到颈椎抛出一道弧线，把人做成个半圆；若将他放倒，脊背着地，他定前后摇摆不停，就像玩具木马。说来真是奇迹，这么个驼子，竟会骑自行车！他先推着车子猛跑，突然整个人一翻，便滚球似的滚上车座。天生流线型，他总是把车子蹬得飞快！

　　这么个人物做了女巫梅真的徒弟。梅真上神他在一旁躬腰伺候；梅真上谁家驱妖捉鬼，他跟在后面捧桃枝；夜里，梅真功课完毕，他就为她捶腰捏腿，端洗脚水。梅真名气很大，整个昆嵛山区都有人请她做法事。锡凯大舅骑车功夫就用上啦，东跑西颠为她当联络员。老实说，这样一个老驼子骑在车上深更半夜瞎窜，真像个魔鬼的使者。

很少有人踏遍昆嵛山。昆嵛山是仙山，与蓬莱、瀛洲齐名。在整个胶东半岛，只有崂山可以与昆嵛山媲美。它跨越牟平、文登，伸入威海、乳山，方圆数百里。昆嵛山全是石壁，千姿百态，峻险挺拔。早晨，雾特别浓，一片一片附着山壁，羽毛一般洁白松厚。这种白雾叫你痴迷，恨不得从山头跳下，一头栽进雾里。过去，道教盛行，昆嵛山七十二处道观。满山遍野的钟声，便从白雾深处传来。现在，白雾仍有灵性，仿佛总在孕育着什么奇迹。群山在雾中若隐若现，更显得高深莫测。

女巫梅真日出之前，必定坐在仙人石上。她垂手闭目，运气呼吸，心念口诀：

呼吸日月之精华，
吐纳万物之灵气，
天地与我为一，
我在其中——

口诀是灵验的。她念到"中"字，白雾迤逦盘旋，拧成蛇状，游入她鼻孔。她面颊顿时红润起来，鲜艳得月季花一样。白雾在她腑脏间徊落，涤去污俗浊气，擦尽灰垢尘壒，她的身体从内向外变得晶莹洁白。那一抹云鬓，在晨风中摇荡，整个人儿飘飘欲举。

这种修炼必然对人产生奇妙的影响，她的美丽无法用语言形容。同时，仙人石常在这个时刻震动，凭这震动，她能感悟到惶向村将要发生的事情。因而女巫梅真有了未卜先知的能力。

仙人石是房子般巨大的岩石，呈人形，一条胳膊平平伸出，指向东方。梅真知道，它是男人，雄健、深沉的男人。

太阳跳出山巅的一刹那，梅真的心停止了跳动。心的一刹那的静止，是梅真活在世上的极乐境界。她全身心与大自然交融，灵魂跳出躯体，沐浴着灿烂阳光。当这美妙的瞬间逝去，天地又恢复常态：布谷鸟又啼叫了，声音幽远扬长；山风又摇动松林，露珠闪着七彩光亮坠入地下；山溪又在乱石间奔流，撞起白莲似的水花……梅真长长吐出一口气，瘫软在仙人石上。她娇喘着，呻吟着，身体像水中捞起的海绵。仙人石冷硬的岩面，状如铁汉子宽阔的胸脯，梅真将妩媚的脸蛋紧紧贴在上面，腰肢不停地扭动，扭动……

女巫梅真是处女。她有法力，叫人们敬畏，她的美丽便有了神圣的威严。

雨后，山里会长出这么多蘑菇。农民把蘑菇叫作"窝"，这只是一个音，谁知道有没有这字呢？最多的是粘窝，女孩子成群结队上山，一早晨能捡一大篓。还有一种腊窝，样子极艳美，却是有毒，吃不得。它们像一个个小妖精，立在松树下阴湿处，诱惑人们去摘采。

锡凯大舅总是独自一人上山。他挎着篓子，急急地走，两只眼睛翻白，凸长寸许，仿佛蜗牛伸出一对触角。他行蹑诡动，避开路人，钻进最深最密的松林里。等他出来时，篓子里就盛满了有毒的腊窝。

老人们都说梅真邪气，专门吃腊窝。她不中毒，反而越长越漂亮。晨土心里犯疑：这会是真的？照他的小脑袋想，吃那种毒物，就像妖怪吃死小孩一样。梅真一定不会做这种事情的。

有一天，晨土跟在老驼子背后，眼见他采了一篓子腊窝。夜里，他爬到梅真家后窗台上，窥视屋里情景。锡凯大舅吃力地摆好小炕桌，倒一杯酒。梅真跪着，嘴已张大，呵呵地喘息，眼睛闪出绿光。锡凯大舅终于端上一盘冒着热气的腊窝。梅真迫不及待地吃起来，样子像一只母狼。老驼子可怜巴巴地站在炕前，从驼峰下昂起脑袋，喉咙里发出小狗呜咽的声音。

梅真的身子慢慢地软了，斜倚在被褥上。她脸上泛起桃花色红晕，变得异常美丽。乌发纷纷垂落，衣襟缓缓宽懈，两只眼睛透出迷醉的神采。她盯住锡凯大舅看，锡凯大舅着了魔，浑身不停颤抖。她长长地打个哈欠，满屋飘荡起奇异的香气。锡凯大舅腿一软，跪倒在炕前……

以后的事情，晨土永远也不会忘记。梅真厉声尖叫："孽障啊，你敢在我眼前？我要捉你归西天！"她不知从哪抽出一根桃枝，摇摇晃晃下炕来。锡凯大舅喃喃哀求："娘娘饶命！娘娘饶命！……"一边竟哆哆嗦嗦脱下衣服来。梅真挥起桃枝，狠抽锡凯大舅怪异的驼背。她用力太怪，衣服全散开，袒露出洁白尖耸的乳峰。锡凯大舅像一只陀螺，滴滴溜溜旋转，手脚痉挛作鸡爪状。他像一只学啼的小公鸡尖叫！梅真也呻吟起来，娇柔委婉，仿佛桃枝是抽在她白雪般的躯体上。

最后，锡凯大舅瘫在地下奄奄一息。梅真用手巾沾温水擦他鲜血淋淋的脊背。她还那样呻吟着，身上不时抽动一下。擦干净，她伸出纤纤玉指，在这畸形的躯体上抚摸着，揉弄着。锡凯大舅缓过气来，慢慢昂起头，一双老眼噙着混浊的泪花。他吃力地伸出手，替梅真掩好敞开的胸怀……

晨土从窗台翻落下来，脸煞白跑回家。他裤裆里全湿了。

夏夜那么长啊，你坐在村口石板桥上听老人们讲故事，睡了好几觉，人们还没散去。有什么事情比山村的夏夜更美好呢？熏蚊子的山艾香得醉人，河边的萤火虫像欢乐的精灵飘舞。连绵的山峰衬着发蓝的夜空，勾出迷人的形象，叫你忽发奇想。在麦穗场上躺下吧，你可以看见流星。一颗流星刚从空中划过，又一颗流星拖着华丽的尾巴飞来。那么多流星，夏夜里宇宙也不平静。

女巫梅真的故事可以编成一只花环，惶向山村因此闪出奇异的光彩。

很早以前，梅真是村里的团支部书记。"破四旧"那会儿，她领着一群红卫兵砸土地庙，毁白云观，她妈踮着小脚在后面撵。人们都说，她本来可以当革委会主任的。帽子顶下有个麻姑洞，据说麻姑仙女就在洞里修炼，得道后在升天台成仙了。那洞里供着一尊麻姑石像。红卫兵围着黑魆魆的洞口，都不敢进。梅真说："我去！"她进去了，手里提一柄铁锤。忽然，洞里传出梅真一声尖叫。谁也不知道发生了什么。人们把梅真抬出来，她双目紧闭，人事不省。据说，她昏睡了七七四十九天。醒来，她统统不记得过去的事情，却与灵界取得联系。麻姑把红卫兵头头变成一个女巫。

山村里真有怪事，梅真的故事说也说不完。某年某日，一个姑娘疯了，说话全是她死去多年的爷爷的声音。梅真去了，口念咒语，捏起桃枝抽打疯姑娘。那姑娘发出"吱吱"的叫声，上下蹦跳如兽。当姑娘扑地晕倒时，人们眼睁睁看见烟囱里钻出一只黄鼠狼，顺屋脊惶惶逃遁。知道起尸吗？这样的事惶向村也发生过。那年老书记脑溢血去世，尸体停在东屋地下。夜里下暴雨，梅真养的黑猫钻进来，湿漉漉的身体擦着老书记的头发一跃，天哪！老书记慢慢坐起来啦！全家人鬼哭狼嚎，跑去给梅真叩头。梅真抚摸着怀里的大黑猫，拖长音调训道："下辈子不许再作恶啦——"据说，家中的尸体连连点头。梅真哼一声："饶你。"尸体便咕咚倒下……

小晨土用心地听这些故事。他脑子里好像有把小刀，将故事每一细节刻在记忆的屏幕上。这小孩怪，天生喜爱神秘的东西。

夜深了，气氛变得怪异。那些事情谈多了，人人有些毛骨悚然。这时，锡凯大舅出现了。先听见他破自行车咣啷咣啷的声音，接着，他从黑暗中一跃而出。他像一只蜘蛛跳跳，驼背垫着车座骨碌一滚，人便骑在车梁上。他站着骑车，仿佛赛马的骑手。魔鬼的使者出动了，又支干什么勾当。哦，他身后跟着一大群蝙蝠，吱吱叫唤，黑压压的翅膀扇起一股阴风。驼子、蝙蝠、破自行车都消失在沉沉黑夜里，人们久久静默着。

"瞧，梅真在洗澡……"有人咕哝道。

秦湾上空浮显一片光华，绿莹莹镶着蓝边。萤火虫一群群从石桥上空飞过，急急飞往秦湾。她用法术招来萤火虫照亮。没人胆敢去偷看。男人们只是沉默地抽着旱烟，竭力想象水面上那一团团萤火虫，水底下梅真那美丽的裸体……

夏夜令人难忘。夏夜弥漫着一种阴美，朦胧而刻骨。

晨土想：为什么要吃腊窝？为什么要抽锡凯大舅的驼背？

一年一年过去，晨土总感到强烈的诱惑。诱惑来自那些美丽的青蘑菇。他在山里走，忽然站住，蹲下身子，在腐烂的松针里扒出一枚妖艳的腊窝。他久久地盯着它，嘴唇翕动着，眼神如痴如醉。然而他终于站起来，忧郁地离去。

终于有一天，锡凯大舅死了。女巫梅真扑在他干瘪的尸体上哭得死去活来。晨土大学毕业，在县城教学，因病回家休养。回村那天，他碰见梅真给锡凯大舅上坟。天淅淅沥沥下着雨，梅真头上缠一块白纱，手里挎着篓子，低头匆匆行走。她依然那么年轻，脸颊依然月季花般鲜艳。晨土心动了一下，悄悄跟她上墓地。梅真烧了纸钱，从篓子里端出一碗腊窝，恭恭敬敬供在坟前。她不顾地湿，往下一跪，无声地痛哭起来。泪珠如天上的雨丝，不断地从她两腮挂落……

晨土忽然想死。他病入膏肓，生活中又有种种不如意的事情。他感到困惑：自己空间是从哪里来的？这种困惑是致命的，它引起生命的空虚感。

晨土来到山上。这么多女孩子冒雨捡粘窝，山谷里回荡着她们尖亮的笑声。晨土在一棵老松树旁坐下，耽于沉思冥想。仿佛早就安排好了，他的手无意中一抓，抓起梗在他心头多年的毒蘑菇。他把它擎在眼前，久久凝视着，仿佛在端详一桩奇迹。

"腊窝……"他喃喃道，"腊窝……"

此刻，积累多年的诱惑达到极限，他内心的欲望再也不可遏制。他把这美丽的毒物擦干净，慢慢填在嘴里，像一头反刍的老牛，嚼啊嚼啊，嚼成苦涩而芬芳的液体，缓缓地咽下肚去。

迷幻。天地开始旋转，天空布满五彩缤纷的光圈。捡蘑菇的女孩子长出透明的翅膀，小天使一样到处飞翔。晨土揉揉眼睛，挣扎着坐正。哦，迷幻世界竟如此动人！听啊，山间回荡着丝竹仙乐，女巫梅真在一群仙女簇拥下，从秦湾那边转来。晨土摇摇晃晃站起身，面对这位他思慕多年的女子。梅真亭亭玉立，抿嘴微笑，两眼荡漾着一片春情……

"我看见了，我都知道。我一直想问问：为什么？为什么？"

锡凯大舅来了。驼背压得他伸出乌龟般的脖子，眼睛像蜗牛触角一样凸出。梅真对晨土莞尔一笑，举起桃枝抽打锡凯大舅怪异的驼背。老驼子变成一只陀螺，滴溜溜地旋转。忽然，空中一声霹雳，锡凯大舅站起来，雄赳赳化作一尊天神，周身闪耀金光。他像掀开一座大山那样掀去了自己的驼背。梅真仰望着他，面容娇羞而激动。天神握住她绵软的小手，引她冉冉上升。他们无凭无依地站在天空，用眼睛述说神秘的前缘。采蘑菇的女孩们环绕两人飞翔，用人间无法理解的语言歌唱爱情。太阳流射出黄金溶液，慢慢淹没大千世界。天地间一片光辉灿烂！

晨土苏醒过来。毒性退去，迷幻世界消失了。然而，他脑子里还是一片光辉灿烂。雨下得急了，叫人不得不清醒。晨土浑身透湿，钻出松林。他举目四望，觉得眼前一切都是灰秃秃的。

惶向，这贫穷而可怜的小山村，在群山包围中蜷缩着身子。灰暗的瓦诚心诚意疤疤痢痢地毗连着，光秃秃的石头撒得遍地都是。收割过的田野一片荒凉，更显出土壤的贫瘠。通往山外的大车道痛苦地扭曲，像一根吊死鬼的绳子……所有这些挤成疙瘩，大地便隆起一个畸形丑陋的驼背。

晨土又闭上眼睛。他不愿对这样的世界睁开眼睛。

紫花褂

　　司机周武脑子有些迷信。没办法的,开车这行当充满危险。有时候,生活会显示某种预兆,就像流星划破夜空,倏地一亮又消失。你信不是,不信又不是,冥冥中总有什么东西使你惶惑。周武极注重这类信号,久而久之形成心理特征,就是我们称之"迷信"的那些名堂。人因此变得机敏,猎犬似的竖着耳朵过日子。

　　有天夜里,周武做梦轧死个小媳妇,具体情节记不清了,只是清清楚楚看见死者身穿一件紫花褂。醒过来,吓出一身冷汗,他就躺在床头吸烟,拼命回忆那件褂子的色彩。那是一件很流行的图案,细碎的紫花夹着白点,跳跳趟趟地散落在蛋青色底子上,雅致而活泼。

　　周武邻居家有个风骚女人,都叫她"胖嫂"。周武妻子上夜班,她总要寻个理由来坐坐。一双细长的眼睛斜着瞅人,风风流流撩拨人心。周武是条精壮汉子,胳膊腿儿铁硬,大高个儿,刮尽络腮胡子的脸颊泛着威武的青光。胖嫂瞅他久了,丰腴的身体就会软瘫下来。周武对胖嫂也很有肉欲,但他是守规矩的人,总能克制住自己。

　　周武还有个好朋友,叫小虎,与他同在一个车队。小虎脑子机灵,周武有心事就讲给他听,让他帮着拿主意。胖嫂的事周武给他透露过,小虎一口否定:"这号骚娘们不值!"做了轧死人的梦,周武心中忐忑不安,一上班就对小虎讲了。他着重讲那件紫花褂。小虎年轻,近来书摊上卖弗洛伊德的书,他也赶时髦看过几本。小虎抓住周武的梦大加解析，说梦里一切都是性事象征，什么蜡烛、竹竿象征男人生殖器，什么婴儿吃奶是发泄性欲……卖完弗洛伊德的货色，小虎猛一指周武鼻尖："做梦轧死人，就是性交——你小子要注意！"周武咧嘴傻笑，知道他指什么。

但周武心中仍是惶惶。特别是那件紫花褂，时时在他眼前晃动。他的脾气开始焦躁。晚上，老婆上夜班，胖嫂又来了，他头也不回地看电视。胖嫂娇滴滴地问："家里有没有发面引子啊？"周武粗暴地吼道："没！""哟！吃枪药了还是怎的？"说着假装看电视，山样的乳房在周武后背上挤。周武真想给她一巴掌。他想起小虎讲的那套东西，很担心把握不住自己。他猛一回头，嚷："你离远点……"

忽然，周武仿佛被噎住了，嘴张得老大，眼睛瞪圆，却没有半点声息——胖嫂穿着一件紫花褂！对，就是那件紫花褂：细碎的紫花夹着白点，在蛋青色的底上跳跳趷趷。周武慢慢地站起来，眼睛盯着紫花褂发直。他恐怖极了。胖嫂低头瞅自己的胸脯，又媚媚地斜了周武一眼。这一眼好似导火索，周武的恐怖全部化作性冲动，浑身触电似的哆嗦。他低沉地吼了一声，将胖嫂扑倒在床上……

他朦朦胧胧地记得，师傅说过：你本该轧死一个人，只要得到那人的衣服，用自己的车轧过，就躲过这场灾难。现在，他就在轧那件紫花褂。他觉得自己仿佛是一部十轮卡车，呼啸疾驰。紫花褂索索抖动，十轮卡车疯狂地轧、轧、轧！他得到了前所未有的快感，同时从噩梦中解脱出来。电视里正演武打片，死者的惨叫混合着胖嫂歇斯底里的呻吟，使他的幻觉变得更真实。

周武进入梦乡。这是一个和平的梦境：许多妇女在河边洗衣服，河水清澈透明，悠悠流向远方。周武驾车从桥上驶过，一个俊俏的小媳妇站起来，含情脉脉地望着他。他蓦地记起，上次做梦轧死的就是她！她没穿紫花褂，而穿着一身鲜红的短袖衬衫，仿佛一朵盛开在河边的小红花……

早晨，周武醒来，心里夹着一丝甜蜜的惆怅。他迅疾地跳下床，洗脸刷牙。出门拿牛奶时，在走廊里遇见胖嫂。胖嫂在他布满胡楂子的腮上摸了一把，悄声说："你真棒！"他打开她手，笑骂："去你妈的！"他想起昨夜的事情，诧异那疯狂的性欲，同时隐隐地感到恶心。他暗暗地道："人哪，真他妈的奇怪！"

上班，他见到小虎。他拉小虎到车库角落去，小虎嚷嚷："干什么？干什么？"他搂住他，悄声说："没事啦，我把紫花褂轧过啦！"小虎掀开他，嘲笑道："又是那紫花褂！"周武想把昨夜的艳遇告诉小虎，但话到嘴边又咽了回去。他又讲了昨夜的梦，讲了那个穿红衬衫的小媳妇……

"两次做梦都是这一个？"小虎感兴趣地问。

"没错。第一次没记住，这次记准啦！瓜子脸，秀眉秀眼，瞅你一眼揪心窝……"周武喋喋不休地描绘道。

"你从不认识这人？"

"可不！"

"奇怪了……"小虎嘀咕道。

今天他们跑长途，拉水泥去青岛。灌上水发动机器，周武和小虎抽了一支烟。他们商定到莱阳吃午饭。分手时，周武诡秘地笑道："你那什么伊德还挺灵的！"小虎喊："回头老实交代！"周武已经跑到自己卡车上去了。

两部卡车上路。小虎在前，周武在后。过铁路时，小虎过去了，周武遇到火车，等了一段时间。火车开过，小虎的车已不见踪影。

有些事真没法解释。小虎今天总有一种心惊肉跳的感觉。周武反复渲染的紫花褂，幽灵一样在他眼前飘动。司机都有宿命感，不过深浅不同。他们的第六感官因此特别灵敏。小虎一路上注意着行人的服装。

走到栖霞县秀丽的山区，小虎的车过一座石桥。河边几个妇女在洗衣服，说笑声伴浪花飞溅。小虎随便看她们一眼，脸色突变！其中有个小媳妇，正穿着紫花褂。他一个急刹车，下河坝向小媳妇走去。走近了，他看清那褂子：细碎的紫花夹着白点，在蛋青色底子上跳跳跶跶……周武把这件紫花褂讲过不知多少遍，小虎一眼就能认出来！

"大嫂，求你件事吧……"

"什么事？"

"我想买你身上这件褂子。"

"俺都穿旧了，怎么卖？"

小虎急了，从兜里掏出一把钱，结结巴巴地说："大，大嫂，求求你卖给我吧！我，我给你三十块……给多少钱都行！"

眼见是便宜事，旁边的妇女都帮腔。小媳妇见年轻的司机如此焦急，也动了怜悯之心。她带几分羞涩转过身，脱下紫花褂。小虎只觉红光一闪，小媳妇露出鲜红的短袖衬衫。小虎脸煞白！

真见鬼了。小虎急急跑上公路，将紫花褂铺在车前。发动机一直没熄火，小虎一踩油门，卡车从紫花褂上轧过！他头也不回，没命地跑了。

河边妇女们见了这情景，都道奇怪。紫花褂还在公路上呢，捡回来洗洗，不是白赚三十块钱吗？大家都说小媳妇今天走运。小媳妇也不舍得扔了那紫花褂，站起身走上河坝。

就在她弯腰捡衣服的一刹那，周武的车急驶而来。她惊恐地转过脸，周武脑子轰地炸了。是她！短袖红衬衫，瓜子脸，清秀温柔的眼睛……周武的身子化作一块岩石，僵硬的手脚做不出任何反应，十轮卡车笔直地撞倒小媳妇，将昨夜梦境里的小红花碾碎……

他没有逃过命运的追捕。车一直开到拐弯处，一头栽进深沟。

运输公司的司机们久久议论这桩事故。有人说小虎不该去买那件紫花褂，倘若小媳妇仍蹲在河边洗衣服，断不会有事；有人说周武不该对小虎讲他的梦，倘若周武不讲，小虎又怎么会去管什么紫花褂呢？有人说小媳妇不该贪财，倘若她不去捡褂子，周武做一万个梦，小虎买一万件紫花褂，又有何妨？……

谁也无法解释，当许多倘若凑在一起，我们又将怎么生活。

独臂村长

农村永远有许多故事。有些故事并不好理解，所以过了许多年，人们仍久久地谈论着。孟海断臂，就属于这一类型的故事。

那时候，大队还没改村，公社还没改镇，孟海是惶向的大队长。惶向出了"神偷"，口子紧张而又热烈。整整一夏天，人们忧心忡忡，三五个头聚成一簇，一谈就是半夜。于是山村便笼罩着一层气氛：诡秘，惶惑，却又兴奋。孟海巨人一样在街上溜达，不分昼夜地破案。人们看见他，心中就定了一定。

这神偷真了不起，作案不留蛛丝马迹。可怕的是，他每夜都要做一个案子；即使孟海领着民兵封锁每一条小巷，照样有人家丢东西。他会飞檐走壁，他会隐身术。没人见过他。他偷的东西并不值钱：一只露宿的小羊，一只独轮车轱辘，一把锄，一张镰……但是，他挨家挨户地偷，谁也不饶恕！这就形成某种心理压力，使人们感到他是在向这个村庄报复，是向不可动摇的秩序挑战。

"我看见了，我把尿煞住！他贴着墙飘，就像电影里鬼影……"酒店的小馆唾星四溅地说。他是个没斤两的东西，全村谁也瞧不起他。但人们仍然津津有味地听他胡编的故事。"我瞅准了，就往墙一扑！——哪里有人？头上倒撞起个大包。可是一只手在我肩上一拍……"

小馆没能往下说。因为真的有一只手从后面伸来，重重在他肩头一拍！他一哆嗦，回头看见了孟海。孟海巨大的手掌稳稳地按住他，严肃地摇摇头。

"不要胡说。"

人们松了一口气，仰望着面前的巨人。孟海像一根镇海神针，他一出现，就平定了大家动荡的心潮。他本身那样魁伟，那样硕大，所有人都比他矮了半截。

孟海的威信来自于敦厚，而不像许多农村干部那样来自于蛮横霸道。"一个大好人哪！"惶向人这么评价他时，心中总是涌起一阵激动。有的人好，好得你什么也说不出，只觉得胸腔里塞满某种温暖的、湿润的东西。孟海就是这样一个人。他没有过什么英雄事迹，也没有救过谁的命，但你只要和他待在一起，就感到他那样好。真是莫名其妙！

也许，这种感觉来自于他家那铺大炕。孟海个子太高了，所以砌的炕几乎和屋子一样大。全村的人都要挤到这铺大炕上来，一坐就是半夜。想一想吧，在寒冷的冬天，外面是铺天盖地的大雪，北风惨烈呼号，大家挤在这样一铺火热的火炕上，说呀笑呀唱呀，漫漫的冬夜就有了一种特别的欢乐！孟海只用一种低劣的茶叶招待大家。他的胳膊特别长，端着一把伤痕累累的老壶，弯弯曲曲绕过许多脑袋，把壶送到你面前续茶。他总是沉默。但他那博大的心在沉默中融化了许多颗心。于是，你会觉得他的茶水特别香，特别醇。

在那个紧张的夏天，人们把希望寄托在孟海身上。

大队长孟海紧紧追踪神偷。他总有一种感觉：只有他才能抓住神偷。

他整夜在街上游荡。

孟海媳妇长着一只萝卜花眼，看人时神情迷惘。她知道丈夫这样下去要不行了。丈夫是在春末一个夜里得的这种病。那夜，他幽灵一样起身，穿上衣裤出去了。萝卜花眼一向敏感得很，丈夫一动就会醒来。这次，她又惊醒，马上觉出丈夫不对劲儿。她悄悄地跟着孟海，跟他转遍山村每一个角落。这种病真是神奇得很：人睡着，脚步却野猫一样轻盈，石头瓦块绊不着他，独木桥也走得过去。天傍亮他就自觉回家。有一次，碰到早起捡粪的猴老汉，向他打招呼，他竟"嗯"地应了一声。回家脱掉衣裤，依然睡得死人一样。

"昨夜的事你知道？"萝卜花眼乜斜着眼试探道。

"那事啊——"孟海腼腆地转过头去。

"不是那事……"萝卜花眼知道丈夫理解错了，涨红了脸，直跺脚。

"不是那事是哪事？"孟海话里有些幽默的意味。

萝卜花眼不让他胡扯下去，急忙说了夜里的事情。孟海怔怔地想了半天，严肃地摇摇头，道："老娘们不要胡扯！"

以后，他夜夜出去。萝卜花眼知道这是一种病，害怕极了。她小心翼翼跟着丈夫，生怕他出事。多么黑暗的夜晚啊，昆嵛山嶙峋的石峰隐隐显出轮廓，怪兽一样慢慢逼上前来；树木身躯扭动，心怀叵测地窥视着她；远处传来猫头鹰不祥的鸣叫，萤火虫又鬼火似的从旁飘过……可这一切又怎么能比丈夫更使她恐惧呢？这么一个亲爱的男人，在黑暗中飘飘地走，神秘莫测，鬼鬼祟祟。她觉得那是另一个世界来的陌生人，或者干脆说，他是鬼！……萝卜花眼浑身暴起鸡皮疙瘩，头皮一爹一爹。

不能让别人知道这事。萝卜花眼觉得梦游症是不光彩的病，有点类似精神病。她也不打算让丈夫明白事情真相，那会太伤他的自尊心。可是病得治，萝卜花眼千方百计哄丈夫去看病。丈夫巨人一样晃晃膀子，将她晃出好远。

他怀疑大敦阔。大敦阔贩卖大豆，成了村里最富裕的人。一帮青年跟随着他，不满意现实，总想"谋反"。他也怀疑小老满，这个外来户住在惶向三十多年，却总搞不清他过去的历史……但他又排除了怀疑，因为他一直派人监视着他们。

孟海慢慢地拖着沉重的脚步，在街上走着。他胸膛承受着越来越大的压力。神偷！这不仅仅是个治安问题。全村的专政机器开动了，他却来无影去无踪，巧妙闪避。他使人民陷入一片看不见的危险。有了神偷，神圣的传统信念受到侮辱，集体的智慧受到蔑视。孟海朦朦胧胧感到这一切，便明白自己处在一生的严重关头。

"能行吗？能行吗？我的小羊……"老耿婆瘪着没牙的嘴巴，整天跟在他后面嘟哝。这老太太丢了小羊，便盯着孟海要小羊。她太相信大队长了，好像大队长能还给她失去的一切。"我的小羊，刚长角，眼上一圈黑，叫起来小孩哭一样，招人疼啊！"

孟海低下头，愧得诚恳，好像他本人偷了羊。

终于，大队长暴怒了！傍晚，他在凌湾边抱住一棵楸树拼命摇，摇落一地树叶。他挥舞双拳对夕阳咆哮："抓住这贼，我剁他一只手！"

夕阳血红。眼睛血红。

孟海童年很苦。山村的孩子都苦，但没有像他这样苦的。爹娘早死，他跟奶奶过。奶奶不是亲奶奶，是爷爷娶的小老婆。也许当年家境不错吧，老人都说："大楞有福，家里大婆、小婆！"大婆、小婆斗了一辈子，到头来气撒在孩子身上。孟海伺候奶奶，真好比小长工伺候地主婆。奶奶喜欢叫他捏脚，一双小脚烂了一样，扯开缠脚布臭气熏天。孟海捏着世界上最可怕、最丑恶的东西。那肯定有毒，毒坏了孩子的脑子。

萝卜花眼叹了一口气，认为自己找到了丈夫的病根。

她和孟海一个村，处邻居。小时候，萝卜花眼经常在半夜惊醒，听见孟海凄厉的呼叫。她始终不知道老妖婆用什么法整治孟海，即使婚后问起，孟海也咬紧牙关，不吐一字。那肯定是想象不到的、极可怕的刑罚。萝卜花眼做噩梦时就常被这些刑罚折磨。只有一次，孟海喝醉酒告诉她，奶奶这样整治他是为了要他捏小脚。他说着，鼻子急急抽动，好像又闻到那可怕的恶味儿。接着，他哇地呕吐，吐出秽物汤水极大一摊。他睡着了，浑身还不时抽搐，仿佛心底发出阵阵惊悸。

小孟海被吊在院子里一棵枣树上。老太婆将他捆得奇形怪状：一条胳膊从胯下穿至后背，一条胳膊绕脖颈团团转圈；大腿缠腰打腋下伸出，又叫两只小脚正好贴着鼻子——整个人捆得像一个乱线球。老太婆往人球上扎针，天哪，她从哪买来那么多绣花针，把小孟海扎成个刺猬！孟海昏死过去，没有半点声息。风吹过，人球轻轻摇荡，银针闪出点点光亮……

萝卜花眼一生不会忘记这情景。她从墙头下来，哇哇大哭，告诉爹娘：孟海死了！死了！叫他奶奶用绣花针扎死了……她那心啊，好像那时孟海就是她丈夫。

以后，孟海出息成一条汉子，萝卜花眼就嫁给了他。

这一切，本不该再提起。可是萝卜花眼注意到一个细节：孟海夜游时，两手仿佛握着什么东西，又揉又捏。萝卜花眼心惊肉跳：那是奶奶的小脚！茫茫黑夜，孟海巨大的身躯无声无息地游动；前面看不见的地方，老太婆在恶毒地微笑，引诱他，逼迫他，伸出一双丑陋畸形、臭气熏天的小脚。大地天空化成一片阴霾，孟海永远走不出去。

神偷躲在阴影里，冷笑着看巡逻的民兵从身旁走过。他们看不见他。真奇怪，他就在他们中间，但是谁也看不见他！

他只是一个影子，是任何一个人的影子。

惶向人的忧虑日益加深。神偷继续挨家挨户地盗窃。他那么沉着，每夜偷一户，夜夜有成果。"他想干什么？"人们惴惴不安地猜测。神偷窃取的东西如此微不足道，甚至把孟擎家的尿罐也偷去。他仿佛成心捉弄这个山村。庄稼人惶惶地收拾家中值钱物件，或转移到邻村亲戚家，或埋藏在地下。他们都转着小心眼儿："谁知道哪天神偷钻进屋里来？"他们可没心思幽默。神偷什么都做得到，只要愿意，他能偷你的头。

他究竟是谁？

小倌知道一生中的机会来了。他老干往酒里兑水的勾当，钱是挣了，人格没了。假如他抓住神偷，那就身价百倍，人们会原谅他那些不光彩的手脚。他停止胡编乱造，正式开始行动。他长得细长，身子像蚯蚓一样扭来扭去。他爬上屋顶，擦擦鼻涕，小眼溜溜瞪着黑夜。小酒店在村子中央，几条主要胡同在此处聚汇。小倌守株待兔，整夜整夜趴在屋顶上。

他看见萝卜花眼。

拂晓前，萝卜花眼出现了。她不近不远地跟着孟海，探头探脑，鬼鬼祟祟。这娘们，不在家睡觉乱跑什么？小倌扬手扔出一颗石子，萝卜花眼倏地消失。小倌搔搔脑袋，心里有了怀疑。孟海在巡逻，全村转了一圈，又来到小倌的酒店。那娘们尾巴似的，还跟在后面……

啊啊！要是她偷东西，谁能抓得到？这可太妙了：你满天下抓贼，贼就在你屁股后面；你回家睡觉，她先一步上炕躺好，和你亲嘴，和你干好事，你一丝丝也怀疑不着她呀！你不怀疑，谁又会怀疑？你是头儿，你是好样的，大家全信得过你咧。好，她就成了神偷——破老娘们，还长一只萝卜花眼！

小倌一激动，就从屋顶滚落下来，把一条麻秆腿扭了。第二天，他一瘸一瘸满街窜，见人，就咬咬耳朵。有人给他一耳光，有人在他腔上踹一脚。可是过后，人们都惊愕，都沉思。于是，许多眼睛就集中到孟海家那扇黑门上，许多人都看见了萝卜花眼的行动。

有了月亮。

夏夜，月亮的银光照在身上，好像泉水轻轻地洗。昆嵛山披上一层神秘的蓝雾。孟海在街上游荡。他有时清醒着，有时在睡梦中。人们不知道他患夜游症，不知道他回家睡觉，又悄悄地爬起来。从外表看，他整夜在巡逻。山村周围石峰林立，有的像兀鹰展翅，有的像卧虎昂头。仙人石伸出一条独臂，庄严地指向东方。这些大自然的造型，为山村勾勒出神话般的环境。于是，村里就有了许多神话般的事情。

现在，孟海在游荡。他披着一件黑布衫，拖着两只船一样的大鞋，沉重而缓慢地走着。他长着一个狮子头，硕大、威严，毛发蓬乱，永远端正地昂着。星星轻盈地闪耀，一片灵光融化于月光。它们聪明地观察世界。可是，谁能知道孟海在想什么？一个人，睡着就是醒着，醒着就是睡着，他就像神鬼一样高深莫测。孟海走过小桥。孟海穿过胡同。孟海围着麦秸垛一圈一圈地转。他凭着神经深处的嗅觉追踪神偷。他清清楚楚地闻到了猎物的气味，却总也追不上它……

他睡着还是醒着？

大家决定向孟海挑明自己的怀疑。孟海是公正的，村里谁都承认这一点。假如他知道自己老婆嫌疑最大，他一定会秉公处理。但是，他一定会伤心，他的尊严一定会受到损害。因此，人们好长时间犹豫不决。

在乡村，日日有纠纷。有时为分粮草，有时为划地界，有时为两家小孩打架，有时为一只鸡一只鸭……这就需要一个公正的人裁决。孟海当上大队长，主要因为他公正。只要孟海来了，争吵的双方就抢着述说自己的理由。孟海沉默地听着。他不轻易表态，但只要说出一句话，即便是败诉的一方，也喃喃地服从。长期以来，他就是山村里真理的化身。

"大队长……"民兵连长得海领着一群人过来，表情尴尬地喃喃道，"大家有情况反映。"

孟海站起来，魁伟的身躯犹如一座山。他的目光中有了一种严厉，缓缓地扫过众人。

"说。"

"孟海啊，说这事俺也为难，只求你听了不要上火……"一个老者走上前，半解释半安抚道。

"说。"

"你老婆！你老婆！"小倌从人后跳出来，指着孟海鼻子，"就是你老婆！"

得海一巴掌将他打回人后面，笑着对孟海说："大家都看见嫂子半夜在街上逛，你说会不会……"

孟海脸色泛出青光，又慢慢变紫。

"当然，谁也没抓住手脖儿。可是她夜夜都出来，你又在巡逻，家里的事一定不清楚……你就问问，她半夜三更上街干什么？"

孟海的骨头一根根折断，仿佛大厦的支柱一根根倒塌。他不知道人们什么时候走了，也不知道自己怎么来到凌湾边上。面对血红的夕阳，他眼睛冒出血来。一排排雷霆在他宽阔的胸膛里滚炸轰响，血液像滔滔洪水冲击着心脏的闸门。湾边生长着丛丛河蓼子，一串串紫色的花穗迎风摇摆。黄昏世界极静谧。孟海跪下，两只大手猛撕自己头发，喉咙里发出哭一般的喊叫："啊——啊——啊——"

他爱她——他的萝卜花眼老婆。

当孟海回到村里时，人们看见他迈着沉稳的大步走路，面容镇定而冷峻，目光平视，头颅高昂，浑身有一种说不出的高贵和尊严。村民们敬佩地仰望他，像仰望一尊巨神。孟海一步一步走近家门，大伙又惶惶不安：谁知道孟海会做出什么事情？但愿他不要杀了老婆。

事情总会有个了断。

萝卜花眼有预感：今天要出事了。她惴惴地伺候丈夫喝酒，自己站在炕前，两只手不知往哪儿放。丈夫沉默地喝着，不时瞅瞅她的手。她想问：你怎么了？可是嗓子眼儿有块火炭堵着，怎么也发不出声来。从丈夫魁梧的身躯里，透出一股杀气，凛凛然逼迫着她，包围着她。

孟海喝酒喝到半夜。他喝了整整两瓶白干。但他没醉，只是更加阴沉了。他命令萝卜花眼收拾好炕桌，自己像老熊一样爬下大炕，走到院子里。萝卜花眼久久地站在炕前等，腿站得又酸又痛，她也不敢挨炕沿坐下。孟海一直没回来。他独自站在院子东角那棵老枣树下，仰脸凝视黑魆魆的夜空。

"啊！你……"萝卜花眼尖叫一声。

丈夫拿着一根绳子，山一样向她压来。没有挣扎，没有反抗，萝卜花眼很快被捆起来。孟海将她捆得奇形怪状：一条胳膊从胯下穿至后背，一条胳膊绕脖颈转了两圈；大腿缠腰打腋下伸出，又叫一双脚掌正好贴着鼻子——整个人捆得像一团乱线球。

孟海将人球吊在枣树上。

"我没偷！我没偷！……"萝卜花眼凄厉地喊着。

孟海一声不响，摸出一包绣花针。他残忍地将针刺入人球——没头没脸地刺，这只是个人球。血渗出来，染遍整个球体。萝卜花眼发出一种奇怪的嘶叫，像马、像猫、像猴子。孟海沉着地将绣花针深深扎下去，下手时，有一种积蓄已久的狠毒。一根、两根、三根……颈背上、后脑上、乳房上……银针很快布满人球，萝卜花眼变成一只刺猬。风吹过，人球轻轻摇荡……

"藏在……藏在地窖里……"萝卜花眼气息奄奄地招供了。

孟海来到惶向村著名的大炕前。他擎起一盏油灯，掀开炕前的木板，用力钻进地窖。炕大，地窖也大。然而这么大一个地窖已经塞得满满：独轮车轱辘、锄镰锨镢、孟擎家的尿罐、小老满家的葫芦……全在这儿啦！啊，还有那只小羊，老耿婆的小羊，它躺在角落里，羊身已经腐烂，爬出一团团的蛆虫。

忽然，一道闪电穿过孟海的大脑，他记忆深处浮现出一个大汉，在漆黑的夜里幽灵一样闲逛，将遇到的东西一件一件偷回来……

孟海仿佛遭到雷击，刹那间化为一尊泥塑，高大的身躯僵直地挺立着，一只手擎着油灯，那双眼睛是无法形容的，呆滞，茫然，似醒着，又似乎睡着。眼睛里有一种光芒闪烁，像一双绝望的小手，抓啊抓啊，似乎抓到了什么，又似乎什么也没抓到！

"昨夜的事你知道？"妻子问他。

忽然，地窖里的东西全活动起来：镰刀环绕他脖颈飞舞；镢头一下一下啃他脚背；尿罐飞到半空，直朝他头顶扣来；独轮车辘辘变作滚滚巨轮，要将他碾成粉末……最叫他恐惧的是老耿婆的小羊，那东西带着浑身蛆虫走过来，温柔地舔他的手臂，一面发出小孩哭似的哀鸣……多么可怕的世界啊！

孟海不知道。他只是个梦游症患者。

可是他做着什么梦呢？

鸡叫三遍了。萝卜花眼睁开眼睛，天已大亮。孟海踉踉跄跄地撞出屋，手里提着一把斧头。萝卜花眼挤出最后一点点力气，发出沙哑的喊声："救命啊——"

孟海脸色苍白，将右臂搁在猪圈墙上，左手高高举起了斧头。随着一声滞钝、沉闷的声响，斧头猛地斫落，那右臂跃至半空。一片腥甜的血雨溶进火红的朝霞。右臂跌落地下，那只生命尚存的大手，握住一块石头——它紧紧地握着。死去。

大队改村，公社改镇。惶向人都已知道谁是神偷，以及孟海断臂的故事。选举村长时，人们沉默地投了孟海的票。没有人说什么，大家不约而同这样做了。

当人们看见自己的村长在街上走，右边那只袖子空荡荡地摇晃着，就会感到一阵心酸。他们望着深秋落叶的老树，沉重地叹息道："唉，人哪……"

雪夜

一

我的家乡是一个小小的山村。村后，有一座山从东面斜插过来，叫作"山楂岚"。在那缓缓的坡上，坐落着一间瓦房，门窗漆成蓝色；从大道上望去，十分显眼。这便是我的房子。

一九六九年春，我回乡插队落户。干了几天活儿，叔叔大爷们就在我面前嘀咕开了："你来家，便是家里人了。你对你爹妈说：盖一间房，早早打谱说媳妇，正经过日子。"我当时很奇怪：为什么要盖房才能说媳妇呢？为什么要说媳妇才算一家人家呀？……可是，既然长辈说了，我就写信转告父母。也不知大人们算的什么账，竟同意了这个主张，花了一千一百元，让大队包盖四间房。现在想想，真是笑话；可当时谁又能想到招工、上大学之类的出路呢？

好了，我有四间房了。我买了缸，买了盆，还买了一张据说是棺材板做的小炕桌……什么都有了，只差一个媳妇。不过，我不着急，我才十六岁呀！

冬天，大雪飘飘。我的小屋冻成了冰窖子，舀一瓢水，得破三层冰。不过，我喜欢这小屋，没人，安静。我常朝窗外看去——看白雪皑皑的南坡，看玉带般的南河，看巍然耸立的南山……我总是看得心里甜丝丝的，却又有点难受。

天太冷，我又没草烧炕，就到二妈家睡。我的伴儿——忠广大哥，天天晚上来我这里，自由自在地玩一阵，再和我一块儿回家。他呀，每次都挟着一把草来，进门就把草点着，丢在屋子中央，由它烟呀火呀地冒。满屋子白烟，呛得我睁不开眼。

雪夜，农民都早早地睡了。我和大哥在小屋里，海阔天空地谈；谈够了，我们又唱，专门唱"样板戏"。这些举动，在山村里就算作"膘"①，偏偏有个小孩，也有股"膘"劲，总想挤到我的房子里，凑个热闹。他叫建设，才十来岁光景。我们都烦他，动不动撵他："小建设，回家去吧，你妈要来找你啦！"他总是撇撇嘴，道："俺妈一开门，我就听见啦！"于是，我们便不客气地硬把他推出门去。这小东西，像根牛皮筋，出门也不肯离去。他一会儿趴在前窗上唱："好闺女——提篮小卖……"一会儿又敲敲后窗，拖腔拖调地道："奶奶，我爹他还能回来吗？……够呛！"直搅得我们追出去，他才飞也似的跑开。

小建设他爹，有一位朋友，是县城某厂的电工。这位电工师傅装了一架半导体收音机，四管的，装在绿色的盒子里，没有刻度盘，只有两个钮儿。一次喝酒，他把它带到建设家来了。

这是我们村里第一台收音机！

这下子，小山村轰动起来啦！走在街上，随便碰见哪个人，他都会对你说："嗨，建设家有块戏匣子！"一到晚上，青年们都拥到建设家，听戏匣子唱戏，挤得转身也困难。

我和大哥当然是常客啦，往人家炕头上一坐，直听到播音结束。不出三天，主人受不了啦。他对我说："你那么爱听，就把戏匣子搬回家去吧！"我一听这话，喜出望外，抱着戏匣子奔回小房。

老实说，这是一个调虎离山计。那些青年跟在我身后，呼隆隆地跑到我的家里。

我那间房子从此暖和起来，不再那么冷了。

---

① 膘——胶东方言，傻痴。

二

干什么都得有个核心，听戏也一样。我们这里的核心，除了我、大哥、建设之外，还有一个叫财君的。财君来那夜，雪下得很猛，他推门进屋，一边跺脚一边说："啊？戏匣子搬到这儿来啦？"接着，将手中的胡琴凑到灯下，仔仔细细地擦，把上面的雪水擦得干干净净。

村里人都说财君会拉胡琴，又说他聪明，人也俊俏，于是他成了全村最出色的青年了。其实，我是知道他底细的。那时，我当赤脚医生，医疗室就安在财君家东屋。他一有空就拉胡琴，真是刻苦勤奋。然而，他一拉胡琴我就草鸡了，因为他只会拉《红灯记》里的一段："我家的表叔数不清……"

财君不怕别人笑话，等到收音机开始广播样板戏，他就端起胡琴，"吱勾吱勾"地跟着拉。完了，别人听新闻，说闲话，他就一个人跑到西间屋去，继续练。无论什么曲子，他拉来拉去，总是拉到"我家的表叔"身上。半夜，散伙了，他从西间跑出来，差点冻成冰棍啦！可是你猜他怎么样？赔着笑脸对我说："把锁给我，我再拉一会儿……我走，给你锁好门……"

还有一个人，也是使我忘不了的。她是个姑娘，名叫翠枝。她不爱说话，夹在一群叽叽喳喳的女伴里，好像没这个人似的。可是，到了八点来钟，其他姑娘纷纷走了，只有她还留在这里。这时候，小伙子们的目光，就从各个角落集中过来，她就显得十分重要了。

她似乎懂得这些目光的含意，总是躲开它们。她从来不坐，也不站到收音机跟前，老是斜倚在门框上。每当伙伴们离去时，她都显得有点儿难受：她扭过头去，看她们走，直到门砰的一声关上了，她还不肯把目光收回来。然后，她就垂下头，用脚尖轻轻地搓泥地。她有两根粗长黑亮的辫子；其中有一根总是趁这机会，悄悄地溜过肩头，搭在丰满的胸脯上。于是，她用细巧的小手摸摸辫子，又把它往后一甩；接着，她抬起头来，朝那笨重的绿匣子看去。她的两只水汪汪的大眼睛里，闪烁出一种奇异的光彩来……

哦，每当我看见她这种神态，心里就会轻轻一动：翠枝真美！

她也是我们的核心人物。

三

雪夜，漫长的雪夜，庄稼人用它来睡觉。老天爷似乎有意这样安排：春、夏、秋，忙、忙、忙！然后再来雪夜，让庄稼人好好地睡，解除他们积攒了一年的困顿、辛劳。

可是，有了一个绿色的戏匣子，我们村的青年人就不肯这样度过雪夜了。在我那间小房里，充满了欢声笑语。你唱我哼，打打闹闹，时间过得飞快，雪夜变短了。

有个虎虎实实的小伙子，我们叫他憨老三，睡觉最出名。据说，有一年冬天，憨老三躺在炕上睡觉，他爹（也是一条好汉）整理石磨，把一扇磨盘擎起来，往炕上一放，正好搁在憨老三肚子上。人家连醒也不醒，就是把呼噜声压没了。等他爹干完活，把磨盘一搬，那呼噜声又像雷一般地响起来……就是这个憨老三，也来听戏，和我们一样熬夜。

憨老三说："真怪！平常天一黑就瞌睡，眼皮好像上了锁，说啥也睁不开。可是守着戏匣子，我怎么一点也不知道瞌睡？"

"人，总是需要精神生活的呀！"我书生气十足地议论道。

憨老三没理会我，继续道："我琢磨着，这和赌钱一样。大年三十，炕头上一坐，赌上啦！越玩越红眼，鸡叫也不知道——我就那时候不瞌睡。"

小建设说："今年过年，你别赌钱啦，来听戏，试试哪个瘾大！"

"别吵！"大哥严肃地说，"听，唱'朔风吹'啦！"

大家屏住呼吸，眼睛盯住戏匣子看——好像眼睛也能听。"朔风吹，林涛吼，峡谷震荡……"财君还在西间拉"表叔"，大哥吼了一声："财君！"他马上跑过来，提着胡琴听戏。完了，大伙一块儿扯开嗓门，唱起"朔风吹"来。

大哥摆摆手，止住大伙，道："别吵，听我唱！"他是权威，大家都闭上嘴，听他唱。唱完后，众人都议论道："像！像！就差没胡琴。"

我说："可惜财君不会拉这段。"

财君急忙说："我会拉，会拉！"

大伙就叫他试试。他坐下来，支起二郎腿，一本正经地对了半天弦，然后开始拉了。公道地说，第一句还像，第三句就乱套了，到了第五句，又成"我家的表叔数不清"啦！大伙哄堂大笑。大哥抹着泪花道："伙计，你可药死我啦！"

小建设跳出来，道："我哼，你跟着我拉！"

财君答应了。小建设刚哼了一句，大哥就按住财君的手，说："你别拉！"等小建设哼完一段，大哥一拍大腿，嚷道："啊呀，小嗓！和胡琴一样！你哼哼，我来唱！"

于是，大哥亮开嗓门，唱起来。小建设被大哥一夸奖，更带劲啦，一会儿模仿胡琴，一会儿模仿小号，哼得有声有色。大伙喝彩鼓掌，把房盖差点儿掀去。

我看见翠枝也笑了。她把通红的脸颊贴在门框上，用手捂住嘴，吃吃地笑。她苗条的身材，随着笑声一抖一抖……

大家都奚落财君，叫他烧胡琴，让大伙烤烤火。财君面红耳赤，高声地争辩："没有谱，谁能拉？你们给我操持谱来，我就能拉'朔风吹'！"

我看见翠枝不笑了，蹙起细长的眉毛，用脚尖在地上画圈圈……

大哥说："得了，没有谱，你要谱；没有女的，你就专拉女的唱腔。唉，早知道你光会拉'我家表叔'，我托生个闺女就好了！"

我脱口而出道："翠枝不能唱吗？"

大伙一愣，都把脸调过去，看翠枝。翠枝一闪身，躲进黑影里，只有那根辫子一晃一晃的，时而晃到灯光下。

大哥一拍巴掌，把长年弯曲的腰板也挺直了，高声道："这真是扛着金子要饭吃，这……这是怎么了？翠枝，来一段！"

大伙都喊起来："来一段！来一段！"

翠枝从门框后露出脸来，脸色红极了，好像熟透的樱桃。"俺不……俺不会……"说完，又躲进黑影里去了。

小伙子们都来劲了，直起哄，非要翠枝唱一段不可。财君最诚恳了，跑到黑影里说："你唱吧，'我家的表叔'我会拉到底，真的……"

翠枝没露脸，说了一句："人家真的……真的不会嘛……"听那声音，我好像看见两颗莹光的泪珠，在她大眼睛里打转。

到底是大哥老练，他忙说："不会，慢慢学，你没看见财君是怎么学拉胡琴的？学会了，你可一定要唱！"

这一晚，翠枝一直躲在黑影里，没露脸，但也没走，不知怎么的，我心里非常难过。

四

最讨厌的是村里那些爱嚼舌根的人。他们自己睡觉不就行了吗？偏偏不，说东道西的，惹人烦。村里传开一阵风，说翠枝到光棍家去玩，一玩就是半宿——瞧，单单说翠枝！

我听说这些话，心里气极了，跑到翠枝家，对她妈说："大婶，别听癞蛤蟆瞎哇哇，翠枝晚上在我那儿听戏呢！她没到光棍家玩。"

大婶好脾性，慈祥地望着我笑，道："我知道。她爱听戏，像她叔。她叔在县城里工作，天天晚上到戏院听戏，都出名了。"

我听了这话，高兴地跑出门去。

晚上，翠枝来了。她朝我笑笑，从身后拿出一本书，往炕上一丢。我们围上去看，啊，是一本《智取威虎山》的简谱！财君拿起书，激动地问："哪里弄来的？"

"俺叔的。"翠枝抚弄着辫梢，有点儿得意地说。

"好了，好了！我的胡琴有道道了。"财君红光满面地说。

众人学我大哥的腔调，齐声道："你有道道，我就成仙了！"

果然，事情不像财君想的那么妙，他还不识谱呢！可是财君歪着脑袋，蛮有把握地说："多看看，就学会了。"

财君又有营生干了。他趴在炕上，把书摊在灯光下，一边扒拉手指头，一边哼哼："一二三四五，哆来咪发唆，五，唆——"

大哥说："好伙计，你还是拉胡琴吧，我受不了这份洋罪啦！"

财君还是哼，一会儿，额头上就冒出汗珠啦！我看着他那入迷的样子，在心里感叹道：他的爱好，和他的知识相差得太远啦！老天爷为什么让他喜欢拉胡琴呢？又为什么使他懂得那么少呢！

可是，我渐渐地发现，翠枝身上发生了一种变化：她的目光，越来越多地落在财君身上。那么多小伙子看她，她躲到黑影里去；财君不看她，她倒看他，真有意思。

夜深了，大家散伙回家。财君向我恳求道："再让我拉一会儿吧，我刚刚学会了'朔风吹'的过门……我给你锁门！"

"好。"

走的时候，我发现一个奇迹：翠枝没出来。我凑在后窗上看看，她还是倚在门框上，看财君拉胡琴……

过了几天，伙伴们也发现了这个秘密。有一天往家走，憨老三用肩膀撞撞我，道："嘿嘿，翠枝和财君……有个道道哩！"

"别胡说！"我正色道。

又有一天，小建设跑到医疗室来，咬着耳朵对我说："昨晚上，翠枝坐下来，坐在炕沿上……"

终于，大哥发话了："伙计，咱们琢磨琢磨这事吧！"

于是，我们趁一个风雪之夜，"琢磨"开了。我们提前散伙，忽然隆隆地跑了。不一会儿，我们分成几帮，又悄悄地溜回来，趴在窗口上，往里面看——

财君对翠枝说了几句什么，翠枝点点头，从炕沿上站起来，走到屋子中央，把辫子往身后一甩，又朝财君点点头。财君操起胡琴，低头沉思一会儿，蓦地抬起头，看着翠枝……

接着，我们看到了真正的奇迹：胡琴声响了，翠枝挺起丰满的胸脯，高声地唱了起来：

> 我家的表叔数不清，
> 没有大事不登门。
> 虽说是，虽说是亲眷又不相认，
> 可他比亲眷还要亲……

啊，她唱得多么好听！那嗓子圆润、清脆，听了叫人心醉；声音从窗缝里钻出来，伴着风雪在夜空中飞舞，好像一串银铃，在我们头顶上不住地旋转……

我记得很清楚，翠枝唱出第一句，大哥好像被雪滑了一下，身子朝前一跌，伸出两手扑在窗台上。她唱完了，大哥忍不住大叫一声："唱得好！"

我们藏不住了，也不想藏了，呼呼隆隆地跑进屋去。大家都朝财君说话："伙计，今天跟你沾光啦！"

"你那'我家的表叔'到底是用上啦！"

"真怪，今夜你的胡琴拉出道道啦！"

翠枝羞红了脸，一个人躲在角落里，不抬头，不吭声。我靠在门框上，看看翠枝，看看财君，扑哧笑了。

大哥咳嗽一声，对大伙摆摆手，道："听我说，我想咱能不能组织一个俱乐部，自己演戏？"

大伙惊异地望着大哥，没回答。

"为什么不能！"大哥把手一劈，有力地说道，"咱们有的是人才，财君会拉胡琴，建设会哼哼，我会唱戏……翠枝唱得更好！过年，咱们在村上演，让社员们热闹热闹。"

"好哇！"小伙子一齐吼道。

翠枝慢慢地抬起头，久久望着大哥，两颗黑色的眸子像夜空中的星星，一闪一闪。

这一夜，好像已经过年了，大伙谈呀谈呀，别提有多么兴奋。出门时，雪下得正大，有人把电筒举起来，朝着天空射，喊道："看，雪！"顿时，好几柱电光射向夜空，雪片在光柱里跳跃着，飞舞着，好像无数只蝴蝶飞到了人间。我被这情景惊呆了，张开嘴，想说什么，可是雪花落到了我的嘴里，融化了，化成一丝清凉的甜水，直渗进我的肺腑……

雪夜，多美啊；生活，多美啊！

五.

我们决心促成财君和翠枝的爱情。这也不是一件容易事，财君这人太迂了。我们问他："你喜不喜欢翠枝？"

他回答："我来听戏，学拉胡琴，怎么好喜欢谁？……人家要笑话的！"

"你心里到底喜不喜欢？"

他不回答。

我们再三逼问，逼急了，他才蹦出一句："嘿，人家还能看上咱？"

好了，这事清楚了。

大哥教他："你要让翠枝知道你的心。哪天晚上，她陪你拉胡琴，你就对她说：'咱俩恋个爱吧！'"

财君急了，连连摇头："这还行？这还行？"

我说："要不，我帮你写封情书？"

"什么？"

"就是写封信，试探试探。"

"这……"财君终于同意了。

好，我肩负重任啦！我写啊写啊，把自己对翠枝的喜欢，都倾注在情书里。写完了，我看了几遍，又在前头加了一段拜伦的诗。最后，我得意扬扬地把这份情书交到财君手里。

没想到，财君刚看了几眼，就惊叫起来："这还行？这还行？满纸都是爱，爱，爱——"

"爱……不对吗？"我惶惑地问道。

他紧张地往四下看看，又飞快把情书揉成纸团，装进裤袋里走了。

这人，对爱情像对胡琴一样，一窍不通。

后来，大哥到翠枝家去了一趟。他按照古老的方式，找翠枝娘做媒去了。那老人真好，说："财君是个好孩子，他家也是好人家……孩子们乐意，由他们去吧！"

这晚上，我们的俱乐部也成立了，还分派角色：大哥演杨子荣，翠枝演小常宝，财君拉胡琴，小建设给财君"提词"——我们准备排《深山问苦》那场戏。

憨老三说："你们演戏，俺干啥？"

大哥指指收音机，道："这不还有戏匣子？你们学戏，学会唱了，再演。"

憨老三高兴地问："也让我演吗？"

大哥说："当然。除了你，谁还能演胡传魁？现成的草包司令！"

众人大笑。我们分成两伙：我帮着大哥他们排戏，在外屋；憨老三他们在里屋，绿色的戏匣子像一块磁铁，牢牢地将他们吸住了。

大哥拉着财君告诉他："今晚上你早些回去，俺得替你揭锅。"不想，这么一说，财君走了神，拉胡琴老跑调。大哥趁机说："今晚上算了，我和翠枝商量商量怎么演，你们早早回去睡吧。"把大家都打发走了。

接下来的故事就有意思了。大哥开门见山，把财君的心事、大伙的看法，都对翠枝讲了，还特别提到她妈的意见——当然夸大了。他讲得眉飞色舞，头头是道，我听了也大受感动。

翠枝还是倚在门框上，垂着头，摆弄着辫梢。大哥讲完，瞪着眼睛望她，她也不肯开腔。我想，她也许是害羞吧？便扯扯大哥衣角，叫他别说话。

可是大哥到底憋不住了，说："嗨嗨，别不好意思，这号事嘛……你说呀！"

"我不。"翠枝抬起头来，清清楚楚地道。

"啊？！"我和大哥都惊跳起来，嘴张得老大，半天也转不过神。

"你们的心真好……唉！"翠枝叹息道。她好像下了决心，把辫子往身后一甩说:"对你们说了吧,我不想留在咱村。"

"你……你上哪?"我焦急地问道。

"上县城。我叔给我找了工作,到剧团去卖票,是临时工。不过,日子长了兴许能转正。"

"什么?卖票!"大哥噌地站起来,喊道,"还是临时工!"他气得在屋里直转圈,最后,又在翠枝面前站住了,"就为这个离开咱的家乡吗?就为这个不要人家财君吗?你也……太没出息了!不错,咱村穷,一个劳动日才值两角钱,那又怎么了?将来会富!……"

"我不是为了钱!"翠枝委屈地叫道。

"你为什么?"

"我为……看戏。"

翠枝失声哭起来,两根大辫子都溜到前面,挡住了她的脸。我和大哥一震,呆呆地看着她。她,竟是这样地热爱文艺。

沉默了许久,大哥用低沉、沙哑的声音说:"咱们已经有俱乐部了,就是因为有了一台戏匣子。将来,总有一天,咱们家家都有戏匣子,说不定家家都有电影!……就是没有吧,还是穷,你就撇下家,一个人去看戏?你能看下去吗?你能忘了这俱乐部吗?我说,演戏总比卖票强,用自己的手,为自己的穷家乡挣一块戏匣子,总比跑去当临时工强!你想一想吧。"

翠枝不哭了,转过身慢慢地朝门口走去。我情不自禁地叫了一声:"翠枝!"

她回过头看看我们,那双大眼睛里充满了矛盾、痛苦,然后走出门去。

"唉——"大哥长叹一声。

六

我和大哥做媒不成,反倒弄巧成拙。翠枝晚上还是来,但她显得更矛盾、更拘束了。我们也觉得不自在,别别扭扭的。财君还蒙在鼓里,等着听好消息呢！他显得特别快乐，胡琴拉得更带劲，好像希望在那弓上。

戏，总算排出眉目来了。正好，这天晚上，收音机广播《智取威虎山》。戏匣子里锣鼓一响，是"小常宝"！财君就匆匆忙忙地拉胡琴。大哥和翠枝走到屋子中央，对看一眼，演开了。

"叔叔，我说，我说！"

有个小伙咻咻一笑，憨老三立刻捣了他一拳。大家屏住呼吸，盯着翠枝。翠枝真有点儿天才，唱得好，表情更好，时而她的大眼睛里怒火中烧，时而两颗晶莹的泪珠在眼眶里打转转……抬头、甩辫、转身，都是节奏分明。大伙开始还注意戏匣子，后来便把它忘了，仿佛那里面传出的声音，都是翠枝唱的！

我望着翠枝，心里不禁诧异起来：她怎么变了一个人啦？她忘记和财君那段事了吗？她忘记自己身处在小伙子们中间了吗？她不是翠枝，真的变成小常宝啦！这时候，我脑海里掠过一个念头：她应该走，应该飞出这草窝窝。她是一只金凤凰呀！

翠枝唱完了，该大哥唱了。可是，没等大哥开口，大伙就疯狂地鼓掌，叫好。最好笑的是憨老三，他站在戏匣子前，嘴巴张得老大，胳膊擎得老高，像个木头人似的，一动也不动。等大家渐渐安静下来时，他的巴掌忽然往下一劈，牛叫似的吼道："好——"

这一劈，闯祸啦，他的巴掌正好拍在戏匣子上！你想想，憨老三多有劲儿，那巴掌简直是熊掌，石头也能拍碎了，何况那戏匣子？——好，戏匣子不响啦！

这下子，大伙都着忙啦！七手八脚地摸那绿色的木盒，好像抚摸它的伤口似的。大哥喊了一声："都下炕去！"自己爬上炕，把戏匣子抱在怀里，大着胆子拆开后装板。小伙子们趴在炕沿上，拼命伸长脖子，往戏匣子里看——天哪！里面竟有那么多的疙瘩块块！毛病出在哪里呀？大哥小心翼翼地伸进一个指头，按按扁块块，摸摸圆疙瘩，可是除了几声"咔"声外，什么戏也不唱啦！

大哥呆坐了一会儿，默默地去把建设他爹请来了。建设他爹不作声，抱起戏匣子就走。大哥赔着笑脸道："嘿嘿，二叔，你看这事，真不强……"

建设他爹板着脸说:"没什么,没什么!"又回头道,"建设,还不快滚回去睡觉!"

建设父子走了,收音机被他们抱走了。没有人说话,屋子结成大冰块了。大家看着那扇没关上的门,一动不动,好像心也被人带走啦……

七

戏匣子坏了,我们的欢乐,也仿佛跟着戏匣子去了。俱乐部一天不如一天,人渐渐地散了……只剩下我、大哥、财君、翠枝,还坚持排戏。

憨老三仿佛自知有罪,不敢跟着别人走。他也不肯上炕——事情就出在炕上——只是蹲在墙角落里,看我们几个排戏。可是,看了一会儿,他大头一歪,便睡着了,打出来的呼噜声,比财君的胡琴都响。亏他睡得着,要我早冻僵了。大哥看不过去,就上前踢他一脚道:"回家睡去吧!"

"嘿嘿,"他蛋咧咧①地往外走,一边走一边找话说,"嘿嘿,玩这个不如赌钱,赌钱我就不知道瞌睡……"

那财君也会凑热闹,偏偏在这最丧气的时候,问起他的亲事来了。黑夜里,他追上我们,怪不好意思地问道:"这些天,你们活动啦?"

"嗯哪。"

"嘿嘿,还有个道道吗?"

"……"

见我们为难的表情,他摸着胡琴,有气无力地问道:"怎么啦……"

"翠枝要出去工作,到剧团去!"

"人家有福气呀……"他喃喃地说道,转过身,走了。他哭了,伸手去擦泪,弓子从他手里滑脱,溜着琴弦滑下来。黑暗里,胡琴发出

---

① 蛋咧咧——胶东方言,害羞。

"吱勾"一响……

第二天夜里，他没来，翠枝来了。我们三个人，冷清清地待在屋子里，没有胡琴，不能排戏。我们也没有心思排戏。翠枝还是倚在门框上，望着小油灯出神。我不禁又提出了问题：她为什么还要来呢？眼看这一桩桩事情发生，她是怎么想的呢？

小油灯晃呀晃，映照着大哥瘦黄的脸盘。他仿佛很冷，身子微微地抖着，卷烟的时候，好几次把烟末撒在地上。坐了一会儿，大哥终于站起身，说："走吧，这儿太冷啦！"

我们默默地走出屋去。今夜真平静，没刮风，没下雪，还有月亮。银色的月光和银色的积雪相映生辉，融成一片，似乎比往常亮了一些。我拿起沉甸甸的大锁，去锁门。当大锁发出咔嗒一响时，我的鼻子一酸，我想起前几天拿着手电照雪的情景……啊，只要有一架收音机就行了！那一切都会重现的！这多么简单呀，可又多么可笑呀！

我转过身，发现大哥和翠枝脸对脸地站着，都没有走的意思。我也站住了。过了一会儿，大哥用颤抖的声音说："翠枝，你走吧，你到县城里去吧！这儿，这儿太闷人了！"

"不，我想好了，不走了！"翠枝清清楚楚地说道。

"什么？"我吃惊地叫起来。

"人，那么可怜吗？就叫一台机器治住了吗？"她顿了顿，又一字一句地说道，"以前，我从来没那么想过，现在想了，我就不走了。我要用自己的手，挣一块戏匣子，不吃肉，不穿新衣裳，也要买。其实，这不是一件很难的事情……"

说到这儿，她微微地扬起脸，笑了。月光照射在她的脸上，浅浅的笑容浮现在皎洁的脸盘上，更增添了美色。生活总是美好的啊！

"真的吗？"大哥轻声问道。

"嗯！将来，你们到我的家里听戏吧，在我的家里办俱乐部，演戏……"她忽然脸红了，仿佛忽然记起了这句话的含意。她一甩长辫，转身跑了，踩得脚下的积雪咯吱咯吱地响。一会儿，这响声变成了笑声，轻轻的，轻轻的，好像雪花飘落在地上……

曹牛鬼

一

我们家乡有一首歌谣。歌谣开头这样唱："南寨北寨，一条河儿隔开。东果西果，河水送着上台……"南北寨、东西果、上台都是村名。歌谣往后怎么唱的，我都忘了。但记得围绕一条河，把家乡的村村落落都唱进去了。每当我想起这首歌谣，眼前就出现那条秀美、清湛的河，出现长满柳树青草的、坑坑洼洼的河滩，出现河两岸掩映在绿荫里，显露于山坳间的小小的村庄……歌谣的词忘了。但节奏还在，一拍一拍的，在我心中荡漾。于是，一种浓浓的，带着醉人惆怅的思念之情，便随着歌谣的节奏，一阵一阵地涌起来！

教我这首歌谣的，是一个放牛的老头儿。他本名叫曹恩正，解放前说书要饭，在我们家乡一带颇有点名气。就为这，他被划为"牛鬼蛇神"。他挨斗时讲笑话，叫人把门牙打落了。他住在河滩一座小屋子里，终日与牛厮混。取这几层意思，人们叫他"曹牛鬼"。

听说曹牛鬼这个人，正是我学写作学得很苦的时候。我曾到公社中学拜慕旭为师，但没学多久，就被学校领导赶走了。于是我又回到我的小屋，艰难地写着，写着……我听老人说起他，神乎其神，说他说书有勾魂术。还举例说，上台村有个老娘们，做饭做了一半，听见曹牛鬼说书，扔下烧火棍就跑上街，结果忘了灶里的火，把房子都烧了。我很奇怪，曹牛鬼讲故事，怎么有那么大的魅力呢？于是，我又起了访师的念头，把门一锁，顺着大河沿找曹牛鬼去了。

我在河边的一片柳林里找到了他。这里的柳树叫"平柳"，没有长长的柳丝，树叶呈椭圆形，树形弯曲盘蜷，千姿百态。曹牛鬼就坐在一棵古朴怪绝的老柳树下，看上去像是这棵树的精灵。他是一个干瘦的小老头儿，见人就笑，露出几颗残缺的牙齿来。我见面就叫他"老师"，这使他很高兴。他鬼头鬼脑朝四下张望一阵，便盘腿正坐，背靠老皮斑驳的柳树干，道："先说一段听听吧！"

他要我说书，我就从书包里拿出自己的作品——长篇小说《河畔风云》，高声朗读起来。他半闭着眼睛，圆溜溜的小脑袋随着我抑扬顿挫的声调，朝前一点一点。到底是自己的作品，越读越有感情。正当我最卖力时，曹牛鬼却竖起赶牛鞭，叫道："得得，别念了！"

"怎么了？"我惊愕地问道。

"你去说书，准得饿死！没有扣儿，没有包袱，谁听？说得也不好，直着嗓子喊，驴叫似的！"

曹牛鬼一席话，把我噎得够呛。他自己倒趁势说开了故事：从前有个说书的，说得太糟糕，一开场人就跑散了。他的自尊心大受损害，说书时便带上一把菜刀。等到人又跑了，他抓住一个跑得慢的，高高举起菜刀——"好汉饶命，我给你钱！""不要钱，听我说书。叫声好，我放了你；不叫好，看刀！"他把菜刀按在人家的脖子上，自己说开了大书。没说上几句，那听者把脖子伸得老长，大叫："啊呀呀，快杀了我吧，我遭不了这份罪啦！"

曹牛鬼挤眉弄眼，探头伸颈，把说书的与听书的扮演得惟妙惟肖。我一边听一边笑，笑得肚子疼。最后，曹牛鬼一本正经地点了点我的鼻子，道："你就和那个说书的伙计差不多。"

"那怎么办？"我问。

"跟我学放牛吧！"

放牛？这分明是嘲笑哩！我气鼓鼓地要走。走几步，回头看看，那小老头儿还盘腿正坐在老柳树下，手里摇着赶牛鞭，鞭梢一圈一圈地缠到鞭杆上……我忽然感到小老头儿在施魔法，把我往他身边吸。我坚持不住了，又跑回他身边，叫道："好咪，我就跟你学放牛！"

曹牛鬼眨眨眼睛，手腕一晃，又把牛鞭往反方向摇。于是，鞭梢一圈一圈地从鞭杆上松开了。

二

我和曹牛鬼放牛。

每天清晨，我们把牛赶到河滩上，牛吃草，我们聊天。河水在流，不时撞到突出在水面上的圆石，跳起朵朵小花。河两畔飘荡着白雾，雾贴着地面，仿佛是从坑坑洼洼的河滩草丛里升腾起来的。雾里带着一股浓郁的、发酵的青草味儿，老牛、小牛便冲着那味儿寻去，隐在雾里吃草。太阳升起来了，灿烂的霞光把雾越压越低，牛很难藏住身了。时而，雾里昂起一个牛头，冲着东方长叫一声"哞——"；时而，雾里闪出一个牛腚，牛尾巴悠悠地一甩……我被河滩的黎明陶醉了，眼前的景色那么深、那么深地印在我的脑海里。我多么想把它写下来啊！可是，我犹豫了：这太美了，太美了！人不可能把它写在纸上……

中午，日头毒了。曹牛鬼把牛赶进柳林子里，他在那棵怪柳下坐好，对我说，他要说书给牛听。"牛不懂人话。但我有办法叫它们懂。"他随手扯了一根柳枝，削削拧拧，眨眼做成一个柳哨。放在嘴里呜地吹出一声响来，牛都立即扭过头，注意地望着他。

"看见了吧？"曹牛鬼得意地冲我挤挤眼睛，那神情像个孩子，"你是不懂的。"

我不服气："谁说我不懂？"

"那你听，我说了什么？"曹牛鬼含着柳哨，咿咿呀呀地吹起来。我竖起耳朵，仔细听，那声音确实像人话，可我听不懂他在说什么。

"懂吗？"曹牛鬼问。

我摇摇头。

他开心地笑起来："我说，伙计呀，你还戴着'驴捂眼'呢？连牛也不如，牛都能听懂！"

我看看牛群，牛咧着方阔嘴，似乎在笑我。我狼狈地扶扶眼镜。

整个中午，柳林里回荡着柳哨声。曹牛鬼一会儿说书，一会儿唱戏，还念出一段段歌谣来。"南寨北寨，一条河儿隔开……"那首歌谣，就是他用柳哨吹给我听的。

在此之前，我老记不住大河两岸的村名。现在，那咿咿呀呀的柳哨声，那明快的节奏感，把家乡的村村落落刻在我的脑子里，你一听，就会想到童年，想到你光着屁股满街跑的时代……我被这种情感打动了，跑过去搂住曹牛鬼的脖子，尽情地摇呀摇。曹牛鬼很得意，做着鬼脸，把柳哨吹得更加响亮。

哦，那时我多么欢快啊！这种欢快的心情与美丽的大自然融合在一起，至今想起还会令我陶醉！

曹牛鬼并不总是欢乐的。夜里，他变得胆小。我们住的小屋孤零零地坐落在河边。夜深人静，总是听见柳林子里有什么东西在响。曹牛鬼告诉我，这是夜叉在巡夜。我问他夜叉是什么模样，他紧张而又严肃地说："很黑，很大，很高。"他的神情像是亲眼见过。他害怕夜叉，常常半夜里坐起来，把耳朵贴在墙缝上，一听就是许久许久。

有一次，我被从梦中摇醒，曹牛鬼颤抖的声音在我耳畔低低地响："你听，你听——"

柳林子里，一只猫头鹰在叫。高一声，低一声，那长长的尾音在夜空中飘旋，很是瘆人。从窗棂格格间射进的月光，也变得惨白惨白。

"有什么了不起？猫头鹰呗！"

曹牛鬼不好意思地嘿嘿两声，吞吞吐吐地道："它那么叫，我就睡不着。心里慌呢！"

一种英雄气概在我胸膛里升腾起来。我掀开被子，跳下炕，一边往门外走，一边说："我赶它走！"

"小心碰见……夜叉！"

我出了屋门，向柳林走去。想到曹牛鬼正缩在炕角落里瑟瑟发抖，我又好笑，又自豪。猫头鹰是找不到了，它看见我步入柳林，哪里还敢叫？我似乎是为了显示勇气，执拗地在柳林子里走。月光朦朦胧胧，给地上的一切抹上了一层神秘的色彩。于是，大自然的美更加含蓄，更加神奇。黑魆魆的柳树好像都变成了人，有的站得笔直，有的扭着腰，有的仿佛在卖俏——把头那么一偏。我看不见大河，但是河水在流动，哗啦啦，哗啦啦，这声音一直在耳边响。我忽然想到，假如没有流水声，柳林的夜，一定非常可怕。

大河在歌唱，唱一支生命的歌，在歌声中，柳树都活了，变得像人，变得美了……

我走回小屋子。我心中凝结着柳林子给我的感受：一片幽远、凝重的蓝色，一支跳跃的旋律在蓝色中穿行。我很想点亮灯，把它写下来。可是曹牛鬼干扰我了："赶走了吗？"

"赶走了。"

曹牛鬼敬佩地摸摸我的背，说："你阳气足，鬼神不敢近！"

我躺下了，心里很满足。

正当我要重入梦乡时，曹牛鬼又说话了。他用一种悲怆的声调说："一个人，真孤单啊！"

这种声调很有感染力，我的心涌起一阵阵的酸楚。我想问他：你为什么会这样呢？你的老伴呢？你的孩子呢？可是我什么也没有问，只是感到心酸。我就在这种心境中沉沉睡去。蒙眬中，我仿佛听见曹牛鬼在叹息，又感到他似乎抱住我，轻轻地摇晃着，反反复复地说："你别走，你别走……"

一个人很难说清他的一生。但他有时候会迸出一句话来，这句话往往能概括他一生的悲剧。

三

白天，曹牛鬼又神情焕发，我在他面前又不怎么显眼了。他老是揶揄我，寻我开心。我的书本知识在他眼里一文不值。他经常以自己不识字为自豪。我急了，抬出大人物来了："托尔斯泰知道吗？莎士比亚知道吗？"可他对这些文学泰斗毫无敬意，少不了讽刺挖苦一番。我也看透了他那套把戏，"飞镖黄三泰"，"五鼠闹东京"，捣鼓来捣鼓去老是这一套。有时候，我想到我居然会拜他做文学老师，自己也觉得好笑。

可是，有几件小事使我重又敬佩曹牛鬼了。他叫我明白：在更深更高的艺术领域里，他可以当之无愧地做我的老师。

有一天，村里跑来一个会计，挺着瘦小的胸脯，眼睛瞪着天，来检查牛群，教训曹牛鬼。他是代治安主任跑腿的，可架子比治安主任更大。曹牛鬼唯唯诺诺地供奉这位小钦差。人一走，他却大声骂道："呸，羊圈里蹦出一头驴——显出你那大个儿来啦？"

我一听，觉得这句歇后语很妙，就掏出小本，把它记录下来。曹牛鬼发现了，诧异地说道："这玩意儿你也要吗？来来来，我送你一大车！"

他舔舔残缺的牙齿，张口来了一大串："光着腚推磨——转圈儿丢人；山草驴下蚂蚱——一辈不如一辈；家雀跟着蝙蝠飞——瞎熬眼……"

我写着，记着，累出一头大汗。

曹牛鬼眨眨眼，一挥手道："这么着太乱，还是按套套来吧！先说黑瞎子，再说猪八戒……黑瞎子掰苞米——捞多少丢多少；黑瞎子睡凉炕——倚着身板壮……"

我没法写了。曹牛鬼的歇后语太多了。我终于明白了：要是把这些歇后语全记下来，那就什么也不用干了。

曹牛鬼把黑夹袄掖紧，挟着牛鞭杆，原地走了两个圈，然后颇为得意地训我道："小老弟，你往本儿上记，顶事吗？话从心里出，你心里没有话，去翻那本本，说出来能接茬吗？照我说，你快把这本本扔到河里去吧！"

曹牛鬼这番话深深地刺中了我，我忽然觉得一本正经地记录人家的语言，实在愚蠢。我真的把本子扔进了河里。河水将它卷走了。

给我留下最深刻印象的，是和曹牛鬼在南山放牛的那个傍晚。我们坐在一片巨大的青石岸上，看牛在山洼里吃草。夕阳斜射，北面连绵的青峰，泛出淡淡的紫色。山脚下一个挨一个的村庄，变得那么小；从烟筒里升起的缕缕炊烟，散开来，织成一片薄纱似的雾，将村庄轻轻地遮掩起来……我们入迷地望着南山，谁也不说话。

"你相信地气吗？"曹牛鬼忽然问我。

我知道，他说的地气就是风水。我摇摇头。

"嘿嘿。"他笑了，笑得很神秘，仿佛掌握了我永远不能理解的秘密，"嘿嘿，你是不懂！我告诉你，地气很有讲究，由不得你信不信。你看，曹家寨后面那座山，像什么？"

我朝他旱烟杆指的那座山看——这山，中部拔起一座孤峰，两翼平平地展开。山梁延伸一二里光景，又与其他隆起的山峰连接起来。我左看右看，看不出有什么特点，便茫然地摇头。

"这是一顶乌纱帽，孤峰是帽筒，两边的山梁是帽翅，正正地扣在曹家寨头上！"他伏在我耳旁说，"老辈子人都说，凭这山，俺老曹家该出一斗豆子那么多的大官！"

我听了觉得好笑，便问："到底出了几个呢？"

曹牛鬼泄气地摇摇头，道："论大官，一个也没出。"

"这不，地气也不灵吧？"

"敢说地气不灵？"曹牛鬼又把旱烟杆伸出来，"你再看，这条道像什么？"

一条小道从那座孤峰顶上垂直地挂下来。到了半山腰，小道分成两股，平行通往曹家寨。远远看去，黄色的土道印在褐色的山上，显得分外清晰——它像一把叉子！

"对，像叉鳖的叉子，直叉俺曹家寨！你说是不是地气显灵？那一斗豆子大官，都叫叉子叉住啦，起不来啦！"曹牛鬼脸红脖子粗地嚷道。

真绝！我越看，越觉得那乌纱帽和叉子真像，不由得感叹起来：亏得曹牛鬼天天放牛，看了多少遍山，看了多少遍水？他把什么都看透了，看活了！

"你看北寨后面那座山，像什么？"曹牛鬼又指着西边一座山问我。

我的想象力活跃起来，脑海里浮现出许多美丽的幻想。瞧那座山啊，东边挺立着一座悬崖，看上去像鸟嘴、鸟脖子；西边是一片平缓的山梁，山梁中间延伸出一个小山坡，好像一只翅膀从鸟背上垂下来；再往西，整座山逐渐地低下去，低下去，最后消失在一片平原上——那不正是一只鸟拖着长长的尾巴吗？……

"凤凰，像只凤凰！"我高声叫道。

"对喽，这山就叫'凤凰崖'。据说，有一只凤凰落在北寨，只要凤凰一飞，北寨就出一个皇上娘娘。可是，凤凰看看北寨太穷了，姑娘们连衣裳也穿不上。她不忍心飞走，就待在那儿，等北寨富。等了多少年啊，北寨的日子过好了，她自己却化成一座山。北寨到底没出娘娘，可是北寨尽出好姑娘，长得俊俏，心眼儿最善——都像那只凤凰啊！三邻五村的小伙子，都爱到北寨找媳妇。"

我听得入了迷。好像有一只看不见的手，轻轻拨动我心中的琴弦。北寨的好姑娘，凤凰的化身，我想着她们的美丽，她们的勤劳，她们的善良……再看看那座山吧，多么端庄，多么秀丽，晚霞披挂在它的身上，反射出金灿灿的光来。那座悬崖高高地挺起，向着东方，好像凤凰在祈求太阳早早升起，将温暖的阳光洒在穷困的北寨，洒在我故乡的贫瘠的大地上……

曹牛鬼慢悠悠地讲着，讲完凤凰崖讲马石山，讲完马石山讲绣云坡……那一座座千姿百态的青山哟，原来都有美丽动人的传说。

我看啊看啊，整颗心都沉浸在笼罩暮色的山水中。曹牛鬼是高明的，他使我第一次感受到大自然的内在美！

老牛哞哞地长鸣，我们赶着牛群下山。夕阳已沉落到大地中去，群山变得苍苍莽莽了。夜幕似乎像浓重的雾，从地下逐渐升腾起来，淹没了村庄、山岚，淹没了西天的晚霞……曹牛鬼问我想不想骑牛，于是，我爬到一头长着大弯角的牛的脊背上去了。老牛蹒跚着，蹚过了河，翻过了堤，走过了墨绿色的庄稼地。我抚摸着弯弯的牛角，只觉得眼前一片迷迷蒙蒙……

我感谢曹牛鬼。他使我看到了真正的艺术才能——一种渗透在性格里的、天然凝成的艺术才能！有了它，你就能诗化生活。

四

我还是没有放弃写小说的痴想。白天放牛，夜里就坐在小油灯旁，苦苦地写那些没人要看的故事。曹牛鬼开始老嘲笑我。日子久了，他似乎被我的痴迷劲感动了。深夜，他再不去听柳林里的声音，双手抱住膝盖，呆呆地看着我，看着小油灯……

一天，曹牛鬼忽然在我身后说起话来："我想起一个人，你拜他做老师，准能出息。"

我问："谁？"

"那可是贵人！过去，他当过县里的宣传部长哩！这人有学问，再早念过老私塾，还上过大学。他是个地下党，拉起队伍打过仗——能文能武。前些年，县文化馆组织俺去学习，他给讲过课。人家讲话，丁是丁，卯是卯，俺听了心里清亮，都服他哩！"

"现在呢？"

"也倒运了，乌纱帽让人摘了，在马石山林场劳动改造呢！"

曹牛鬼说完，抽开了旱烟。我也低下头，写我的小说。可是他说的那个部长，老在我心里活动。我想：部长真能教我写小说多好哇！可我又舍不得曹牛鬼；再说，他肯让我离开他吗？

曹牛鬼把烟锅在炕沿上敲得啪啪响，好像看透了我的心思。他大声说："走，你去找他！你跟我学不到正儿八经的东西，年轻轻的，别在这柳林河滩误了大事。"

我惊讶地回头瞅他，只见他的小眼睛里闪着坚毅、恳切的光亮。我知道，是离开曹牛鬼、离开柳林河滩的时候了——生活在前进，人在发展，我不能够永远停在一个地方。我没再说什么，继续写小说。

深夜，清冷的月光把一片树影投进窗口，斑斑驳驳地洒在炕上。我和曹牛鬼都睡不着，可谁也不说话。柳林子里不时传来咔吧咔吧的声音，不知是枯枝断裂，还是真的有人在走路。我想起我走后，曹牛鬼将一个人待在这里，心里不觉酸楚起来……

"你不能养条狗吗？"我问。

"养狗干什么？"

"和你做伴。"

"狗吃粮食。"曹牛鬼叹息了一声。

我默默地望着炕席上的树影，不再吱声。

曹牛鬼坐起来，装上一锅旱烟，于是，我耳畔响起嗞啦嗞啦的声音。他咳嗽两声，忽然变得兴奋了，用发尖的声调说："我年轻时，可风流了，交往了好些个大闺女。我这人没常性，交一个，扔一个。我老想日子还长，谁知明天是啥样子？东县有一个叫四嫂的闺女，追我追出一百多里路，我那时真狠心，一边说书一边往西跑，就不肯和她待在那穷地方……她现在也有五十多岁了，不知最后嫁给了谁。"曹牛鬼停顿了一会儿，抽了两口烟，又道："人都有报应，现在我活该还风流账啦！"

我暗暗地赞同他的结论。

曹牛鬼碰了烟锅，吐了口唾沫。他提高嗓门，颇有几分自豪地说："人生在世，谁没毛病？我现在还是这样，老想着明天。老支书扛不了折腾，跳井死了，我就不走那条路，心里老对自己说：熬过这阵子，兴许强些……夜里我一个人睡在这小屋里，有时梦到太阳，很暖和的太阳！"

曹牛鬼欣然躺下，问了一声："明天走？"便睡过去了。

黑暗的炕角落里，传来噗噗的吹气声。我望见窗外的大空中，有一颗挺亮的星星，那么遥远——它使我想到人生。在生命的旅程中，总有漫长的黑夜。每个人都有度过黑夜的方式，但关键是要度过去。曹牛鬼梦中的太阳，不正是生命力的炽热的火吗？

我沉沉地睡过去，梦见曹牛鬼在阳光下吹柳哨。他摇晃着上身，吹得悠扬，吹得生动。他在吹一首歌谣，一拍一拍的节奏，在我心中回荡。和着这节奏，我眼前出现了永不停歇的大河，出现了千姿百态的青山，出现了小小的迷人的村庄……

五

天亮了。

我帮曹牛鬼把牛赶到了河滩上。安睡了一夜的牛，蓄足了精力，蓦地来到河滩撒开了欢，有的跑两步冲天长鸣，有的犄角顶犄角地斗起架来。河滩上顿时洋溢起勃勃的生气。

曹牛鬼又神气活现的了。他坐在那棵古怪的老柳树下，朝四下张望。我向他告别。他把赶牛鞭竖起来摇，鞭梢又一圈一圈地往鞭杆上缠绕着……这一切，和我来时多么相像啊！

我走出几步，忍不住回头去看看他。曹牛鬼不知何时站立起来，他挂着牛鞭，消瘦的身躯向前倾斜；见我回头，他露出几颗残缺的牙齿，冲我微笑……

我离开了柳树林，再也没有回去。但我永远忘不了曹牛鬼，忘不了这群牛。有时，柳林的清晨和深夜，清晰地浮现在我的眼前。我有意无意地模仿我的老师，总是怀着希望去度过我人生道路上的黑夜；还有，我总是力图把我周围的生活变得像诗一样——不管它本身是怎样的！

快乐的画家

初遇老范

我们公社有一个新华书店。叫它"书店",实在有点冤枉,它同时还卖泥盆、铁锅等家用什物。提起生意,更可怜了:买铁锅的庄稼汉排起长队,常常挤得玻璃书柜乱晃。不过,门前挂的毕竟是书店牌子,还有一棵婆婆娑娑的古树。在这荒僻山乡,也可算文化中心了。

我常去这书店闲逛。那时候,只卖三种书:毛主席著作、样板戏剧本、长篇小说《金光大道》。可是我走过门口,看看牌子,望望古树,总忍不住跨进门去。那里有个挺有意思的人,大家都叫他"老李"。他的生意清淡,整天关着门,就反反复复地看《金光大道》。我去时,他常操着乡音,眉飞色舞地向我讲高大泉如何如何。

那时候,我学着写小说,想找个地方碰碰运气。有一天,我问老李,县里有没有管文学创作的单位。老李细长的眼睛往四下一瞄,扯扯我的手道:"你看见窗前那个人没有?他是个画家,县里、地区都闯荡过,保证知道底细。"

我扭过头去,只见一个身材瘦小的人,微弓着背,站立在窗前看书。老李叫道:"老范!"他敏捷地抬起头,目光烁烁,朝这边看。"给你介绍个朋友,写作的——他!"

老范快步跑上前来,双手握住我,热情地笑:"呵,呵!"那双手干瘦，却很有力，握得我很紧，捏了又捏，仿佛暗示我们心贴着心。

我们交谈起来。我得知老范是青岛工艺美术学校毕业的，因父亲的历史问题，全家被遣返回辛庄。他那一技之长，在穷乡僻壤很容易露出头角，县里调他去画连环画，地区调他去办展览。现在他回来了，在村办的小学任美术教师。这番经历叫我折服，我便把自己的心愿告诉了他，求他指教。

"文化馆！"老范热切地说，"咱们这些人都归文化馆管；还有幻灯、图书、展览……大凡有道道的业余作者，有作品被文化馆相中，便会被调到馆里去。嗨，那里条件真叫是好！"他神采飞扬地介绍开了："图书室就在大院里。我告诉你，上图书室也有门道：北边一间屋老挂着锁，里面全是被封的书，凡人碰不得。但作者经于馆长批准，可去查阅参考书。书就堆在地下，山一样的高，净是外国名著、古典精华。嗨，你要会翻，别怕沾一身灰尘，那里什么宝货都有。有一回，你猜我翻到了什么？一本巡回画派的画册……"

他津津乐道讲起俄罗斯巡回画派来，说了一串我很陌生的名字：克拉姆斯柯依、列宾、苏里柯夫……他向我表示，他一生最崇拜巡回画派，崇拜他们卓绝的现实主义油画，崇拜他们伟大的人格！

我下乡插队这些年，头一次听到这样的谈话，被他的才华弄得眼花缭乱。瞧他那激情：细长的手臂猛烈地晃动，微弓的脊背挺得笔直，眼睛里射出雪亮的光，尖细的嗓音嘹亮、激越……可怜的新华书店盛不下他了！买土盆瓦罐的庄稼汉惊愕地望着他，售货员们捂嘴窃笑——这使他显得有些不合时宜。

后来，他要走了。我毕恭毕敬地送出门去。走到门口的古树下，老范忽然压低嗓门问我："你回上海探家，没有听说稿费的消息？"

我茫然地摇摇头。

他往前凑了凑，飞快地说："最近中央开了个出版会议，据传周总理在会上说，稿费还是要有的。不过又听人说，江青有话，稿费是不义之财……"

他昂起头，望着枝杈纵横的古树，望着刚刚冒青的嫩芽，脸上浮出孩童般天真的笑容。"我们这帮画画的，常在文化馆嘀咕，要是真有了稿费，咱先买一车糖精，倒在文化馆大院那口井里，以后咱这些写写画画的伙计，就可以天天喝甜水啦！哈哈……"

他大笑着离去，给我留下美妙的幻想：井水慢慢渗，糖精慢慢化，喝不完的甜水……这就是创作生活！

我回到书柜前，发现老李一脸鄙夷，那下垂的嘴角，又分明透出浓浓的醋意来。我忽然想到，这半天冷落我们的《金光大道》专家了。于是，我讪讪道："这个老范也有些水平……"

"嘻嘻，"老李不怀好意地笑起来，"你没问问他，这般有水平，怎么叫人打发回来了？"

我一怔，暗自称是。

老李隔着柜台在我耳边说："你知道吧？老范钻进图书室看书，把画册里的画撕下来，贴肚皮藏好。偷多了，露了马脚，叫于馆长赶走了。他们传得可热闹啦，于馆长一拍桌子骂道：'你这个孔乙己！'老范浑身筛糠般地抖……"

老李一边说，一边甩着手指头抖，逗得我哈哈大笑。这件不光彩的事情，把我对老范的敬意扫去大半，竟觉得他的尊容与孔乙己有些相似之处。

卖家用什物的两个售货员也凑过来，讲老范的笑话。这个说他的被窝里生一窝老鼠，那个说他大辩论学狗叫……老李一摆手，又讲出一段"猪八戒背媳妇"的故事：老范刚到农村，在场院上画速写，一群姑娘媳妇看新鲜，围着他硬挤硬挤。不知怎么，一个姑娘晕倒了，老范背起她就往卫生室跑。山里人哪见过这阵势？跟在后面笑了他一路。姑娘家人不愿意了，硬叫老范娶她。老范也乐得捞个媳妇，当年就做了夫妻。

我听了这故事，很觉得浪漫。它和老范偷画的事并列在一起，深深地印在我脑海里。

二遇老范

我决心到文化馆去碰碰运气。最好像杨子荣那样，带着联络图去见座山雕。于是，我调动起全身功夫准备写篇小说，题目叫《坟茔风波》，自信文章完成，足以博得于馆长一笑。

我那时过日子很难，独住一处院落，自己烧火做饭。家里寄钱来了，一顿煮两块钱的肉，吃个痛快；囊空如洗时，煮一锅地瓜干，也能吃上几天。偶得邻人指点，我也会生出些持家之道来。比如，没有油吃，好心的邻居大嫂告诉我，设法买一挂水油，在大锅里熬熬，可吃半年。于是我真的去赶集，上肉铺买水油。不料水油是后门货，我除了碰一鼻子灰，连油腥也沾不到。

我恓恓惶惶地在集上逛荡，忽听有人叫我，抬头一看，见是老范。他还是那么热情，跑着上前握我的手。我告诉他我的创作计划，顺便说了说没油吃的苦处。

"要一挂水油？这好办！"老范拔出钢笔，在小本上撕下一张纸条，迅速地写了几个字，递给我，"你拿着条子去找卖肉的老张，马上可以买出水油来。"

我感激地接过纸条，恭维他道："你的本事还挺大哩！"

老范谦虚地说："我没本事，不过是人家敬重咱。"

说话间，来了个中年庄稼汉，老范跑上去握手寒暄。这人我也认识，是哨里村的，名叫庄明。他会打底鼓，公社组织演样板戏，他老在台上打鼓。老范把我介绍给他，又单刀直入地说："都是搞艺术的。你就谈谈你那里的情况吧。"

庄明机警地朝四下望望，头一偏说："走，上外面谈。"

我跟着他俩走出闹哄哄的集市。田野里，麦苗已经返青，枯叶败草托着一片新绿，更觉醒目。那边地堰上，长着几棵杏树，叶子还没生出，白色的小花却已开满了树，蜜蜂在团团花云中间穿行，耳边一片嗡嗡嘤嘤……

"我对你说,老王砣胆小得很,生怕参加咱们小组,闹出什么麻烦来。"庄明慢条斯理地说。

"那你怎么办?"老范急切地问。

"我对他说,你老人家可以不挂名,有活动俺就合着你。遇到麻烦你两手一拍,空的,保准沾不上边!这么着,老头儿才有点活动意思了。"

"唔。"老范点点头,沉思着。

我听了这些话,心中感到有种莫名的激动。怎么?要搞什么地下活动吗?我小心翼翼地提出这个问题,却引得老范哈哈大笑起来。

"什么地下活动呀!我组织了一个业余农民美术小组,交流创作经验,互相帮助。可他们村那个老王砣,胆小得要命,怕这怕那的。也难怪,他是个老私塾先生,一来运动就揪揪他,怎么会不怕?不过,他画得一手好山水,咱县里没人比得上!"老范停了停,又感叹道,"一个人才呀,埋没了!"

"那么你呢?"我问庄明。

"我也想跟范老师学画。"

老范热切地说道:"庄明可是个灵人,学打鼓像打鼓,学画像画。咱公社有的是人才!咱们组织起来,谁知道前途有多大?"

他又谈起俄罗斯巡回画派来:一帮极有才华的艺术家,不怕沙皇政府的压迫,不怕艺术贵族的攻击,走出学院,到民间巡回展出自己的作品。在辽阔的俄罗斯大地上,他们走啊,走啊……他们用现实主义油画唤醒人们,鼓舞人们为自由和解放而斗争!

老范的感情那么深沉,那么真挚,以致我听着听着,眼睛湿润起来。

"谁知道我们的前途有多大?"老范向着田野挥动起拳头,"俄罗斯有巡回画派,中国就不能有崖子画派吗?"

"崖子"是我们公社的尊称。他这样喊,可见其气派之大!我被这种气魄震撼了,激动了,恨不得也参加他们小组。

天晌了，我们得回去。老范甩着胳膊走在前头，庄明和我走在后面。庄明小声对我说："老范是个好人，好人！"

我独自回村时，走过肉铺，忽然想起老范给我写的纸条，便从兜里摸出来看看，只见条子上这样写道——

老张：

　　今介绍我的朋友——一位作家来找你。他的生活遇到困难，需要买水油一挂。我把这事托给你办，望君一定办好为荷！

　　切切！

友老范于即日

读完纸条，我精神一振，觉得腰杆壮了，阔步踏进肉铺大门。我喊了一声："老张！"柜台后就有人答应。隔着玻璃，我看见一个肉头肉脑的汉子，不长胡子，眼眉稀少，胖脸上闪着油光。他围着一条黑色胶皮长套，手操一把尺长利刃，正眯着细眼朝我笑，笑得那么腻人！

"这儿有一张给您的条子呢！"我把纸条递进小窗口。

老张接过条子，展开，一字一字地读起来。读完，他沉吟一会儿，把纸条慢慢地团成个蛋蛋，对我笑道："你真会赶巧，小老弟，剩下一挂水油刚让人提走。"

有什么话说？只怪我口福不到。我悻悻地走到门口，又听见老张唤我。我走回去，老张笑眯眯地对我说："小老弟，以后买水油你自己来。再拿什么条子我就……"他把尺长利刃往案上一蹾，刀尖插进老深，两手拄着刀把，鼓圆了没毛的腮帮朝我吹气——这可不是友好的表示，据说死猪就是吹起来剥皮的！

我狼狈地跑出肉店，不时伸出一根手指头推推眼镜，心中暗骂："这个肉包子！"

一会儿，一个干部模样的人从我身边走过，手里提着老长的一挂水油。

三遇老范

《坟茔风波》接近尾声，我却无论如何写不下去了！

我二妈要盖房子，张罗着推石头。我是她侄子，自然也算一个劳力。天呀，我可干过那活儿！几块大石头往车上一摞，就有七八百斤重，过大河，爬小坡，二三里地须一溜烟地跑。好汉子一天推二十趟，我这等草包也少不得十五六趟。有一次，我累得腿抽筋，小腿肚转到前腿骨上去了；队长急了眼，用劲一掰，才又把它掰回来！我心中有数：等我推出四间房的石头，该到矫家老坟里去完成《坟茔风波》了！

我得走！这样下去要误事的。一天清早，我逃跑了，背着我的黄书包，在大道子溜达。上哪去呢？必须找个地方住两天，写完小说，才能上文化馆去。我想啊想啊，脑子里忽然闪过一个人影：老范！对，上他那儿混几顿饭吃，是用不着开条子的。

到辛庄有二十多里路。天过午了还没走到，肚里那个饿呀，只觉得手指发麻，嘴唇发麻，牙根也发麻。我心里感叹道：人到落魄时，才真懂得饮食的金贵。

我深一脚浅一脚地踏进辛庄，打听了一路，来到老范家门口。他家的院子很窄巴，有厢房，有猪圈。剩下的空地只好走走路。但窗下种着一棵眉豆，嫩绿的须藤攀着有线广播的地线，蜷蜷地伸向天空，为这小院增添了一点喜色。我揣度，老范的日子过得还行。

老范见了我，一番热情自不必说。我也顾不得客气，先把肚皮问题提了出来。老范一听我到这时还没吃饭，心疼极了。他取出家中最珍贵的食物——挂面，下到锅里，又打上几个鸡蛋。这期间，他怕我饿极（猜得正中），又泡了一碗桃酥让我先喝。我喝桃酥，吃面条，真是感激涕零！感激之余，心中又生出一丝庆幸：老范家境不错（桃酥、挂面就是证明），我在这儿住两天不成问题了。

美餐接近尾声，我才将脸从碗口仰起，找几句闲话说。我问起那个美术小组，他的脸色阴沉下来，告诉我，公社管宣传的刘常委找他谈话了，命令他立刻停止"小团体活动"。老范很吃惊，可是争辩不得。

"有一件事扰得我很苦。"老范愁闷地说，"刘常委怎么会那样清楚底细？我说的话他都好像亲耳听见，连你那天在场他也知道……"

我浑身一震，眼前浮出庄明那张精明的脸来。我说："有内奸，八成是庄明！"

老范慌忙摇手："不好乱说，不好乱说！"

我不顾一切地说下去："完全可能！庄明是公社的文艺骨干，刘常委为什么不安排他打进来呢？那样他掌握你多方便！"

"我们是老交情，都是搞艺术的……人家那样敬重我……"

敬重！我立刻想起老李揶揄的笑容，还有那个可憎的肉包子朝我吹气的情景……我真想大叫一声："你知道人家心里是怎样看待你的吗？"但我没有叫出声来，我实在不愿伤这个好人的心。

老范像农民那样蹲在椅子上，双手抱住头。很久很久，他说了两个字，声音里包含着很深重的痛苦："人哪……"

这时候，厢房门一响，走出一个干瘦的小老头儿。老范介绍说："这是我父亲。"我赶紧站起来，老头儿却唯唯诺诺地朝我哈腰，倒退着走到墙角，挑起一担粪桶，出门去了。我心中很不是滋味。老范也朝我苦笑一下，再不说话。我们都不愿触及一个话题：正是这个小老头儿，连累全家落到这步田地。

我放下碗筷，老范手脚麻利地收拾桌子。屋里很静，却有一种压抑的气氛。我力图摆脱这种气氛，脑子里想起"猪八戒背媳妇"的趣事，便问："嫂子呢？我还没见过她哩……"

似乎是回答我的问话，厢房里响起一个女人的歌声。歌声中有一种病态的颤音，令人听了不由得毛骨悚然。

我大骇，惊望老范。老范洗碗的手颤抖起来，碗边磕着铁锅，发出刺耳的声响。

突然，厢房门开了，一个蓬头垢面的女人探出头来，朝我痴笑。我惶惶地站起来，不知如何是好。老范扔下碗筷，跑到厢房门口，抱住女人的腰就往里拖。可是女人不肯屈从，脚离了地，双手还死死地扒住门框，伸长脖子朝我吃吃笑……我的心紧缩起来！

门终于关上了。厢房里传出老范的吼叫和低低的哀求。不知过了多久，风波才算平息了。老范扣住厢房门，蹒跚着走进正屋。这时候，我感到他突然衰老了许多：身材更加瘦小，脊背驼得厉害，脸上的皱纹很深很深。

"这，这是……怎么了？"

老范的眼睛直勾勾地望着门外的蓝天，仿佛在追忆着什么，说出的话那样朦胧，那样遥远："……那天，我该去找她家里的人；可我不知道在山村一个男人不许随便背一个女人……淳朴的乡风啊，我应该随从；可我不知道她有那种病……"

我听着，想象着，明白了老范婚姻的不幸。我站起来，捏住他一只手，想安慰他，可是他倒安慰起我来："她不犯病的时候，对我还好，还好……也蛮能干……"这个苦命的人啊，他把生活看成诗，看成画，却不知道生活里有多少磨难！

我要走了，我不能住在这儿写作。老范却抓住我的手："等等，你到我自己的天地去看看！"

他把"自己的"三个字说得很重，眼睛里放出光来。我跟着他，推开两扇薄薄的房门，走进里屋。他把两只手一摊，口气带点自豪地说："瞧，我的画室！"

画室？这就是画家的画室？厢房的山墙正好挡住了窗，屋子里那么暗。房梁上挂着一串串苞米，一不小心就会碰着头。炕的大半叫两个地瓜干囤子占了，只是在角落里安着一张炕桌。笔筒、墨盒、颜料堆在窗台上，满满的一溜儿……老实说，这间"画室"并不能使我摆脱沮丧的情绪。我爬上炕，看看摊开在炕桌上的一张大白纸，那上面画着尚未完工的两匹骏马。我虽不懂画，却也知道那马画得并不特别好……

忽然，什么东西在我眼前亮了一下。我本能地抬起头，往墙上寻去。啊，我看见一幅油画！这幅油画如此出色，又出现得如此突然，以至于我好像被闪电击中了，一腚坐在炕上，如痴如呆地看着画。小屋多么阴暗啊，环境多么杂乱啊，心情多么沉闷啊，这时候看见了它，我却真正地感到了光彩夺目！

画上画着一位年轻女郎，穿着大衣，戴着羔羊皮帽（那卷卷的羊毛画得如此精细！），显得雍容华贵。她很美，美得叫我心悸。我不理解，为什么会叫我心悸呢？我品味了许久，终于得到一个明确的感觉：她看了我一眼！她似乎是坐在一部马车上，马车在走；走过我身边时，她在那么高的地方瞥了瞥我。她的眼睑低垂着，好像有点害羞，但那目光是高傲的、轻慢的。她仿佛是无意中看了我一眼，然而恰恰是这种无意，透露出一个少女特有的好奇心——对人生的好奇，对世界的好奇。接着，马车走了，留在我脑海里只是匆匆的但又是永生难忘的一瞥……我多么想追上去问问：你是谁啊？

"《无名女郎》，克拉姆斯柯依的代表作。"老范不知何时爬到我身边，喃喃地说，"他是巡回画派的领袖……"

阳光爬过厢房的屋脊，投射在油画上。院子里，一只母鸡在咯咯地叫。我们互相依偎着，谁也不说话，只是久久地看着面前的油画。我们仿佛走进了艺术圣殿，一种高尚的、纯洁的情调，在心中久久地回荡。尘世间的丑恶、庸俗暂时离去了，留在这儿的是理想、光明、美！身处这样的境界中，我不由得想起贝多芬《第九交响曲》中那首著名的合唱歌曲，其中两句歌词在我耳畔反复回响——

　　　　您的力量能使人们消除一切分歧！
　　　　在您光辉照耀下人们团结成兄弟！

过了许久，我轻轻呼唤他说："老范，这境界，我们会达到的，我们会做得更好，只要我们到人民中间去……"他一把抓住我的手，紧紧地捏了捏。

离开"画室"时，我又看了他一眼，他也看了我一眼，我们意味深长地笑笑。然后，老范小心翼翼地带上了房门。

这时，我随口问道："你是怎么得到这张油画的？"

不料老范窘迫起来，支支吾吾，脸也红了。我顿时想起老李对我说过的话。明白了，这幅油画是他偷来的。为了偷画，他离开了文化馆。但我先前的鄙薄之意已经一扫而空，我深深理解他为什么要这样做。如果我会画画，我就要画这样一张油画：在图书馆那间常年挂锁的北屋里，老范坐在盖满灰尘的山一般高的书堆前，手捧那本巡回画派的画册，激动地翻，翻……忽然，他停住了，久久地注视着油画《无名女郎》，眼睛里闪出金光来……

我们终于要分手了。老范拍拍我的肩膀，说："老弟，飞吧，你有前途！我扶你一把，也算都是搞艺术的人。"说完，他掏出小本，撕下一张纸条来，郑重其事地写道——

于馆长：

　　今介绍我的朋友——一位作家来找你。他的创作遇到困难，需要文化馆帮助解决。我把此事托给你办，望君一定办好为荷！

　　切切！

友老范于即日

厢房里的女人又唱开了，老范却一字一字地写着，专心、严肃、一丝不苟。我望着那双干瘦的手，心中涌起一阵很强的酸楚！世道太不公平，人情太冷漠了，老范的一腔热情，竟显得滑稽可笑，如此不值钱！但我敬重他，敬重这张纸条。我把纸条叠得方方正正，贴胸藏好，然后向老范告别。

老范直送我到院门口。临别握手时，老范握得我很紧，捏了又捏，仿佛暗示我们永远心贴着心。我走了，走几步，又回过头去，最后望了望斜倚在门框上的老范，望了望攀蜷在广播地线上的青蔓绿叶……

我来到崖子集上，想找个地方，写完我的《坟茔风波》。溜达了半天，我终于找到一家饭店，那不是人人都可以进去的吗？我拣了靠窗口的一张桌子，把碗盘搬走，把猪骨鱼刺抹尽，便坐下铺开了稿纸。周围的桌子都有人喝酒，有的喝得文静，有的喝得张狂。杯盏相碰，猜拳行令，一片喧闹声。然而，我居然感到心特别宁静。我一行一行地写着，什么也听不清，什么也看不见。我的眼前只有人物在活动，场景在变幻。透过活动的人、变幻的景，我还隐隐约约地看见那幅油画。它淡淡的，淡淡的，衬在我小说的背后，就像舞台深处的天幕——马车在走，她，那美丽的无名女郎，坐在那么高的地方，给予我匆匆的但又是永生难忘的一瞥……

奋斗记

忠广是我堂房大哥，我管他妈叫二妈。我回乡插队那些年，就住在他家。

自从我写了几篇小说，调到地区创作组工作以后，忠广大哥见到我，总要感叹一番："老弟，讲脑子好使唤，讲心眼儿巧，我不宾服你！你就是比我有福气罢了。唉，这才叫命里八尺，难求一丈啊！"

这几句话勾起我对过去生活的怀念。我终于拿起笔，写一写我和忠广大哥共同奋斗的故事。

我和大哥

我的家乡竟是那样的穷，那样的苦！一九六九年，我刚下乡，自己挣自己吃，一年只分了四十斤小麦；地瓜倒分了一千多斤。今天地瓜，明天地瓜，吃了上顿吃下顿，吃得肚子胀，胸口闷——如今想起地瓜，我胃里还难受。记得我当时跺着脚对二妈说："今辈子不吃地瓜，我也不会想它！"

吃饭时，二妈端上一只笊篱盘，热气腾腾的；等热气散去，只见顶上有一个焦黄的苞米饼子，余下的全是地瓜。饼子是给大哥吃的。他身体不好，腰有病，人干瘦干瘦的，活像小老头儿。大哥拿起饼子，来回地在手中倒动，口里还朝饼子吹气。那香气飘到我鼻子里来啦，我就忍不住朝大哥手上溜几眼。大哥也在瞅我呢，他笑了，于是掰半个饼子给我。他有五个妹妹，都吃地瓜，一面吃，一面看我手中的饼子……唉，回想起这情景，我的鼻子一酸一酸的……

大哥比我大八岁，娶了媳妇，有了儿子，可是和我一样争强好胜。那时，我学着写小说，常常向他吹牛："看，我一夜就写了一万字。"他就说："一万算什么？谁还写不出一万？"我说："你呀，画杠杠也画不上一万！"大哥火了，脖子伸得老长，硬要和我打赌，说他一夜能画十万条杠。好，我们真的打赌啦！他把我的稿纸反过来，画了整整一夜杠，第二天早上，我到他屋里看看，只见他手脚摆成个"大"字，躺在炕上，脸色蜡黄，呼吸困难，眼看活不出来啦！可是桌上堆着一摞稿纸。数一数，真的有十万条杠哩！

二妈、大嫂都骂我："你净想些歪门邪道！打算把你哥那把骨头拆散呀？"

我赶忙卖了一麻袋地瓜干，请大哥下馆子喝酒，算是还账。喝酒时，他吹开了："老弟，你看我的毅力比你怎么样？要是论脑子，只怕是我的更棒！你敢不敢再打个赌？"

我怕二妈说我，没敢再去激他，只顾低头喝酒。反正我算知道他脾气啦！

可是大哥盯上我啦！我们到队部记工分，常常听喇叭头广播样板戏。我听几遍，学会了；他呢，也有这水平。他就来挑战，要和我比。好吧，我们就比试开了。光唱词儿还不算，连那些幕间曲、过门儿都背了下来；还用嘴模仿胡琴、小号等乐曲，哩格啷格、嘀嘀嗒嗒，闹得不亦乐乎。最后，总是忠广大哥占上风。他就拍我肩膀，得意地说："老弟，你不行吧？"

回想那段日子，真是带劲儿极了！我们在队部闹到半夜，各自回家睡觉。走到街上，但见地上一片积雪，冷清的月光洒在雪上，反射出莹莹的光。一阵北风吹来，地上卷起雪尘，打着旋儿从我们面前掠过。我打了一个寒噤，却更加兴奋起来，拉开嗓门就唱："望飞雪，漫天舞，巍巍群山披银装，好一派北国风光……"

大哥立即指出："你的腔拖得不对，应该是这样：风光——昂昂——"

啊，那时候，我觉得大哥唱得好极了！你想想：面前雪尘飞卷，大哥清亮的嗓音穿过飞雪，拖着长长的尾巴，在洁白的原野上回荡！村里人早睡熟了，整个世界都寂静了，却只有这样一个声音："昂——"

生活是苦的，但仔细辨辨味，也有点甜的。

天才的设想

大哥觉得自己比我棒，可又找不到地方发挥他的才能，真闷死了！他天天晚上到我屋里，和我聊天，听我谈理想，谈事业，一聊就是半夜。他那干黄的脸上，常常会焕发出一层红光，他那深陷下去的眼里，常常会跳出两朵火花。他激动了，就用拳头砸土炕："嗨，等着吧！总有一天，我要干出一番大事业来！"

"嘭嘭嘭！"二妈敲壁子啦，"还不快睡？熬干灯油啦！"

第二天吃早饭，二妈就要挖苦我们："小老鼠钻在地洞里，打算得丁是丁，卯是卯；出了洞，遇见猫，就没章程啦！"再不就说："夜里打算千条道，白天当不了卖豆腐！"

每当这时，我和大哥总要撇撇嘴，抬头望望房梁；嘴上不敢讲，心里却在嘀咕："老娘们，头发长，见识短！"

有天晌午，我从外面回来，看见大哥在"用脑"（他老爱这么说）。那模样，真可笑：院子中央有辆自行车，他围着车子转圈儿；他的腰有病，勾勾着，两只手来回甩，身子随着步子摇摆，看上去，像只鸭子。走一会儿，他蹲到自行车跟前，摇车蹬子。天上下着细碎的小雪，他那打满补丁的短大衣拖在地上；两只手冻红了，却还在摇啊摇啊……

我知道，他又在脑子里转什么念头了，便不去打搅他。可是，我不相信他能搞出什么道道。

夜里，大哥悄悄地来到西炕，在我的小炕桌前坐下了。沉默了一会儿，他开口道："我要造一部机器。"

"哈哈！"我笑了一声，继续写小说。

"一部从来没有过的机器！"

我放下笔，望着他，心里更觉得好笑。他挨到我身边，煞有介事地问道："你懂不懂蹬自行车为啥比走路快？"

"就是两个齿轮呗，一个大，一个小；大的转一圈，小的转几圈，把车轱辘带动啦……"

"嗨嗨，关键就在这里！"他兴奋地拍了一下桌子，"你想想：要是车轱辘上再拴一根链条，又带上一个小齿轮，会怎么样呢？"

"那，小齿轮转得更快了……"

"对啦！小的带大的，大的带小的，带它一大串儿……要是我把十辆车子都联起来，你猜会怎么样？哈哈，我在第一辆车上蹬一下，最后那辆车就会转几万下，比摩托都跑得快呢！"

我拍拍脑袋叫道："有道理！"

"有道理？道理还在后面！如果让最后那个轮子，再回过头，带动第一个齿轮，可就热闹啦：它能转上几万圈！而最后的齿轮，就会转几百万圈，几千万圈，越转越快啦！"

"……"我呆住了，我被大哥的设想镇住了——这真是一个天才的设想！

大哥越说越激动，抓住我的肩膀摇起来："老弟，这可是一部了不起的机器呀！你懂吗？咳，我说得明白点：只要你蹬了第一下，它就自己转开了，永远转下去，而且越转越快！……我在最后那个轮子上，带上一台发电机，发出电来点灯、抽水、磨面……哈哈！世界上有了这套家什，就不要柴油了，不要煤了，什么都不要了！都省去了！你懂吗？"

"啊！"我过了许久，才喊出这么一声。

大哥怂恿我："跟着我干吧，将来包你当工程师！别写小说了，写那玩意儿有啥用？不如发出电来，让咱矫家泊点上电灯，实实在在的！"

我迷迷糊糊地点了点头。好，我的事业被放弃了，跟着大哥跑啦！真怪，这位其貌不扬、未老先衰的大哥，身上总有一股奇特的力量，我像一根铁钉遇到了磁石，不知不觉就被他吸引过去啦……

大哥的笑话

大哥腰不好，不能干活儿，大队让他看山。他有的是闲工夫，整天"用脑"，画那部机器的图纸。

说起画图纸来，大哥可闹了不少笑话。别的且不说，单单是那轮子，他就画不圆。你看他那样子吧：人趴在炕沿上，手笨拙地捏着一支铅笔，眼瞪着，嘴抿着，慢慢儿，慢慢儿，眼看那圆儿要合上了，偏偏手一抖，完了！他恨得，咬咬牙，再画。可是这回用力太大了，笔刚挪一下，啪，铅芯断了。"啊呀！"他大叫一声，翻身躺到炕上，用力揪自己头发，"谁能画得圆？是人就没法画得圆！"

我一听这话，叫了一声："孙子才画得圆！"就笑得蹲到地下去了。他问我笑什么，我就把"阿Q画圈圈"的故事告诉他，他听后，也笑了。

"唉，人读书少了，就是不成……"他把两手枕在脑后，看着房梁发怔。隔了一晌，他又叹息道："当年，我把初一读完也好！"

我一听，他连初一也没上，大吃一惊，问道："你脑袋那么灵，怎么还不读完初中？"

大哥听我问这话，又活跃起来啦："我刚上初中，就得了一种奇怪的脑病：上课钟一响，就头疼，轰轰地疼，好像要炸开似的。可是下课钟一响，你猜怎么了？马上好了，一点儿也不疼了，蹦高打球，比谁都棒！哈哈哈……"

我跟大哥一起笑，笑得前翻后仰。我问："你怎么得了这么一种没出息的病？"

"这就有故事了。那时，我就爱上马石山抓雀，拿到集上去卖钱。你二妈说家里穷，也不花我这份钱！可我不听，还是逃课，上马石山。长了，功课就落下了。俺老师可厉害了，俺背地里叫他'一拳倒'——学生不听话，他上去一拳，就把学生放倒了。他和咱家沾点亲戚，不好意思打我。可你二妈看我不成材，急了，自己去找他，说：'别惯孩子熊毛病，不听话，使劲揍！'这一下我倒霉了，老师提问，我答不上来，他照我心口窝就是一拳——那拳头，都捣进棉袄里去了，费好事才拔出来……打那以后，上课钟一响，我就害怕，落下这怪脑病了。"

我惊讶地问："你们老师怎么这样野蛮？"

"那算啥？咱山区的老师都兴打学生。还有句话呢！学生是破车，砸巴砸巴强牢些……"

我说："我们上海就不是，我一进中学，就赶上打老师，有劲的学生，也是'一拳倒'。打够了，就卷起铺盖下乡……"

"反了，反了！我说嘛，你是上海洋学生，画起圆来，怎么连我也赶不上。"他伸手一钩，钩住我的脖子，头顶着我的头道，"老弟，论脑子，咱俩天下第一，就是没赶上好年头呀！"

他放开我，沉思起来。过了一会儿，他又朗声地说："我可不是那个'阿球'，我一定画得好圆！我不是画过十万条杠吗？再画它十万个圆！"

他说到做到，真格画起圆来。在山上，他坐在道边，用树枝画。小孩偷了草，打他身边走过，他也不知道。村里人都觉得奇怪，向我打听大哥在搞什么玩意儿。我趁机把大哥的伟大的机器渲染了一番，让嘴巴过过瘾。

山村的人最会挖苦人，不几天，地头上传开一段小快板：

> 矫忠广，不好养，
> 坏了腰，还胡想。
> 盖房子，上东坰（念 jiǎng）。
> 西三间当办公室，
> 东三间安发电厂。
> 发电机，没轱辘，
> 画着圈儿慢慢想。
> 今儿想，明儿想，

想得家里断了粮，

想得老婆跳了墙！

这又成了大哥的一段笑话。

压力

大哥不在乎人家笑话，照样画圆。可是家里受不了啦！他看山不好，大队罚了他一百工分，还把二妈叫去训了一顿。二妈气得直骂，骂支书，骂大哥，也骂我……

有一次大嫂上西炕为我缝被，缝着缝着，眼泪簌簌地落下来，打湿了我的被子。我大惊，忙问道："大嫂，你怎么了？"

大嫂抹了一把泪，说："兄弟，嫂子待你怎么样？"

"不错呀！"

"可你对不起嫂子，你老出歪点子，叫他想东想西，把他的心都弄野啦……他，他本来就对我不好，现在更，更……"

我怔住了，一句话也说不出口。

我知道，大哥的婚姻是不幸的。他原来爱我们村上一个女教师，那姑娘也爱他。二十岁那年，他想去当兵，二妈因为他是独子，腰又不好，死活不让。女教师却支持他，鼓励他。于是，二妈就说人家出了馊点子，不是正经过日子的人，硬逼大哥和她拉倒。大哥当然不答应，可二妈是个硬性子女人，干什么事，非干成不可。她自作主张地应了一门亲事，又搬来长辈亲戚，七大姑八大姨，往炕头上一坐，成宿成宿地纠缠大哥。大哥受不了啦，又犯那脑病啦！也怪他自己不坚定，终于让步了，当年就娶了大嫂。

"他不搭理我，难得说一句话，也是连吆喝带责打……前些天，他对我说，他悄悄地找了转头村的刘祥算算命，人家说他好比一把锥子，装在布袋里；锥子尖捅破布袋，已经出来了，可锥子把出不来……他说我就是锥子把带累他……呜呜……兄弟，你别引逗他了，叫他死下心过日子吧！呜呜……"

我难过极了。大嫂是一个好人，太忠厚，太愚钝，她不应该受到伤害。可是大哥呢？他的事业，他的一生……

正在这时，我的小侄子跑进来，两手扒着炕沿，闪动着乌亮乌亮的眼睛，奶声奶气地说："妈，爸爸叫你挑水去。"

大嫂抹抹眼泪，殷切地瞥了我一眼，走了。小侄伸伸小手，抓住我的衣角，鬼头鬼脑地说："负负（叔叔），爸爸叫你过去……"

多可爱的孩子啊，他向着爸爸哩！我一把抱住他，将面颊贴在他的小脸蛋上。

夜里，我躺下睡了，东炕爆发了一场激烈的争吵。起因正是我那小侄，他急着看爸爸画图纸，小手一抓，把图纸撕坏了。大哥脾性火暴，朝儿子的光腚上打了一巴掌，顿时暴起五条红印。大嫂哭了，她把一肚子委屈发泄在图纸上，将图纸撕得粉碎！大哥要打嫂子，二妈尖着嗓子跑过去，又哭又骂："滚吧，带着你的机器滚吧！俺受不了啦，全家都受不了啦！……"

大哥来到西炕，一声不响地钻进我的被窝。东炕传来二妈、大嫂的哭声，呜呜咽咽的。大哥长叹一声，道："走吧，咱们走吧！待在家里，什么事业也干不成啊……"

我问："上哪去？"

大哥没放声。一直等了很久，我以为他已经睡着了，却听见他喃喃地道："上县城，找领导……那么好的机器，领导会喜欢的！"

进城

我们村在山区，隔县城有一百多里路。

清晨，我们出了门。这是一个暴风雪天气，北风尖厉地呼吼，原野上卷起一条雪龙。它翻腾滚搅，直扑得人睁不开眼，喘不过气。我和大哥转过身，背对风雪，倒退着向前走。我看见，雪龙从我身后蹿过来，扑打着路边的枯树；枯树挣扎、哀号，树枝被折断了，随雪龙在空中打旋……

我们到了崖子。摸摸口袋，两个人的钱加在一起，还有五块多钱，于是就打了两张车票。看看时间，知道车来还早，我们便到街里溜达。大哥东看看，西望望，见到一家饭店，急忙拉我进去。我心中一喜：这冷的天，喝两盅地瓜干烧酒，倒是不错的！

可是，我想错了。大哥对我说："空着手，光凭嘴说，不算正经搞技术的，咱们趁这工夫，把图纸画一画吧！"

我说："哪有纸啊？"

大哥伸手到我大衣布袋里一摸，摸出一卷纸，我看看，是我以前写的小说。大哥笑道："你这人马虎，好些天了，我就看见你把它放在口袋里。"

我们找了一张饭桌，把盘子碗筷拾掇拾掇，抹去满桌的骨头鱼刺，铺开了稿纸。旁边有一帮人在喝酒，喝得脸红脖子粗，吵吵嚷嚷……我笑了，心想：世界上最伟大的机器，竟是在这种地方诞生的！

天冷啊，大哥的手冻红了，身上在打颤颤。但他用力卡着笔，指关节泛出青白色，总算把笔稳住了。他咬住牙，抿着嘴，脸颊好似用刀削出来的一般，身子佝偻成一团，一笔一笔地画。我望着他，不由得肃然起敬——真正的奋斗者就是这样的，保尔·柯察金不是也很瘦吗？

忽然，我灵机一动，拿过一只碗来——那碗底，不正是一个圆吗？大哥望望我笑了，接碗就画。咳，我可是立了一功！人都有急智，在家画圆时，我就没想到这法子。

画完图纸，看看饭店里挂着的钟，只差几分钟就要开车了。我们穿过大雪，拼命地跑。别看紧张，我们心里却高兴极了，一边跑一边唱："跨上了青鬃马，趁着漫天大雪，一口气跑上威虎山！……"

坐上车，时间就快，打了一个盹儿，就到县城啦！我和大哥下了车，在街上走。

大哥说："得找个人打听打听。"

我们走进一家百货商店。大哥没找人打听事儿，却趴在柜台上看起来。看了一会儿，他问我："还剩多少钱？"

"三块来钱，干什么？"

"算了，算了……"他喃喃地说，"我想给你嫂子买块包头巾。瞧这花儿，挺俊的……可咱还得打车票回去呢。"

我说："昨天还说人家是锥子把，今天倒要买头巾了，你这人真怪！"

大哥不好意思了，解释道："你嫂子也算倒霉，跟着我没过好日子。如今咱行了，进县城了，还能忘记人家？"

我说："那，买块手帕给她吧，也算一份心意。"

于是，我们买了一块花手帕。大哥又向服务员打听县革委，人家告诉他：有关机器的事，去找机械局。她还说，机械局革委会主任姓宋，是个热心人，最支持搞发明创造。我听着，心里一动，伸手提提大衣布袋里那份稿子，插嘴问道："送稿子，送到哪去？"人家说上政治部。大哥不让我多问，拉着我就出来了。

去县委大院的路上，大哥埋怨我多嘴，他哪里知道我的心事？眼见得他的事业要成功了，我的事业心也痒痒啦！我想：正好，我也带着稿子呢，何不去碰碰运气？

我把这想法告诉大哥，他撇嘴，冷嘲热讽："你写的文章，连我也看不下去，怎么还好意思往外拿？还是留着纸，让我画图纸吧！"

到了县革委大院门口，我们俩不欢而散。哼，我就不信我的文章那么糟糕！他往机械局，我奔政治部——就这么分手了。

结局（一）

我的结局，就别提了！政治部的人对我说了一通知识青年参加劳动的意义，就打发我早早往家走。稿子留在那儿，说是要研究研究。我懊丧地站在大门口，等候大哥的佳音。

不久，大哥来了。他眉飞色舞地挥着一张纸条，对我嚷："走，走，先住下！"

我诧异地问："住哪儿？"

"县革委招待所！"他嚷着，头里先跑了。

我跟在大哥后面跑，心情甭提有多么激动了。这，这不是证明大哥的机器成功了吗！

我们来到县革委招待所。大哥把手中的纸条一递，一位非常漂亮的姑娘就拿着一大串钥匙，领我们到房间去。她是一个很精明的姑娘哩，一面走，一面瞟我们两眼，很快就从穿戴打扮上，判断出我们是住哪一等房间的角色了。于是，我们被领到一个大屋子，住通铺。

老实说，我是心满意足了。一进屋子，我就发现空中挂着电灯，伸过手，就把电灯拉开了。我望着电灯，心里多么激动啊！在山沟里，我整年也见不到它；如今见到它，竟想起了上海，想起了家……

那姑娘看着我的傻样，抿嘴笑了。她准以为我是第一次见到电灯吧？大哥也充起大个的来啦，拍拍我道："有什么看头？等我那'机器'造成了，先给咱矫家泊安上电灯！"

旁边那姑娘笑着说："快去领饭吧，晚饭早开过啦！"

她走了，一面走一面笑，笑得咯咯咯的。

我们没理会她的劝告。我急切地问大哥："怎么样啦？"

大哥得意地说："图纸留在机械局里。那个局长——就是宋主任说，今晚上召开技术员会议，打个夜班，研究研究。要是不太费事，立刻让县机械厂生产这种机器。"

我惊异地喊道："成功啦！"

"当然！"大哥的眼睛里跳动着奇异的光亮，两只手来来回回地擦，"宋主任还握住我的手说：'小伙子，真了不起呀！今年，俺县革委就送你上大学，俺说了算！……'我急忙说：'还有我老弟，图纸上的圆，就是他画的！'怎么样，伙计？大哥没忘了你吧？"

我忙问："他没说也送我上大学？"

"没说准话，不过也差不多。"

我当时那懊悔劲儿，就甭提啦！要是我老老实实地跟着大哥去献图，该有多好哇！说不定局长看我在场，不好意思抹面子，也当场许愿送我上大学呢！

夜里，躺在暖和的被窝里，我们打开了话匣子。大哥憧憬着上大学的情景：我们兄弟俩一个班，展开学习竞赛，就像比唱样板戏一样。自然，我要比他略逊一筹，他就来帮助我……

我听着不服气，就揭他的短："说不定你又犯了老毛病，一上课就头疼……"

"不会，不会！现在让我读书，我再不会贪玩了，再不会抓雀卖钱了……怎么还会头疼？"大哥急急忙忙地说道。

真的，我想来想去，总觉得大哥再去念书，一定是最出色的学生！

"真能去念书吗？"大哥在被窝里翻着身，咕咕哝哝地道。他坐起来了，从裤袋里摸出一分钱，不好意思地冲我笑道："咱来算算命。丢三次钱，如果净是国徽朝上，我这学就上成啦！"

他虔诚地摇了摇钱，往空中一抛，落下来，真的国徽朝上。一连三次都是这样。

我一把抓过钱，说："我也试试！"可是，我的运气不佳，一连两次国徽朝下，整得我没信心再丢钱了。

我们这样闹，其他睡觉的人可忍耐不住了，咳嗽，翻身，叹气，用各种办法向我们提抗议。我们赶紧躺好，再不吭声。

大哥睡着了，在梦中还和我说话："老弟，我真想读书，真想再当一次学生……再让老师揍我，管教我……"

结局（二）

第二天，我们早早起床了。肚子饿得厉害呢，俺俩赶快上餐厅吃饭。早饭真好，大馒头雪白，小米稀饭嫩黄；最叫我难忘的，是那五分钱一碟的炸酱，里面有葱花，有肉，还有许多油。在乡下，我常用大葱蘸生酱吃，和这滋味比比，不知差多少倍，多少倍！

大哥见我吃得香，嚅动着塞满馒头的嘴，呜呜噜噜地说："机器成功了，天天请你吃炸酱！"

吃完早饭，我们赶到机械局去听回音。刚跨进门，就听见人喊："你们搞些什么鬼玩意儿？"

"宋……宋……"大哥瞠目结舌，回不上话来。

我抬头一看，发脾气的人有四十岁左右，瘦高个儿，眉毛很粗，穿着一套半旧的工作服。如果在那左胳膊上套一个"某某工人造反队"的袖章，他的身份就更清楚了。

他把我们的图纸迎面扔来，又不换气地骂道："混账！骗子！唯心主义！来糊弄我大老粗没文化吗？这是搞些什么东西！不种地，混饭吃，一群二流子！"

大哥脸上红一阵白一阵。亏得一位戴眼镜的同志走过来，笑嘻嘻地说："宋主任，别生气，我跟他们谈谈吧。"他向我们点点头，走出门去。

俺俩赶紧跟着走。宋主任追到门口，又大声吆喝："李技术员，谈完了，他们态度还不老实，送公安局！"

妈呀！我吓得出了一身冷汗。

那戴眼镜的技术员，把我们领进一间小屋，客气地让了座，还请我们抽烟。接着，他开门见山地道："你们的图纸，昨夜已经研究过了，不行。很久很久以前，欧洲就有人多次试验，全失败了。这叫永动机，是一种不科学的幻想。你们想想，世界上哪有什么东西，可以永远按照一种方式运动呢？这是形而上学观点在……"

大哥忽地站起来，固执、恼怒地问："你说，自行车为什么跑得快……"

"知道，知道，你的理论我全知道。利用传动装置，是可以省些力量，但那是有限度的。你以为用大大小小几个齿轮，相互传动，那机器就会永远转下去了，可是你考虑到摩擦力吗？摩擦力会消耗掉动力的。不管设计得如何巧妙，你永远克服不了摩擦力。"

李技术员滔滔不绝地讲着，越讲越深奥。我听不懂了，也不想听。我只觉得心里难受，非常难受……一座大厦在我面前倒下了，那是多么辉煌的大厦呀！……

大哥仿佛拼命抓住大厦的一角，不肯让它倒下。他像一只斗架的公鸡，腰弓着，脖子伸到人家面前，愤怒地喊道："为什么不能试一试？你们试试嘛！只要造一架就行了，一定会永远转的！你敢打赌吗？"

技术员扶扶眼镜，两手一摊，做出一副"秀才遇见兵，有理说不清"的样子。

我记起宋主任说过"送公安局"的话，连忙扯住大哥的胳膊，硬把他拖出屋来。大哥梗梗着脖子，大声嚷嚷："我不服！我不服！"惹得旁边几个办公室的人都出来看。

我急眼了，用力推他，一面推一面叫："得了，别倒驴不倒架了，快走吧！"

我们出了县革委大院。大哥在后面走，走得很慢很慢，我回过头，看见他在用手擦眼睛——他哭了！泪，顺着他消瘦的脸颊淌下来，挂在下巴上；一阵北风吹过，泪珠碎了，飘洒在他的胸襟上……

我赶紧回过头，装着没事，不愿意让他知道我看见他哭了。我觉得，自己的嗓子也在发哽，鼻子也在发酸。但我知道，此时，我的痛苦比起大哥来还轻得多，轻得多呀！

结局（三）

我们回到招待所，又遇见那漂亮的姑娘。姑娘咯咯地笑着，叫我们去算账，好像她早已料到了我们的结局似的。

大哥阴沉着脸问："住一宿多少钱？"

"八毛。你们住的是最便宜的房间。"

幸好，钱够了，我真感激那姑娘。要是她被大哥唬住了，送俺俩住高级房间，这会儿可不就完啦？

算账时，姑娘主动和我们说话："挨骂了吧？宋主任就这脾气。他是个工人，最关心机器；只要你们打着机器的旗号，他准把你当作贵客待……"

大哥把一肚子委屈倒出来，对姑娘说："这人不讲情面，昨天看了我的图纸，还说我了不起，要送我上大学，可是今天就翻脸了……"

姑娘咬着笔头，咯咯地笑："他懂什么？他也是个文盲。不是他重用手下几个技术员，天知道会闹出什么笑话来哩！"

我一听这话，从头顶到脚心，全凉透了！天哪，一个局长的水平还不如大哥高，这不乱套了吗？他到乡下来，说不定会帮俺俩一块儿摆弄"永动机"呢！

姑娘又说："你们呀，都是神经病！不好好干活儿，净想些怪事，结果当然会碰钉子。像你们这样的人，还真不少哩！你们崖子公社有个王子信，挺机灵的小伙，可三十二了还不结婚，整天搞什么试验。去年他来了，住了几天，也叫宋主任臭骂一顿。他可狼狈了，连铺钱也交不起，逃走了。唉，我可怜他，帮他垫了钱……"

听了姑娘的话，我觉得她更美了。我真想替那个王子信谢谢她，替所有的倒霉蛋谢谢她。

我们离开招待所，天下起雪来。风不如昨天那样猛，可雪花片儿好大呀，从灰蒙蒙的天空中噗噗地跌下来，好像有人躲在铅板似的云层里，往地下一筐一筐地倒雪。大道上没有人，田野里没有人，山冈上也没有人，到处是洁白的雪。我们口袋里没有钱，只好顶着风雪往家走，前面还有一百多里路呀，我和大哥慢慢地走着，身后留下两串深深的脚印……

大哥究竟是大哥，他很快从那样沉重的打击下恢复过来。他瞅瞅我，嘲笑道："你怎么了？一副熊样子，真没出息！刘邦百战百败，还得了天下；咱才碰了一个钉子，就草鸡啦？……我说，把那花手帕藏好，等我干成了事业，再给你大嫂。"

我道："还干呢，怎么干？"

"你有没有胆量？跟我上济南，那里有识货的，他们肯造我的机器！"

我愁眉苦脸地说："咱们没钱。"

"没钱，慢慢儿攒。你想，要是机器造成了，全世界都不用煤，不用油，省多少钱？现在下点本儿，值得！"

他不说了，仿佛想起了什么事情，低着头走。走了一阵，他又抬起头，道："先回家吧，我应该先做这件事情……"

"什么事？"我问。

大哥不放声，用劲儿爬面前的山峰，速度很快。我担心他太累了，顾不上说话，便不再追问他了。

一会儿，到山顶了。山上风大，那风，呜呜地吼叫，抓起大把大把的雪片往我们脸上摔。大哥却来了威风劲儿啦，双手一叉腰，迎风站着；凭借着风力，他竟挺直了佝偻的腰；他把眼睛眯缝起来，向天地间眺望……

"大哥……"我想问：你说那件事是什么？可是刚一张口，就叫冷风呛了一下。我弯下腰，剧烈地咳嗽起来。大哥回过头，对我说了一句话；可是风声太大，我只看见他嘴动，听不清声音。

"啊？你说什么？"

"回家后，我要学习，学物理，学数学，自己学！"他把两只手掌圈在嘴边，大声地冲我喊道。

"能行吗？"

"行——！"他一扬手，哈哈大笑，"摩擦力，有什么了不起？等我学会了物理，就叫摩擦力见他娘的鬼去！"

"哈哈哈！"我高兴地大笑。忠广大哥，真是好样的！谁也打不倒他！

"来吧，唱着戏往家走！"

于是，大哥那清亮的嗓音，那"昂昂"的鼻音，又穿破风雪，在峡谷间回荡起来：

　　穿林海，
　　跨雪原，
　　气冲霄汉！
　　……

我们就这么唱着，一溜道跑下山去……

补叙

那都是十一年前的事了。我总觉得有话要说，结尾真不容易啊！硬硬头皮，再补叙两句吧！

大哥没能实行他的自学计划。回村后，他找不到书，数学、物理，什么课本也找不到。"机器"终于被丢到一边去了，他没有办法。后来，他还搞过几次革新，但都没成功。于是，他依然看山，依然和二妈、大嫂过日子……

那位宋主任，在"批林批孔"时下台了。人家说他依靠知识分子，连收留我们这样的人住宿，也成了他的一条罪状……

只闻大名，未见其面的王子信，终于结婚了。他的媳妇，竟是招待所那个漂亮的姑娘！怎么谈的恋爱？怎么结的婚？全不知道。但我敢肯定，他从招待所里狼狈逃跑，和这件亲事是有联系的……

我记录着这些人物的命运，心中不时地涌出一阵酸楚。他们都是失败的奋斗者，没有人知道他们的业绩。但我服气大哥说的话，论才智，他不比我差，只是命运不佳。所谓命运，就是奋斗的条件——在贫瘠的土壤上，很难长成参天大树。

然而，回忆着往事，我又忽然激动起来：在那么混乱的时代里，在那么贫瘠的土壤上，却还有人在奋斗！他们失败了，然而他们是高唱着胜利的凯歌失败的。这是何等英勇的精神啊！每当我拿起笔来，就觉得这种精神在鼓舞我，好像是大哥在看着我，无数的失败者在看着我，他们的力量聚集在我的血液中，推动着我去奋斗！

文章已经写完，忽然又接到大哥的来信。我拆开信封看着，信上说，我的小侄——就是屁股上挨巴掌的那个小侄，考上了中国科技大学，不日将启程赴校！我捧着信，热泪不禁夺眶而出，打湿了信纸……

我补上这一笔，算是交代了这篇小说中最后一个人物的命运！

农民老子

老牛筋其人

葛家庄的葛老根这个人，很有意思。他交往人，对了心思，就是朋友；话不投机，半句不说。据说，他种烟叶很有两下子，常常装满了烟荷包，到大道上转悠。遇上歇脚的过路人，他就把烟荷包递过去："尝尝。"别人抽了烟，叫一声："好烟！"他就把满满一荷包烟倒进人家的烟荷包。假如别人抽一口烟，品品味，说："烟不错，就是呛劲太大了。"他就一把夺过人家的烟袋，把一锅烟全磕在青石板上，嘟哝一声："不会抽，别糟蹋我的烟！"甩手而去。长了，人们都说："葛家庄有一根老牛筋。"

老牛筋的长相打扮也很有趣。他敦实、强壮，但是个儿很矮。个儿矮吧，上身又很长，占全身比例的三分之二。清晨，他站在桥头，闭着眼睛打算生产队里的活计，一动不动。你透过淡淡的晨雾看去，桥头上好像竖起一座石碑。

他头上老是戴上顶乌毡帽，从来不洗。青年们背地里损他，说有一次他大扫除，用笤帚扫扫他的乌毡帽，这一扫，竟扫下一堆虱子。虱子或许没有那么多，半斤八两的油污却一定是有的。他的屁股上，终年挂着一串东西：烟袋荷包，火石火绒，钢块铁钎——均是抽烟用品。他虽然铁板着面孔，挺吓人的，孩子们却不怕他，走到哪里，总有一群跟着。这些毛猴子，瞅他不注意，就伸手拍那一大串宝贝，拍一下，哗啦一响，再拍一下，又一响。孩子们轮流拍，他的屁股后面就老是哗啦哗啦地响。

老牛筋的儿子葛平在县里当官，是农机局的局长。葛局长对父亲的感情很深，常常在办公室里聊天，讲他父亲的故事。他总是这样开头的："我那农民老子……"在他的心目中，父亲是典型的农民。

葛局长最喜欢讲打火机的故事：有一年，他回家看看老父亲，买了一只打火机给他。那时农村还没有打火机，这礼物送给年轻人，是最上等的。父亲伸出满是老茧的大巴掌，笨拙地接过打火机，用鼻子闻闻，玩弄了一会儿，往炕角落里一扔，说："这玩意儿不好使，还有一股油烟味。"他摸出火石火绒，使钢镰一擦，点着了烟，香喷喷地吸一口，说："我不信世上有比这更好的东西！"

葛局长说，他的农民老子怪脾气多着呢！不肯穿新衣服，穿上了又不肯换下来，不肯喝开水，不肯吃机磨面……总之，一切生活习惯都是那个时代的！"保守，骨子里的保守。"葛局长最后总结道，"严重的问题，在于教育农民啊！"

保守归保守，老牛筋可是打心眼里拥护共产党。四十年以前，他到东山去赶集，听了八路军的一个干部的演说，回家就对老伴说："我信共产党了。"

老伴撇撇嘴道："你就信你自己。"

"不，我真的信共产党！"老牛筋认真地说，"你猜他们来这里干什么？他们打鬼子，他们减租减息，将来还要分土地给咱穷人！嗨嗨，你没去听听，人家讲的话，句句都是理，都是咱庄稼人的理！我就信庄稼人的理，我就信共产党！"

不巧，第二天他的连襟来走亲戚，劝他加入红枪会。红枪会是地主豪绅组织的地方武装，暗地里和八路军作对。那连襟把红枪会吹得天花乱坠，说什么入了会都是财主的兄弟，早晚财主要把财产拿到会里平分给弟兄；说什么红枪会有中央军做后台，入了会能升官能发财……老牛筋听够了，用旱烟袋敲敲炕帮，问了一句："红枪会和八路是一般的吗？"

"哼，八路算哪门口的神？"连襟皱起眉头来，"那都是共产党的兵，谁要姓了共，早晚要砍头！你别看他们现在闹腾得欢，中央军来准拾掇他们。啊，不！俺红枪会就能赶跑他们……"

"滚！"老牛筋简简单单地说道。

"你怎的了？不认亲戚了？"

"滚！"

于是，老牛筋的亲戚中再也没有这个连襟了。后来，村里有几个参加红枪会的，夜里偷偷地开会，老牛筋转了个心眼，趴在窗台上听了听。他断断续续地听到"暴动""砸区委会"几个字，知道这帮歹徒没安好心，连夜跑到东山，把这情况报告给区里。区长拉着老牛筋的手，感激地说："伙计，留个姓名吧！"

老牛筋窘迫地抽出手，牛头不对马嘴地说："你们讲理，讲庄稼人的理……庄稼人盼过好日子啊！"

说完，他转身跑了，矮小的身影很快消失在夜色中……

解放后，老牛筋每年都当选为队长。开始干得还行，不是当模范，说是评先进；越往后，他就越吃不开了。他总是出力不讨好，因为他认死理，怪脾气。

比方说，去年来了一批除草剂，别的队争的争，抢的抢，把药往地里一撒，草就死了，又省事又省力。老牛筋就是不肯买除草剂，领着社员们上山顶着毒日头，一锄一锄地锄了三遍地。大家一肚子不满意，背底里戳他脊梁骨，骂他。可是，到了大年三十分红的时候，四队的劳动日拉得最高，社员们数着一沓沓的人民币，个个喜笑颜开。这时候，老牛筋就开腔了："打完地瓜干，队长换换班。我挨了一年骂，再也不干了，你们另选队长吧！"但是选举结果，他总是得满票。社员们都信服他，因为他最会当家。就说除草剂吧，好归好，要花钱买呀，农业成本高了，劳动日价值就低，再说，劳力充裕，给庄稼多松松土，有什么不好？这个道理锄地的时候大家不懂，拿钱的时候就都懂了。所以老牛筋年年挨骂，年年当队长。

老牛筋就是这样一个人。

不要拖拉机

四队积累起一笔钱，有人提议买一部拖拉机。老牛筋斩钉截铁地回答："不要拖拉机！"要什么呢？他不说，大家也不知道。

今年开春，村里传开一个消息：他们的东山公社，被县委列为实现农业机械化的重点，大批的拖拉机、康拜因开进公社拖拉机站，今年就要一举实现农业机械化。社员们喜气洋洋地说："好了，这下庄稼人可以翻身了，从播种到收割，手上不用沾点泥了！"

开始春耕的一天，果然，一队拖拉机开进了葛家庄。各生产队长都集合到大队院子里，领拖拉机耕地，唯独老牛筋没来。拖拉机站长老王憋了一肚子火，说："走，把拖拉机开到四队地里去！"

拖拉机停在地头，轰隆隆地响，这响声总算把老牛筋引出来了。矮个儿老汉蹒蹒跚跚地走到拖拉机边上，往地下一蹲，石碑似的长身板，就靠在后面的大轮子上。他微闭着两眼，摸出屁股后边那"一大串"，不慌不忙地抽起烟来。老王一看这光景，在心里骂道："这老家伙，太目中无人了！"但他听说过老牛筋的脾气，只好把火压下去，把嘴巴凑到老牛筋的耳边，连叫带嚷地宣传机械化的好处。

拖拉机吵得厉害，老牛筋的旱烟又太呛人，不一会儿，老王就被折腾得筋疲力尽了。他把手搭在老牛筋的肩上，鼓起最后一点劲喊道："怎么样，老伙计？"

老牛筋把老王的手从肩上拿开，眼睛也不张开，喊了一句："你走吧，我不要拖拉机！"

老王以为自己的耳朵被拖拉机闹坏了，又问："你说什么？"

"不要拖拉机！"

这一回是清清楚楚的了。老王愣在那里，半天说不出话来。最后，他跳上拖拉机，闭死油门，站在老牛筋的头顶上方喊道："你，你，你真是'破坏四化分子'！真是绊脚石！"

老牛筋好像睡着了，依然背靠着大轮子，闭着眼睛。老王又从车上跳下来，差点把鼻尖顶到老牛筋的额头上，道："这是县委的指示，东山公社的地必须全部用拖拉机耕！你听见没有？"

老头子把脖子一梗，道："就不！怎么了？"

老王气得就地转了两个圈，向驾驶员挥手道："用也得用，不用也得用！小李，你发动机器，马上给四队耕地！"

这时候，老牛筋把眼睛张开了，人也从地上站起来。他没有火，反倒笑了："哈哈哈，天下真有好人哇！王站长，你自己愿意耕就耕吧，我是不付钱的。"说完，转身走了。

老王追上去，说道："不给钱还行？油费、保养费、驾驶员工资从哪里出？你这人讲不讲理？"

老牛筋一面走一面说："你甭想从我这儿拿到一个子儿！"他又挥挥手，对看眼的社员叫道："走，走，快刨地去！"

老王看着那矮小的背影，咬着牙道："这根老牛筋！"

到底为什么

老王悻悻地把拖拉机开回公社。他推开拖拉机站办公室的门，就看见一个人坐在自己的办公室前打电话。那人扯着洪亮的嗓门说："喔，还有这样的情况？……你们要耐心地做工作，斯大林、毛主席都说过：严重的问题在于教育农民嘛！好，好……就这样！"

老王听见这声音，就觉得鼻子一酸一酸的。等那人放下话筒，他就带着哭腔叫了一声："葛局长……"

农机局局长葛平迅速转过身，一双神采奕奕的眼睛盯住老王看，嘴里问道："怎么了？"

"我叫你那农民老子赶回来了！"老王一五一十地把自己的遭遇告诉了葛局长。

葛平站起身，在屋子里踱步。老王喃喃地道："真是咄咄怪事，你把好处送到他手里，他还要赶你走呢！"

葛平笑了："你是不了解我那农民老子，他呀，这回是把拖拉机当作打火机扔了！这样的情况其他地方也有，刚才钟家沟来电话，就说这事情……"他猛地收住脚步，也收起笑容，一挥手说："走，跟我回葛家庄，我就不信，农业机械化的滚滚洪流，卷不走几块小农经济的硬石头！"

两个人跳上刚熄火的拖拉机，又开回葛家庄去。

东山公社这个点，是由葛平负责的。今天离开县城时，县委书记拉住他的手，亲切地说："老葛，这会儿你是咱们县实现农业机械化的先行官啦！你下去住几天，回来写个报告，我等着你啊！"葛平满怀信心地来到东山，可是出师不利，一来就不得不和他的农民老子交手。别看他常说父亲的笑话，心里却怀着几分敬畏——对付那个老头子，可不是件容易事！

拖拉机到葛家庄，正是半头晌时分。葛平向乡亲们打听父亲，人们说，他领着部分社员上北山耕地去了。老王问："怎么办，你去找，我等着？"

葛平思忖一会儿，道："不，去北山有四里多路，来来回回就把时间耽误了。你们先去耕地吧！"

老王犹豫道："敢吗？"

"敢！"葛平很有信心地说。

这时，地里跳出个小青年，招呼驾驶员道："小李子，我领你耕！"

这小青年是四队社员，叫二虎，十足的拖拉机迷。他和每个驾驶员都是朋友，有了机会，就偷偷摸摸地爬上拖拉机试试。他看见有葛平做主，胆子就壮了，自告奋勇地要求做助手。葛平认得他，就点着他鼻子道："这个小鬼！老王，你要多留神，别叫他弄坏了机子！"

两个人欢欢喜喜地把拖拉机开进地里去了。葛平独自沿着小道，上北山寻找父亲。

山里一派早春的景象。柳枝上鼓出米粒大小的嫩芽，山雀儿踩着枝条晃悠，唱出欢快的歌。路边的草还是枯黄的，但枯草下面萌发着鲜嫩的草芽；一条长虫嗖地钻进草丛，把刚刚蜕下的皮搁在枯草上。果林里，桃、李、杏花正开得热闹，一片粉红，一片洁白，像天边的彩霞飞挂在树枝上……这一切对于葛平来说，是多么亲切、多么熟悉啊！

葛平一路走，一路看，不由得回想起往事：一九五八年，他在东山公社当干事，雄心勃勃地打算"放卫星"。他负责的那个片，就有葛家庄。葛家庄的生产队长都报上高产量，就是父亲不吭声。葛平急了，自作主张地说："四队的亩产量是一万五千斤！"父亲这时张开了眼睛，嗓门震山地吼道："放屁！"

回到家后，父亲拿起一把镰刀，哐啷一声丢在葛平跟前，闷声闷气地说："跟我走，割麦子去！"父子俩来到一片长势茂盛的麦田里，蹲下身子就割。割了一过晌，把这块一亩多点的麦田拾掇了出来。父亲也不说话，领着儿子推小车，把麦个子全搬到场院上，然后推来磅秤，亲自在儿子眼前过磅。葛平心里纳闷：称麦子哪有这样称法？麦粒没打出来，麦秸没铡去，并且还湿，这样称出的数字，算毛重还是算净重呢？……他没敢多问，只是帮着父亲把麦捆往磅秤上搬。老爷子满脸严肃，乌毡帽的帽檐里夹着一支破铅笔，手里拿着个烂小本，每称一磅，就把数字记下来。最后，一亩地的麦子全称完了，一共不到九千斤。老父亲拍拍小本，发话了："怎么样？连麦秸称上还不到一万斤，你说说，一万五千斤的小麦该是怎么个长法？是光长穗，不长秸秆叶子呢，还是平地里冒出一层麦粒儿？"

葛平的脸红一阵白一阵，嗫嚅地说："人家科学家计算过……还登过报……"

"见鬼去吧！庄稼人不能靠这一套过日子！"停了一会儿，父亲嗓子有点儿哽咽地说，"庄稼人的日子，难过啊！走错了一步，就会死人的！"

老人家说完这句话，嘴角就抽搐起来。他用力咬住自己的嘴唇，猛地转过身，匆匆忙忙地走了。儿子看见父亲走出好远，举起满是老茧的巴掌擦眼睛——他流泪了。葛平心里一阵酸痛，反身就往公社走去……

这事过去二十多年了，可是每当他要和父亲打交道时，总要回想起这段往事。他告诫自己：要深入调查研究，要掌握充分的事实，这样才能说服他的农民老子。

葛平来到北山，一眼看见了父亲。他歪戴着乌毡帽，裤腿挽得老高，一双黑脚杆，深深地埋在刚翻过的泥土里。他是在犁地。牛拖着铁铧子在地头上休息，他自己却歇不住，瞅这空子捡地里的草根。他的手背皲裂了，看上去像一块老树皮，但十分灵活，一双手在泥土里摸来摸去，一会儿工夫就抓出两把草根。

葛平站在地头看了一会儿，径直向牛走去。他握紧犁把，甩了个响鞭，高声喝道："驾！"那牛便抬起沉重的脚步，缓慢地走动起来。父亲听见动静，抬起头，正和儿子打了个照面。葛平笑了笑，高高兴兴地招呼道："爹，歇会儿！"

老汉古铜色的脸上，细密的皱纹跳了几跳，似乎在笑。他就地坐下，两条腿盘起来，摸出烟袋抽烟，两只眼睛，却从儿子的脸看到手，又从手看到脚。看够了，才把烟袋杆从嘴里拔出来，瓮声瓮气地说："这地里，茅草根真多！"算是打了招呼。

葛平耕了几趟地，就把鞋子脱下来，踢到地边上。长期在机关里工作，使他难得有机会耕地。现在，他呼吸着山里的新鲜空气，赤着脚板踩松软的泥土，心里真有说不出的畅快！牛到地头了，他抬起犁，唱山歌似的叫道："啊——嗨！"那声调拖得长长的，在山谷里回荡了许久……

这真是一种享受。葛平脑子里忽然闪过一个念头：父亲不要拖拉机说不定是不舍得放弃这种享受吧？

天很快就晌了。父子俩谁也没提拖拉机的事，干着活儿，感情很融洽。收工了，儿子扛着犁，走在前面；父亲牵着牛，走在后面。老牛筋看着儿子高大的背影，有力的脚步，鼻子里发出了表示满意的声音："哼。"

可是，刚进饲养院，老牛筋听得儿子说："爹，该管驾驶员吃饭了。"

"什么？"

"今头晌拖拉机给咱队耕地咪。"

"谁做的主？"

"我。"

儿子说得那么平静、轻巧，老牛筋却气得半晌没说出话来。旁边有人说："二虎已经领他们上队部吃饭了。"

老牛筋这才猛醒过来，蹦了个高，喊道："我就开半头晌的工钱！"接着，风风火火地向队部赶去。

葛平跟在父亲后面，指着大片大片刚刚耕翻过的地，说："你看，你看，这都是半头晌耕的。咱们一头晌，才刨了多少地？你要用拖拉机，五天就可以完成春耕任务了！"

可是，父亲对那在阳光下闪亮的耕地，连看也不看一眼。

到了队部，推开门一看，老牛筋和葛平都愣住了——老王、小李子、二虎，还有小队会计，都围着桌子在喝酒。那桌上，摆满了罐头美酒，大鱼大肉，可算得上丰盛、排场！二虎已经喝出几分醉意，一个劲往老王、小李子杯里倒酒，酒满了，哗哗地流在桌上……

老牛筋伸出一个颤抖的手指，指着桌上的酒菜问："这要花多少钱？"

会计答道："二十元。"

老牛筋声音也颤抖起来："谁，谁开钱？"

二虎大大咧咧地拍拍胸脯，道："我先垫上了，客人走了再商量吧！"

"谁开钱？"老牛筋大吼一声。

二虎吓了一跳，结结巴巴地说："那，那就算我请客……交朋友嘛！"

会计在旁边打圆场："这个好说，队里可以帮你报销一半，反正也要管饭。"

"不准报！"老牛筋咆哮了。他的两只巴掌捏成拳头，捏得骨节叭叭响，半天，又痛心地喊了一声："十块钱呢！"

老王这时站起来，说："这钱我们花。本是不该来的。可是二虎太热情，实在推不开。我和小李来队部前就商量好了，钱，我们花！"

老牛筋哼了一声，转身走出门去。门外围着一群看光景的小孩，见他出来，都嘻嘻地笑着，伸手拍他屁股后面那串宝贝。老牛筋涨粗了脖子，跺跺脚，喊道："滚开！"

小孩哄地吓散了，老牛筋也倔倔地走了。葛平看着一桌子饭菜，严肃地说："老王，调查一下，有多少驾驶员这样干了。凡是喝酒吃菜的，都要自己向生产队交钱！今后，驾驶员自己带饭，我们决不能再增加农民的负担！"

"是。"老王低头答应道。

葛平心情沉重地往家走。他知道，现在社会上吃喝风很盛，假如每天都要这样侍候驾驶员，农民是吃不消的。他想：父亲也许早看透了这步棋，所以才坚决不要拖拉机。他有点儿同情父亲了。

回到家，他看见副队长在屋里，父亲把二十元钱塞到他手中，说："你这就去，钱给二虎。不能让人家出钱。"

副队长说："那队上该给你报销……"

"不准报！"老头子斩钉截铁地说。

葛平心中涌起一阵热潮。副队长走后，他走到父亲面前，说："我回县，要发一个文件，不准驾驶员随便吃喝。你放心地用拖拉机吧！"

"不。"父亲坐在炕上，半闭着眼睛说。

葛平心里一凉。他看着面前这个顽固的老头，暗暗地叹道："这一辈农民，难道永远丢不开牛、犁和火石了吗？他到底为什么？！"

算账

吃过晚饭，葛平搬出两个草蒲团，爷儿俩就在院子东角那棵老楸树下坐着。天上好月亮，院子里一片银色。月光透过树叶，在地上投下一片斑驳的花影；风一吹，树叶唰唰响，地上的花影就跳动起来……

葛平经过一天的了解，觉得自己已经掌握了情况。他准备和父亲摊牌。他抬眼看看父亲，老头子正用牙齿咬住小烟袋，咔嚓咔嚓地用钢块碰火石。他灵机一动，找到了话题。

"爹，给。"他打着了自己的打火机，递到父亲跟前。

老牛筋一扭身子，把点着的火绒按在烟锅里，吧嗒吧嗒地吸了几口，黄铜烟锅红亮了起来。

"爹，打火机那么方便，你为啥就不用呢？"

"我不稀罕。"老头子闷声闷气地答道。

"我看这是偏见。"葛平说，"你的生活习惯保守，倒也没什么，反正不影响别人。但你是队长，在工作中，可不能按偏见办事呀！"

"谁偏见？"

"不要拖拉机，这就是偏见。上级的指示你不执行，群众有意见你不听，死抱住牛耕人刨的方式不放，你说，你有什么道理？"儿子的态度严肃起来。

"你说啥也行，我就不听你们那一套。"老子梗梗着脖颈说。

父亲的固执激怒了葛平。他站起身，严厉地批评道："好嘛，讲不出道理，就是农民思想在作怪！不要拖拉机，这是什么？这是抵制农业机械化！咱们东山公社是全县的点，是全县的榜样，你这样干，影响多坏？不要拖拉机，要什么？你老人家也不看看这是什么时代！你能挡得住吗？不，你挡不住机械化的浪潮，你早晚被这浪潮卷走！"

"放屁！"父亲吼道，声音震山响。

月光下，父子俩面对面地站着。由于过分激动，两个人一时都说不出话来。个子矮小的父亲，握成拳头的手微微颤抖，披在身上的黑夹袄掉在地上，露出褐黑色的肉疙瘩来。他一步一步逼到儿子跟前，脑袋几乎贴到儿子的胸脯上，两只老眼，射出利剑般的光芒，紧紧地逼视着儿子。可是儿子丝毫不让步，高大的身躯像一座塔，纹丝不动地钉在原地。院子里一片沉寂，只有楸树叶在唰唰地响……

"你把手伸出来！"父亲的嗓音嘶哑了，但十分有力。

儿子不解其意，顺从地举起手。他看着手，忽然感到有点儿羞愧：因为长期坐机关，掌上的茧子全部褪去，在月光下，这双手显得很苍白。

父亲把拳头擎到胸前，慢慢地摊开手掌，伸到儿子面前。儿子一看这双手，心猛地缩紧了。繁重的劳动，使手指关节变形，十个又粗又短的指头，弯曲着，怕是永远挺不直了；从指头到掌根，到处布满老茧，仿佛套上了鳞状甲壳；鱼际的地方，新划开一道血口子，血污在伤口处结成了斑块（大概是下午在地里抓茅草根时划破的）……这是一双什么样的手啊！

"不要拖拉机？谁不要拖拉机？我的手磨成这样早想歇歇了！我傻？我们小农傻？就你局长聪明？"老牛筋把巴掌提成拳头，在儿子面前用力地晃晃，"给我拖拉机！给我不花钱的拖拉机！"

葛平被震住了。他一时闹不清父亲的意思，但觉得这话很有力量！

老牛筋把手收回去，弯腰捡起黑夹袄，拍打上身的尘土。拍了几下，他猛地抬起头，喊道："可你为什么要收钱，为什么一天要收二十多元的耕地费呢？"

葛平解释道："拖拉机要烧油的，还要修理保养，发给驾驶员工资……这些费用加起来，一天收二十多元哪里还算多？"

"啊，你会算账啊？你不是把好处白白送给俺庄稼人啊？"老牛筋挖苦道，"俺也会算账！你过来，我算一笔庄稼人的账给你看！"

葛平走到父亲的身边。父亲坐到小凳上，用烟袋锅在地上画出一串串的数字，一边画一边说："一辆拖拉机耕一天地，要花二十多元；我用三十个劳力，两头牛，也能耕出这些地。一个劳动日值六角钱，三十个劳力挣去十八元，再刨去牛的饲料，也比拖拉机少花两块多钱。别看一天只有两块，按你的计划办，春耕秋收全用机器，一年要多花多少钱？这是一层。再有：咱们村，人多地少，一个人才平均七分地，用手扒扒，俺也能种上庄稼。放着劳动力不用，花上一笔笔的现款去雇拖拉机，上算吗？你有千条妙计，我有一定之规。我认准了：本钱下得少，劳动日才拉得高。用机器，呼呼隆隆倒挺热闹，但秋后一算账，粮食钱还顶不上机器钱！我才不去凑那号热闹哩！"

父亲一面讲，一面在地上画。葛平看着这只瘦骨嶙峋的手，忽然觉得它像老树根；地下那串数字，像是老根发出的须根。老树根扎在泥土深处，须根紧紧地抓住泥土。他抬起头，看见了父亲身后的老楸树。哦，它是那么的挺拔，那么的坚实，什么样的狂风暴雨能掀动它的根呢？

父亲站起来，语重心长地说："你们成天坐在机关里替庄稼人打算，哪里知道庄稼人的难处？庄稼人过日子，一个铜子儿也要掰成两半花！你说我保守，不错，我怎么敢不保守？走错一步，要饿死人的呀！"

正在这时，副队长进了院子，他兴冲冲地对老牛筋说："老根哥，快上队部去，咱要买的机器有着落了！"

"是吗？"老牛筋眼睛里放出了亮光，拉起副队长就走。他走得太匆忙，把从不离身的烟袋荷包、钢块火石都搁在地上。

葛平正在思索父亲的话，耳边掠过"机器"两个字，又见父亲兴奋异常地走了，觉得有点奇怪。于是，他拾起父亲那一大串宝贝，也跟到队部去了。

队部里已经聚满了人，平时很少点的汽灯，明晃晃地挂在梁头上。老牛筋站在汽灯下，大声地讲话。葛平凑近窗台，认真地听着。

"……公社麻袋厂换上了新机器，就把老机器处理给咱们了。我留着那笔钱，就是要买这机器。为什么要买它呢？你们听我算一笔账：花一千块钱作本，咱队里就能办起小麻袋厂；公社麻袋厂给咱料，收咱货，咱一个月就可得三百多块钱的加工费，有三个月，就把本挣回来了。以后的钱，净挣！伙计们，有了这机器，咱队上就有了摇钱树，往后的日子就好过啦！"

屋子里哄地骚动起来：抽着烟袋的庄稼汉，抱着孩子的媳妇，挤成堆儿的小伙子，都激动地比画着，议论着，那情绪甭提有多高了！

老牛筋啪啪拍了两下巴掌，让大伙静下来，继续说："捎着说两句，我为什么不要拖拉机？因为咱现在可以不用它。那是享福的机器，用它，省了力，多花钱。咱呢，现在还不能享福，要下力挣钱。有了钱，日子过富了，什么拖拉机、推拉机咱们都要！过日子，像雨天走路，脚要提得高，步落得重，一步一个脚窝，才能走得稳当，不跌跤子！"

"哗——"屋子里响起了一片热烈的掌声。

"说得真好！"葛平由衷地感叹道。他低下头看看手中的烟袋荷包，心里真有说不出的滋味。他转过身，独自向野外走去。父亲最后那一段话，勾起了他的回忆，他仿佛又回到了童年……

那是一个大雨滂沱的天气，小葛平在一条泥泞的小路上走着。雨是那么的大啊，他睁不开眼睛，脚下直打滑，终于跌倒在泥泞里。当他翻过身来的时候，看到了一双严峻的眼睛——父亲披着蓑衣，站在他的面前。他狼狈地从泥水里爬起来，呜呜地哭了。父亲没有安慰他，严厉地说："看看你的脚印！"他回过头一看，只见自己走过的路上，留下了一串浅浅的、乱七八糟的脚印。这时候，父亲走了。他看着父亲走路：那脚，抬得很高，落得很重，一步一个脚印，扎扎实实、稳稳当当地朝前走去。他蹲下来，细看父亲的脚印，那是一个个又深又大的窝，哪里是脚印啊！这些窝窝，深深地印在小葛平的脑子里……

葛平的眼睛湿了，久久地伫立在原野里。

尾声

葛平连夜起草给县委常委的报告。他把葛家庄的情况、父亲老牛筋的账，都写在报告里，并且指出：脱离整个农村的现实，想在某个公社一朝一夕地实行农业机械化，是行不通的。部分农民保守是事实，但他们的保守是从饿肚子的经验中产生的，这种经验往往能使人看到真理！

他把自己的口头禅写在报告里，但是他改变了标点符号，把原来的惊叹号改成问号："'严重的问题在于教育农民？'这确实是个问题。农民固然落后，但我们干部不了解他们，制定一些与农村现实相脱离的政策，以致损害农民的利益，这不是更严重的问题吗？

"严重的问题在于了解农民，了解他们的心理，了解他们的生活的难处！"

写完报告，天已经蒙蒙亮了。东方泛出白色，转而变成五彩朝霞；村里的雄鸡高一声低一声，越啼越响亮。葛平待不住了，决定立即回县委去。

他告别了母亲，又向母亲打听父亲。他很想和父亲谈谈，可是老人家天不亮就出去了，大概是去捡粪，一直没回来。葛平离开了家，一路上，他推着自行车东张西望，希望看见父亲的身影。

当他走出村子，来到大道上时，看见一个人在田埂上弯腰捡粪。仔细看看，那就是他的农民老子。葛平跳下自行车，跨着田垄走过去。他觉得心在怦怦地跳，身上有一种难以名状的冲动。他真想冲着父亲喊："爹，你教给了我最重要的东西！我感激你！"

父亲听到声音，打眼角里睃了一眼，见是儿子，又低下头去，专心地去铲那堆粪。他的表情是那样的冷漠、固执。

"爹，"葛平站在父亲身边，轻轻地叫了一声，"我走了。"

"唔。"老头子连头也没抬，从鼻子里哼了一声。

葛平有一肚子话要对父亲说，可是看看父亲脸上冷漠的表情，只得把话咽回肚子里去了。他默默地站了一会儿，又转身返回大道。

葛平骑着自行车，慢慢地蹬着。大道向南弯去，拐了弯就再也望不见葛家庄了。啊，他多么希望再看父亲一眼啊！葛平跳下车子，立在拐弯口，向田野里望去。他看见，父亲挂着铲子，正在朝他望，那目光是热切的——不仅是对一个儿子，也是对党的一个干部！

父亲的背后，是一片广阔的耕地。老头子站在那里，更显得矮小。但是葛平的心中，涌起了一阵强烈的敬意，他觉得父亲非常高大，只是把自己的一双脚埋在土里，埋得很深很深……

老霜的苦闷

一

写完了《老茂的心病》之后，我又在村里住了几天。老实说，老茂的性格很吸引我，我不愿意刚刚认识他，便又匆匆离去。

晌午，社员们都在家里歇晌，我瞅这空闲，到老茂家去串个门。老茂家门口有个大水湾，湾里是活水，清澈、明净。几只白鸭浮在水面上，啄着倒悬在水中的柳丝。突然，水湾中央溅起一朵水花，金色的鱼尾在阳光下一闪，倏然而逝。那几只鸭子飞快地游过去，却已是晚了，鸭子们发起火来，拍打着翅膀，呱呱呱地叫嚷……望着这情景，我不由得想起那天喝酒，桌上摆着的鸭肉、鸭蛋和两尾大鲤鱼来。我独自笑了，想：真是近水楼台先得月呀！老茂到底对我瞒了几笔账。

走进老茂的院子，就听见他在骂人："老茂，你这猴精！别人都没你吃得多，你还挤人家。你吃！你吃！你心眼越多，肥得越快，就越早挨刀！"

我知道，老茂发了财，心里过意不去，就要骂自己，便料想他又有新收获了。可是我往四下瞧瞧，没见人影，循声走到兔子窝前，却看见猪圈里探出一张脸来。这脸，谁看上一眼，都会记一辈子——方阔嘴，细眯眼，招风大耳。我乐了："好啊你！发了财，一个人趴在猪圈骂自己；骂得心里轻松了，好再找门路捞钱！"

"哈哈哈……"老茂明白了我的意思，仰脸大笑起来。笑到紧处，他张着大嘴喘气，"哈哈哈"变成了"啊啊啊"，那嘴咧得有棱有角，恰像一个"口"字。

我走进猪圈，看见四只小猪在吃食。老茂说："我没骂自己，在骂它们哩！"

"骂猪？得了吧，我听你指名道姓地骂老茂呢！"我怕他再玩"兵不厌诈"，便盯住不放。

"我给你介绍介绍。看，这只花斑猪多俊，我叫它新娘子；这只猪老争不上食，你瞧瘦的，名叫痨病鬼；这头猪好凶，叫胡司令，胡传魁嘛！你看这猴精，它吃食怎么吃法？一边吃一边晃腚，把新娘子、痨病鬼挤到墙根下；可它连胡司令也不放过，那尖嘴专伸到胡司令嘴下去抢食……看，胡司令也不好惹，耍枪杆子的嘛，咬！咬！……哪里咬得着？那东西要托生个猴子才对哩！瞧，又抢着一口。胡司令真是个草包司令，光会耍威风，就抢不到食吃，哈哈哈……"

"这猪叫什么？"我迫不及待地问。

"老茂。"

"啊?！"

"老茂。"

"哈哈哈哈……"我笑得弯下了腰，眼里溅出泪花来。

"同名同姓有的是嘛！"老茂一本正经地说道，"我刚才就是骂它。你瞧它那鬼样，老茂！"

"老茂"猛地抬起头来，看着老茂，那小眼睛里闪着疑惑的光芒。鬼东西，只一看，就看出没啥危险，鼻子里哼了一声，便又伸出尖嘴和"胡司令"抢食。

"哈哈哈！"老茂得意地大笑起来，"嗨，我那油子，能赶上这小猪一半就好了！"

正说笑着，我看见打隔壁院里伸过来的枣树枝，窸窸窣窣地摇动了几下。这情景，猛叫我想起喝酒那晚上，偶然落在老茂酒盅里的那片枣叶来。我悄悄地推了老茂一把，小声说："那院里住着谁？好像在听咱说话呢！"

老茂头也没回，提高嗓门说："那是我老霜老弟，在演《墙头记》呢！"他一边说，一边使劲摔打喂猪的家什；怒气蹿上脸儿，一点点笑意也没了。

我跟他走进屋里，问："怎么回事？"

老茂虎着脸，一个劲抽旱烟。我再三催逼，他才说："那是我的叔伯弟兄，贫协主任，老贫农，老党员！人家先进，眼睛专瞅我这落后分子。"我仔细问了问，老茂才告诉我，老霜在自己院子里架了一把梯子，利用枣树作隐蔽，经常监视他。

"他为什么要这样干？谁叫他这样干的？"我顿时火了。

"说来话长。你还记得我对你说养兔子挨批那件事吗？那时候，公社王书记带着工作组来整我，整完了，王书记对老霜下了指示，叫他负责监督我，管制我。从那时起，我那老弟就在院子里架起梯子，盯我的梢啦！"

我问："那是哪年的事情？"

老茂扒着手指头算计了一会儿，说："约莫是七四年。"

"打倒'四人帮'四年了，他还爬梯子盯你吗？"

"一天也不落。"

我大惊，急问道："谁指示他这样干的？那个王书记吗？"

"人家王书记早改口啦，升了官，当了县委副书记，整天在广播里吆喝落实农业政策。谁指示？谁知道谁指示！"

"你不是大队批准的专业饲养户吗？他为什么还要……"

"嗨嗨，你这老弟，真是书呆子！"老茂敲着烟袋，不耐烦地说，"一人心里一笔账嘛！为什么？为什么？你为什么不扒开他的心看看呢？告诉你，我那老霜老弟还算好人，心里怎么想，他就怎么干；那些嘴上净说好听的，心里的弯弯才多哩！我心里怕，怕政策变，你当我有神经病啊？就是因为有那么些人，暗地里盯住我看，我才怕呢！"

我迷惑了：怎么在这样好的形势下，还有人监视老茂呢？怎么老霜这样一个老农民，不去努力致富，还在爬梯子监视他的老哥呢？更叫我百思不得其解的是：没有人指示他，他为什么还要这样干呢？……

我决心搬到老霜家去住，像老茂说的那样，"扒开他的心看看"。

二

这天早上，我挟着铺盖上老霜家。我一只脚刚跨进门，院子里就冲出一个干瘦干瘦的老头儿来。他低头走路，走得又急火，看也不看我就往门外撞。好！我们两人，加中间一卷铺盖，把院门塞满啦！我说："等一等，让我退出去……"可那小老头儿一使劲，就硬钻了出去，晃得我差点跌个跟头。我心里嘀咕道："这个怪老头儿！"

没想到，这怪老头儿就是房东田霜哩！进了屋子，他老伴，一个愁眉苦脸的女人对我说："唉，我叫他等一会儿再走，他不听。瞧瞧，他刚跨出门槛，干部就进家了……"

吃晌饭时，我见到老霜了。他似乎有点儿紧张，眼睛看着脚尖，喃喃地说："这家脏啊……你肯来就好！"说到这儿，他蓦地抬起头，伸出满是老茧的手，老练地和我握手。这时候，我觉得他到底是一个当过多年干部的人。

我问他："在大队干什么活儿？"

"看山。"

"这活儿好干吗？"

"凑合事呗。"

再往下，我们俩都没有话说了。我看得出，他对我存有戒心，还略有点敌意——他肯定看见我和老茂两个喝酒了。

我上了炕，准备吃饭。照农村习俗，来了客人，男人是一定要陪的，女人蹲在锅台口吃。可是，我等了半天，还不见老霜老汉来。他老伴挨到炕沿前，探着身子，用耳语一般的轻声对我说："你吃吧，他在地下吃……已经吃了。"

我高声道："那还成？叫大爷上炕吧，也没有外人！"

锅台那边响起了老汉的咳嗽声，似乎是向我道歉。他老伴急了，稍稍提高点声音，说："同志，你别见他怪，他就是这么个人，惯了……你吃吧！"

我没法子，捧起碗，没滋没味地吃开了。吃了一会儿，我起了好奇心，十分想看看老汉吃饭的情景。墙上有个灯窝，两边透，打灯窝里看出去，正好能看见锅台。于是，我昂起头，朝外间屋看。这一看，一个难忘的形象映入我的眼帘：老霜老汉坐在门槛上，手里捧着一只大碗，不吃，不喝，在想心事。他皱着眉头，两道眉毛弯成一个"八"字，好像小孩快要哭了那模样。然而，他的眼睛里并没有哭的神情，怔怔的，呆呆的，只是失神。他脸上满是皱纹，那么细，那么密，好像一缕一缕的麻丝，把脸抽紧了……这张脸上，铭刻着多么深刻的愁苦啊！看着它，我的心，也好像被麻丝抽紧了。

吃完饭，老汉又默默地走了，连招呼也没有打。我想，他总是上山去了吧。他老伴一个人围着锅台忙乎，刷锅、洗碗、抹炕桌。她的动作很慢，很轻，好像怕惊动什么人似的，更增添了这个家庭里压抑的气氛。我坐在门槛上——刚才老霜坐着的地方，看着房东大娘忙活，心里有说不出的忧郁。

我突然问道："这家里就没有别的人了吗？"

"有，还有个三小子，今天上他没过门的媳妇家去了，是叫他老丈母娘请去的。"

我又垂下头，用草根在地上划，不说话了。

房东大娘不时地打眼角瞅瞅我，似乎觉得心头不安。她主动开腔了，还是那么细声细气，唧唧哝哝的："同志，你可别生他的气啊，他就是这么个怪性子！早年间，他的话就少；这两年，他的话更少……他心里难受啊！"

"难受什么？"我问。

"说不上。"女人低下头，看着锅里的浑水，"他老躲着人，好像见人抬不起头似的……"

我沉默着，想听她往下说。可是她却无声地抽泣起来，眼泪叭叭地滴在锅里。许久，她抬起头，激动地对我说："同志，你开导开导他吧，他从来肯听上级的话，别叫他胡思乱想了……唉，这日子，过得真闷人呀！"

听了这些话，我心里更加难受了。老霜暗暗地监视别人，这令我十分反感；可是，当我接近他，马上发现他有比别人更多的苦闷，这又叫我同情。真怪了，他的苦闷是从哪里来的呢？他为什么在这样的重压下，还要爬梯子监视别人呢？

这颗心，真不容易解剖。

这时，院子里的小厢房门哗啦一响，我扭头一看，老霜从厢房里出来——原来他并没有上山。他锁好厢房门，回过身，看了我一眼。我微微地吃了一惊：他的眼睛发亮，目光里充满了骄傲的神情，比比刚才那愁苦的模样，真是判若两人。他没有和我打招呼，挺直腰板，大步走出门去。

奇怪，那厢房里，藏着什么灵丹妙药吗？

三

老霜老汉总是回避我，连吃饭，他也借口看山，晚回来吃。我有几次硬凑上去谈，可他闷头抽烟，就是不开口。我几乎失去信心了。

一天夜晚，天上亮着稀稀疏疏的星星，大地朦胧昏暗，隐约可见人脸。我从里屋出来解手，见茅房里黑咕隆咚的，便又退出来，回去拿了手电筒。忽然，我听见西墙上有响动，就打开手电照了照。这一照，照见了老霜老汉，他狼狈极了，抱着一条梯子腿，惊慌失措地把脸藏到黑暗中去。我赶忙熄掉手电，钻进茅房里，只觉得脸上发烧。唉，我干吗要往那里照呢？我明明是知道的……

回到屋里，我努力看书，可心里老觉得不自在。我听见那屋里叽叽咕咕的，他三小子的嗓门最粗，但也听不见说些什么。我猜想，准在说那件事情……

一会儿，老霜老汉无声无息地蹩进屋来，等我回过头去，老汉却紧贴在我的面前，吓了我一跳。

"嘿嘿。"他尴尬地笑着，"嘿嘿。"

"你，你快坐吧。"

他顺从地点点头，却只把半片腚挨在炕沿上。我倒了一杯水给他，他忙推却，慌里慌张的，杯里的水有一半泼在地上。然后，我们俩再也找不到话说了，就那么呆坐着，谁也不去看谁。

"嘿，你……你在看书啊？"老霜没话找话，指指我的书问。

"啊啊！"我赶紧答应，生怕断了话头。

可是，老汉又把嘴闭上了。他东张西望一阵，两只手不知往哪里放好，布满皱纹的额头上，却沁出一层汗珠。最后，他又站起来，道："那，那你忙吧……"说罢，他赶紧朝门外走去。

我急了，叫了一声："大爷！"

他转回身，怔怔地看着我。我顾不得什么了，冲口问道："你是为……为那事来的吧？"

"对对对！"老汉连连说道。他长长地松了一口气，仿佛从肩上放下一副重担子。"你也看见了，我也用不着瞒你，我就来说这事情。"

我诚恳地点点头，鼓励他往下说。

"你知道，俺庄稼人，管偷听别人的话叫溜墙根。唉，溜墙根，这号事最不光彩，老娘们才爱溜墙根！……可是，我不是那号人，你信不信？我不是那号人！"他几乎是喊出最后那句话来，两只眼睛瞪得圆圆的，好像要喷出火来。这神态，使我联想起他走出那小厢房时的情景。

这时候，我感到他是一个很有血性的人，不像平日那样窝窝囊囊。我使劲点头，说："对，我信！"

他感激地看了我一会儿，说："我就讲这些。"便要走。

我赶忙拦住他，问："可是，你为什么要那样做呢？"

"为大伙。"他简单明了地答道。

"为大伙？"

"为集体！"他昂然说道，"我干的事，正大光明。总有一天，大伙都会知道的，知道我的心！"说完，他径直走出门去。

夜里，我躺在炕上，翻来覆去睡不着觉。我眼前老是浮现出老霜的面影：时而是那张被麻丝勒紧了的脸，时而是那张双目圆睁、正气凛然的脸……我审视着这些脸庞，得出一个无可置疑的结论：老霜，他是一个正直、诚实的老农民。

可是，他为什么要做那种事情呢？

四

继爬梯子之后，小厢房又成了我心中的一个谜。老霜老汉常常钻进去，蹲一个时辰，再出来；每次都好像喝了人参汤，精神十足。我按捺不住好奇心，有几次趴到那厢房的小窗上望望，可里面黑乎乎的，什么也看不见。我很想问问老霜，他究竟去小厢房干什么，但我了解这个倔老汉的脾气，没敢贸然开口。

很快，我的注意力又被另一件事吸引过去：有一天晌午，这沉闷的家庭里，爆发了一场惊人的争吵。

吃完晌饭，我在自己屋里睡晌觉。正睡得迷迷糊糊，耳边响起一阵哭声；那哭声嘶哑、低沉，好像老牛叫，却是非常伤心。我忙爬起来，跑到房东屋里去。

一进屋，我就看见那三小子蜷缩在炕角落，脸埋在被褥堆里，呜呜地哭。他妈坐在一旁抹泪，抽泣得透不过气来。唯有老霜老汉，捧着烟袋杆坐在门槛上，脖子梗着，满脸怒气。我一时不知说什么好，站旁边看。

"孩子，咱……咱拿不出一千块钱呀！"他妈哭着劝三小子，"你，你就想开点儿吧……"

"屁，就是有钱也不拿！"老霜老汉吼道，"我说过，咱干部家庭，贫农成分，不能干那号事情！老大、老二说媳妇，我就这么干的，一分钱彩礼也不送。怎么，如今世道变了，我老霜也要拿钱买媳妇？哼！"

老伴顶嘴道："可不是世道变了呗！那会儿，你是红人，手中有权，人家老大、老二媳妇娘家，都是中农成分，都要来巴结你！如今谁理会成分？没钱就办不成事……好端端的一个媳妇，就这么吹了……"她说着说着，又哭了。

老汉暴跳起来，吼："钱！钱！钱！哼！钱！！"

老伴擤了把鼻子，哭道："儿子结婚还能不花钱吗？还能不置办东西吗？你就是没钱！"

"我没钱怎么了？我人不低贱！这世道就叫钱埋起来了，我也清白！我一辈子穷，穷得光荣！如今风气一转，叫我也跟着钱打转转？不干！用钱买媳妇，玩资产阶级思想把戏？哼！豁上打光棍，咱也不干！"

那三小子忽地翻过身来，用手指着他老子的鼻子嚷："你别说好听的！你当初不就是用三斗苞米，把娘买进门来的？你早就玩过资产阶级思想把戏了！"

老霜老汉两手一张，咧开嘴，半天没回过气来。这小子好厉害，一句话把老爹顶到南墙根底，差点顶死了！

"那，那，那是旧社会！"老汉结结巴巴地抵抗。

"旧社会、新社会都用钱！人家翠芝日夜和她娘做工作，说只要些买家具的钱就行了，这才要了一千。你访听访听去，谁家说媳妇不花一两千？人都想过好日子，没钱怎么过？这一千，要买柜，要买箱，要买褥子要买被，锅碗瓢盆都在里，一千还算多吗？你唱高调，动不动就资产阶级，全中国就你一个无产阶级？讲穿了吧，你熊，你弄不着钱回家，你没有治家的本事，就会开会、训人！"

好小子，噼噼啪啪一大串，好似放开机关炮。老霜气得张口结舌，两只手直抖，半天才喊出话来："你，你，你……你这是才跟老茂学哩！"

"老茂怎么了？我看老茂叔就比你强！"

"什么？"

"老茂叔就比你强！人家一家伙送出五头猪，拿回一千多块钱；自己富了，也为国家做贡献！你知道吗？就是因为有人给翠芝做媒，要把她说给老茂家的油子，翠芝娘才逼她和我散了……"

小伙子只顾说，越说越伤心，又把头埋到被褥堆里，哭了起来。我一直在看老霜：开始，他听儿子说老茂比自己强，好像一根针扎在心上，浑身猛地一颤抖；儿子又重复一遍这话，他脸皮铁青，举起手中的烟袋，要往儿子头上砸；可是，当他听到因为自己拿不出一千块钱，翠芝和儿子吹了，要嫁给老茂家时，他竟如霹雳轰顶，被震呆了。他的手还擎在空中，身子还在向前倾，却是一动不动，好像泥塑似的。许久，他的手渐渐松开了，吧嗒，烟袋掉在地下；接着，人摇摇晃晃，好似要倒……我急忙上前抱住他，连声高呼："大爷！大爷！"

老伴、儿子全扑过来，哭的哭，晃的晃，急得手忙脚乱。半晌，老汉才缓过神来。他呆呆地瞅着儿子，好像不认识他似的。他没有再骂人，只是站起来，把众人推开，独自踉跄地向门外走去……

五

我受房东一家之托，去赶老霜老汉。追到村口，看见了他那消瘦的背影。我赶上去，拉住他胳膊说："大爷，回家去歇着吧；家里人都记挂你的身子……"

老汉从我手中挣脱胳膊，说："我到山上走走，让心里清亮清亮。"

我便陪着他，朝山上走去。正是上工时候，社员们三五成群，扛锨荷锄，走在上山那条大道上。这都是包工组的，一路上叽里呱啦，夸耀自己的庄稼好。有几个人从我们身边走过，向我打招呼，和我开玩笑，亲亲热热的。也有人客气，问候老霜；老霜硬挤出笑容，勉强答应。等这伙人过去了，老霜朝后面望望，扯住我衣角说："咱们走小道吧。"

我望了望路边的小道，净石块杂草，料是难走，便问："为啥走小道呢？"

老汉答道："小道清静些。"

可是，小道也不清静。刚走了一小段，迎面来了一群小猪；赶猪的，却正是老茂。这才叫冤家路窄呢！老霜把头一昂，穿过猪群往前走。

老茂笑呵呵地招呼老霜："伙计，看山去？"

老霜"嗯"了一声，头也不回地走路。我忙打圆场，对老茂说："你这家伙，又要上哪儿去发财呀？"

"上大道。小路不好走，大道宽敞，人也多，好叫大伙看看我的小猪！"老茂得意扬扬地说道。

老霜在前面走得更快了。

老茂对我眨眨眼睛，又冲老霜的背影撇了撇嘴，压低嗓门问："怎么样？住这几天，摸到点底了吧？"

我长长地叹了一口气。老茂也叹了一口气，意味深长地道："农村的事，复杂呀！"说完，他赶着小猪径自走了。

我赶上老霜时看见他坐在一棵老松树下，抽着旱烟，独自沉思。我轻轻地走到他身边，坐下了。四下都是青松，风一吹，松涛翻滚，放出呜呜的响声，这响声，低沉、悲怆，好像在唱一支很古老的歌，叫人听着心里惆怅。

老霜眯着眼睛，眺望远处平川上的一条河流。他说话了，好像是说给我听，好像是自言自语："三十多年过去啦，可想起来，还像是昨天的事情。我就是顺着那条河，挑着一担粽子，跟老茂上流水集去卖。他呀，那时候就像现在一样会说，到了集上一阵工夫，就把粽子卖出去了。可我，挂着根扁担望眼儿，吆喝一声也费劲。集散啦，粽子还卖不出一半去。爷爷死时，留下两份穷家当，我和老茂一人一份。可人家老茂小日子过红火了，土改一划成分，富裕中农；我呢，卖粽子把本也赔光了，比贫农还贫呢！……发财，挣钱，这条路我走不通。我笨，我熊，我太老实了，八辈子也发不了财！

"解放了，村里要人搞工作，老区长找到我，叫我干贫协主任，还要发展我入党。我慌了，说：'不行，我穷，人家瞧不起咱……'老区长把眼一瞪，嚷：'穷怎么了？穷光荣！共产党就穷！我就穷！谁敢瞧不起咱？'这话，说得我心里透亮，我眼前唰地出来一条路：对，穷怕什么？跟着共产党干革命！三十多年啦，我就走这条路，错过吗？一步也没有错！"

他不说话了，一口接一口地抽烟，大团大团的烟雾缭绕，使他也变得那么遥远。我沉思着，审度他走过的路，评价他的选择……

忽然，他磕着烟灰喊叫起来："如今，我老啦，一辈子快到头了，要改这条路吗？要我跟着老茂走，再去卖粽子发财吗？哼，不如让我现在就死！我不愿回到旧社会，我不愿眼看着复辟！发财，我发不了，我也不稀罕！"

我小心地问道："那么，现在这样搞下去，就会回到旧社会，就会复辟？"

"这不明摆着吗？老茂一千一千地往回抓钱，早晚还不变成财主？我穷，早晚还不成他扛活的？如今这世道，什么都讲钱，说媳妇也得花一千。哼，就不讲讲成分？就不讲讲依靠贫雇农？老茂搞资本主义光荣，发财光荣，当模范啦；我呢？老贫农、老党员、老干部，反倒灰溜溜的，人前面抬不起头来，连儿子都……"

他说不下去了，佝偻着身子咳嗽起来。咳嗽了半天，他又抬起头来，咬牙切齿地说："都变了，世道变了，人也变了！前些日子，我去找了王书记，把老茂的情况报告给他；还告诉他，我想不通，为什么现在啥都变了？为什么现在不批资本主义了？可是，王书记当着办公室里那么多人的面，把我训了一顿，说我脑子里'四人帮'的流毒还没肃清。呸！我气得指着他鼻子骂：'命令我爬梯子的是你，说我脑子里有流毒的也是你，你的话还不如屁！你才不管什么主义呢，你只管升官！'骂够了，我转身就走，找家酒店喝闷酒。正喝着，王书记来了，硬拽我上他家去玩玩。到了没人的地方，他拍拍我肩膀，说：'好同志，坚持下去，形势会变的，懂吗？'我说：'不懂！你一个县委书记，为啥不出头说话呢？你就眼看着资本主义泛滥？'他说：'这是策略……'我说：'见鬼！我算看透啦，你们都是屋檐上的草，刮什么风，就顺风倒！'我一甩胳膊，一个人回村去了。走在路上，我掉泪了，我的心好疼，好像被人打伤了，在淌血哩……唉唉，人哪！"

老汉说不下去了，粗大的喉结动了几动，又把干瘦干瘦的脸埋到大巴掌里……我看着他心里说不出是什么滋味。我同情他。

松涛呜呜地响着，好像在为老霜的话伴奏。老霜慢慢地抬起头来，脸上涌现出崇高的表情："我不用他们了，我谁都不用！我自己干，干应该干的事！我爬梯子，看着老茂玩什么花招，看着他从集体的地里偷回几斤粮食，看着他从集体的山上拿回几根草！我这一片心，没人知道，他们都骂我、笑我……可是日后，大家都会明白的！还有孩子们呢，孩子们长大了，只要说一句：'老霜爷爷为咱们站过岗呢！'我这一辈子，就是穷死、屈死，也乐意！"

老汉说着，站了起来；面对着夕阳，他眯起了昏花的眼睛。我望着他，不由得暗自感叹：多么美好的愿望，多么正直的心啊！然而，一个人，在历史的迷雾中走错了方向，这种愿望还有多少价值呢？

人们很难理解他。

六

又发生了一件意外的事情。

我们在山中巡游，老霜扒开棘丛，摘了一把山马枣，准备请我吃。忽然，一阵细微的响动，从山洼里传来。老霜停住脚，把马枣塞到口袋里，侧着耳朵听了一会儿，便敏捷地穿过树林，朝山洼奔去。我跟在后面，不一会儿就看见了响声的出处：几个孩子趴在山洼里，猫着腰，飞快地割着嫩绿的青草……

"呔！我把你们这些毛猴……"老霜大吼一声，跳到孩子们面前。

小孩吓坏了，一腚坐在地上，乌溜溜的小眼睛，恐惧地望着老霜。老霜哼哼地喘着，将孩子们手中的镰刀，一把一把地拿到手中；又摘了几根长蒿草，把镰刀扎着一捆。"哼，到大队部去领镰刀吧！"

这几个孩子显然常和老霜打交道，摸得着他的脾性。他们互相看了看，齐声求饶道："大爷，饶了俺吧，俺再不敢了……"

"老师就教你们偷封山里的草吗？"老霜脸色缓和下来了，但嘴上还很凶。

"我错了。""俺听你的话就是了！""饶了我吧……"孩子们七嘴八舌地嚷嚷道。

"这是最后一遭，以后抓住再不饶了！"老汉开始解那蒿草。他解得很慢，嘴里教训着孩子们，"小人，要学好，要读书，可不能把眼睛盯在钱上。小时偷草，长大偷宝，等你们把集体偷光了，吃什么？穿什么？要想想国家，别光瞅着鼻子尖下的小家……"

孩子们耐心地听着，眼睛却死死地盯着他那解蒿草的手。等老汉解开了，他们呼地围上去，一个个伸出小手嚷："大爷，给我吧！""先给我！""这把是我的！"镰刀到手之后，他们哄地朝山口跑去，好像怕老霜反悔，再收他们的镰刀似的。

老霜看着飞跑的孩子们，舒展开细密的皱纹，呵呵地笑了。"毛猴子们，就得常教导着点啊！"

孩子们跑上山口，却不走了，一起朝我们这边看。老霜愣了一会儿，诧异地道："丢了什么啦？"他转着圈，在草洼里看。忽然，他立住脚，两只眼睛直勾勾地盯住一丛小树看。

小树边上，有一个大水坑，坑沿上长着几蓬蒿草。那蒿草被压倒一片，显然是有人在上面打过滚。老霜向前走几步，来到水边上，蓦地，他吼了一声："出来！"

微风吹得小树摇摇晃晃，没有人从坑里出来。老霜趴下身子，伸手一抓，从水坑里拎出一个小孩。老霜暴怒了，将小孩一把搡倒在草地上。可怜的孩子，身上是水，脸上是泥，浑身颤抖着，用两只手撑地，一点一点地往后挪去……

"好哇，原来是你！"老霜是从牙缝里挤出话来的，"真是老茂的好孙子，和你爷爷一样滑头！"

孩子的小嘴一张一翕，努力想说话，可是一句话也说不出来。

"你爷爷叫你来割草是不是？割了草回家喂兔子是不是？我说那兔子咋长得快哟，原来是吃了封山里的草！你爷爷就是这样发财的吗？就是这样一千一千地往回挣吗？"

老霜的脸被仇恨拧歪了，眼里却射出轻蔑、鄙视的光来。他转了个圈，迅速地把孩子们撂下的草收拾成堆："这些草，一块钱一斤！"

"这，这不是我一个人割的……"小孩结结巴巴地分辩道。

"把镰刀拿来！"老霜吼道。

小孩从腰间抽出镰刀，犹犹豫豫地向前递，口里可怜巴巴地叫道："二爷爷，饶了我吧……"

"饶你？你长大了，村上又多了个老茂！"

"二爷爷，我，我再不敢了……"

那凄切的声音，似乎打动了老霜，他看着孩子，半天没说话。孩子的衣服，在水坑里泡透了，秋风一吹，他浑身发抖……

"镰刀，拿来！"老霜终于还是伸出手去。

当啷，镰刀从孩子手里落下来，落在一块石头上。他咧开嘴，绝望地哭了，哭得非常伤心，脸上的脏水和着泪水，滴进他的口中……他一边哭，一边从地上站起来，趔趔趄趄地朝山口那边的伙伴们走去。

我觉得老霜做得太过分了，想劝一劝他。可是他刚刚还呆呆地看着孩子的背影，这会儿忽然捡起镰刀，飞跑着去撵孩子。我想，他还要干什么呢？便也跟着跑去。

接下来的事情，使我大吃一惊：老霜追上那孩子，一把将他抱入怀里，泥、水沾了他一身，他也不在乎。"别哭啦！镰刀……镰刀给你！"他一边喊叫，一边将镰刀硬塞到孩子手里。

喊声压倒了哭声。孩子由于惊骇，由于意外，闭紧了嘴巴，只瞪着两只黑亮的眼睛，惶惑地望着老霜。

老霜的神情急剧地变化着。他紧紧地搂着孩子，下巴的胡须触到孩子的耳朵尖上，急急地、喃喃地说道："二爷爷屈着你啦，你甭哭、甭怕啦……你呀，你为啥趴在水坑里呀？……嗨嗨，都怪你爷爷不好，自己财迷脑袋，还教坏了孩子……二爷爷老啦，脾性不好，爱发火吵吵，你别往心里去，啊！"

我听着这充满柔情的话语，几乎不敢相信自己的耳朵了。我看了看老霜的脸，那每一根皱纹里，都嵌满了痛苦与矛盾，失悔与希望。于是，我似乎理解他的极其复杂的心理了。

老霜把孩子放到地上，让他走。可那孩子紧紧地握住镰刀，惊异地看着喜怒无常的二爷爷，竟没有挪步。老霜就地转了个圈，仿佛要找什么东西，来弥补孩子感情上的创伤。忽然，他把手插到布袋里，摸出了那把山枣。他掰开孩子的拳头，将山枣塞满他的小巴掌。"吃吧，吃吧，吃着枣回家念书去！"

山口上的孩子们，打起了响亮的呼哨。这呼哨声似乎唤醒了老茂的孙子，他猛地转过身，跑了。跑了几步，他一撒手，把马枣扬在道边上；又用两手紧握镰刀，更快地向山口跑去……

老霜迈着沉重的步伐，向前走了几步。他蹲下身，垂着花白的脑袋，将草丛里的山枣一颗颗地捡起来。然后，他又站起身，朝老茂孙子跑去的方向看。那孩子已经跑到山口，他的伙伴们发出一阵胜利的欢呼，仿佛在奚落老霜。老霜怔怔地站着，许久，用力一扬手，将山枣扔到沟里去了……

"这是何苦哩，这是何苦哩……"当我走近他身边时，听见他这样自言自语道。我看了老霜一眼，只见两行老泪，沿着那满脸的皱纹，弯弯曲曲地淌了下来……

七

从山上回村，有人告诉我，报社里来电话叫我回去。

我在老霜家宿最后一个夜晚。我整理好行装，捆好书本，等着老霜从厢房里出来，好和他话别。从吃过晚饭，他就钻进厢房里，一直不肯出来。我是知道那小厢房的特殊功能的，便想：或许是他这一天受了太多的打击，被苦闷所压倒，又要到那神秘的小屋里去恢复精神吧？于是，我没有去打扰他。

约莫等到小半夜，我靠在桌子上昏昏欲睡了，忽听见厢房门哗啦响了一下，便惊醒起来。我正要上院子去，老霜却轻轻地趔了进来。他径直走到炕前坐下，闷头抽烟。

我对他说："大爷，明天我要回去了。"

"知道了。"老霜就应了一声，依然抽他的烟。

我很想对他讲点什么，比如劝他认清形势，思想转弯云云，却又很难启齿。看看面前这干瘦干瘦的老头——那迟滞的目光，那愁苦的皱纹，那固执的唇角（这次厢房里的"妙药"竟没起多大作用），我觉得说什么都是多余的。

"你要走了，"老汉忽然开了口，用一种低沉的声调说话，"我想给你看一样东西。"

"什么东西？"

"我的宝贝。"

"宝贝？"

老霜不再说话了，磕磕烟袋，起身走出屋去。我赶紧跟出去，只见他径直走到小厢房前，把门打开了。

我怀着激动而又好奇的心情，走进厢房。我感到庆幸：在我离开老霜家的最后时刻，终于有机会解开厢房的谜了！屋里一团漆黑，黑暗中，一股潮湿的霉味向我袭来。老霜划着了火，点亮一盏小油灯。借昏暗的灯光，我看见了挂在梁上的苞米串，放在地下的大囤子，还有一铺没有锅灶的小炕……

老霜擎着油灯，走到小炕前。他把油灯挂在一颗钉子上，又将炕中央的一只小箱拖到怀里，抱好。然后，他抬起头看着我，郑重地说："你要走啦，回报社去写文章。我的事，你也知道不少，再叫你看看这箱子吧！"

他把箱子打开了，我凑到跟前去看。箱里有一块绿绸子，好像是从旧时的袍子上剪下来的。我想：这或许是他老伴出嫁时的新衣，或许是土改时分给他的果实。但不管是什么，我确信这块绿绸子下面，珍藏着老霜一生中最重要的东西。是什么呢？……

老霜庄严地瞅了我一眼，轻轻地掀开了那块绸子。我急忙去看，啊！箱子里面竟放着一沓奖状！面对着老霜的"宝贝"，我不知道问什么好，也不知道说什么好。

老汉拿起一张张的奖状，对我讲起过去的故事——他当英雄的故事。他那神态，活像关云长败走麦城时，讲起他当年过五关斩六将的往事。他讲得很兴奋，我心中却渐渐地涌起一阵酸楚。

"瞧，这七张！都是大跃进时得的，那一年我就得了七张奖状啊！嗬，那可真是一个红红火火的年头，公社建起小高炉，庄稼人自己炼钢铁！我带着民兵队，把全村的坟都扒了，扒出棺材板子炼钢铁，倒出地来好种小麦，还破除了迷信哩！干啥都要带头，我自己动手，把我爷爷的坟扒了……为这，县里发了奖状给我——'破除迷信急先锋'。老茂那家伙出来装孝子，满街骂我，骂我没良心。他有良心？他处处和社会主义捣蛋！就说办食堂吧，大家都把粮食交给集体，偏偏他埋起一袋面粉来，给自己开小灶。可是，我每夜都带着民兵队巡逻呢，眼睛就盯住烟囱看；他的烟囱一冒白烟，就让我逮住啦！这事情报到县里，县委又发给我一张奖状，就是这张，'阶级斗争的哨兵'。嗨，想一想，我每走一步都要和老茂斗啊，一松劲儿，他就钻空子啦！

"这些年，我也得了老鼻子奖状了。我年年都是学'毛选'的积极分子。哼，那晚上老茂还背语录给你听，想吹牛哩！他背一句，能错半句。脑子那么灵还会错？就是心不诚！我脑子笨，可我背语录，连一个字都不差。那年开'贫农爱学老三篇'大会，五个代表比赛背《为人民服务》，我得了第二名。瞧，就是这张。为了背那篇文章，我还落得个头痛病；现在想想，我还觉得丢人：学毛主席的书，怎么好头痛呢？嘿嘿……

"你再看这些奖状……"

老霜一边讲，一边把一张张的奖状排在炕上，铺成一条金色的路。他讲累了，两只眼睛盯住奖状看。他的皱纹全舒展开了，眼睛里跳着两朵火花；油灯一晃，那干枯的脸上，泛出一阵红光来……

我看着他，心里蓦地一动，想到：难道这不是他的财富吗？我只看见老霜穷，却没想到他竟有这样一笔财富！这笔财富像一只沉重的包袱，压得老霜老汉步履蹒跚……他还像过去一样，是一个贫农吗？他还能像过去那样，丢下卖粽子的担子，积极投身于社会变革吗？

老霜收起了奖状，依旧盖了绿绸，盖上箱盖，郑重地锁好那只小箱子。他抬起头，望着我，没有说话。过了许久，他平静而庄重地对我说："我知道，你在我这儿住，是要摸底，是要写文章批我。批吧，我不怕，只要你写得实在！我就是这么一个人，你写出来，好叫大家知道。我心里也苦闷，人，谁还不巴望好好过日子？媳妇吹了，儿子怨我，小孩子也不把我当人待……我在人前抬不起头来，我还会好受吗？遭罪太大了，我也想：这是何苦哩？可是，转过身，看看这些奖状，我就好像靠在一堵墙上，脚跟站得稳了；静下心来，把过去的日子，从根到梢地想一想，我心里就更踏实啦！人不能三心二意，走一条路，就得走到底，遭罪也不能变。谁对谁错，我心里明白。心里明白，还跟着老茂这号人瞎哄哄，就是昧了良心！我老霜不肯昧良心，我是一个老贫农，老党员！"

我听了这番话，久久地沉思着。难道老霜仅仅为了守住那奖状——他的财富吗？认真追究一下，问题并不那么简单。奖状，还有它另一方面的意义。

回到屋里，我上炕睡觉，翻来覆去地不能入睡。我苦苦思索着：那另一方面的意义是什么呢？

我回味着老霜讲的故事。这些故事一个一个地联结起来，变成一条锁链。这条锁链的每一个环节，都是老霜性格的一个部分。每当他荣获一份奖状，锁链上就增添一个新的环节，他的性格也就随着奖状的性质，发生一些新的改变。如此看来，奖状竟在塑造着老霜的性格！这不正是我要寻求的另一方面的意义吗？

天蒙蒙亮了。隔壁院子里，响起了老茂粗犷、响亮的歌声，他是在唱《锯大缸》；几只小猪哇哇地叫着，好像在为老茂伴奏。我闭上眼睛，仿佛看见了那个院子里欢腾、辛劳的情景。

这时，我听见一阵窸窸窣窣的声响，接着，门吱呀一声，轻轻地打开了——是老霜出去了。我重又闭上眼睛，这回，我看见了老霜！他站在梯子上，披着一件夹袄，正监视着他的老哥。那张脸，也清晰地浮现在我眼前：细密的皱纹布满脸庞，好似无数根麻丝勒着，勒得那么紧，那么深，一直勒进肉里，勒进灵魂里……

弄堂口

在漫长的人生旅途中，你并不总是在前进。有时你会被耽搁在站头上，等车，等很久。这样，就会有几个难忘的站头保留在你的记忆里，保留一生。

我常常想起一个站头——弄堂口。

不知从什么时候起，我们养成一种习惯：到弄堂口站着。放了学去，吃完饭去，假日里也去……那么些大小伙子凑在一起，挺挺地站在大铁门前，任妈妈怎么叫，我们装着没听见。我们斜眼打量着行人，看见谈恋爱的青年男女，我们就嘘嘘地吹口哨；看见和我们差不多大小的毛小子，我们就用挑衅的口吻说两句什么——这叫"撞腔"。我们不知道自己要干什么，只想找一个地方聚在一起，那么站着，站着……

我家住的是一座花园洋房，没有什么弄堂。我喜欢到马路斜对面的七十三弄去。那是一条长长的弄堂，地面铺着方形石头，一块块地从地面突起，人们叫它"弹格路"。路边是一座座黄色的楼房，楼前有空地，种着杨树、冬青和花。七十三弄没什么英雄好汉，倒是过去谁养过一条狗，叫"丽虎"，据说很凶，凭空为这条弄堂增了些威风。所以我总爱去。

我们凑在一起，互相模仿，有什么新鲜玩意儿，大家一窝蜂地学。曾经有个姓杨的小孩，站在路灯下把普列汉诺夫的《论个人在历史上的作用》从头背到尾，于是我们也学起哲学来。后来谁家来了个山东客人，会少林拳，我们便拜他为师，天天早上在黄楼前的空地上站马步……当然，哲学是啃不动的，少林功夫也没学到手（谢天谢地），这些东西太难。也有我们一学就会的，比如抽烟。那是从镇宁路上窜来的一个小流氓教我们的，大家都叫他老蒋。他把我们带到铁门后面，摸出一包香烟，一人发一根，让我们吸一口，再把烟从鼻孔里徐徐地喷出来。我们常常呛得咳嗽流泪，却觉得很好玩。等我们学会了，老蒋便让我们把爸爸的烟偷出来，给他抽。他还撩拨我们："在铁门后面抽算什么！有魄力站到马路上抽！"于是，我们的头儿广生便英勇地走出铁门，站在弄堂口抽烟。我们也不甘落后，跟了出去。为了掩饰内心的恐慌，我们还故意把香烟歪叼在嘴角上，并把军帽压得遮住眼睛，流里流气地打量着行人……瞧，弄堂口的傻瓜们就变成这般模样了！

有一天老蒋带来一把口琴，说要教我们唱黄色歌曲。我们紧张、激动，心咚咚地跳，跟他钻到大铁门后面。他先把曲子吹了一遍，又浪声浪气地唱起来：

> 深深的海洋，
> 你为何不平静。
> 不平静就像我爱人，
> 一颗动荡的心……

我们学会了。唱到"爱人"两字就脸红。真黄色！真够刺激！过去我们唱"我们是共产主义接班人，继承革命先辈光荣传统……"，现在我们有一种空虚的感觉，心底深处总在渴望着什么。这不是纯真、激昂的旋律所能表达的。每当黄昏，夕阳的余晖从路西边红瓦尖顶的屋脊滑下来，照在我们身上，又在我们身后的"弹格路"上拉出几条长长的阴影，我们便唱起那支黄色歌曲来。我们唱啊唱啊，尽情地发泄心中的空虚和渴望。然而，忧郁却在我们心中堆积起来，我常常无端地感到委屈——一种难言的委屈。太阳落了，路灯亮了，我们回家吃饭去了。我拖着沉重的脚步穿过马路，觉得很疲劳，却又很满足。那支歌像拍打沙滩的潮汐，在我耳边阵阵地响。我走到家门口的大樟树下，抬头望望布满星星的夜空，小大人似的叹了口气，自言自语道："黄色歌曲真好听！……"

我和江南最好。我们本不是一伙，是我把他带到七十三弄弄堂口的。他是我爸爸朋友的孩子，两家都受冲击后，许久没来往了。小时候，我常去他家做客。我印象中江南像个女孩子，白皙的脸盘上汪着两朵红晕，嘴唇也像抹了口红似的。他常去天堂般的市少年宫参加活动。有时候赶上接待外宾文艺演出，跳集体舞的小姑娘不够了，老师就把江南化装一番顶上。谢幕时，外宾们抱起他，说这个小姑娘最漂亮，还用大胡子拂拂他的红脸蛋。妈妈把这些事说给我听，我不响，心里却很羡慕。

现在可没什么羡慕头了。我再一次见到江南，他那可怜样叫我想起就脸红。他们弄堂口也站着一帮小坏蛋，碰见江南就欺侮。那天我去打酱油，看见三毛（那伙坏蛋的头儿）高高坐在路旁装机器的大木箱上，吐了一口痰，叫江南用帽子擦。江南已经把棉帽摘下来了，噙着两眼泪水，正准备去擦呢！我喊了一声，要用酱油瓶砸三毛的头。三毛从机器上滚下来，连问："干啥？干啥？"我说："他是我家的客人！"三毛他们认得我，知道我是七十三弄那一伙的，没敢动手。我拉着江南就跑，他一边跑一边呜呜呜哭。我烦躁地说："哭什么？没魄力！以后跟我们玩吧！"我领他跑到七十三弄，介绍他认识了广生、老蒋，从此他就是我们一伙的人了。

江南很快学会了抽烟、唱黄色歌。他胆子渐渐大起来，人打他，他敢还手了。但总还不行，常吃亏。有一次他在路上走，一部带人的自行车在他身后停下来，后座上那个家伙悄悄溜到他身后，迅速摘掉他的军帽，又顺手把一顶烂帽子往他脸上一扣，飞也似的跑了。江南倒敢去追，可人家骑自行车，他哪里追得上？他一个人往回走，哭了，一边哭一边把那顶油腻腻的帽子往自己头上扣。烂帽子太小了，怎么扣也戴不下去，他就那么顶在头皮上，抽抽搭搭地来到我们弄堂口……

江南不行。广生很讲义气，郑重其事地对我说："我们要好好帮助江南。"怎么帮助呢？练魄力！那时我们最崇尚魄力，说起谁厉害，就跷跷大拇指道："那家伙最有魄力！"再不，激别人去做什么事情，就说："魄力有吧？"魄力也要练，打架就是练魄力的好办法。我们让江南去打人，专拣马路上走过的大个子打。我们都站在弄堂口不动，江南跑上去就打人家一个耳光：知趣的，捂着脸走；不知趣的，想还手，我们就蜂拥而上将他痛打一顿。

江南打比自己大、比自己强的人，很不容易。第一次打，他吓得手发抖，脸煞白；第二次打，他紧张、激动得涨红了脸；打的次数多了，他兴奋起来，耳光一个接一个抽个没完。他是个弱者，受够了欺侮，一旦变成强者，去欺侮别人，就产生了一种报复的狂热。这是一种变态心理。这是人类的可怕而又可怜的弱点！然而，更为可悲（或者滑稽）的是，过去欺侮过江南的人竟格外怕江南。他出了名，号称"小白脸"，人家提起他就说："小白脸最凶！"

江南"进步"了。我们也在"进步"。整个社会都在"进步"。这种"进步"充分体现在打架用的武器上：先是武装带，后来是三角铁，再后来是菜刀、刮刀……各条弄堂的好汉们称雄争霸，最残忍最凶狠的便成为一个地区的英雄。这叫"撑世面"。世面不是一两天撑得起的，即便撑起来又要和更强硬的对头斗争。于是这成为我们的事业了！我们似乎为打架而活着：敌对的双方相互逼近时，那种令人窒息的紧张；刀光剑影一团混战时，那种昏昏然的狂热；战斗结束后各人述说自己英雄行为时，那种浑身颤抖的兴奋……这一切感觉构成了我们最重要的生活内容。

终于，我们长大了，不满足这种生活了。觉悟得早的，一个个脱颖出来，离开弄堂口，继续他们的人生旅行。这可是个痛苦的过程，很难很难。我们这里的变化是在一次特殊事件之后，从头儿广生身上开始的。

事情由江南引起。他忘不了过去的耻辱，执意要对三毛进行报复。但江南不能亲自动手打，他家住在那条弄堂里呢！老蒋想出一条妙计来：让广生给三毛打个传呼电话。电话间就在江南家楼下，只要三毛出来接电话，江南就在家里吹笛子。由老蒋到镇宁路找几个打手来，埋伏在马路拐弯处，只要听见笛子声，就冲到电话间打接电话的人……我们一听拍手称绝，这样干最保险，三毛和打手们互不相识，咬也没法咬。广生说："还是让江南在外头打电话，我上他家吹笛子，这样更保险！"我们都同意了。

这天，我领着广生上江南家，假称找江南。他妈妈说江南出去了，让我们在他小屋里等等。我们关上小屋门，拉上窗帘，从缝缝里紧张地注视着楼下的电话间。我们听见了电话铃响，看见了瘸老头一拐一拐地向三毛家走去。一切顺利！广生把笛子横在唇边，不时地舔舔笛膜。他看见一个高大的中年人走进电话间，用拐肘碰碰我说："这是我们小学的李老师，对我很好，也很凶。让李老师知道了可不得了。"说着，他把鼻子往窗帘后面挪挪。这时三毛来了，穿着大拖板，呱嗒呱嗒地走进电话间……

"吹！"我小声地喊道。

广生吹起笛子来了，吹《我是一个兵》。他吹得很好，笛声清脆、急促，像雨点一般……可是，怎么了？三毛从电话间出来了，警觉地朝四下望。糟糕！定是江南和他一搭腔就把电话挂上了（多说怕他听出江南的声音），引起了他的怀疑。广生把笛子吹得更急更响，终于，我们看见三个真正的流氓蹿进了弄堂。可是他们没注意三毛，径直扑进电话间！广生的笛声戛然而止，他不顾一切地拉开窗帘，用走调的声音大喊："不对！不是他！……"

镇宁路的流氓不认识广生，不认识三毛，他们只知道暗算接电话的人！而电话间的电话机有两部！

电话间里响起一声沉闷的、迟钝的声音，好像一只麻袋猛撞在石板上。三个流氓蹿出来，蛇一般地贴着墙根溜走了。接着，李老师，那个身材高大的中年人，用手捂着头跟跄地走出电话间，血，从他的指缝里哗哗地流出来，把洁白的衬衫染红一大片。他倔强地往弄堂口追了几步，终于倒下了……

这是用三角铁打的，既能致内伤，又能致外伤。好狠的一记！广生呆立在窗前，脸色惨白，好像挨打的是他。我看见人们忙乱地抢救李老师，三毛混在人群里，眼睛盯住广生看。我忙乱拉他一把，让他隐蔽好。广生跌坐在椅子里，无声地流起泪来：泪水好急啊，似乎是从眼睛里奔涌出来，簌簌地落在胸襟上。我吓坏了，抓住他的肩头直晃："广生，广生！你怎么啦？"广生终于哭出声来，抽咽着说："我想起……我想起李老师教我吹笛子……我们坐在操场后边那棵棕树下，他，他教我吹……《我是一个兵》……"

我难过地扭过头去。我看见了那支笛子。它不知何时从广生手里跌落下来，滚到屋子角落里，一半藏在大衣橱下，一半露在外面。它静静地躺在那里，黑洞洞的小孔好像一只只眼睛，冷冷地瞅着我们……

晚上，我们又聚到弄堂口。广生没来。我把事情经过讲了一遍，大家都沉默了。老蒋最讨厌！向我伸出一只手道："哎，打错了也要给的，这是讲好了的！"他要的是香烟，三条"红壳子"①，当初我们许给打手的慰劳品。他纠缠着我和江南去找广生，可是广生不在，晚饭也没回家吃。老蒋愣了一阵，拍拍脑袋叫道："坏了，坏了！这憨大到庙里投案去了……快点滑脚！"他的脚板好像抹了油，飞快地滑进一片黑影里，"红壳子"也不要了。

老蒋到底资格老，广生确实到公安局去自首了。他只说打手是老蒋请来的，别人一概不提。老蒋是抓不到的，我们只知道他住在镇宁路；他一"滑脚"，便如鱼儿沉入海底，再不见影子。广生倒霉了，被剃光了头，整整关了三个月。江南内疚极了，天天说："广生是代我进庙的！"他似乎要报答广生的恩情，打架打得更凶更狠，凡是和广生有过仇隙的，他一一找到算账。他成了我们中间魄力最大的好汉，也成了我们这一带"撑世面"的英雄。

然而，这并不是广生希望他做的，他只是沿着广生过去的轨迹运动，而广生自己却变了。广生从"庙"里出来后，变得沉默寡言，一双细长的眼睛，老是闪着忧郁的光。他似乎总在思考着什么，低着头，不和别人搭腔。他的行动也很诡秘，常常一个人出去，半夜才回来，好像

---

① 红壳子——牡丹牌香烟。

参加什么地下活动。他对江南的感恩，对我们的英雄业绩都不感兴趣，我们跟他讲，他只是淡漠地点点头……这是怎么了？我们都不理解。有人开始小声地说，广生害怕了，魄力在庙里关没了。江南一听这话就要打人家嘴巴，所以也没人再敢提起广生。

我终于忍不住了，一天夜里我上广生家去。我要把大伙的心情告诉他，我们都佩服他勇敢、讲义气，我们弄堂口不能没有他！我进了屋，广生从书桌边站起来，沉默地看着我。我滔滔不绝地说完满肚子的话，他还那么看着我。台灯把他的身影投映在墙上，他背后似乎站着一个巨人！

"不。"他终于开腔了，"我要离开你们，离开弄堂口。太无聊了！我在庙里交了一帮新朋友，他们有思想，敢反抗，是真正的英雄。他们教我想问题：人，应该怎么生活？"

"那……"我有点迷惑了，"那他们怎么也进庙了？"

"这你别问！"广生斩钉截铁地说。

我走时，广生从桌上的一摞书中抽出一本，夹在腋下。送我到楼梯口，他把那本书往我手中一塞，说："借给你看。你也要想一想，你该怎么办？"

我在路灯下看清了书名：《怎么办》。

就这样，广生再也不去弄堂口站着了。他走了，坐上车，离开了这个站头。我们却不理解他。江南最痛苦，夜里，他常常在广生楼下那片空地里走来走去……

第一块冰漂移了，整条河都开始解冻了。原因很多，但解冻是必然的。小五子当兵走了，冬瓜被爸爸逼着学拉小提琴，长颈鹿个子大，走了个后门上体工队打篮球……终于，我也要走了，爸爸送我回胶东老家投亲插队。我和广生不一样，我可不情愿离开弄堂口。我对朋友们说："人走了，我的心还留在七十三弄！"

江南和我感情最深，他永远忘不了我把他从三毛手里救出来，领他到七十三弄。送我那天，他眼睛一直红着。火车开了，他在窗外拉住我一只手，一边哭一边跟着火车跑。他似乎怕我和广生一样，去了再不回来，那么紧地抓住我的手。然而火车是无情的，越开越快，不知怎么他的手指一松，等我探出头去看，只见他摔倒在月台上……

刚到农村，我时时记起弄堂口，记起我的伙伴们。然而随着时间的推移，生活越来越显示出它的重量。当我跪在麦田里割小麦，汗水从衣服里渗出来，嗒嗒地掉在泥土中；我弓着身子推粪，心往嗓子眼蹦，气喘得直恶心……天哪，我能想什么？我被环境改造着。农民的慈厚纯朴的天性感染着我，胶东秀丽的山水陶冶着我，使我好容易练就的"魄力"渐渐地隐匿、消失。我在忽忽悠悠的小油灯下看《怎么办》，认真地看。我开始企图像书中的主人公们那样，改造自己的生活。在一个傍晚，我选定了我终生奋斗的道路——创作。当我站在悬崖上，望着无边的田野上浮动起蒙蒙的白雾，无数生活中难以忘怀的小事，也在我心中浮动起来。于是，我朦朦胧胧地构思出第一篇小说……

一年多以后，我回家探亲。当我走在从小生长的武康路上，我的嗓子哽咽了——哦，那么熟悉，却又那么生疏，这是怎么了？我又到七十三弄弄堂口站着，伙伴们亲热地向我述说他们辉煌的战绩，我却老担心自己在说上海普通话时，漏出胶东方言来。这一切感觉都像在梦里，飘飘忽忽，踩不到实地。但是有一个念头顽固地在我脑际盘桓：怎么，就这样站着？站着？

江南长高了，但还很瘦。他没下乡，待分配。他成了这伙人的名副其实的头儿，而且势力大有发展。老蒋和他镇宁路上的兄弟们也来入了伙。江南极尊敬我，走进走出都陪着我，好像是我的警卫员。可是我觉得站在弄堂口实在太难受。无聊，傻，且还不说，我到底要写我的小说。可是碍着面子，不便直说，只好挨一天算一天。

终于，我再也不能挨下去了。我带那本《怎么办》，最后一次来到七十三弄的大铁门前。我对江南说："你看看这本书，再还给广生。你对他说，我已经看懂这本书了，不会再像过去那样生活了。"

江南瞪大了眼睛看我，渐渐地明白了我的意思。他把双手插在口袋里，眼睛眯起来，嘴角浮起轻蔑的微笑。我瞧着他，不知怎么想起他小时候化装成小姑娘跳舞的事情。他依然很漂亮，但脸庞的线条粗硬起来，眼睛里闪耀着野性的光芒。我不由得吃惊地想：难道命运就这样对待他吗？把他带到这里，就撇下不管了吗？不，应该给他点启示，让他往前走，他会成为一个男子汉的……

"你也要走？"

"是的。"

"只好请便。"

我走了。走几步，回头看看江南。他也在看我，嘴角上轻蔑的笑容还没消失，眼睛里却充满了疑惑和痛苦。我心中忽然涌起一阵热潮，希望他像过去那样，一边哭一边跟我跑，让我把他带到一个新地方去。于是我又一次举起《怎么办》，声音颤抖地叫道："走吧，和我一起走吧！"

他缓缓地摇摇头。

老蒋嚯地吹了一声口哨，弄堂口爆发起一阵狂笑。我在笑声中离去，心中慢慢地明白了一个道理：等车的人，并不都能坐上车。那一两个永远被留在站头上的人，真是非常不幸的。我抬头望望面前笔直的柏油马路，望望上空摇动的梧桐树叶，暗暗为自己庆幸：我终于脱离了！

几年以后，我从胶东回上海，到一家出版社去改稿。无意中，我遇见了学拉小提琴的冬瓜。他那一技之长没练成，现在出版社食堂里当炊事员。我吃着饭，他跑过来了，亲热地和我寒暄。我们谈起了当年的朋友们，冬瓜说："你知道吗？老蒋被判刑了——贩卖黄金！"

我对此并不感到太意外。我急切地问："江南呢？他怎么样？"

"江南……"冬瓜沉吟着，眼神暗淡下去。

他终于告诉我："江南死了。"我忽地站起来，呆呆地望着他。他沉重地、断断续续地说下去：前年发生了一场大规模的斗殴事件，江南被当作嫌疑犯拘留起来。没有人管他是否真正参加了这场斗殴，就把他那么关着。江南发起高烧来，狂乱、暴怒，大吵大闹。看守人员用通行的专政手段对付他，打他、踢他。江南的野性不可遏制地冲动着，委屈、痛苦和病态的英雄主义使他丧失了理智；可他换得的是更加野蛮的刑罚。他和打他的看守人员都不知道，他正患着可怕的伤寒症。两天后，他耗尽了他年轻的生命，奄奄一息地蜷缩在狱室的角落里。打他打得最狠的一个看守同志，给他送去一碗牛奶，但他已经不能喝了。他用手推开这人间最后的一片善意，死了……

江南有许多错误，甚至罪恶，但他没有得到审判。那是个没有法律的时代，人性中的兽性得不到约束——好人也是如此。江南死得不明不白，谁也搞不清他究竟有没有参加那次斗殴。这似乎没有什么了不起，个人的命运总是被时代的性质规定着，从来没有什么了不起。

冬瓜说完江南的事，心里很难受，站了一会儿便离去。我坐下来继续吃饭。可是饭送到嘴边，却怎么也塞不进去。我感到恶心。我把吃了几口的饭菜搁在桌子上，走出食堂。当回想起弄堂口，回想起我们动荡的少年时代，我默默地流起泪来。我真正地感到：我们的生活多么悲惨，一种难言的悲惨！

又过去许多年。我在一次采访中遇到了广生，他已经成为一个年轻的社会学家了。我们即将步入中年，但我们都记得孩提时代的故事。广生提议我们一起到七十三弄走走，看看大铁门，看看弹格路，看看那一座座黄色的楼房……我们去了。天上正落毛毛雨，是那种难以觉察的，却把你的手臂、头发弄得湿漉漉的雨。走到弄堂口，我们看见一伙小青年站在那里，他们叼着香烟，用寻衅的目光打量着我和广生。我非常吃惊地感到，他们和当年的我们多么相似啊！只是他们营养良好，长得比我们高，打扮得比我们洋气……

"这就是我们的下一代吗？"我问。

"是的。"广生沉重地点点头。

"这个站头……"我喃喃道，"还在。"

"还在……"

我们默默地向前走。弄堂又深又长，好像没有尽头。我和广生用不同的思维方式，思考着这一复杂的社会现象。我们似乎萌动着一种决心：消灭它！当然，我们谁也没有把这决心说出来。这是一种心劲。

背后，传来了他们的歌声。歌声里充满了难以名状的空虚和骚动于心底深处的渴望。这种感觉我是那样的熟悉，以至于我的心中也升腾起一支歌，就是那支"黄色歌曲"——

> 深深的海洋，
> 你为何不平静。
> 不平静就像我爱人，
> 一颗动荡的心……

　　歌是由许多人用鼻音哼出来的，格外深沉，韵味无穷。在这一片如泣如诉的歌声中，我看见了儿时的江南：白皙的脸颊上泛着两朵红晕，嘴唇好像抹了口红，红得鲜亮。一个长大胡子的外宾抱起他，对老师说：这个小姑娘长得最漂亮……

到巴金花园去

　　一部小说、一个作家的影响究竟有多大？每当我思忖这个问题，就回忆起一段少年时代的生活，就想到一位文学大师——巴金。

　　"文化大革命"开始时，我刚从小学毕业。中学不收人了，我和我的同学们成了"半吊子"，上够不着天，下踩不着地，美其名曰"七年级"。我从小是个捣蛋鬼，老实说，我觉得那段日子最开心了！想一想吧：我们在人群里钻来钻去抢传单；我们朝热烈辩论的大人身上吐口水；我们爬到屋顶上唱语录歌，踩得瓦片咯叽咯叽响……小赤佬，无法无天！

　　红卫兵组织不收小学生。可是我们跟在他们后面转悠，像苍蝇似的赶也赶不开。吃着吃着饭，听说有抄家的，一扔饭碗就跑。我们比红卫兵还卖力：把成箱成箱的东西搬出来，丢到火堆里烧；把灯泡、瓷器敲个稀碎；把被子、毯子放在浴缸里，扭开自来水冲……资本家、走资派是坏人，谈恋爱的也是坏人。看见了马路对面过来了一对男女青年，我们钻进菜场棚子，抓起西红柿、茄子、冬瓜朝他们身上扔。这也有名堂，叫打"野鸽子"。常常有这种情况："雄鸽"大吼一声，跳进菜棚，于是我们仓皇地逃走……

　　说句公道话，我们也不净胡闹。我们还看小说。那时候，图书馆难免洗劫，无数文学作品在社会上流传，弄本小说看看很便当。时间也有——这自不必说。我就在这个时期读了许多外国名著：托尔斯泰、巴尔扎克、雨果，都是这样认识的。真滑稽：伟大、美好的东西，往往和荒谬、丑恶的东西混在一起，难怪《圣经》里耶稣的出生地点，竟是肮脏的马槽里了。

记得有一天，我和两个同学在湖南路玩耍。我们钻进一家姓徐的资本家的家。那一家人被赶到后面汽车间里住着，原来一幢三层楼房空着。我们就在空洋房里，无端地跺起地板来："咚！咚！咚！咚！"六只脚一齐跺，脚底冒出一缕缕烟尘，那声音像鼓声，像炮声，在空楼里回荡。"咚！咚！咚！咚！"没人管我们，开心啊！我们脑子里想象着打仗，想象着冲锋……

"小鬼头，做啥？"一个女人在楼梯口尖声地叫。

资本家也是有经验的，看见红卫兵，缩在角落里，响也不敢响；看见我们"小鬼头"，就来管了。他妈的，老子们也不好惹！我们冲出去，用破瓶子扔她——

"臭资本家，请你吃吃手榴弹！"

"吸血鬼，剥削穷人！"

瓶子砰然爆炸，那女人仓皇地逃到汽车间里去了。我们义愤填膺，开开窗子，捡起瓶子朝汽车间门上扔——臭资本家，剥削穷人！

"你们看……"朱峰指着隔壁的小花园道。

我们停住手，扭过脸，朝西看去。这是一座恬静、秀丽的花园。草坪绿茵茵的，冬青树墨绿、油亮；花园边上耸立着一座洋房，门窗、屋檐的油漆虽已剥落，但也看得出一层淡淡的绿色。夕阳西下，一抹金光投入这绿色的世界，更渲染出寂静、安宁的气氛。我们一下子被这种气氛吸引住了，趴在窗口上，静静地、呆呆地看着花园……

"这是巴金家，是他家的花园！"朱峰轻声说道。

巴金！我知道的，我看过他的《家》。我们都住在武康路上，相隔不远，可算街坊。小时候，走过那扇绿色的大门，妈妈就告诉我："这是巴金家。"我是上五年级时看《家》的，非常非常感动，于是很关心那个写《家》的人。每当我走过那扇绿门，都要瞥上两眼。绿门从未开过。我常常奇怪地想：人家老头子都出来打打太极拳，要么蹲在篱笆下晒太阳，巴金怎么总不出来？他在家里坐得牢吗？……今天，我在徐家洋房里看巴金家，才看清楚了，原来，那扇绿门里面，还有一个绿色的花园！

朱峰索性坐到窗台上，把瘦长的身子探出去看。他长得很白净，两只眼睛又细又长，眉梢往上一挑，像唱京戏的。夕阳的金光一照，他的眼睛眯成两条好看的黑线，在脸上构成一种向往而又迷惘的神情。

我心里很佩服朱峰。他平时很少说话，却看过许多书。他家里也有许多书。我们看书都要换，弄到手一本书，看完了，我就找他换。他总是漫不经心地翻翻，吊我胃口，告诉我这本书他看过了，他家还有此书的续集。他作文写得极好，老师在班上读，学校往墙上贴，甚至还在全市作文竞赛中得过一次奖。最叫我佩服的，是他讲故事。他每次讲故事之前，总是想法制造气氛。比如，要讲鬼故事了，他就领我们到一间空房间，让我们一人坐在一个角落里；电灯吧嗒一关，他就站在屋中央开讲，一边讲，一边挨个从我们面前走过。讲到最吓人处，他就拖长尖声学鬼叫："咦——嘻嘻嘻！"于是我们狂叫着，奔出那间空房间……

"你看过《家》吗？"朱峰回过头来，慢吞吞地问我。

"我老早就看了！"我颇为自得地回答。

他斜了我一眼。这家伙，有点瞧不起人，还爱摆架子，我就不服他这一点！可是，他总比我高明一筹，瞧，他又问："你知道那个觉慧是谁吗？"

"觉慧……就是觉慧。"

"嗤嗤！"他笑了，"觉慧就是巴金！"

"啊？"我大吃一惊，这我确实不知道。我顾不得计较他的傲慢了，急急忙忙地追问："那么，鸣凤是谁呢？"

"谁——"他嘲笑我道，"她当时就死了，叫我怎么告诉你是谁？"

"那么书上写的是真事？鸣凤真的跳湖淹死了？"

"你最好再去看看《家》。"

"啊呀，那巴金一定难过死了。"我怅惘地说道。

那一个插不上嘴的同学，叫马济，是我们的跟屁虫。他长着一颗大头，同学们见他就喊："大头大头，下雨不愁；人家有伞，我有大头！"他人老实，傻乎乎的，我们干脆叫他傻大头。这傻大头，什么都不懂，什么都要问。瞧他，猴急地提出一大串问题："什么是家？什么是觉慧？什么是鸣凤？"

我和朱峰都笑起来："去去去，连《家》都没看过！"

"借给我看看好吧？借给我看看好吧？"傻大头来了牛皮糖啦！

朱峰不睬他，两只长胳膊抱在胸前，一本正经地对我说："我最最佩服巴金。那本《家》，我早就从爸爸的书橱里偷出来了，我自己有个小图书馆呢！爸爸打我，我也不讲《家》藏在哪里。他没办法了，这本书就算我的了。"

这时候，天已经黑了。路灯透过玻璃窗，在地板上铺出一块块的花影。肚子饿了，咕噜咕噜地响。朱峰竖起耳朵听听，说了一声："我妈妈叫我了！"便撒腿跑下楼去。

马济跟着他跑，一迭声地恳求："借给我看看吧，好吧?！好吧?！"朱峰叫他缠上啦！瞧吧，到头来马济一定能把书搞到手。这傻大头就有这本事！

我一个人往家里走，路灯把我的影子拖得老长老长。我想着朱峰的话，心里好像压了一堆石头，很沉很沉。要知道，《家》是真的，觉慧是真的，那里面的故事都是真的呀！

是真的怎么样呢？睡觉时，我就坐在床上，从头回忆《家》。那时我的记性好，眼睛一闭，书里的情节都浮现出来，一幕一幕，好像看电影似的。这次我知道了，巴金写他自己，我仿佛自己也变成了那座绿房子里的老人——吃过许多苦的巴金。这么一来，天哪，书里的事情真叫我难过死了！我流泪了，流了很久，我的指甲直往掌心里抠，抠得生疼生疼。最后，我睡着了。我做了个梦，梦见我终于走出那个阴森、险恶的家，坐着江船到上海，又走到武康路上一扇绿门里，变成了巴金……

第二天上午，朱峰来了。他把两只手插在裤袋里，身子显得特别瘦长。他那细眯眯的眼睛里，流露出忧郁的神情来，看上去比平日更像个小大人了。他对我说："你知道吗？昨天斗巴金了，电视也放了……唉，一个老头子！"

用不着朱峰形容，我也知道"斗"是怎么回事情。我先是吃了一惊，接着难过起来。真怪，过去一听见斗人，我最开心，一定要挤到人群里看看，还跟着人起哄："九十度！九十度！"非逼得人家把腰弯得和大虾米似的才甘心罢休。现在，听说斗巴金——斗那个我为他难过了一晚上的人，我再也开心不起来了。斗了多长时间？他吃得消吗？——一个老头子。

楼下有人叫我："乔健！乔健！"——他们老把"矫"念成"乔"。"走啊，抄家去！"

朱峰说："别理他们。"

我推开窗子，懒洋洋地说道："我不去——"他们走了。我和朱峰坐在我那间小屋子里，默默地坐着……

中午，有人来敲门，敲得嘭嘭响。妈妈刚开开门，傻大头马济就闯了进来，一直闯到小屋里。我和朱峰站起来，准备开他两句玩笑，他却先咧开大嘴哭了，呜呜哇哇，哭得好伤心啊！

我吃了一惊，问："你怎么了？挨谁的揍啦？"

他还是哭，眼泪流到腮边，鼻涕抹到下巴上。妈妈在屋外喊："小翌，不要吵！"

我急了，抓住他肩膀直晃："你到底怎么了？"这一晃，一本大书掉出来，叭地落在地上。朱峰捡起来一看，正是他借给马济的《家》。他本来打算挖苦马济的，长眉挑得老高，一脸讥讽的神情，可是看见这本书，他立刻垂下眉毛，同情地望着傻大头。

"鸣凤淹死了，呜呜……大嫂也死了……呜呜，好人都死了！"

马济就这样说道。隔了许多年，直到今天，我还记得这句话。当时，我抱住了马济，用手摸他的大头。我的鼻子一酸一酸的，心也随着马济抽动的身子，一颤一颤的……

"我们要去看看巴金。"朱峰把手插到裤袋里，十分严肃地说。

"好的。"我们也很严肃。

吃完午饭，我们在武康路上荡来荡去。马济仰起大头，盯住巴金家的门铃看。他搔搔后脑勺，傻里傻气地说："哎，我们按按这电铃好吗？"我问："按电铃干吗？"

马济说："说不定巴金来开门，我们就好看看他啦！"

想不到傻大头也能想出好主意！我们都同意了。谁来按呢？我们在那扇绿门前走过来，走过去，就是不敢按电铃……

真是怪事！那年头还有我们不敢干的事？巴金不是也挨斗了吗？他挨斗，不是和姓徐的资本家一样吗？……可是，天晓得是什么力量，竟叫我们不敢按电铃！

最后，还是朱峰按了。他自言自语道："我们来看看他，又不是抄家……"说着，他踮起脚，把手指按在电铃上。我们扒着门缝望，盼望一位白发苍苍的老人来开门。可是，一位妇女出来了。她似乎身体不好，走得很慢，一级一级地跨下石台阶，朝大门走来。

"快逃！"傻大头喊了一声。

于是我们撒腿就跑，一直逃到转弯角。我气喘咻咻地埋怨马济，说他出了个馊主意。这个傻大头涨红了脸，喃喃地道："谁想到那屋里还有别人啊……"

从此以后，那个念头越来越顽固地钻进我们的脑袋：看看巴金！我们要问问他：你就是觉慧吗？觉慧怎么学会写小说的？你以后还会写一部《家》吗？

"不要这样问，"马济说，"问他肯不肯写一部《国》。"

我们越想越兴奋，越想越激动，再也熬不住了。可是，怎样才能见到巴金呢？

"到巴金花园去！"朱峰说。

这真是个好办法！到那儿去玩，去等，总会见到巴金的！我和马济都叫了起来："好，好！"

这天下午，我们又来到徐家空洋房里。打开窗子，就看见巴金花园了。啊，花园那么美，花园那么恬静！那座绿色的洋房，百叶窗都关着，好像屋里一个人也没有。又是黄昏时候，几朵小花绽开在青草中间，晚风徐徐，小花在夕阳的余晖里摇摇晃晃……我想：大概现在还没有抄巴金家，以后，他们会抄的，那小花园就不会这样安静了。想到这儿，我心里很难受。

我们爬出窗口，顺着落水管子，一个一个地进了花园。我们钻到一丛冬青树后面蹲着，连大气也不敢出。

终于来到巴金花园里了，可是一阵神圣的感觉攫住了我们的心。前面不远，是一个大阳台，屋里通阳台的落地百叶窗紧闭着。没人出来。巴金大概在屋里待着。我们一动也不动，看着，看着……

我望着那绿色的百叶窗，不禁想道：要能到阳台上站一站多好哇！要能摸一摸百叶窗多好哇！要能把窗子的木叶掀开一条缝，往屋里看一眼多好哇！

我把这念头说出来，问朱峰："你敢吗？"朱峰一声不响地站起来，几步穿过草坪，踏上了阳台的石阶。他回过头来扫了一眼，眉梢挑得老高，那双细长的眼睛里，闪烁着激动、紧张而又骄傲的光芒！喔，我真嫉妒他，心想：他一回来，我就去，我要多摸一下百叶窗，多往屋里看几眼……

忽然，朱峰折转身子，猫一样地蹿回冬青树后头。他怎么了？为什么不摸百叶窗啊？没等我开口问，就看见落地百叶窗打开了，一个老人拄着手杖走出来。他慢慢地走到阳台口，站住了。我看清了那老人的脸：方阔的脸盘上架着一副眼镜，眼镜后面，是一双微微眯起的、慈祥的眼睛。他的头发全白了，像雪一样，可是让晚霞一染，却又泛出红光来……谁都没见过，可是我们都肯定他就是巴金！

我一把捏住马济的手，心怦怦地跳，一下一下直撞嗓子眼。快上前去，问个好！我们不是有许多问题要问他吗？可谁也不动，好像被施了定身法。这是怎么了？

巴金朝西看了一眼，西天边正镶着迷人的晚霞。他又慢慢地转过头，朝东看，东方已遮上了夜幕：朦胧、混沌、黑沉沉。可他仿佛要研究夜幕的秘密，又仿佛是等待、盼望着什么，久久地望着东方。老人用两只手撑住手杖，双肩微微耸起，仰着脸，眯缝着眼，遥望天空——就是这个姿态，他一动不动地站着，好像一座石雕；夕阳的余晖从背后射来，为雕像镶了一圈金边……

我眼前浮现出觉慧的形象：一个穿青布长衫的青年，傲立在船头，双手扶住栏杆，一动不动地望着东方的天空。也许，就在这时候，他开始酝酿一部控诉旧世界的巨著——《家》？

现在，他想什么呢？莫非真像马济说的，他在想怎么写一部《国》？是的，他比青年的时候想得多了，他一定在想我们的祖国！

觉慧多么年轻啊，而巴金，老了，老了……你快点写吧，多写一些！你知道吗？我们爱看你的书。你挨斗了，我们还在看你的书！我们捣蛋、胡闹，可是我们也为你的书哭！你写吧，快点写吧……

晚霞渐渐暗淡下去，星星在天空中闪出了光亮。老人回去了，轻轻地关上百叶窗。月亮升起来了，银色的月光洒在小花园里。老人打开电灯了，灯光从窗缝里透出来，与月光糅合在一起……

花园里弥漫着宁静、肃穆的气氛。远处，传来抄家的喧闹声、斗人的口号声，我们却都沉浸在一种神圣的情感中。晚风轻拂，草尖微微地颤动，好像在跳，在长。我们坐在草地上，望着天上的星星，谁都不愿离去，谁都不愿动。

朱峰说话了，声音平静而又坚定："将来，我要当一个作家。"

我接着宣布："我也要当一个作家。"

马济着急地摊开双手，道："还有我呢！我一定要当一个作家！"

朱峰说："巴金在看我们。我们说话要算数。"

这时，我不禁回过头去，看百叶窗缝里透出来的灯光。不知怎么搞的，我真的觉得巴金在背后看我们。我把这感觉说了出来，于是，大家都扭过头去，看那一丝丝灯光……

我们终于恋恋不舍地离开了巴金的花园。爬进徐家洋房时，马济又说了一句傻话："等将来，我们都成作家了，再从这窗口爬进巴金花园，再到这草地上坐一会儿……"

后来我们下乡了。朱峰到东北边境一个军垦农场去。傻大头马济上了淮北，在一个知青组里生活。我投亲插队，回到胶东我的老家。

我们的少年时代结束了。

多少年过去了，我们再也没有凑到一起。但我总记得我们在巴金花园里发下的誓言；想念清高、骄傲的朱峰；想念傻里傻气的马济。有了机会，我就想问问他们的下落，希望听到一些鼓舞我的消息。

现在朱峰已不在人间。他在乌苏里江解冻的时节跳进冰冷的江水，抢救落水儿童。他走了，带着他的誓言悄悄地走了。他纯洁、高尚的灵魂，和那本从爸爸书橱里偷出来的《家》，永远地留在乌苏里江江畔……

马济没当作家，却成了一位电影演员。我在银幕上看到他时，不觉小小地吃了一惊：他像少年时候一样，真诚、质朴，而又带点傻气，但傻气之中，却掺进一种深沉的东西，做出的戏分外感人。我想，除了生活的磨炼，他一定还常常阅读那本曾使他号啕大哭的《家》吧……

我呢，真的写小说了。无穷无尽的格子，连成一条永无尽头的路；我在这条路上磕磕绊绊地走着，一边走，一边回头看看，仿佛身后有一丝丝从百叶窗缝里透出来的灯光，仿佛巴金老人正在背后看我……

我们都记得那个时代，记得在那样的时代里引我们走上正路的人。

挡浪坝

　　这天，他接到作家协会寄来的一个大信封。他非常诧异：在那里我并不认识谁呀！拆开信封，里面是一本出版的中篇小说。书名：《起步》；作者：华翎；扉页题词：献给敬爱的老师。他惶惑了——华翎，一个很有才华的青年作家，怎么会是他的学生呢？但是，夜里，他打开这本书读起来，亲切的生活，熟悉的人物，使他激动了，激动了！书中的情节老是在他的脑海里沉浮、萦绕……

　　大海，富有魅力的大海。他又来到海边漫步，呼吸潮湿的、略带腥味的空气，凝视在阳光下跳动的浪峰。他默默地审度着自己的一生。是时候了，应该有个结论。诚然，他还不老，离退休年龄尚远，但是严重的神经衰弱症使他不能看书、不能拿笔，不得不离开了教学岗位。现在，他像真正的老人那样，留恋着海，留恋着阳光，整日耽于沉思冥想。

　　海在退潮。浪花扑打着礁石，依然来势汹汹，沟痕纵横的礁石上，海水像小溪一样奔流。毕竟是退潮，沙滩在浪花下展露出来，渐渐伸向海的深处。赶海的人紧逼着浪花，在沙滩上挖掘、搜寻。他们的身后衬着一片蓝海，几点白帆。

　　他也在挖掘、搜寻。回首往事的时候，他希望找到一些细节，来证明自己一生的价值，然而他总是失望，没有什么能安慰他。

　　他登上灯塔山，看见挡浪坝。在大海与港湾之间，有一条白色的人工长坝。从山上看去，只是扁扁的一长条，好像镶嵌在翡翠上的象牙雕。人们修建它，是为了挡住大海的巨浪，确保港湾的平静。它扎在很深的海里，两端是轮船出入港湾的航道。

看着挡浪坝，他的心胸开阔起来——人啊，如何修建这条坝的呢？难道先把整个大海的水抽干吗？要知道，此坝建于一八九五年。他想象中出现一群赤身裸体的人，日复一日地劳动、劳动……终于在这片海面上打下了人的印记！他久久地凝视挡浪坝，仿佛得到某种启示，又仿佛要寻找更深更远的意义。

他沿着崎岖的小路走下灯塔山。这里是犬牙交错的礁石丛。他太虚弱了，爬一座小山似的礁石，多么吃力呀！他站住了，背靠着湿漉漉的礁石，手伸在衣袋里，紧紧抓住那本《起步》。他的眼睛怔怔地望着海面，那里似乎传来一支断断续续的旋律……多么熟悉的歌啊！他记不得歌词了，记不得什么时候唱的了，但他的心鼓胀起来，嗓子哽咽了……这旋律，把他带到一个人生的起点！

> 将来会有那么一天，
> 我们要走得很远很远。
> 告别了亲爱的老师，
> 告别了熟悉的校园……

新老师走进教室时，我们正在唱这支歌。他靠在门上，静静地听我们唱，两只眼睛眯得很细很长。唱完了，该上课了，他还陶醉在这支歌里，轻声说："这歌真好，真好……"

我看出来啦：新老师很好说话。上课时，老师不小心碰翻了粉笔盒，我带头笑起来。老师拾起粉笔，推推眼镜，有些慌乱，又有些惭愧地笑了笑。

这两件小事，是新老师给我留下的第一印象。这个印象使我不太尊重新老师，可又非常喜欢他，有时甚至想摸摸他的眼镜。我的胆子大起来，随便领几个同学到他住的小屋里去玩。新老师也不见怪。有时，他还会上我的当。记得有那么一回——

"老师，我听说一种奇怪的物理实验。"

"什么？"

"弄一碗水，要满满的，放在地上；再拿一块板，盖在碗上；我们四个人，一人伸出一根手指头，按住四个角，过十分钟，板就会自动转起来，转得飞快！"

"真的？"新老师惊讶地睁大眼睛。

好，我们做实验了！一个大人，三个孩子，傻乎乎地蹲在地上按木板，蹲了许久许久。后来，木板真的动了起来。我们跟着木板转圈跑，直到弄翻了木板，踢滚了碗。我们笑啊，笑得直不起腰来。

新老师入迷似的想着，自言自语道："这是什么道理？电磁感应吗？地心引力吗？……"

他扫了我们一眼，问："谁推木板了吗？"

我吐吐舌头回答："嘿嘿，我只是轻轻地推了一下……"

新老师跳起来，打我的屁股："你这小坏蛋儿！"

热闹一阵，他就讲故事给我们听。天知道他肚子里有多少故事！可我更喜欢听他朗诵诗："他背着手，在小屋里走啊走，声音从他胸膛里发出来，嗡嗡的，像敲铜钟。背着背着，他感动了，眼泪落到衣襟上。于是，他就拿掉眼镜，把泪水擦擦……"这时候，我的心也像被什么东西撞着，往嗓子眼里一顶一顶……

"你们要热爱文学。"新老师总是那么说。

我们哈哈地笑起来。我问："你热爱文学，为什么不写呢？你写了，我们读！"

"啊，我写，"他推了推滑到鼻尖上的眼镜，庄重地回答，"我在大学里一直写，你们看——"

他拉开抽屉，摸出一本厚厚的、非常精致的手册。我翻开一看，第一页上贴着一张剪报。老师说，这是他发表的第一篇散文诗。"我还要写，还要发表，直到贴满这个手册。然后，就开始写长篇小说……"

我瞧瞧剪报上印成铅字的老师名字，又抬起头，敬佩地望着他。不知怎么，我又想到一个问题："你是老师呀，你要上课，要批作业……

你要教我们呢！"

"不！"老师坚定地说，"我不会当一辈子教师的，我的理想是当作家！你们明白吗？理想！"

……

"哦，我的理想……"他靠在湿漉漉的礁石上，闭上了眼睛。记忆的屏幕上，展开少年时代的画卷——

他坐在小河边，读高尔基的《童年》。眼睛累了，心也太激动了，就放下书，舒展开四肢躺在草地上。平柳树、白杨树枝杈交错，透过晃动的树叶，他看见天空。放牛娃的笛声在空中萦绕，两只小鸟追逐着笛声盘旋。太阳把天空染成金海；灿烂的金光四下流溢，穿过树叶，一束束地刺在他的眼上，射到他的心里……这时，一个金色的梦想萌动了："我把这一切写下来，多好啊！写下来，写下来……"

他似乎很有才华。在大学里，同学们都推他为文学社社长。朱丽，美丽、纯洁的朱丽，一直用深情的目光注视着他在事业道路上前进的脚步。有一年夏天，他们听说有一个作家在这里疗养，就拿了几篇习作去求教。这需要勇气。是朱丽陪他去的，只有朱丽陪他。

"你有丰富的想象力，善于构思。"作家说，"但是，在文字表达方面，你不是天才。那不要紧，笔头是练出来的，你写，大胆地去写，先写一百万字看看。我相信，功到自然成！"

功到自然成，这就是希望！他和朱丽离开疗养院，心中多么激动啊！在海边，月光下，朱丽久久地凝视着他，似乎在探索，在询问。他懂得朱丽的意思，庄重地说："我会好好下功夫的，写一百万字、两百万字、三百万字！这，并不难……"

朱丽笑了，笑得那么美好，两腮闪出一对浅浅的酒窝……

作家有几种人。一种是才气十足，往往处女作就一举成名，什么都挡不住他们。这种人很少。多数人是有一定的才能，尚需长期努力，经过千锤百炼，方能成功。他属于后一种人，可能成功，也可能失败。但是，他的目标明确了：努力，下苦功夫——这在他看来并不难。

然而……

他睁开眼睛，继续往礁石顶上爬。他询问自己：你努力了吗？你实现对朱丽做出的保证了吗？到今天，结论已经很明显了：没有。这就是悲剧所在。他的心紧缩起来，感到一种很深的痛苦。

到顶了。他十分疲劳，颓然坐下，蜷起双腿，脑袋无力地靠在膝上。

为什么？为什么没有写出那一百万字呢……

新老师的小屋像一块吸铁石。

我们几乎每天晚上都去小屋玩。新老师真有意思，我们一进屋，他就板着脸说："去，去，今晚我要写东西！"可是我们像黏糖似的，粘住他不放，让他讲故事，让他朗诵诗，让他谈文学理想……

"你们一定要多读书。"新老师教导我们说。

上哪去搞书呢？我们学校是农村中学，图书馆刚办起来，没有几本小说。于是，老师拿出一个月的工资，买了五十三本书……

"我们班有五十三个同学，一人可以分到一本书。"新老师在课堂上说，"但是，立一条规矩：看完了就交上来，换一本再看。这样，全部轮一遍，每个同学就可以看到五十三部书了！"

从此，我们班有了个小小图书馆。馆址就设在小屋里，新老师就是图书管理员。

放学了，西天边烧起红红的晚霞，走读的同学拥进小屋，借书、还书。天黑了，月亮升起来，我们住校生又拥进小屋，借书，还书……新老师忙得团团转，汗水冲得眼镜直往鼻尖上滑。书，堆在老师的炕上。我们七手八脚地翻书，有时候还推推搡搡地吵起来。新老师便把书一本一本地从我们手中夺走，哑着嗓子喊："别乱翻，一个一个地来……先登记！"可是他一转身，我们又伸出小爪子，飞快地抓起一本本书……

小屋，多么热闹！小屋，多么亲切！可是，我们谁也没想到：等我们散去之后，老师才能备课、批改作业、作文、周记……每天深夜，小屋里都亮着灯光……

新老师越来越关心我们，班里的大小事，他都要管管。他对我的要求也越来越严。可我对他不尊重，常常伤他的心。终于有一天，我把他惹火了。

那是上语文课，老师叫我上黑板默写生字。我来了调皮劲，从课桌底下哧溜钻出去，惹得全班哄堂大笑。新老师批评我几句，我假装诚恳地说："我改。"可是默完字，我又哧溜一下钻回去了！我料想，他只会哭笑不得，没有办法。

可是，新老师怎么啦？他两眼直瞪瞪地盯住我，两腮的肌肉微微颤抖，手中的粉笔咔嚓一下，被捏断了……我害怕了，心怦怦地跳起来。

"站起来——"新老师严厉地说。

我顺从地站起来。

"从课桌下钻出来！"他低声地命令道。

"啊？这是……"

"钻！"他猛地吼道。

我感到脸上一阵发烧，但还是执行了命令。

"再给我钻回去！"

我站着，梗着脖子不动。同学们不笑了，我觉得许多目光射在我的背上。我看看新老师，他的眼睛里有一种狂怒，一种决心。我想反抗，又不敢。我第一次领略到新老师的威严，同时，对他的爱也消失了。我含着眼泪，又从桌子底下钻回去……

老师背着手，在教室里来回踱步。空气好像冻住了，寒人，压人。老师把眼镜扶正，庄严地说："刘保良，你应该知道：我希望人们尊重自己，也尊重别人！纪律和文明，首先建立在相互尊重之上。"

我牢牢地记住了新老师这句话。我不再到他小屋里去了，尽管我常常躲在暗处看同学们从小屋里出出进进，上课我也不敢闹了。我尊重他，但远远地避开他。我觉得新老师恨我。我也恨他，常常朝他的背影翻白眼。

过了不久，同桌孙俊杰告诉我，新老师要组织一个文学小组，先让大家写一篇文章，题目叫《爸爸的故事》，可以当作文写，也可以写成小说。

我多么希望参加文学小组呀！可我一赌气：不稀罕！你们能写，我也能写，还要写得更好！于是，我下了狠劲，每天晚上点亮小油灯，趴在窗台上写到半夜。

老实说，我的数、理、化样样不好，可就不怕写作文。瞧，文章一开头我就写道："我的爸爸名字叫……嘿嘿，我不告诉你了，省得以后咱俩吵架，你好念着爸爸的名字骂人！……"我舔了舔钢笔帽，自己先嘿嘿地笑起来。接着，我写爸爸看菜园，怎么得罪人；回到家里，妈妈怎么和他吵架。吵架写得很热闹：妈妈火了，一烧火棍打在爸爸的腿杆上。爸爸抱住膝盖，原地转圈儿，活像个陀螺似的，嘴里直叫："喔喔！喔喔！"……写着写着，我哈哈大笑起来，把宿舍里的人都惊醒了。

我得意扬扬地找到孙俊杰，让他看看我的文章。孙俊杰抓过小本子，一溜烟地跑了。不知他捣什么鬼。

晌午，新老师来到教室里。他径直走到我跟前，说："你跟我来一趟。"

我老大不情愿地跟着他，心里直犯嘀咕：我又怎么啦？老师领我走进他的小屋。一看见这熟悉、亲切的小屋，我鼻子里竟一酸一酸的，直想掉泪。哦，原来我对小屋有那么深厚的感情呀！

"你的语言非常非常好！"新老师第一句话就这样说。

我吃惊地抬起头，望着老师。他白皙的脸涨得通红，眼睛里燃烧着火一样的热情。他一面说话，一面往前凑，好像要冲过来拥抱我似的……

"唉，你爸和你妈吵架那一节，写得精彩极了。那一烧火棍呀，打得你爸抱住膝盖满地转圈，像个陀螺似的……哈哈哈！"他纵声大笑，就像我半夜在宿舍里笑一样。笑够了，他又自言自语地说："真是好语言，生活的语言。如果我有这样的语言就好了！……"

我更加惊讶了！这种地瓜饼子话，难道是很好的语言？我看看新老师，他热情、诚挚的目光告诉我，他讲的全是心里话。他是把我的成绩，当作他自己的成绩呀。可我净惹他生气，伤他的心……我非常后悔、惭愧！

新老师抬起眼睛，望望我，忽然又低下头，显得挺不好意思地说："我叫你钻桌底，你还有意见吗？我有时像个孩子，好激动，好感情用事。可是我看了你的文章，高兴极了，又什么也不顾，把你叫来……"

"老师……"我的眼泪唰唰地流下来。

新老师沉默着，久久地凝视着我。他走过来，抱住我肩头，严肃地问道："告诉我，刘保良，你有理想吗？"

"理想……"我嗫嚅道，"我的功课不好，眼望考不上大学。我想，毕业了，回家种地，有机会出去当工人就更好了……"

"听着，你想不想当个作家？"

"作家？"

"对，你有这份才能！只要不断地努力，你在这里——在这所小小的农村中学里起步，也许有一天你会成功的！你不相信吗？我相信，我将尽我的全部力量来帮助你！"

啊，我周身的热血沸腾起来，一种从未有过的冲动撞击着我的心扉。理想的火焰被点燃了，一瞬间，我觉得自己已经长成了大人！我翕动着嘴唇，想说什么，但什么也没有说出来……

新老师在小屋来回踱步，沉思着。他的胸膛里，发出低沉、有力的声音："人，生活在社会上，应该有一个远大理想，然后用毕生精力去实现它。为了实现这样的理想目标去奋斗、去牺牲。这样，人生才有意义！"

我不完全懂老师的话，但我觉得这些话的含义很深很深……

厚厚的、精致的手册摊开在写字桌上。第一页上还是贴着那首短短的散文诗。已经成为研究生的朱丽，久久地看着这本手册。忽然，她圆润的双肩抖动起来，一颗颗泪珠，跌碎在洁白的纸上，化成冰花般的图案。

他送她，一直送到村口的老柳树下。晚霞正在消失，几抹胭脂红色，挂在苍茫的西山上空。一种永别的预感，像逐渐迫近的夜幕一样，笼罩着他的心。他无意义地、反复地问："你要走吗？你要走吗？"

"是的，我要走了。"朱丽微叹着回答。

"你应该告诉我……我觉得，你在想……"

"我想，人应该有个目标。排除一切干扰去追求它，目标才能达到。"朱丽用白细的牙齿咬咬嘴唇，好像下了什么决心，说道，"而你，永远不可能达到……"

"为什么？"他声音颤抖着问。

"因为你太热情了！"

她走了。她那娇小的身影消失在晚霞里，永远地消失了……但她留下了一个结论，折磨他的结论：由于他的热情，他将永远不能达到目标！

这个结论有道理吗？

"不！"父亲说，"你能够达到目标，实现理想！"

父亲是一位教授。他老是深深地埋在沙发里，咬着根烟斗，思索、研究、著书。他望着父亲睿智的眼睛，不解地问："为什么？"

"因为你热情。"父亲吐出一团浓浓的烟雾，说道，"理想目标的实现，往往取决于他对社会所持的态度。我认为，你积极地面向社会，热情地对待工作和生活，最终可以实现理想——一种广义的实现！我们需要的正是这样的目标！"

父亲的结论更使他迷惑。这涉及到人和客观世界的相互关系，他一时还不理解。

多少年过去了，他一直在这两个结论中间彷徨、蹉跎……

大海鼓动着它宽阔的胸膛。那即将沉没的太阳，在海面上洒下一片金色的光斑。一只海鸥平展翅膀，一动不动地浮在空中，仿佛在沉思。绚烂的霞光染红了它洁白的胸脯。他漫步巡游，水渍渍的沙滩上，留下一串串脚印……

太热情了？似乎是这样。假如他不把精力全放在学生身上，假如他不花费功夫去传播自己对文学的热爱，他本来可以写完那一百万字。或许，他真的会成为一个作家。可是，他失去的将是什么呢？……

海，在涨潮。浪花里隐藏着那支歌，零乱、细碎，同时还有点诱人的神秘。他站住脚，侧耳倾听，全不顾潮水向他逼近。他觉得，这支歌会回答他的问题……

新老师要走了。他被调到一所渔村中学去教学。

周末，最后一节自习课，新老师走进教室。他已经教了我们两年多语文，可我们还是叫他新老师。他站在讲台边，轻声地宣布了这个消息。

我呆住了。他要走了？我们的文学小组怎么办？我们的小图书馆怎么办？我怎么办？……啊，这怎么可能？

然而，他确实要走了。他有条有理地告诉我们，图书馆该怎么办，文学小组该怎么办……他那低沉的声音，拨动着每一个同学的心弦。

"同学们，要热爱文学。让文学熏陶你们的心灵，使你们变得好一些，更好一些！我多么希望，将来你们中间出作家、出诗人。同学们啊，你们想一想，将来能有那么一天，我老了，在太阳底下读你们写的书，我心里该多高兴啊！唉，你们还小，不懂得，不懂得……"

我的眼睛模糊了，一股热泪忽地涌进眼眶，不住地转圈。哦，老师，我们懂得！虽然我们还小，可我们懂得。你等着吧，我们会把最好的作品送到你手上，一定会的……

新老师讲完话，默默地站立在讲台旁，眼镜片上散出深情的留恋的目光。孙俊杰举手发言："老师，你要走了，让我们……让我们给你唱一支歌吧！"

新老师点点头。于是孙俊杰轻声地起了个头，把手一挥。

我们唱起来了，唱的是新老师第一天来到教室时我们唱的那支歌。我们唱着，回想起他在小屋里朗诵诗歌的情景；他和我们蹲在地上按木板的情景；他流着汗借书给我们的情景……

> 将来会有那么一天，
> 我们要走得很远很远。
> 告别了亲爱的老师，
> 告别了熟悉的校园。
> 背负着老师的希望，
> 去把宏伟的理想实现。

　　　　到那时候，我们的思念，

　　　　都要飞回老师的身边，

　　　　回到老师的身边……

　　新老师哭了。他走到窗前，把脸转向窗外那一丛丛迎风怒放的秋菊。他瘦削的双肩抖动着，抖动着……

　　我望着他，心中涌起难以表达的敬意。多好的老师，多好的人啊！我唱不下去了，任凭滚烫的眼泪在脸上流、流……同学们也和我一样，歌声哽咽在嗓子里，断断续续，终于变成了一片抽泣声。

　　放学后，同学们推着自行车，在校门口等新老师。新老师推车走出校门，大家簇拥着他上了大道。我家穷，没有自行车，我就夹在车群里跑。好大的顶头风啊，吹得车子左歪右扭。我跑到新老师后面，把住车后座就推。他发现了我，吃惊地叫道："刘保良，快跳上来，我带你！"

　　"不，不！我上学就是跑，跑惯了！"

　　就这样，我一直推着老师的车跑。我们路过一个又一个村庄，到家的同学告别老师，纷纷离去了。末了，只剩下我和新老师。我紧跑几步，和老师并排，说出了我最后的要求——

　　"老师，把你那本手册给我吧？"

　　"为什么？"他惊讶地问。

　　"我要把它贴满！"

　　"可是我的文章往哪贴？我还要写的！"

　　"你到了新学校，还会组织文学小组，还会办小图书馆，我知道你的。那你就不会有时间写了！"

　　我的话，似乎触动了新老师的心事，他停下来想着什么，久久没有说话。

　　"你相信我吧。我会把它贴满的。给我吧，给我吧……"

　　新老师语调沉重地回答："不，我还要走下去……"

　　终于分手了。风刮得正猛，撕乱了他的头发，吹歪了他的车身。但他耸着双肩，弓着腰，倔强地向前蹬，向前蹬！我站在村前的老槐树下，目送他远去，直到他缩成一个黑点……

好吧，让我在这老槐树下，让我对着这努力前进的黑点，发一个誓吧：我要攒钱买一本手册——像新老师的那本一样厚，一样精致；我要把第一页——新老师贴散文诗的那一页留出来；然后，我就要用我发表的小说把它贴满！贴满！

我就这样起步！

哦，他还记得那天的大风，他还记得那个衣服破旧、脸上总是挂着几道灰痕的孩子，他还记得那孩子是如何纠缠着要他的剪贴手册的……他确信，那孩子已经实现了他的誓言——孩子那本厚厚的、精致的手册，已经贴得很满很满了。他笑了，脑子里产生一个念头：明天，给刘保良——华翎同志写一封信，和他交换手册——一本只有第一页，后面全部空着；一本已经全满了，只有第一页空着。

人生何等壮阔！何等壮阔……

太阳沉入灰色的大海，晚霞也终于被海水湮灭。他在海滩上踽踽独行，久久地思索着人生的真谛。当他登上一块礁石，高高地站着，他看见了它——挡浪坝！在昏暗的海面上，它谜一样地耸立着。海浪扑到它身上，溅起丈把高的雪花。与嶙峋的礁石、峥嵘的山壁相比，它显得那样的巧夺天工。它体现出人的优越和伟大！它是人给自然打下的印记！

这时，他开始思考挡浪坝建设者们的命运。他们早已离去了，这个世界上再也没有他们的身影和踪迹。但是，挡浪坝是一块丰碑，它证明他们在这个世界上存在过、生活过、劳动过！他记起席勒的美学理论：一个雕塑家，以石块为自己的对象；在创作过程中，他把自己的智慧、气质、情感、技巧，统统溶浸在对象里。当石块变成塑像时，雕塑家便从这尊塑像中见到了自己。这使他忽然明白：理想的实现，原来要通过人的创造物来证实！

他回想起朱丽与父亲的关于热情的两个结论。现在，他理解父亲的意思了——"一种广义的实现！"这就是说，你只要积极地面向社会，面向生活，按照美好的意图满怀热情地去建设和改造世界，你总可以实现理想，达到目标的，尽管实现的方式可能是你所完全没有料到的。俗话说：有心栽花花不活，无心插柳柳成荫。这里面有一个前提——你必须热情地栽花插柳。热情！

潮水涨得很快，浪头越来越高。他站在礁石上，向挡浪坝那边眺望。苍茫中他隐约看见了那孩子，看见了他曾教过的许许多多的学生。他们都在海的尽头，远远地向他招手。他在心中默默地呼唤："过来吧，过来吧，让我看看你们——"

他们跑过来了，唱着那支歌。歌声在海天之间回荡——

　　　　将来会有那么一天，
　　　　我们要走得很远很远……

大浪扑向礁石，飞溅的水花打湿了他的双腿。他没有后退，热烈地、全神贯注地注视着大海。

　　　　到那时候，我们的思念，
　　　　都要飞向老师的身边……

他们回来了。他们环绕在老师的身边，跳跃歌唱。他们拥抱老师，与老师融为一体……

是的，学生——这就是他的对象，他的作品。他已经把一生的精力、热情，还有理想，全部熔铸在这对象之中；他又从这作品里见到了自己。他们是他建造的挡浪坝，他们将证明他的理想的实现！

夜海。浪花簇拥着礁石。礁石上，站着一个人……

怪哉"鱼干"

我们师专流传着一首歌谣，名曰"四大怪"——

柏油路铺到校门外，

暖气专等冬天坏，

上课锣鼓敲起来，

厕所今天拆了明天盖。

这无非是挖苦学校管理、建设的不合理。其中有一条需要解释一下，就是"上课锣鼓敲起来"：地区办了一所艺术学校，因为没房子，便硬塞在师专；我们上课，艺校也上课，铃声一响，锣鼓小钹便一个劲儿地敲起来了。古文老师一字一顿地念《诗经》："氓之蚩蚩，抱布贸丝……"楼下便有甜美凄婉的声音唱道："苏三离了洪洞县，将身来在大街前……"学生有很大的选择余地——可听课，亦可听戏。

学校怪事多，学生怪人多。我们宿舍里有位同学叫于干，就很怪。他最先引起我们注意的是老爱撞头。熄灯睡觉时，他睡的靠窗口的上铺便一阵忙乱，接着就听见一声很响的"嘭"！——大约是脑袋与墙壁撞击的声音。我们问："老于，怎么了？"他从不回答，并没有半点呻吟。有一次，他端着一脸盆水进屋，又撞一下，竟把门上的钥匙撞歪了。我当着同学们的面模拟了一下，发现只有把身子弯到九十度时，才能使头与钥匙发生接触。我问："于干同志，你是故意的吧？"同学们大笑，进而证明他的头具备万有引力……他气狠狠的：似乎恨我们，似乎恨钥匙，又似乎恨自己——但依然不做任何表示。

他本来应该获得"铁头"的外号，然而同学们终于叫他"鱼干"——名字谐音是一个原因，另外他身材极扁平，略呈弧形，老远看去活脱脱一片鱼干！或许是因为他自己也难辨别正名与外号的发音吧，他默默地接受了这个外号。

鱼干可不是一种好吃的菜肴。

入学不久，中文系为摸摸学生的底，给我们一人发了一张表格，上面印有常见的古今中外的文学名著，还有少量的马列、毛选。如看过，打一个钩，没看过，则将格子空着。这是很容易打马虎眼的，聪明过人的同学飞快地在所有的空格里打上钩。"鱼干"在这方面是实事求是的。他坐在我后面，我回头看看他的表格，又发现一件怪事：诸如《红岩》《青春之歌》这样的小说他一本没看过，而马恩选集、列宁选集、毛选五卷旁边的空格里，他却扎扎实实地打满了钩！

"你真全读了吗？"

"当然。"

"你为什么不上政史系？"

他没搭理我。我很快发现他没"谎报案情"：他每天晚上躺在床上翻弄一本厚厚的《联共（布）党史》。天晓得他为什么考中文系呢！

我们师专还有一件怪事：学生用开水不满足供应，一个人一月发十张水票——三天一壶开水！我是喜欢终日捧着保温杯的，入学前我在文化馆搞创作，一天要喝三壶水，如此下去我岂不也要变成鱼干啦？好在我善于鼓动，把全宿舍同学的水票收到一起，搞"战时共产主义"。叫我恼火的是"鱼干"竟不肯入伙，隔两天悠悠地提回一壶水来，独自享用。他几乎是不喝水的，只在每晚倒一点点水，把两只大脚塞在脸盆里——水从不漫过脚背，只能烫烫脚心。他的暖瓶保温性能异常的好，隔两天倒出的水还冒着白色的热气，令人嫉恨！并且，宿舍里最小的同学"嘎嘣"悄悄地告诉我：每次去打水，"鱼干"都将剩下的水倒掉——

这简直是可恶！

他读书是很认真的。课外活动时，他都坐在教室角落里背笔记。据说，他的背功极好，每天必将老师的讲课内容背得滚瓜烂熟。看来，此人就是靠这一招考进中文系的。然而这么用功，他的考试成绩却很不理想，老是七十来分。课堂上齐读课文时，他的声音最突出，尖且响，还认真地渲染出感情来，常常引得同学们笑得读不下去。最可悲的是他的普通话，他这样读——

"啊，火红的特酿（太阳）绕软征（耀眼睛）！"

鲁迅先生的散文《从百草园到三味书屋》，有一段关于东方朔的文字，说"他认识一种虫，名曰'怪哉'……"，同学们议论起来，无端地觉得鱼干便有些像那虫子。这种感觉得到普遍的印证，于是"怪哉"这外号不胫而走。两下合起来，全称就是"怪哉鱼干"。不过，"鱼干"对"怪哉"一词是毫不饶恕的，每每有人提及，他便以狮子般的愤怒轻声骂道："亲你妈妈……"如此而已。

在师专读书，吃饭是一件大事情。伙房不发饭票让学生领着吃，而是按小组分一盆菜、一筐箩馒头，早早就搁在方桌上。冬天，待我们在方桌旁围站好，眼巴巴地望着小组长将菜从盆里分到碗里，那菜便一丝丝热气也没有了。所以，我们上第四节课时心早飞到食堂里去了。若遇上哪个老师讲课拖堂，就算损害了我们最大的利益，下课铃一响，我们就毫不客气地把桌椅板凳碰得乒乓响。食堂兼作礼堂，可容纳一千余人，全校学生皆在此用膳。食堂大门尚未打开，台阶上便已人山人海了；大门一开，一千多个学生潮水般地涌进食堂，脚步声可谓地动山摇！更有好事者趁乱起哄，或又推又搡，或故意嗷嗷号叫，渲染出大恐慌的气氛——真是蔚为壮观！

星期三午餐，规定吃包子。包子很大，裹着指甲大小的肥壮的肉，咬一口满嘴是油。平日吃惯茄子、萝卜的学生，自然视此为佳肴，无不显出贪婪相；最高纪录不断刷新：五个、七个、十个……似乎胃的限量永远没有止境。吃完包子，盆底往往有一些肉块——是从碎包子里散落出来的——这简直是魔鬼的引诱，大家既想吃，又不好意思。大学生的自尊心经受着严峻考验！于是，这事情成了一种开玩笑的方式：小组里总有一两个不太令人尊重的同学，大家就扯着扭着强迫他将盆底的肉吃掉。被强迫者脸皮厚厚，将肉吃了，自己解解馋，大家开开心，也算个圆满结局。

"鱼干"是从不屑吃这些碎肉的。但他的眼睛里时时闪出贪馋的光亮，似乎比旁人更甚些。我望着他，无端地联想到要饭者的目光。我决心开开这位性格怪僻的同学的玩笑，便把矛头指向了他。

"'鱼干'，吃了！"

他古怪地瞅了我一眼。

同宿舍的同学开心地起哄："对，对，今天一定要优待'鱼干'！"但谁也不敢上前动手动脚。

我拿出鼓动的本领，用道理说服他："'鱼干'，别不好意思。人的自尊心往往十分浅薄，真把你饿到要死的时候，我相信你会伸出手来乞讨！现在……"

不料，"鱼干"突然跳将起来，把手中的铁碗狠狠一摔，只听见当啷啷一声，铁碗在食堂的水泥地上转圈儿滚动，没吃完的包子撒了一地。"鱼干"脸色煞白，嘴角抽动着，两眼盯着我，一根干瘦的手指戳到我鼻尖上，定定地指住！许久，他却一句话也没讲，干练地抽回手指，愤愤然走了！

莫名其妙！我们小组的同学面面相觑，过了半天，才冲着"鱼干"消瘦的背影叫道："怪——哉——"

过后，我宽宏大量地向他道歉，并认为事情就此了结。然而，许多日子以后，我的保温杯忽然失灵，刚刚泡上的茶水，一会儿工夫就凉了。隆冬季节，在开水奇缺的情况下，这对我不啻一个沉重打击！机灵的"嘎嘣"把杯子拿去，研究半天，终于发现秘密所在：杯胆与塑料壳之间是一层保温空隙，不知是谁将杯胆旋出，在塑料壳里倒上一些凉水，再原样旋好。神不知鬼不觉，保温层变成冰水层——多么惨无人道啊！

我抬头看看躺在上铺的"鱼干"，他正严肃地攻读《联共（布）党史》，似乎对杯子的事情毫无觉察。我当然清楚谁是罪魁祸首，并在心里感叹：看来，此人真的愤怒起来，远不止骂一声"亲你妈妈……"

他的性格钢一般坚强，对自己的要求近乎严酷。我们在一起的时间越长，就越认清他这内在的一层。比如，他雷打不动地背课堂笔记，有时候背到深夜，他用冰凉的水冲头，刺激自己打起精神。无论学校里放什么电影，他毫不动心，专心致志地啃马列理论书。劳动时他十分卖力，手被铁皮划出一道很深的口子，血哗哗直流，他一声不吭，劳动课结束了才被老师发现……

他经常惩罚自己。学校规定每天早晨起床跑步，我们都是能躲就躲，能赖就赖，他却一次不落地跑。有一天他感冒了，早晨昏昏沉沉地睡着，我们悄悄地离开寝室，没惊动他。等我们跑步回来，看见他满脸恼恨地穿球鞋，然后在寝室里就起跑，径直跑出校门。早饭他没回来吃。预备铃响了，他满头大汗地跑进教室，瘫在自己的座位上。午休时候，他一个人在操场里跑，一圈一圈，直跑到精疲力竭地扑倒在沙坑里……最使我们吃惊的是，晚上背完课堂笔记，他又在换球鞋！我拉住他，嚷道："你疯啦？你有病！"

他冷冷地说："懒，就得罚！"

后来我们才知道，这一天他跑的路程是学校规定的十倍！——他简直是迫害自己！

学生宿舍的话题是最广泛、最丰富的。夜里，熄灯了，我们山南海北地谈起来，谈学习，谈国际时事，还谈女同学……有一次，我们谈起了大队书记。师专的学生大多是农村来的，对这个话题都有发言权。大家淋漓尽致地罗列本村支书的罪状。

"告他奶奶的！"我听不下去了，气愤地说。

"谁敢？告不倒的。你的户口、粮食、工分都掌握在他手里，他要治你，你没法活！"

忽然，"鱼干"躺的上铺地震般地轰动起来，接着吧嗒一声，他将电灯打开了。只见他赤裸着干瘪的上身，挺挺地坐着，两眼直勾勾地盯住前方，肤色苍白得像僵尸一样。

我问："'鱼干'，你们村的支书也很坏吗？"

他似乎被我惊醒，身子抽动一下，长长地吐出一口气来，喃喃道："俺村支书，开证明让全村人去讨饭……亲你妈妈，开证明讨饭！"

他的话没引起大家的激愤，因为这样的事情在前些年发生得很多，小说里也有不少描写。学生们的兴趣在那些稀奇古怪的罪恶上。

我沉思道："过去了，这一切总算过去了……我们不是开始了新生活吗？"

"鱼干"一声怒吼："没那么便宜！"

他拿起枕边的《联共（布）党史》，迅速地翻着。然后，他把砖头般厚的书托在右手，向上举了举，庄严地宣布了他的理想："咱们要懂政治！懂了才能治国……"

我小心翼翼地问："你掌了权，打算怎么治国呢？"

他眼睛里射出两道凶光，一字一板地说："把那些坏书记统统杀光！"

各个铺位发出吃吃的笑声。假如"鱼干"不是这样的严厉，大家定会齐声叫道："怪——哉——"不过，"鱼干"总算向大家交心了——原来他是个有鸿鹄之志的人！

不过，我觉得"鱼干"的思维方式有问题。他的畸形性格大约是这种思维方式导致的。同学们认为我的看法正确，并决定帮助他。"嘎嘣"他们都说："讲到底，'鱼干'也是人。"于是，我找了一些小说给他看，希望用文学软化一下他的僵硬的思维。

他对文学仍然没兴趣。但他默默地把书接受下来，并带着一丝感激，听我们把这几本小说吹得天花乱坠。他是懂得同学们的心意的。然而，他却把我们推荐的小说垫在枕头下面。

我们还不死心，每天睡觉前朗读小说，希望能灌输一些东西给他。他似听非听的，手里照样捧着那本党史。寝室生活倒有了一点新的意味，同学们共同接受艺术的陶冶，彼此的关系变得更加和谐融洽。

日子这样一天天过去了。又来到冬天，我们放寒假了。家住胶济线旁的同学都拥到火车站，售票口前排着长长的队伍，净是我们的人。大家炫耀地掏出学生证，为能买到一张半票而沾沾自喜。最掌握我们心理的要算一个在候车厅里游逛的乞丐了。他打断我们兴高采烈的谈话，突然将手伸到面前，颤巍巍的，将一分两分钱拿走。他一个人也不放过，似乎认定只要有第一个掏钱的，其他同学绝不好意思不掏。待拿到钱，他满脸的苦相化作卑微的笑容，那笑容又仿佛在暗示我们：不是打到半票了吗？你们也占得了便宜……

不过，那乞丐也有感到意外的时候。他向“鱼干”伸出手来，“鱼干”麻利地拧动脚尖，唰地转过身去。当那只颤抖的手再一次绕到他的面前，他又一个向后转，显得非常干脆。

“行行好吧，大哥——”讨钱的汉子故意高声叫道。

同学们的目光集中过来，“鱼干”却火了，吵架似的嚷：“就不给！就不给！就不给……”

乞丐知道没了希望，继续向前讨去。大家似乎要给“鱼干”一个台阶下，纷纷议论起乞丐来。有的说：又不是丧失了劳动能力，干吗要厚着脸皮乞讨呢？有的说：现在农村政策开放了，挣钱的门路很多，这种人讲到底是不肯劳动；还有的人迅速计算出来：一个乞丐一次讨到一分钱，一行队伍讨过来，就能收入三毛多钱……

“鱼干”并不加入这些议论，只是失神地站着。买票的队伍向前走了，他还站在原地不动。我推了他一把，他竟一个趔趄险些跌倒。他扭过头来，我看见他的脸色像纸一样的惨白。我吃惊地想问他怎么了，他却很凶地说：“你推什么！”

我们买好了车票，到检票口等待上车。这天真是邪门儿了，我们又看见那个乞丐。他坐在向阳的墙根下，两条腿叉开，呈八字状，脚尖像钩子一样翘着；他的脑袋低垂，似乎要耷拉到裤裆里去；花白的头发像刺猬针一样又硬又乱地冲我们竖着；他穿黑色的棉衣棉裤，腰间束一根草绳，那衣裤都破得不像样了，绽出一团团灰色的棉花……我们默默地注视着他。他似乎感到了我们的目光，缓缓地抬起头来瞅着我们。于是，我看见了一双冷漠的眼睛，那里面摇曳着自暴自弃的、对一切都心灰意懒的光亮，仿佛一盏即将熄灭的油灯。他怪模怪样地对我们笑笑，满不在乎地躺倒在泥泞里，两条腿弓起来，舒坦得像一只晒太阳的大黑猫。当人们从他身边呼呼隆隆地走过时，他懒洋洋地睁开眼睛，随即又闭上了⋯⋯

上了火车，大家都很沉闷。火车开动了，我望着窗外疾迅掠过的树木、电线杆，望着缓缓移动的群山、河流，心中总也抹不去那个乞丐的形象。

"这是很可悲的。人的精神丧失了支撑物，就会堕落，就会自己不要好——变成精神残废！这是贫穷、饥饿带来的结果，却比贫穷、饥饿本身还可怕。不是吗？那个黑暗的时代过去了，但留下的阴影还很难消除。"

同学们有些费解地琢磨着我的话。"鱼干"却仿佛深有同感，喃喃地重复道："精神残废，精神残废⋯⋯"

七八届的学生毕业了。学校照例举行一次丰盛的宴会。我们七九届同学是捞不着参加的，只能望而兴叹。但我们自己也可组织宴会。师专南面约二里远有一个镇子，镇子上有一家小酒店。我们买回一些酒菜来，把几个要好的七八届学生拉到宿舍里，开怀痛饮，也算尽尽低年级同学的情谊。

"鱼干"也参加了。他近来和同学们的关系日渐融洽，虽然还不时地做出怪异举动，但感情上却比过去亲近多了。他原来是极豪爽的人，喝酒经不得劝，说几句感人肺腑的话，他便将一大碗酒咕咚咕咚地喝下去，毫不装假。我和七八届的朋友颇有些酒场经验，劝酒的语言能叫石头人落下泪来，宿舍同学又直起哄，一会儿工夫他就醉了。

"我这是第一次呀，我这是第一次呀⋯⋯"他反反复复地说。

再喝一会儿，他便只会痴笑了，咯咯咯、咯咯咯，入学以来总共也没今天笑得多。大家互相挤着眼睛，开心极了。然而，"鱼干"忽然摇晃一下，如一根烂面条似的滑到地上去了。大家惊慌起来，又推又喊又摇，但他全无知觉。我们费了九牛二虎之力，才将他抬上铺去，惊慌失措不知如何是好⋯⋯

"鱼干"一直睡到半夜才醒来。屋外下着大雨，电闪雷鸣，雨珠砸在窗上啪啪响，难以测其大小。我尚未入睡，听见"鱼干"痛苦地呻吟了一声。良久，又听见一阵窸窸窣窣的声响，接着便看见他冲出寝室，连门也没顾得关。我猜想他去呕吐了。可是，等了半个小时左右，还不见他回来。我有些着急，起身出去找他。我找到厕所，果然有呕吐的痕迹，但 "鱼干" 人却不知哪去了。这下可把我急坏了！我有经验：大凡喝醉酒的人，醒过来都十分惭愧、后悔。这个怪人平时难以捉摸，此时若闹出些事来，可就不好收拾了！我上上下下把宿舍楼跑了个遍，甚至高呼他的姓名，却也不见回音。

最后，我在屋顶上找到了他。五楼有一扇小门，通屋顶平台。当我推开小门探出头去，正值一道雪亮的闪电划过，于是我看见平台围墙边有一身影，消瘦而略呈弧形——正是 "鱼干"！我冲出门，在一串滚雷中狂呼大叫，直到他身边才看清他的模样：他赤裸着上身，只穿一条小裤衩；人僵直地挺立着，任凭暴雨猛烈地抽打。风大雨凉，头上是霹雳，四下是黑暗，这种可怕的折磨使他浑身不住地颤抖，令人看了心碎……

我不由分说地抱住他，经过一番挣扎总算将他弄进门去。我知道，他又在惩罚自己，不是我发现了他，他没准会站到天亮的！

"为什么这样？" 我愤怒地喊，"同学们凑在一起喝酒是快乐的事情，喝多了虽然不好，但也不至于这样折磨自己呀！你究竟为什么？！"

他古怪地瞅着我，眼睛里依然闪烁着自我虐待的狂热。"我父亲是要饭的……是乞丐！" 他用近乎冷酷的语调说，"现在他还在东北流浪，还在向人家讨钱！"

我浑身一震，惊愕得说不出话来。

"你家……很穷吗？" 我喃喃地道。

"是精神残废，你说对了，是精神残废！" 他吼叫起来，脸庞痛苦地扭曲着，看上去十分骇人。

一刹那，我回想起 "鱼干" 的许多怪异的行为：吃包子馅，因为我说他饿极时会向人乞讨而摔碗，过后仍耿耿于怀地报复我；平日他极端地苛求自己，与人不相往来，独自提水烫脚心；在火车站他对乞丐的异乎寻常的举止和极其复杂的感情……我理解他了，理解他那颗残缺的心灵！

回到宿舍，我不让他回上铺睡。我们俩挤在我的狭小的铺位上，互相搂抱着暖和对方的身体，紧贴着耳朵讲心底深处的话……他告诉我：他父亲原本是一条好汉子，参过军打过仗，和胡作非为的支书做过不屈的斗争。然而在全村打证明外出讨饭的年头，他也无法挨过去。他领着"鱼干"出去流浪，终于在饥饿的逼迫下向人伸出了手……

"你妈呢？"

"鱼干"沉默了许久，用干涩的声音断断续续地说："我们回家后，爸爸天天打她……打得好惨，用剪刀捅她的大腿……有一天，上吊了……妈妈上吊了……"

"为什么？为什么？"我觉得胸口要裂开了一般。

"鱼干"没说。他只告诉我，妈死后，父亲喝开了酒，常常醉得死人一般。他仍然乞讨，讨到钱就喝酒。他头发长了，胡子长了，衣服破了，身上臭了，泥泞里躺得下去了……他的精神整个儿崩溃了！"鱼干"后来由姥姥抚养，供他读书。高中毕业后，姥姥不让他干活儿，连续三年高考，终于考入师专中文系……

"今天我也喝醉了……"他无力地说道。

"睡吧。"我安慰他道。

他紧贴着我宁静地睡去。倾吐出心中的秘密使他格外的轻松，又格外的疲劳。我睁大着眼睛，黑暗中，我仿佛又看见火车站那个乞丐：他躺在泥泞里，像一只大黑猫，眼睛懒洋洋地睁了一下，随即又闭上了……直到现在，我才真正理解我在火车上说过的话：贫穷饥饿带来的结果，往往比贫穷饥饿本身还可怕——这种结果甚至能影响几代人！

当我终于迷迷糊糊地即将睡去，却听见"鱼干"在我耳边说："支书勾引我妈……"

我做了一个多么可怕的噩梦！

人真是很奇怪的，我和"鱼干"竟成了最要好的朋友。我没有向任何同学提及那个风雨之夜，也没和"鱼干"再谈这事，他对此似乎很感激。有一天，他提着一壶水来到我面前，说："我不洗脚了……把水给你喝吧！"我几乎要感激涕零了——世界上还有比他的洗脚水更珍贵的东西吗？至此，我们宿舍终于在水票问题上实现了"共产主义"。

读小说成了寝室里最热门的节目。"嘎嘣"含着眼泪读完了《牛虻》，这部小说终于使"鱼干"对文学发生了兴趣。他崇拜牛虻，认定牛虻是最坚强的人。然而我又去找来一本伏契克的《绞刑架下的报告》，使我们寝室卷入了一场大辩论：牛虻和伏契克谁更坚强……

终于，我们也毕业了——我们盼到了那顿丰盛的宴会！低年级同学提前开饭，整个大礼堂归我们所有。老师们都来了，放弃了师道尊严，朋友般地与我们亲切交谈。菜！要紧的是菜：辣椒炒肉、黄瓜炒蛋、红焖鸡、水果罐头——天哪！这真是无法形容的宴会，反正我因眼花缭乱而晕眩了一下，还没吃呢，顿时饱了——我将因此遗憾终生！"鱼干"可不客气，筷子出手极迅速，并盯住他喜爱的某一盘菜下手，叮叮当当地犹如鸡啄米一般……同学们举着玻璃杯穿梭般地敬酒，有找到"鱼干"的，他却死活不肯喝。然而，当敬酒者来纠缠着他说出一些感人肺腑的话时，我则不得不挺身而出，或接过话茬，或接过酒杯……

宴会终了时，一班的一位同学找来一本《外国民歌二百首》。他平时喜爱亮亮歌喉，这机会自然不肯放弃。难得的是老师们也来了雅兴，似乎变得跟我们一样年轻。他们大多是五十年代的大学生，会唱那么多的外国歌！"鱼干"最崇拜的党史老师站起来，两条胳膊一摊，显露出宽阔的胸脯；他用低沉雄壮的男低音唱起了《伏尔加船夫曲》——

> 哎哟嗬，哎哟嗬，
> 齐心协力把纤拉！
> 哎哟嗬！哎哟嗬！……

中年老师们都唱起来，似乎早就熟悉这支歌。歌的旋律那么简单，我们也跟着哼起来。歌声变得更加浑厚，像一股浊重的河水在礼堂里回旋流荡。"鱼干"惊愕地望着党史老师，望着这骤然变得庄严的场面。然后，他也唱起来了，似乎也早就会唱。他唱得那么有力，仿佛真的在拉什么沉重的东西。我看看他，嗓子哽咽了，一股热流从我心底涌出，我的眼前变得一片白茫茫的，只看见一条缓缓流去的大河……

> 穿过茂密的白桦林，
> 踏开世界的不平路！
> 我们沿着伏尔加河，
> 对着太阳唱起歌，
> 哎嗒嗒哎嗒，哎嗒嗒哎嗒，
> 对着太阳唱起歌——

师专两年的学生生活过去了。那生活既贫寒又有意思。当我们要离开这所学校时，心中充满了恋恋不舍的柔情。我们踏着那条仅修到校门外的柏油马路，向前走着，一边走一边频频回头望学校的大门——我们似乎是在告别母亲！多少年后，我们还会讲起师专的笑话，那时，我们的笑声里将包藏着多么深厚的感情啊！我们永远记得星期三的包子、水票以及与此相关的人和事……

这一切怎么忘得了呢？

迷乱之夜

有一个时期，我肯定比布什总统更关心美国工人失业率。

我在一家香港人开的地下公司炒外汇。海湾战争刚结束，那位美国老兵稳占总统宝座，正春风得意。每月第一个周五，照例要公布一系列经济数据，其中最重要的就是失业率。我们挤在一台电脑跟前，人人伸长脖子，恨不得把脑袋钻进荧屏。路透社消息及时从香港那边传来。失业率一公布，我们必须在第一时间做出判断：买进还是抛出美元？胜负就在一瞬间决定……

晚上九点，美国政府权威部门准时发布消息。三十几平方米的办公室一片忙乱，我们在电脑和报单电话之间乱窜。纽约外汇市场开盘了！全世界都在同一时刻对美国经济数据做出反应。日元、马克、英镑、瑞士法郎……各种货币都像疯子一样上蹿下跳，急急寻找自己的位置。电脑屏幕上飞速变化的数据揪住了我们的心。有人头上冒汗，有人眼睛充血，有人发出尖厉的笑声……欲望与恐怖使人变成魔鬼。这情景只有在疯人院里才能看见。

布什总统会有我们这样起劲吗？

有时，我甚至怀着一点唯恐天下不乱的心思。戈尔巴乔夫被几个阴谋家抓起来，马克狂跌八百点，这不是发财的好机会吗？可惜很快就没事了，戈尔巴乔夫又重返克里姆林宫。马克也跟他一样恢复原位。这就使我十分懊丧：我还没看清楚呢，你戈尔巴乔夫怎么就回来了？多扣押你两天，我下好了单子，岂不一举发达？嘻嘻，人生几多遗憾！

我们夜夜聚集在四川大厦十三楼，公司名字很洋气，叫"克瑞斯投资咨询公司"。我们是克瑞斯的客户，都有些自命不凡。做外汇生意很迷惑人：你仿佛真的汇入世界，因而很牛气，觉得自己很伟大。我当时就是如此，走路吃饭甚至上厕所都在琢磨世界风云。苏联矿工罢工会不会引起政局变动？波黑战火会不会蔓延到其他地区？萨达姆那小子不老实会不会招致美国二次袭击？……所有这些都是外汇市场的神经，稍一触动，各种货币就会跳起疯狂之舞。你必须把整个地球装在胸中。

一九九一年春天我来到深圳。我带着刚从上海股市上赚到的一百一十六万现金，企图寻找进一步发财的机会。应该说，深圳这座新崛起的城市比上海更有现代气息，叮叮咚咚的广东话也更具异国情调。我有些头晕。经朋友介绍，我先到 D 市买了一块地皮，一套公寓。据说那里正在筹建一座汽车城，美国人将对中国做出最大一笔投资。然后我又转回深圳，琢磨如何敲开这座城市的大门。我在国商大厦二十楼租了一间写字楼。地上铺着厚厚的深蓝色的地毯，我在地毯上赤脚走来走去，心想：做外贸？做服装？做……我承认我不太聪明，写字楼有了，生意却没有。我不会做具体事情，喜欢想入非非。最好有一种形而上的、有趣而有意义的生意让我做。

瞧，这种生意就送上门来了！

有一天，我正坐在老板椅上发愣，两位小姐翩然而至。她们热情得犹如一锅开水，向我介绍一种神话般的生意——炒外汇。这种生意可以四两拨千斤，小本博大利。她们给我一份印刷精美的说明书，我马上被说明书上一串串数字摄去了灵魂。我的脑袋飞快地旋转，计算着一笔资本如何扩张到一百万、一千万，甚至一亿美金……

"我们克瑞斯投资公司在香港很有名气。"其中一位姓叶的小姐说，"我是经纪人，你肯做我客户吗？"

"当然。不过……"

我确实不能拒绝。这种生意十分神奇，正是我梦寐以求的所谓形而上的生意。不过，我不太甘心让叶小姐做我经纪人。她的喜悦过于露骨，好像吃准我会跟她走似的。可我抑制不住自己的冲动。当两位小姐热情邀请我去参观克瑞斯公司时，我没犹豫就答应了。据说，当场被经纪人带回公司的客户，我还是第一个，堪称模范。

我必须专门介绍一下外汇交易。一九七四年布雷登森林会议之后，美国放弃了美元与黄金挂钩的固定汇率，使其自由浮动，由市场决定美元与各国货币之间的汇率。这样一来，人类有史以来规模最为巨大的交易出现了：由于各国经济增长、通货膨胀、贸易赤字等情况不同，各种货币就有了不同的价格。人们急急忙忙地买入上升的强势货币，抛出下跌的弱势货币，以求保值或谋利。这种交易多在银行之间进行，由电话、传真来完成，因而形成一个遍及全球、不分昼夜的无形市场。有数据表明：到九十年代初，一个月的外汇交易量已经超过全球一年的外贸总额。

不仅如此，人们仿佛嫌外汇交易不够大、不够乱、不够刺激，又推出一种衍生工具——外汇保证金交易。你只要交一笔小小的保证金，就能买入一份合约，它代表 10 万美元或 12.5 万马克或 1250 万日元……一般来说，保证金与合约金额的比例是 1∶100。这种交易会产生惊人的结果：如果你看对行情，买入的货币只要上升百分之一，你投入的本金就会翻一倍。反之，你看错了，行情下跌百分之一，你将失去所有的保证金，正如俗话所说——血本无归。顺便说一句，尼克·里森就是在此类交易上失手，将具有百年历史的英国巴林银行拖入破产境地。

克瑞斯投资公司实际上是一个姓杨的香港经纪人所开，挂靠在背景深远的某集团公司旗下。公司资产寥寥：租了两间高级写字楼，几台电脑、几部电话。杨生（按香港人习惯大家如是称呼杨老板）雇了许多能干的经纪人，将我们这些客户逐个拉来，集合在此做金额巨大的外汇保证金交易。我们在电脑上看行情，用电话往设在香港的外汇经纪公司下单。中国实行外汇管制，个人从事外汇交易是非法的，因而克瑞斯公司有了地下工作的神秘色彩。

有一个词以很高的频率在我耳边出现——"孖展"。香港人把炒外汇叫作"炒孖展"，连香港报纸也频频使用这个古怪的词。我有相当长的一段时间不知道孖展二字作何讲，源于何处。后来我才了解到，孖展是英文"margin"一词的音译。与许多外来词一样，香港人把它们变成莫名其妙的土话。"margin"本义是"边缘"，引申为"保证金"。仔细体会，似乎又有"危险"的意思。英语词义深奥精微，我当然不会知道。但是香港人提起孖展，却是谈虎色变。这种外汇保证金交易，风险极大，使许多人吃了亏。香港人有一句谚语：你和一个人有仇，就劝他去炒孖展！

九十年代初，内地公民对此一无所知。我雄赳赳、气昂昂地跨入克瑞斯公司，像一个送死的炮灰。其实，从我阅读漂亮的印刷品那一刻起，便已处于危险边缘。

margin，永远记住这个英语单词。

最难忘一九九一年四月三十日那个夜晚。我从罗湖新村的住所出来，闻着南国夜空特有的芬芳，匆匆赶往四川大厦。我丝毫没有预感到今晚将发生的事情。克瑞斯公司的客户们也都情绪高昂，早早守在电脑跟前等待纽约汇市开盘。这几天英镑看涨，单子做得顺手，人人脸上挂着喜气。我们喜欢做英镑，因为它从一英镑兑两美元的高峰跌下来，一口气跌去三千点（即贬值15%），谁都认为它到底了，以后必涨无疑。我们把美元叫作"美军"，见了面互相说一句："美军完了！"仿佛喊出战斗口号。这天晚上，我们大量买进英镑抛空美元。

我和大个子贝宁要好，他是从日本归来的自费留学生。他喜欢靠窗站着，脸上总带着宁静的微笑。我问他："今晚上怎么样？"他说："日元再涨一涨，我就解套了。"贝宁从日本带回二十六万人民币，统统套死在日元上。日元和英镑一起反弹，给了他一线生还的希望。海盗艾龙跑过来喊："要开盘了，英镑开始动了！……"

电脑屏幕显示着一排排数字：英镑1.7650、马克1.6680、瑞士法郎1.5550、日元……这是几种主要货币与美元的比价。美元并不直接出现在屏幕上，它的价值是通过其他货币的升跌表现出来的。现在英镑上升，美元就在下跌。开盘后，英镑那一行红色数字不停跳跃，直冲1.7720的关口。交易室一片欢呼，买了英镑的客户个个喜笑颜开。海盗艾龙跺脚喊："上去，上去！"那猴急模样，好像要在英镑屁股上托一把。

老板杨生来交易室转了一圈，他夹着一只黑色公文包，要赶回香港去。我们围住他，问他对行情的看法。他很瘦，一张脸除去皮，刮不出一点点肉来。见人满脸堆笑，自然是皮笑肉不笑。他伸出一根细长的手指，朝天花板上指指："我看1.79，1.79……"说完，他匆匆走了。我昨天刚在资金账户加进六十万元，子弹还充裕。杨生的话使我心里一动：为什么不再追买一些英镑呢？我的脚就不由自主地往报单电话那边跑去。交易室里唯一的女客户燕燕小姐追着我问："敢不敢买？"敢不敢买？我不回答。这种事可要自己拿主意……

我们做单是在靠墙角的一个半圆形的小柜台，那里有两部直通香港的电话。报单员是一名中专学生，夜里为杨生炒更，我们都叫他"学生仔"。学生仔站在一只木箱上，像岗亭里一名警察。他看见我和燕燕奔来，早已拨通香港公司的盘房电话。他冷静地报出我们所需要的英镑价格，当我们再次确认，他就低沉而果断地对话筒说："奥着！"我始终不知道"奥着"这个词是英文变种还是香港土话，总之，我们要买的英镑成交了。

学生仔拇指、食指做成一个圆圈，对我们笑道："OK！"

如果英镑真的一直上涨，这个夜晚将多么美好啊！客户们手握数额惊人的英镑合约，期望命运在一夜之间发生转变。谁不希望改变命运呢？我们称之为"海盗"的艾龙，本是汕头一个普通渔民。为了发财致富，他加入走私团伙，开着改装过的大马力渔船，往返于香港、汕头、惠东等地。他们经常遭到深港两地缉私部队的追击，枪林弹雨的场面也曾见过。艾龙几乎夜夜去香港，却并没享受过香港灯红酒绿的生活。他总是在波浪里颠簸。提起走私，他摇头叹息："太累了，太累了……"他来这里炒汇，很有点放下屠刀、立地成佛的意味。满面妖娆的燕燕小姐从事不光彩的行业，男人们称之为"鸡"。她并不避讳这一点，到处对人说："我来深圳，不过是想赚一笔钱，回家乡开一个小店……"她说这话时，眼睛里闪动着一种天真无邪的神采。现在，她找到另一条道路：用脑子而不是用身体赚钱。只要今晚英镑不断上升，到天亮她就可以怀揣一笔体体面面赚来的钱，回家乡开她的小店去了……

客户中多数人文化层次较高：马润明是精神病大夫，贝宁是留学生，尹利平虽当了江南一家镇办工厂的厂长，却仍有高级工程师的职称……还有一个戴黑框眼镜的、神经兮兮的老头，连自己的姓名也不肯暴露。时间长了，人们还是摸清他的底细：他竟是内地某乐团的一名指挥！这些人来此炒汇的动机更为复杂，内心的愿望更为隐秘，但他们改变自己命运的冲动与艾龙、燕燕同样强烈。就说我吧，我是一个作家，我来此地干什么？毫无疑问，我也想迅速致富。但是我内心渴望的不仅仅是钱。当我决心下海时，就对自己说："凭你的本事，去赢得一份真正的自由吧！"我不愿受约束，我厌恶从文坛到商界无处不在的人事关系，更想从整个社会早已细细密密布置好的黑色篱笆中一跃而出……那么，有什么比炒作英镑、美元更好的途径呢？这种生意明白、公正，全世界的人们在同一时间，以同一价格进行交易，几近童叟无欺。是的，起码从表面上看，外汇交易更符合自由精神！

十一点钟。英镑停止上升，其他货币也静止不动，整个汇市像一潭死水。窗外天空漆黑，不祥的阴影弥漫开来。全球投机者在观望、犹豫，仿佛一群蹲在起跑线上的短跑运动员，屏息等待发令枪响。汇市发生大变动前总是这样寂静。忽然，似乎掌握在上帝手中的发令枪砰地打响！短跑运动员一跃而起，向着完全不同的方向奔跑——这正如克雷洛夫寓言中所描写的那样，天鹅、梭鱼、虾把一辆车子拖往不同的方向！英镑巨幅振荡，忽而狂跌，忽而猛涨。其他外币也上蹿下跳，荧屏上闪闪烁烁的数据，仿佛是魔鬼不断眨动的眼睛。我们的脸顿时变得煞白，一颗心随着英镑剧烈跳动。谁也不知道该怎么办，我们束手无策。

尹厂长说："不要紧，这是调整。调整完了，英镑还要创新高。"

然而情况恰恰相反。经过高位震荡，英镑向下突破，踏上漫漫跌途。1.76、1.75、1.74……英镑好像脱了底，一百点一百点地往下跌，直坠无底深渊！真的，我们两眼发黑，身体仿佛被尖刀捅开一个大口子，眼睁睁看着自己的鲜血哗哗流淌……贝宁最先倒下，他的血已经流尽。他默默地走向报单台，让学生仔打电话，挥泪斩仓。

我想安慰贝宁。我们站在窗前，相对无言。贝宁脸上仍挂着宁静的微笑，但那笑容像殉难者，像被拉上祭坛的羔羊。他说他想起在日本开加长货车的那些夜晚。他总是打夜班，从金泽出发，沿着日本海走，途经小松、福井、敦贺到京都或大阪送货。他脑袋里印着层层夜色，耳朵里灌满隆隆车声。那时候他觉得公路永远没有尽头，像一条黑色的带子勒紧他喉咙。整整开了三年车，他积攒起一笔价值五百三十万日元的财富。他离开日本，以为自己从此挣脱了黑色带子。可是他炒了三个月外汇，就将这笔财富输尽了……贝宁说着，呼吸渐渐急促起来，仿佛喉咙又被那根带子勒紧。他始终保持着微笑，那微笑令我心碎。

英镑跌势终于渐缓，盘面恢复平静。马医生一抬头，看见墙上石英钟正指十二点半。他轻轻说一句："纽约中午休市，美国人吃饭去了……"

我看着窗外漆黑的夜空，想象着美国灿烂的阳光。全球金融中心在纽约，在华尔街，谁都知道这个事实。为了炒外汇，我们昼夜颠倒。当太阳从美国东海岸升起，一群群美国佬精神抖擞地踏上华尔街，深圳这边已进入漫漫长夜。黎明，我们拖着疲惫不堪的身体，揣着一颗破碎的心离开四川大厦，纽约时间正是下午四点。刚下班的美国佬嗷嗷叫嚷着奔向酒吧，庆祝他们一天的斩获。我们的对手是谁？就是那些健康、幸运的美国人以及其他外国人。这是一场不公平的竞争！更令我揪心的是电脑屏幕上找不到人民币，它仿佛被甩在圈外，无缘参加这场游戏。那么，我们只能按美国的时间表工作了。

我想起在胶东农村插队时听到的一句歇后语：家雀跟着夜蝙蝠飞——熬眼遭罪。

电脑传来路透社新闻：接近午市收盘时，英镑遭到一些大基金猛烈抛售。其中最活跃的是量子基金，经理人索罗斯声言他将继续沽空英镑……这是我第一次听说索罗斯的名字。两年以后，他在20000点高位大量卖空英镑，一夜获利十亿美金。英国被迫退出欧洲汇率机制，索罗斯一举成名。六年以后，他又一手制造了亚洲金融危机，遭到东南亚一些政府首脑的咒骂。不过，从炒外汇的角度来看，索罗斯的活儿确实干得漂亮。我相信，在他的巨额赢利中，肯定包含着我们克瑞斯客户输掉的钱。

纽约午后开市，英镑继续下跌。跌势沉缓而有力，越发叫人绝望！我粗略一算，昨天刚加入账户的六十万港币，已经所剩无几了。我抱着一丝侥幸心理：英镑总会反弹一下吧？只要反弹一百个点我就走，坚决走……然而杨生的电话从香港那边挂来，仿佛小鬼摇着铃铛来催命。他要我们追加保证金，否则，他将按照规矩强行平仓。margin 最残酷的一面显现出来：如果你不能及时交足保证金，就叫你立即死亡！马大夫、尹厂长、艾龙一个一个走向报单台，主动割肉平仓。这样，他们兴许还会剩些零钱。燕燕把学生仔推到一旁，直接与杨生通话。她苦苦哀求杨生，求他高抬贵手。她满脸绝望，看来这种哀求无济于事。英镑仍在下跌，我努力坚持着。紧张、恐惧已使我产生生理反应：我感到恶心，无法抑制的恶心。心仿佛烂了……

我们的厄运并没到尽头。下半夜两点，交易室门忽然被人一脚踢开，一群便衣警察冲了进来。为首的大约是队长，他手中竟然擎着一支手枪！手枪抡了一个圆，枪口从我们鼻尖前划过。他喊："不许动！经纪人站到这边，客户站到那边……"真是神兵天降，吓得我们魂飞魄散。队长大概首次执行此类任务，搞不懂我们深更半夜聚集在此干什么勾当，他从地上捡起一张纸，那是下午从香港传真过来的外汇走势分析。他皱着眉头念道："美元坚挺，日元疲软……这是搞什么鬼？"不等我们回答，他就把我们押到走廊里，命令我们靠墙根蹲下。

克瑞斯的客户们肯定不会忘记这个夜晚。我们好像集体撞上黑煞，灾难接踵而来。挨墙根蹲着的一溜人中间，有医生、有厂长、有音乐指挥……还有我这个作家。我生平第一次被人用真枪指着，这使我意识到我们炒 margin 原来是非法交易。我们刚刚遭受国际汇市风暴的摧残，转眼又得面对严峻的中国现实。蹲在我身旁的燕燕捂着脸低声饮泣，她在为自己伤心。小店开不成了，美梦破灭了。明天她可能不得不重操旧业，用她熟悉的方式继续与这个世界周旋……看着蹲在地下的一溜人，我忽然有了醒悟：什么投资，什么 margin，我们本质上是一群赌徒！

　　我在深圳宽阔的街道上行走。黎明前的夜黑得更浓，东方一颗启明星亮得凄冷。外管局官员赶到现场，释放了我们，并说这是为保护客户利益而采取的行动。不知道英镑跌到哪里，不管了，我要回家。三个小伙子骑着自行车，从我旁边嗖嗖掠过。他们放声高唱，用青春的热情声声呼唤一位名叫耶利娅的神秘女郎，歌声响彻寂静的夜空。我的眼睛忽然被泪花弄得模糊不清……

　　我相信世上存在一把金钥匙。它藏在黑暗深处，熠熠闪光，诱人去寻找。然而一俟我走近，它却隐遁了。它使我迷乱。人类意识深处始终存在一个愿望：幸运者如阿里巴巴，能够掌握某种秘诀，喊一声"芝麻开门"，世界就会向他敞开全部宝藏。这个幻想使许多人付出沉重代价。

　　我想起陀思妥耶夫斯基。这位俄罗斯文学大师一度沉迷于赌博。有一次，他在瑞士经过一个赌场，回家后便焦灼不安，难以进行创作。他的年轻的妻子深知丈夫秉性，就拿出家中仅存的一点钱，让他去满足心中的欲望。陀思妥耶夫斯基竟然接过妻子的钱，径直奔向赌场。他赌了一夜，赌输了所有的钱。天亮时，他回到家中。无比的痛心与悔恨，使这位大师跪在妻子面前，像孩子一样痛哭流涕……然后他安静了，挥笔疾书，创作他的伟大的作品。

　　人究竟是什么？人心深处的黑暗究竟有多深、多广？陀思妥耶夫斯基在迷乱中探索过这种黑暗，作品才充满痛苦与忏悔。他是有过过失的人，所以对人性的理解异常深刻。我在无人的街道上行走，细细品味陀思妥耶夫斯基的心灵经验。他跪在妻子脚边痛哭的情景，特别清晰地在我脑海中浮现。我也渴望像他一样，在妻子、在母亲、在至高无上的神面前跪下，痛哭与忏悔……

　　陀思妥耶夫斯基阴郁的眼睛在黑暗中注视着我。他仿佛对我说：兄弟，你只要跪下，就接近了真理。

金手指

A

马医生总是赢。我们仿佛面对一个神话，全体瞠目！

事实就是如此：他一下单子，总能抓到最低价位。并且，一俟单子下定，他买进的东西（无论马克、英镑还是日元）便如一群英勇的士兵，高歌猛进，一路攀登，直把红旗插上令人眩晕的顶峰！而我们呢？恰恰在最黑暗的时刻熬不住了，因着这样那样的理由，割肉斩仓，仓皇出逃。我们刚一转身，就看见马医生辉煌的胜利。那份疼痛、懊悔、嫉妒顿时涌上胸口，生生把一颗心搓揉烂了……

等等，我得说一说我们在干什么，还得把这一行的游戏规则介绍一下。我们在炒外汇，进行一种风险极大的保证金交易。一般来说，保证金与交易额的比例为1∶100，也就是用一万元去做一百万元的生意！这种交易会产生惊人的结果：如果你看对行情，买入的货币只要上涨百分之一，你投入的本金就会翻一倍。反之，你看错了，行情下跌百分之一，你将失去所有的保证金。这是做生死斗，一夜之间，你可能暴富，更可能倾家荡产！

踏入我们这个圈子，你最好长一副钢丝般坚韧的神经。否则，外汇市场上一阵惊涛骇浪，没准你脑袋里咯蹦一响，哪一根神经就断了。

马医生将这种生意的风险性推到极致。他随身带一本活期存折，要下单子时，就把存折交给老板曾生。我们都知道这存折上写有一串天文数字，也知道马医生的个人资产全部都在这本存折里了。他从不为自己留余地，下单就是满仓打，一旦爆仓，那本存折就永远不会回到他的手中。当然，要是他赢了，曾生就会把存折还给他，那串天文数字也有了可观的增长。不过，按照外汇保证金交易的游戏规则，马医生随时都会一贫如洗。因为像他这样孤注一掷地下单，只要一次走眼，立马就玩完！

他好像怀揣一颗定时炸弹，在我们面前走来走去。可那炸弹又不爆炸，只是不停地长大，长大……我们都被这个巨大的悬念压得喘不过气来。

交接存折的场面有一种仪式感，庄严而紧张，仿佛两国交战前互递国书。老板曾生接存折就像接一件重物，总是用双手托住。我想，他的手腕肯定在颤动。他脸上却笑得轻松，拖着香港人说普通话的特有腔调，祝马医生好运。马医生却冷着脸，一个字也不肯多说。

他们俩在较劲，一个想把存折永远留下，另一个则坚决要把存折拿走。当曾生把存折还给马医生时，脸上就有一种困惑，一种明显的失落感。马医生却迅速地、头也不回地走出曾生办公室。

马医生信不过这家炒汇公司，不肯将现金存入公司为自己开设的账户。深圳这个地方，到处是香港人开的地下炒汇公司，曾经出过不少事情。国家实行外汇管制，隔一段时间来次严打，就有一批黑窝被端掉。也就是说，我们参加的游戏是非法的，投入的资金得不到法律保障。马医生向曾生指出这一点，要求以存折代替现金，每完成一次交易结一次账。曾生盯住他那张苍白的、毫无表情的脸，沉默良久，终于答应了。

马医生是一位难能可贵的客户，他主动找上门来，把存折放在曾生面前。而金人王投资咨询公司（我们所在的这家炒汇公司）为拉客户使尽各种手段，光是号称经纪人的漂亮小姐，就养了一大群。根据过去的经验，客户只有往公司送钱，而鲜有把钱拿走的。曾生翻弄着大班台上的存折，料定面前这个书呆子也不会例外。

结果马医生就是个例外。他大胜特胜，使得曾生这位在香港炒汇圈子里混了多年的老手，也大跌眼镜！曾老板迅速摸清马医生的背景，我们也渐渐知道了他的底细。马医生的私生活并不得意，不久前与年轻漂亮的妻子离婚，独自住在罗湖新村一套租来的民房里。他是一位精神病医生，也是心理学专家，据说经常在国际学术刊物上发表论文。他曾任某市精神病医院的副院长，后来辞职到深圳，开了一家心理咨询门诊部。离婚后，他把门诊部也关掉了，夜夜来金人王公司炒外汇。

听到这里，我若有所悟。我对大家说：马医生把专业上的某种绝招，用到炒汇上来了。我们遇上真正的高人！

B

望海大厦位于福田区，是一座刚刚竣工的新楼，楼道里弥漫着浓重的油漆味。曾生在十三层包了几间写字楼，金人王投资公司搬到此地安营扎寨。为躲避外管局的注意，我们的公司经常搬家。最大一间办公室里安放着几台电脑，客户们就在此地炒外汇。

路透社信息从香港传来，电脑屏幕显示着一排排数字：马克1.6680，英镑1.7650，日元130.85，瑞士法郎……那是几种主要货币与美元的比价，与国际汇市同步显示行情。房间东墙新开一扇小窗，连通隔壁盘房，报单小姐就在窗口笑盈盈地站着。客户们都在电脑跟前看盘，认为自己看准行情，就填写好单子，匆匆向小窗跑去。报单小姐马上拨通香港经纪公司的电话，经过问价、敲价，客户的单子就下到香港汇市里去了。炒汇操作过程大致如此。

每天晚上九点，纽约汇市开盘。我们早早围坐在电脑跟前，伸长脖颈似乎要将脑袋钻进屏幕里去。

这是最紧张、最激动人心的时刻。纽约，那可是全球的金融中心！不仅我们在等，世界上所有的投机者都在屏息等待。荧屏上的数字凝固不动，行情静止如一潭死水。我总是在这个时候产生幻觉：我们，还有全世界的投机者，都像跪蹲在起跑线上的短跑运动员，全神贯注地等待发令枪响。发令枪掌握在一位神秘的裁判长手中——那是上帝本人。上帝来到华尔街，立在某座银行大厦的尖顶上，缓缓地举起发令枪……

纽约汇市开盘了。发令枪砰地打响！短跑运动员一跃而起，向着完全不同的方向奔跑——这正像克雷洛夫寓言中所描写的那样，天鹅、梭鱼、虾把一辆车子拖往不同的方向。有人拼命买进，有人猛烈卖出，各种外币巨幅振荡，忽而狂跌，忽而猛涨！电脑荧屏上红色数字闪闪烁烁，仿佛魔鬼不停地眨动眼睛。整个世界陷入疯狂！

上帝意味深长地一笑，隐没在华尔街喧嚣的人群中。

我们必须在第一时间做出选择：买入英镑？还是沽空马克？或者将日元锁仓？……电脑屏幕上飞速变化的数据揪住了我们的心！四十几平方米的办公室里一片忙乱，客户们在电脑和报单窗口之间乱窜。张三头上冒汗，李四眼睛充血，王二麻子发出尖厉的喊声……欲望与恐怖使人变得歇斯底里，整个房间弥漫着疯人院的气氛。

一双眼睛注视着我们，冷峻，犀利。我不用转身，就知道那是马医生的眼睛。他仿佛在观察一群精神病患者，捕捉种种细节以便记录在医案。他坐在一个独特的角落，很少进行交易，就这么长时间观察着我们。

马医生的目光使我受到刺激，我的狂热旋转的脑袋忽然冷却下来，转而对他凝视。马医生年近四十，人瘦长，鼻子尖挺，苍白的脸色给人印象深刻。

我的注意力很快被另一种白色吸引过去。马医生总是戴着一副白手套，无论冷热都不摘下。手套质地普通，但那种白色与他面容相映衬，令人过目不忘。已是暮春季节，他为什么还戴这样一副白手套？

我们的目光多次接触，就有一点东西留在彼此的心底。马医生首先转移视线，看看窗外夜色，又将头缩回他的角落里。

他所坐的位置很特殊，窗台与立柱构成一个凹处，马医生恰好将椅子与自己的身体置放进去。面前又有电脑一挡，他便与整个办公室隔离开来。我理解他的选择，身怀绝技的人尽可能慎独，免得让别人把本事偷偷学去。

马医生的存在，似乎是对所有投机者的嘲讽。难道世人皆醉，唯他独醒？

C

那双白手套老惹我做梦。马医生站在我面前，弯下腰凝视我的眼睛，仿佛对我施展催眠术。他竖起一根手指（似乎是右手食指），微微摇晃，我听见铮的一声金属音响，那手指竟金光四射！

我猛地坐起，叫一声：金手指！便从梦中醒来。

太阳透过窗帘缝隙，一缕金光照在我的脸上。我仰靠着床头琢磨：马医生明明戴着白手套，我为什么梦见金手指呢？白手套肯定遮掩着什么，又暗示着什么……

我脑海里浮现出与金手指有关的神话：国王马达斯的双手触摸任何东西，顷刻间，那些东西就变作黄金。酒杯、玫瑰、骏马……甚至他的女儿，都因他的接触而变成金铸的。作为一个贪婪的典型，马达斯最终向上帝忏悔了。尽管如此，他手指上那匪夷所思的魔力，还是引得不少人想入非非。

金手指点石成金，莫非马医生白手套里真的藏着一个神话？我有一种预感：马医生炒外汇赢得奇迹般的成功，与这副白手套大有关系。

D

与马医生对话是困难的。但我努力建设沟通的桥梁。作为一名作家，我很快找到打开他心扉的捷径。只要谈起精神病的话题，马医生的双眼就会熠熠闪光，苍白的脸颊泛出一层红晕。他乐意将各种稀奇古怪的病例讲给我听，而我则听得入迷，似乎成了他的学生。精神方面的疾病往往与人性的缺陷有着微妙联系，这正是我们共同感兴趣的地方。我们时常展开热烈而深入的讨论。这样，我渐渐消除马医生与人的隔阂，走近他的心灵……

漫漫长夜，正是谈话的好时机。我们炒外汇用的是美国人的作息表，个个熬成了夜蝙蝠。行情清淡的日子，谁不想找一个长谈的伙伴呢？

马医生把铝窗拉开，夜色一下子涌进我们的角落。深圳的暮春，湿润的空气总是弥漫着一股花香，很醉人。马医生压低声音，声音里仿佛有一种磁性，滔滔不绝地向我阐述一些独特的观点。他的语言闪烁着深厚的学养，哲学意味很浓。他的声音如花香一样使我陶醉。

马医生说，现代人或多或少都有一些精神病。你看看电脑吧，你看看大家寻求财富的方式吧，人的精神受到多大的伤害？文明与疯癫紧密联系，精神病伴随着现代化的进程而扩展。他甚至认为疯癫不仅是医学现象，而且是一种文明的现象，是人类在某种特定条件下的特殊状态……

我打断他的话：你这样清醒，为什么还来这里炒外汇？

马医生神秘地微笑：我在治病。用它，用这电脑，医治我的顽症。

我惊异地瞪大眼睛：你也有……那病？

马医生点点头：精神病。总有一天我会把病情告诉你。

E

这一天很快来到了。

八月的一个夜晚，路透社传来惊人消息：苏联发生政变，总书记戈尔巴乔夫遭到扣押！这不啻于在国际汇市投下重磅炸弹，各种货币急遽变动，汇价如同炸飞的碎片，几欲从电脑荧屏中呼啸而出。德国临近苏联，红色帝国一旦发生大动乱，必将殃及鱼池，使站在西方世界最前沿的德意志蒙受损失。于是，合乎逻辑的结果立时显现：德国马克惨遭抛售，汇价猛烈下跌，犹如一只铅球从半空中笔直坠落……

我至今难忘那惊心动魄的一夜。那天的夜空特别黑，整个一坛墨汁泼在我们头上。出事之前，我恰巧买了一大把马克。不仅仅我，服装厂老板阿坚、开走私船的老虎、洪兴酒家的老板娘福惠嫂……我们这一圈炒汇朋友都在买马克。香港人把"克"念成"赫"，马克就叫"马赫"。那几天马克走势良好，稳健上升，我们都喊："揸马赫！揸马赫！"正喊得高兴，戈尔巴乔夫同志就被人逮起来了。

厄运突然降临，短短半个小时，马克跌去八百多点。真是前所未有的狂跌、暴跌！我们做的是外汇保证金交易，亏损一经放大，输得我们个个吐血。当时我一抬头，眼前就阵阵发黑。天，怎么会这样黑呢？丝毫不见天光！

我们手忙脚乱地砍仓，就像沸水泼地时四下逃窜的蚂蚁。遇到如此重大的变故，任何人都不敢逆水行舟。此刻，马医生却站起来，手持那本银行存折，缓缓走向老板曾生的办公室。我们都傻眼了：他想干什么？这种时候买马克不是明摆着找死吗？

马医生倾尽全部个人资产，满仓买入马克。他决心拿鸡蛋碰石头。盘房里的报单小姐显然为他担忧，提醒道：马医生你买那么多马克，只要再跌三十点，就会爆仓的……马医生一挥手，坚决地说：买！

他从我们面前走过，脸色更加苍白，眼睛里有两朵狂热的火焰。我跟在他后面，他却不想和我说话，径直走入那特殊的角落。

马克跌势减缓，却并没有止住。它沉沉下降，仿佛一座墙壁裂口的大厦，一点一点地倾斜。三十点就是三厘，连一分钱都不到。想一想吧，马克只要再下跌三厘（平时谁会注意汇价这微不足道的变化呢？），马医生长期抱在怀中的炸弹便会轰然爆炸！他将一贫如洗，从此一蹶不振，甚至找不到自己在世界上的位置。毕竟，我们所处的世界是以金钱奠定基础的，尽管它外表披着一层层永远剥不尽的美丽面纱。

马医生面临生死抉择——不，我们甚至可以说，他已故意选择了死亡！

五点、十点、十五点、二十点……只差八点，或者说只差八毫，马医生就要爆仓了。按照炒汇公司的规矩，汇价跌到客户的保证金之下，而客户不能及时补充资金，公司就有权强行平仓——将亏损的单子一刀斩尽！爆仓，这个术语形容炒汇者毁灭的时刻，再恰当不过了。我感到窒息。大家都紧张地盯着电脑荧屏，个个眼睛发直。老板曾生的身影出现在盘房，他像一个等得不耐烦的屠夫，随时准备挥起雪亮的刀……

马医生，世上怎会有这样的人呢？此刻，他竟做起幼儿状：吮吸自己的手指。他把白手套褪下（终于褪下了！），抽出一根手指，含在嘴里慢慢吮吸。我仔细看，才发现他是在咬指甲。这指甲肯定是罕见的珍肴，马医生嚼得那么香，品得那么细。

他并不是一下子将手套整个褪下，而是褪出一根手指，吮足了，嚼够了，小心翼翼地将它装回原来的指套，再抽出另一根手指，继续啃指甲……神奇的手指，它们给马医生带来了什么？

他的神情近乎安宁，比平时更从容。只是脸上那层苍白，已经不是活人颜色。我无法形容，但我直接读到了死亡。心头被某种东西猛一触动，我径直冲到马医生的电脑台前。

我说：你想自杀，你正在自杀！

马医生浑身一震，血液开始回流到脸颊。他缓缓起立，头向前探，几乎与我脸贴着脸。

F

让我们先来看看结局：与以往一样，马医生再一次向我们显现神话。他买到最低价，此后马克一路上扬，高歌猛进！我们全体瞠目。

真的，我这篇小说无法再写了，这样的结局过于离奇。仿佛整个世界都在配合马医生，第二天路透社传来最新消息：由于叶利钦站在坦克上振臂一呼，形势突然逆转，戈尔巴乔夫被释放了，而那八个阴谋家却被抓起来。这位大额头上长着一幅地图的同志，真正给我们开了一次国际玩笑。他安然无恙，我们却连钱毛也赔光了！

马克在图表上留下一个 V 字形轨迹，暴涨八百点，从哪里来回到哪里去。马医生是我们所见的这场大变动中唯一的赢家，当他从曾生办公室里拿回存折时，那一串天文数字整整翻了一倍！但他整个人呈现虚脱的模样，连招呼也顾不得和我们打一声，就拖沓着双脚，摇摇晃晃走出门去。

也许，我们再见不着他了。

昨夜，我与马医生在大厦顶上谈到拂晓，已深深理解他。对于一个寻不到出路的人，挣到再多的钱又有何用？我为他的生存担忧。

老板曾生深受刺激，破天荒请我们到他的办公室喝酒。他很快喝醉了，从柜子里拿出来的酒越来越高级：蓝带、拿破仑、马爹利……使我们大开洋荤。他回忆往事，感情激动，平日在我们看来显得奸诈的小眼睛里，竟然闪动着泪光。

他说，他是十九岁那年游水（也就是偷渡）到香港的，由亲戚引入金融圈，拜师学艺，炒股炒汇，至今已有三十一年的历史。他一生追求的最高境界就是处变不惊，人舍我取，宁静致远……总之，就是马医生那种状态。可惜，他是个凡夫俗子，平庸之才，虽苦苦修炼却终不能得道。他承认，自己深深嫉妒马医生——平地里冒出这样一位奇人，对他的投资生涯真是一种讽刺！

曾生把高脚酒杯擎到面前，凝视着琥珀色酒浆。他像是对我们传授经验，又像在自我总结，缓缓说出一番投资哲理：大凡投资市场，无论炒股炒汇炒期货，其实都是一场大鱼吃小鱼的游戏。大鱼必有一些伎俩，方能将小鱼成群吞入腹中。比如，当行情处于底部，机构大户要吸货，总会利用坏消息将行情拼命往下打压，打得散户恐惧、绝望，纷纷割肉平仓。他们就拿足了廉价货，开始拉升行情。所以，道理就这样简单：当所有人都绝望的时候，发财的机会就走到你眼前……

我就差一点点，曾生说，就差那么一丁点！马医生是怎么拿捏火候的呢？怎么拿得这样准呢？他肯定掌握某种程序，或者依照什么指标，否则，他不可能每次做得这样精确。我要是能掏出他的秘密，我就能富过李嘉诚！

我笑了。我想到金手指。

G

我会让你看金手指，不过，这得放在最后。你说我想自杀，是的，我们就先谈谈这件事情。我曾向你承认，我有某种精神病症状，现在我就把我不幸的病情告诉你。你可以把我写进小说，不过最好别写。上帝以各种方法惩罚人类，其中最出色的手段就是使人疯狂！这一点我很清楚。

马医生对我说这番话时，我们正坐在望海大厦二十楼顶层。纽约汇市已经收盘，硝烟弥漫的人间喜剧暂时落下帷幕。马医生对这座大厦似乎十分熟悉，拉着我的手从消防楼梯来到楼顶平台。我点破他的心思，引起他很强的倾吐欲望，刚坐下他就开始诉说，一刻也不肯停下。天正拂晓，太白金星硕大无朋，闪烁着令人惊讶的亮光。风，从海面吹来，润润地舐着我们的肌肤。四下静谧，这个骚动的城市尚在酣睡。

马医生在医学院读书时就才华横溢，当他进入 C 市一家精神病院成为真正的医生，更显得与众不同。他有某种天赋，能够迅速地潜入病人的精神世界，搜寻，挖掘，将隐蔽的病因消除。马医生与千奇百怪的病人打交道，久而久之，他自己的精神世界也发生微妙的变异。

他本人当时并未觉察，直到有一天遇到外号叫"锅巴"的疯老头，情形才急转直下。至今，马医生仍然惶惑不解：究竟是由于他在精神病世界过于投入，潜入太深，以至于受到某种感染？还是因为他先天就携带着精神病因子，受到特殊引诱而导致病发？总之，锅巴对他神秘地一笑，他大脑深处咔嚓一响，好似发生了短路，心灵升起两朵蓝色的火焰，从此他整个人、整个生活都改变了……

这个名叫锅巴的病人，主要症状表现为强烈的自杀倾向。他曾三次服毒、两次上吊、两次割手腕……甚至还有一次从三层楼跳下！他每次都奇迹般地得救，因此得以活到今天。他絮絮叨叨地向马医生描述死亡感受，马医生则认真倾听。疯老头神秘的呓语，对马医生产生了不可理喻的影响，仿佛魔鬼撒旦趴在他的耳边传授生死秘密。尤其当疯老头讲到从三楼窗台纵身跃下的瞬间，那种灵魂出窍、飘飘欲仙的感觉直接传到马医生的心底。锅巴停顿，意味深长地看着他，仿佛在观察自己布道的效果。然后，他神秘地一笑，马医生的大脑就发生了短路……

从此，马医生产生一种不可扼制的欲望，总是想从大厦顶层飞身跃下。这欲望埋藏在他的心底，有如鬼胎隐秘地、强烈地膨胀！

人的精神是无垠的沼泽地，表面看去绿草茵茵，哪一脚踏入泥坑，便会陷入灭顶之灾。马医生的人生之旅进入苦难的历程。他的病情间歇性发作，一旦发作，他就仿佛要呕吐一样，立即冲上任何一座大厦的顶层。他在楼顶边缘做出各种各样危险动作，以缓解内心的死亡冲动。

作为一位优秀的精神病专家，他的理性依然存在，千方百计寻找对策拯救自己。这是一场古怪而危险的斗争，就像自己的左手与右手掰手腕。医生与病人同存一体，互相纠缠，难分难解。他常常在楼顶待几个小时，如果不是妻子小兰找来，把他领回家，斗争的结果实在难以预料。如果病人战胜了医生，那将会怎么样呢？也许，我们就不会有今天这番谈话了。

小兰是一位女诗人，敏感而又纤弱。是她力劝马医生辞职下海，脱离那个精神病世界。她最能洞察丈夫的心灵，作为一名诗人，她坚决不相信丈夫是一名精神病患者。在她看来，这是一种原因不明的心理危机。

然而，这场危机太持久、太可怕了，它把小兰折磨得筋疲力尽。终于有一天，小兰对他说：我要走了，否则我会比你先跳下去！

马医生陷入绝望的境地，妻子的离去给予他致命一击。他好几天躺在床上，不吃不喝，居然也没犯病。马医生决心治愈疾病，赢回小兰。渐渐地，一个替代疗法的方案，在他心中酝酿成熟。

替代，往往是一种有效的手段。但是，谁可以替代死亡？谁可以替代从百米楼顶纵身一跃的感觉呢？

马医生一位过去的病人与朋友向他指点出路：炒外汇。这朋友自己就因为炒外汇而破产，得了严重的精神分裂症，在马医生精心治疗下方得痊愈。无须多言，马医生很清楚外汇保证金交易的风险。他采纳了朋友的建议，将全部资产变为现金，存入一本活期存折。于是，他出现在金人王投资咨询公司，出现在我们面前。

你知道吗？当我把存折往曾生面前一放，就获得了往万丈深渊一跳的那种感觉。我与你们一样，害怕得要命！我知道爆仓的后果，所以才深受刺激。马克狂跌时，我也以为完了。与你们不同的是：你们想逃命，而我想自杀！

你用赌钱方法替代死亡？

是的。我得承认，钱对于我的人生，具有无比的重要性。它保障我独立自由，使我过上有品位的生活。我无法想象失去那本存折之后，如何在这世上立足。你可以把我看作爱财如命那类人。正因如此，我每一次下单，才能品尝到死亡的滋味……

我们沉默了。我们共同体验生命中难以言传的秘密。

H

东方泛出鱼肚白，天空明暗间夹，构成玄妙的氛围。一只小鸟不知怎么飞到大厦顶上，啾一声尖叫着从我们头顶掠过。此时，我觉得望海大厦的楼顶，就是世界的中心。

马医生站起来，走向楼顶边缘的围墙。他做出一串令我惊恐的动作，无声无息地展现他那难以描绘的内心世界。

他先爬上半米高的围墙，慢慢站立起来。他的腿似乎发软，微微颤动。我相信恐惧已经笼罩着他的心灵。他稍稍向后仰身，仿佛要避开面前的危险。但随即有一股力量牵引着他，使他将上身探出围墙……

我跟着探出头去。二十层楼的高度使我感到一阵头晕，楼下大街也都变形了，狭窄扭曲，甲虫似的车辆匆匆来去。马医生张开双臂，跷起右腿，做蜻蜓点水式。我张大嘴巴，欲喊，却发不出丝毫声音。

晨风吹过，这只巨大的蜻蜓颤巍巍地摇晃。

马医生从围墙下来，跌倒在做过防水层的平台上。他浑身颤抖，整个人都瘫了。但他双颊绯红，眸子闪亮，就像一个吸毒者刚刚过足了毒瘾。他朝我笑笑，无力地说，好久没来这个了……自从炒外汇，我再没有这样干。

我深深地吸一口气：太可怕了！

还有更可怕的东西。你不是说起过金手指吗？现在就让你看看吧……

马医生向我擎起双手，手上仍戴着那副神秘的白手套。

早晨的第一道红霞照射到楼顶。马医生褪下手套，这双手就沐浴在霞光里。天啊！这是一双什么手？指甲被啃得一派狼藉，残破不堪，十指秃秃呈粉红色，有的地方还带着血丝。我觉得，这双手仿佛刚从狼嘴里夺回。再仔细看：失去指甲保护的手指，就像一群遭到强暴、被剥光衣服的姑娘，呈现出难言的羞涩与痛苦……

这就是我想象已久的金手指。面对它我目瞪口呆。

恐惧，使我拼命地咬指甲——这就是真相！现在你明白了吧，我并非炒汇高手。我只是面对毁灭、面对死亡的恐惧而下单，以此来替代我在楼顶所做的高危动作。可是我赢了，命运真会捉弄人。你瞧，谁知道胜利恰恰躲在死亡的阴影之中呢？唉，我老赢老赢，该怎样结束这场游戏呢？

马医生痛苦地说着，又向我伸出双手。

我赶紧闭上眼睛，使劲儿揉自己的太阳穴。真的，再听他说下去，再看一眼他那光秃秃、肉糊糊的手指头，我自己都快要发疯了！

马医生走了，我也走了。我们离开那个疯狂的炒汇世界，再也没见面。

小虾找地

一

小虾到主管办公室领受新任务。他不打算多说一句话。耳朵眼没被驴毛堵塞，你就一个字也甭问。公司里有不成文的规矩：员工不可多提问题。小虾绝不是惹事的人。

他溜着墙根嗖嗖疾走，自认为像一只老鼠。公司强调打领带，一条紫色领带终日扣住他的脖子，又使他感觉自己像一只瘦狗。但是，他没能准确地把握自己的形象，同事们送他的绰号"小虾"，倒是更为贴切。他瘦小羸弱，苍白得几乎透明。两只眼睛略微鼓凸，总是一副受惊的模样。当部门主管传唤他时，领带似乎会自动收束，勒得他喘不过气来。临近中午，电话铃响，一只无形的手拽拽绳索，小虾躬躬腰，一弹而起，悄然无声地迅疾地来到主管办公室。

主管的脸像一团棉花，温柔而无实质性内容。小虾从不指望在这张脸上看到任何征兆。主管发出指示，无论多么不可思议，小虾也得一挺胸脯，精神抖擞地喊道：Yes，Sir！这是规矩。迟疑，犹豫，问这问那，往往使你失去再一次踏入公司大门的资格。小虾懂得怎么做！一股真气凝聚在丹田，随时准备发力。

可是，主管的指示太奇怪了，好像用太极功夫软绵绵地戳来一指，点中他的死穴。小虾顿时瞠目。即便派他打劫银行，也不会如此吃惊。

他无法理解自己的使命。主管似乎格外体谅小虾，破例将指示重复一遍。他说——

公司丢了一块土地。你马上出发去惶向，查明真相，把它找回来！

小虾脑子发蒙。你可以丢钱包，丢孩子，甚至可以丢脑袋，但绝不可能丢土地！地，就在我们脚下，怎么会丢呢？往哪儿丢？小虾感到常识的根基在动摇。

他往四下看看，仿佛要抓住某种可靠的东西，以定心神。但主管办公室里空空荡荡，连一根钉子也看不见。白的墙，白的灯，白的窗帘，像精神病医院的单人房间。每次站在这里，小虾都觉得自己赤身裸体地接受检查，灵魂也无处藏匿。

白色，逼人发疯的颜色！

主管进一步细化指示。他从文件夹拿出几张纸，说丢失的土地叫A-84号，这是它的原始发票、建设许可证、红线图……他把这些证件交到小虾手中。小虾觉得，主管好像把一个人的身份证、户口簿交给了他。证件都在，人失踪了，小虾走遍天涯海角，也要将A-84号逮捕归案……喔，这种拟人化的联想真叫小虾受不了！究竟是怎么回事儿？

他不能问，可又不能不问。如果问题不恰当，诸如地是怎么丢的、谁把地丢了、我该怎样去寻找这块土地，主管肯定面无表情地回答：不知道不知道不知道。公司正是通过一连串的不知道，确立起不提问原则。小虾有数。公司庞大无比，深藏无数秘密。这些秘密又牵涉到巨额利润。回答员工任何问题都蕴藏着风险——谁敢保证秘密不会被一点一点地泄露呢？这可以理解。然而在某些情况下，不提问员工们就无法执行任务，这也是公司现行体制的弊病。如何解决这一矛盾，就体现出一个员工的智慧、潜质，甚至会关系到他的前程。

主管在摆弄一把剪刀。他剪碎一些纸片，又对着日光灯检查锋刃。在白炽的光芒照耀下，剪刀银光闪闪，透出一股寒意。主管的手指白而肥腻，像几条大蚕在蠕动。他捏捏剪刀，剪刀在空中咔咔作响，似乎在将一团看不见的乱丝剪断……

这些动作，总算让小虾抓到一些东西，思维得以集中。他想到，他的几位前任走出主管办公室就完蛋，仿佛中枢神经被剪断了。可以肯定，他们在主管面前犯了不可饶恕的错误。主管就如同医生，用这把剪刀为他们做了一点小小的手术。从此，公司里再也见不到这几个人的踪影。

小虾后脊梁阵阵发凉。他需要一个答案：怎么样才算完成任务？总得有一个标志吧。不问清楚这一点，他就是跑遍世界，也不可能到达目的。

小虾终于开腔了。他向主管说了一套公司流行的豪言壮语，以表示完成任务的决心。他采取迂回战术，故意用夸张的口吻讲述最终解决方案，而这方案显然是荒唐的。他企图诱使主管纠正自己的错误，从而获得某种启示。

我找到 A-84 号，就把它带回来。虽然有些困难，我也要想法克服。我可以托运，或者干脆把它拴在我的裤腰带上，直接带到主管面前！

夏佩儿，你挺幽默。棉花脸直呼他的大名，又跷起一根食指，微微一摇：不过，公司不喜欢员工们开玩笑，请你保持严肃！

小虾挨了当头棒喝，狼狈而慌张，尾巴也夹不住了。对不起，我糊涂了，我实在不知道该怎么做……希望主管明确指示。

嗯？你认为我交代任务不够明确？

不不！小虾努力表达心中的困惑：一块土地不翼而飞，我该怎样理解这道难题？

难题？你企图理解难题？主管意味深长地瞥了小虾一眼，嘴角浮现嘲讽的笑意。假如我们能够理解这个世界的难题，哪怕只理解那么一丁点儿，还要上帝干什么？

小虾一个字也说不出来。领带越勒越紧，脖颈似乎被勒成一根面条。

主管啪地扔下剪刀，斩钉截铁地说：不，公司不需要员工理解什么！你只需行动，只需执行任务。公司关注着你每一个举动，随时会给你最新指示。当然，如果你懈怠，拖拖拉拉找不到那块地——

主管停顿一下，小虾的心脏随即停止跳动。出于求生的本能，他抢着喊道：我就不回来，永远不回来！公司交代的任务，我要以自己的生命去完成！

主管沉默，任何话语都是多余的。小虾该走了。他立正，鞠躬，唰地转身走出办公室。

在以后的日子里，小虾一直很后悔：为什么多话？为什么多想？要知道，你只是一颗永不生锈的螺丝钉啊！

二

小虾老是口渴。

有时候他想：我一生能饮尽一条河流——至少是一条小河。这样想象使他颇感自豪。小虾终日东奔西跑（业务性质决定），所以很难有机会坐下来静静地品一杯香茗。不过不要紧，他可以喝矿泉水。出发前，他买一瓶最大号的矿泉水，一只手托着，就像托一颗迫击炮弹。另一只手则提着一个小黑箱，最小号的那种。小虾本人也属于最小号的：瓜子小脸，白净，女气。五官紧凑而标致。有洁癖。小手小脚小头小脑——整个儿一个精致小人，仿佛白瓷烧成。小人提小箱，却托着炮弹似的一大瓶矿泉水，在人群中匆匆行走，真有点滑稽。坐上车，小虾就开始喝水，小口小口地、不停地喝，十分享受。喝完水，目的地也就到了。水，在他体内变成一条小河，正如他想象那样，缓缓地静静地流淌……

牧云说：你口渴，属于一种神经官能症，反映出你内心的极度焦虑。欧阳牧云是心理医生，也是小虾最初的、唯一的恋人。牧云嫁给了别人，正如生活中许多事情一样，小虾总是扮演失败者的角色。

焦虑什么？我挺好，没什么可抱怨的。我一点儿也不焦虑。小虾喃喃地辩解道。

欧阳牧云是一位优雅聪慧、风韵迷人的女子，长期使小虾处于一种离奇的生活状态。只要不到外地出差，每逢周末，小虾都要到牧云装修一新的家中坐坐，或帮她干点小活儿，或听她那位刚提副处的丈夫高谈阔论。作为前情人，小虾唯唯诺诺，似乎要在这个幸福家庭里借得一点儿温暖。牧云以高度的热情接待他，指挥他干这干那，好像他从来就是家庭中的一员。开饭时不许小虾告辞，并连连往他碗中夹菜。转身回首之际，她常常投来含情脉脉的一瞥，使小虾心醉神迷……

就这样，一年又一年过去，小虾再也遇不上可意的人。已经年满三十了，他仍是孑然一身。牧云也许是可怜他，也许是需要他，无论如何，她使小虾陷入情感迷阵不能自拔。而小虾对此毫无觉察，甚至认为生活本该如此。星期天早晨，他必换一套整洁的衣衫，提一些鱼肉蔬菜，准时来到牧云的厨房。夜晚，他顶着满天星斗回到单身宿舍，默默体验着甜蜜的痛苦。这滋味多美好？谁能理解小虾的精神享受呢？

今年春天，牧云生了一个大胖儿子，小虾自告奋勇当这孩子的教父。喝满月酒时，他像孩子真正的父亲，幸福的泪水溢出眼眶。他生平第一次喝醉了，醉得不省人事。张处，小虾习惯于这样称呼牧云的丈夫，彻底地被这矮小而执着的男子感动了，破例批准他在客厅沙发上睡一夜。他指着小虾猫儿一般蜷着的身躯，对妻子说：这是怎样的一个人、怎样的一个人啊！我真服了！他们认为小虾永远不会离开这个家庭。

所以，当小虾在一个不是周末的夜晚，出现于牧云家的客厅，结结巴巴地述说即将开始的远行，着实使这对夫妻吃了一惊！惶向，他们不止一次听人说起过，那是南方沿海正在崛起的一座城市。大开发大建设大混乱，全中国的冒险家、投机者蜂拥而至，追随着他们的则是一群群小偷、妓女、民工……铺天盖地，犹如蝗虫。人们都说，那是一座魔城。现在，小虾本人也要去那群魔乱舞之地，去那遥远的炎热的诡异难测的南方，岂非过于冒险？

久久的沉默。张处首先表态：也好。你性格中缺一些东西，历练一番会有意外收获。

牧云则向小虾伸出两手，问：为什么非要你去？公司不能派别人去吗？

小虾不说话，只摇摇头。他不愿意在牧云面前谈论公司，这话题太敏感，太沉重，像梦魇一样压在他心头。他的表情告诉牧云：公司的决定无人能够更改。

牧云单独送小虾出门，送了很长一段路。两人默默行走，却有浓浓的惆怅在心间弥漫。银月如钩，洒下一片清辉，渲染出凄凉的美。这个夜晚很特别，不时有流星在夜空划过，一颗、两颗……小虾的心中留下一片绚丽。

牧云站住脚，嘴唇微微颤抖，半天才说：你这一走，恐怕再也不会回来了。

小虾纳闷：怎么会呢？我办完事就回来，那鬼地方我一天也不愿多待！

我有一种直觉，很灵。我想，你的生活也许应该改变一下了。

改变？为什么改变？不不，我就愿意像现在这样生活。

你应该结婚。和一个女人生活在一起，可以缓解你的病症。要知道，你一直患有心理疾病，我观察你多年了。这种病在医学上尚未定论，暂时被称作……

小虾打断她的话：现代人谁没有心理疾病？你就没有吗？我也观察了你许多年，你有一肚子话无法诉说……有时，你也很苦闷，对吗？

牧云惊讶地望着小虾，发现他小小的、鼓凸的眼睛里，竟闪烁着睿智的光芒。他仿佛变成另外一个人，不，干脆就变成了刚刚划过天空的流星！医生的外壳被粉碎了，她一下子又变成普通女人。泪水夺眶而出，在她秀美的脸颊上小河似的蜿蜒流淌……

欧阳牧云当年与小虾分手时，可没掉一滴眼泪。她很潇洒，甚至没有寻找这样那样的借口。她只是反复说：我要走了，再见。小虾肝肠寸断，伤心傻了。他按字面意思去理解"再见"——牧云既然说再见，那就可以再去见她。于是，小虾一如既往地看望牧云，直到她结婚、成家。牧云也不烦他。连张处，她那位骄傲的丈夫，都容忍了小虾。同情失败者，包括失败的情敌，可以充分表现强者的绅士风度。小虾如此渺小，如此猥琐，简直是赖在别人家里。然而，他的坚韧不拔，他的真诚，却十分感人。

今天，即将分手之际，牧云忽然哭了。小虾深感意外。在他看来，这只是一次平常的出差，毫无生离死别的感觉。牧云一哭，似乎意味着某种珍贵的东西将要失去。

有一句话，我一直想对你说。你要走了，今天我就说出来——

小虾竖起耳朵，等待着。

我，我……

牧云竟泣不成声。这个谜一样的女人，心中藏着多少东西？小虾从未见过她如此伤心，自己也很难受。他捧起她的脸颊，在她额头上轻轻地、圣洁地一吻。牧云深受震动，一双泪眼直勾勾地注视着小虾。

她终于没能说出那句话，一转身，消失在黑暗中……

小虾仰望夜空，深深地吸一口气。我喜欢这样的生活，真的。他一边自言自语，一边漫步走向单身宿舍。我喜欢荒诞的事物，这往往是世界的本相。我喜欢灰色调子，灰色人物，比如我自己。这也许是天生的，也许是公司造成的后果。我们伟大的公司笼罩在云雾中，这片云雾也使我的视线模糊起来。我的鼻子里总是积攒着一些灰尘，可能是云雾作怪。这样很好。在一般人看来，我的处境比较糟糕：主管看不上我，同事们也经常欺侮我。我木讷，孤独，且软弱。不过，我得指出：人们只注意现实处境，往往忽略了哲学处境。是的，每个人都有自己的哲学处境，只是他们没意识到罢了。从这个层面考察，我的处境还蛮不错。我以自己的方式对待世界，体验着常人体验不到的东西。所以，我内心保持着平衡，甚至有一点点优越感。

他被什么东西绊了一下，踉跄几步。路人投来诧异的目光，以为遇见一个醉汉。小虾却不在意，仍然咕咕哝哝，踽踽独行。我喜欢追踪，寻觅。追踪不可企及的目标，寻觅不可获得的东西（比如爱情）。一块土地竟然不翼而飞，多好的题目！寓意深刻！你能飞，我就能把你找回来，我不怕挑战。真的，牧云可以为我做证。我要出门，我要远行，我要迎接挑战！

就这样，小虾走进破旧的宿舍楼，走进散发着馊味的小房间，走进他那灰色的梦境。他的自言自语，也直接化为一串串时断时续的梦呓。

三

小虾到达惶向，饮水量急剧上升。这鬼地方太热，他老是处于晕眩状态。太阳轰轰烈烈地照耀万物，眼前白花花一片，什么东西也看不真切。哟，太阳！那是太阳吗？分明是一颗原子弹。坐中巴前往惶向的途中，小虾把右臂搁在车窗外，只打了一小会儿盹，肤色就变得血红。晚上，胳膊开始爆皮，蟒蛇似的吓人。小虾惊叹：再晒一阵，整条胳膊恐怕都炙熟了！

惶向是一座魔城！他感到恐惧，又有些好奇，一刻不停地喝水。一块丢失的土地，引他来到一座魔城，未来还会发生什么事情？小虾模模糊糊地产生一种宿命感。

速战速决，此地不可久留！小虾在心中对自己喊道。

公司在惶向设有办事处。小虾没去办事处报到，径直去找那块地。他知道，A-84号位于许坑小区。惶向这地方很怪，说是一座城市，新建小区却仍然沿用原来的地名：浅塘、许坑、草屋、石灰窑……透出浓郁的乡土气息。有几座高楼，当地人为便于记忆，就称呼它们为：浅塘大厦、许坑大厦、草屋大厦、石灰窑大厦。听上去有点不伦不类。不管怎样，有个地名就行。小虾决定先去许坑小区看看。

惶向的交通工具也颇有特色。城区初具规模，公共汽车、出租车、三轮车一概没有，单靠摩托车载人。驾驶摩托的多为当地农民，人称摩托佬。其风格剽悍，车速极快，日一下从眼前飞过，好似警匪片中的暴走族。小虾站在街口，欲打听去许坑的路，立即有七八辆摩托从各处窜来，将他团团围住。小虾一惊，以为出了什么事情。等他搞明白了，就指定一辆黑色摩托车，其他的摩托佬悻悻离去。

使用这等交通工具，对小虾来说真是严峻考验。摩托车发动，风驰电掣，腾云驾雾，小虾的心脏立即冲上嗓子眼。他的两只脚没有踩到踏板，往里怕卷入车轮，只好用力外扒，呈八字状，痛苦而狼狈。小虾大叫：啊——他的手一松，半瓶矿泉水掉在街上，砰一声水花四溅，真像扔下一颗炸弹……

好容易到了许坑，小虾回过神来，看看小黑箱尚在手中，心里才算安定。沿街前行，奇异光景映入眼帘：这地方城乡混合，街西是一排排新建的楼房，街东仍是古朴的村落。一头老牛慢悠悠穿过街道，去小区花坛寻花拈草。运载建筑材料的卡车排出刺鼻的尾气，与农家屋顶袅袅升起的炊烟混合，在灼热的空间弥漫。前方有一棵老榕树，树冠巍峨，绿叶婆娑，投下好一片阴凉。小虾急行几步，躲入树荫喘息。气根倒悬，如老人须，小虾好奇，拽一根下来仔细研究。树下散坐着些婆娘、孩子，一齐望着他笑，又热烈发表议论。乡音难懂，小虾只听得其声叮叮咚咚，如泉水在耳畔流过……

榕树南侧有一家小店，小虾口渴难忍，赶去买矿泉水喝。小店门面宽不过五尺，与其说店，不如称其为售货亭。但是，店门前赫然立着一块黑板，上面有彩色粉笔书写的大字：本店出售大量地皮，欢迎选购！小虾哑然失笑，暗想，不知道店主还做不做矿泉水生意？他把头探进小店橱窗，看见成箱的矿泉水与肤色黧黑、头型颇似萝卜的店主。

我买矿泉水，要大瓶的。小虾对店主说。

店主默默无语，递上一个大本子。小虾翻开看看，张张尽是红线图，标志着惶向五花八门的地块。他把大本递还店主，说，我不要这个，我要矿泉水。

店主晃了晃萝卜头，斜他一眼：总要看一看吧，看过了再说。你不看图，我就不卖矿泉水。

咦，真的碰上怪人了！小虾无奈，只得装模作样地翻弄大本。对于红线图，他已十分在行，为了完成使命，他曾反复研究过 A-84 号红线图。小虾发现，大本子上的红线图都是复印件，假的。也就是说，店主并没有一块真正的土地。小虾脸上露出不屑的神情。

我也有一块地皮，你想看看吗？

店主深陷的眼睛射出狼一样的光亮，舌尖不住地舔着厚厚的上唇。小虾打开小黑箱，取出红线图、建设许可证、原始发票——一色正品，货真价实。刹那间，小虾竟产生几分自豪：这才是一块真正的土地！

店主笑了，第一次笑，献媚地笑。土地毕竟是土地，力量深厚。他说：我叫阿钟，老板用得着我，只管说话。

小虾不失时机地、很有气魄地伸出手：拿水来！

阿钟立即从货架取下一瓶矿泉水，将盖子拧开。可他并没把水瓶递到小虾手里，而是试探着问：老板是要委托我卖这块地吧？我只收百分之三的佣金……

不，我没打算卖地。我只是拿红线图给你看看。

店主的脸马上冷了下来，说话又像先前那般不客气：那么，这瓶水我不卖了，我也只是让你看看！

小虾傻眼了：可是，可是你把瓶盖都拧开了……

拧开了怎么样？拧开盖子我自己喝。

萝卜头店主果然举起瓶子，往嘴里倒水。他似乎故意气气小虾，有滋有味地喝着，水在喉咙里弄出很大的咕咚咕咚的声响，一边还斜眼瞅着小虾。

天下竟有这样的店主！今天晦气，什么怪事都让小虾碰上了。他舔舔干裂的嘴唇，强忍口渴，决心与萝卜头店主论论理。这家伙老把卖水与卖地往一块扯，行为乖张，逻辑荒唐，简直是对消费者的极大污辱！

我倒要问问你：既然开了店，你摆着烟酒糖茶都不卖，只顾做地皮生意，世上哪有这种道理？

阿钟扔掉空瓶，抹抹嘴旁的水珠，侃侃而谈：这你就不懂了。在惶向，人人都炒地皮，这是天经地义的事情。你去看看，写字楼里成千上万家公司，打着各种各样旗号，其实都在做同一桩生意：炒地皮。老百姓把机关干部叫作三皮干部，哪三皮？上班吹牛皮，下班炒地皮，晚上吃鸡皮。喏，当官的也在炒地皮！老百姓呢，三百六十行，行行炒地皮。像我这等买卖地皮的小店，惶向城里到处都是。做成一笔地皮生意，至少赚五千块钱，谁还有心思卖矿泉水？摩托佬拉客，转来转去，就把客人拉去看地皮。今天你算运气，没让摩托佬拉到荒郊野外，把你丢在那里。做鸡的小姐们也炒地皮。你和她干那事，干着干着，她就会从乳罩里拿出一张红线图给你看。你烦了，就说：完事再谈，完事再谈！你不幸得了淋病，去找老军医打针。老军医一只手翻弄着你那宝贝东西做检查，另一只手就拉开抽屉，拿出一张红线图递到你眼前。他会说：你中毒中得很深哟！别急，我慢慢看你这个，你慢慢看我那个……哈哈！

店主摇晃着萝卜头，笑得很开心。小虾也笑了，仿佛在听一段传奇，渐渐竟着了迷。他暗自承认阿钟还有点儿水平，几句话就把一座魔城的轮廓勾画出来。

阿钟继续发挥，越说越精彩：我告诉你一个秘密，惶向的土地全是活的，它们都成了精！它们飘起来了，飘呀飘呀，全都飘上天空。就像你们北方的大雪，满天飞舞……知道了这个秘密，你才有资格做一个惶向人！

阿钟的手在空中画圆圈，一个圈套一个圈。最后，他的食指一点，定定地指住小虾的鼻尖。

小虾心中顿悟：原来如此，难怪公司土地会失踪！

小虾服了。他甚至喜欢起阿钟的发型：头颅四周的毛发剃得干干净净，仅在百会穴附近留一撮毛，看上去挺酷。小虾暗想：假如我要做一个惶向人，首先就剃这样一个萝卜头。当然，我宁愿让人家把脑袋打扁喽，也不会待在这个鬼地方！

四

小虾在许坑小区寻找丢失的土地。

这可不是简单事情。小区很大，新建的楼房成群连片，小虾绕来绕去，仿佛走入一座迷宫。这里的房子千篇一律：外墙贴白瓷砖，铝合金窗，墨绿色防盗门。没有门牌，没有标记，小虾分辨不出楼与楼之间有任何区别。

惶向的楼房形状古怪。地基狭窄，底层仅八十平方米；往上放粗放大，竟盖到六层楼高。这里流行一个建筑术语，叫作"飘"，即以建阳台的方式，往空中扩展建筑面积。前后飘，左右飘，四周飘一圈儿，这楼就上粗下细，像蘑菇，又像碉堡。这样，房子面积就大大扩展。按红线图规定，楼与楼之间应有两米间距。你也飘，我也飘，两米间距自然消失，楼和楼几乎连到一块了。相邻的两家若是关系亲密，打开窗户，探出上身，便可以握手言欢。小虾感叹：真乃建筑奇观。

小虾手持红线图，企图核对每座楼房的位置。他想按图索骥，总能找到 A-84 号地块。可是，面对一模一样的小白楼，他无从下手。哪座是 A-1？哪座是 A-2？神仙来了也搞不清楚。小虾甚至无法确定自己的位置。他从一座小白楼出发，绕了许多圈子，总是回到原地。他向另一个方向前进，走了半天，又来到先前那座小白楼前。他回到原地了吗？这也不能肯定。没有坐标，没有方位，小虾丧失了判断空间关系的能力。他觉得自己渐渐消失，融解在白色楼群里，被这些蘑菇形状的白妖精所吞噬……

小虾感到恐惧。北方有鬼打墙的传说：漆黑的夜，一个人在坟地里走，转来转去总是撞到坟头。你越急，走得越快，越是走不出那片坟地……小虾现在就处于这种境地。虽然是大白天，虽然面前是一座座新盖的楼房，他却不可避免地沉沦于一个噩梦。

人呢？为什么没有人？整个小区空空荡荡，幢幢楼房不见一个人影。无人居住的新楼比坟地更可怕！小虾想喊：有人吗——但舌头紧紧贴着上颚，干渴使他无法张口。真要渴死了！小虾在心中骂娘：绝了，那个萝卜头店主真他妈的绝。他的嗓子开始冒烟，五脏六腑即将燃烧起来。身体内的那条小河肯定已经干枯，他快完蛋了！烈日更加肆虐，团团天火直接泼在他身上，烧得他真想在地下打滚。小区没有绿荫，新铺的水泥地热浪蒸腾，比沙漠还烤人。小虾的视线模糊不清，幢幢白楼扭曲变形，雪糕一样融化了，黏黏糊糊地朝他压来……

如果不是后面跟来一个人，小虾很可能精神崩溃。店主阿钟来了，像一条狼悄悄地尾随着他。在这种地方，要谋杀一个人很容易。小虾的小黑箱里藏着一块地，这可能成为歹徒行凶的诱因。尽管脑子里有种种闪念，小虾还是松了一口气。就目前处境而言，有人就好，即使来了敌人也没多么可怕。

店主摇晃着萝卜头，渐渐走近。小虾整整领带，挺起单薄的胸脯。

我能找到那块地，A-84号。小虾神情坚毅地说。

阿钟嘲笑道：这是B区，楼都盖起来了，你怎么能找到A区的地？

小虾明白了自己的失误，不禁脸红。没有人……有人我就可以问问。

阿钟指着自己的鼻子，笑道：我不是人吗？许坑的地皮我都炒过，哪一块我都清清楚楚。我们谈生意，谈得成，我就帮你找地。

我不能卖地，地是公司的。小虾喃喃地道。

没关系，你只要把红线图复印一份给我，卖不卖你到时候再说。怎么样？

小虾知道，店主要把A-84号的红线图复印件加入那个大本，以扩张小店的买卖。事已至此，他只好妥协。小虾点点头：可以。

阿钟马上掏出一瓶矿泉水，递到小虾眼前。真像变戏法一样，小虾快幸福晕了！他连谢谢也顾不得说，一口气把一大瓶矿泉水喝个精光。阿钟看着他的可怜相，满意地说：这瓶水我请客，你就不要付钱了。从今以后，你是我的客户，生意做得成，我们赚大钱。

真是峰回路转，柳暗花明，阿钟带领小虾很快找到了那块地。A区在B区南边，他们穿过几条小巷就到了。与B区不同，这里整个儿是大工地，到处堆放着沙石、砖块，民工们在脚手架爬上爬下，蚂蚁一般忙碌地建设尚未完工的小楼。杂乱，喧闹，却有一股热火朝天的气氛。小虾变得兴奋起来。

店主阿钟拿着红线图，跳入一座小楼向工头打听情况。这里的人都和他熟，他可真是如鱼得水，呜呜呀呀地讲着当地话，老远就向别人打招呼。工头朝工地后方指指点点，阿钟不住点头。分手时，他拍拍工头肩膀，开了一句玩笑。那工头朝他屁股踢了一脚，他却灵巧闪过，一边笑一边跑了。

小虾松了一口气。他知道只要有阿钟在，什么事情都能搞定。阿钟朝他挥挥红线图，喊道：开路开路！他马不停蹄，一溜烟往北跑去。小虾紧紧跟上。地，就在前方，小虾已经离胜利不远了！

这是一块三角形地皮。红线图上标明，它位于小区北端，仿佛为整个小区戴上一顶三角帽。这是地形使然，再往北有两条道路，构成人字形，夹出这么一块三角地来。其他的地块全是长方形，整齐划一，排列有序。面积也一样，都是 80 平方米。与它们相比，三角地似乎是另类，孤零零地被扔在那里。小虾重任在肩，夜夜揣摩图纸，这些特征早已烂熟在胸。当他来到三角地边，一眼就把它认了出来。

喂，这就是你的地！阿钟跳到地中央，冲小虾喊道。

他却有些迟疑：是吗……

肯定是啦！喏，你看前面正在盖的那排楼，80、81、82、83……排到这里正好是 84 号。我都问清楚了！

最好能量一下，面积对了才敢肯定。你能不能问他们借一卷皮尺？小虾显得过分谨慎。

哎呀，借什么皮尺，我用脚给你量量就行了。干我们这一行，脚步最准！阿钟有些不耐烦，嘴里咕噜着，脚踩着三角地边大步迈进。203 平方米，你看好，不会错的……

小虾不敢相信自己已经找到丢失的土地。公司交代的任务就这样轻易地完成了吗？他铆足了心劲儿，准备像唐僧取经那样受尽千辛万苦，却不料来得全不费功夫，叫他吃了一闪。店主阿钟对他哇哇啦啦喊着一串数字，以证明面积完全正确。他却没有回应，梦游一般摇摇晃晃地走进三角地。

小虾弯下腰，用手指在地上挖，挖出一撮泥土，放在鼻尖嗅。他仿佛闻到什么味道，将泥土往空中一扬，哈哈大笑。他欣喜若狂，摘去紫色领带扔得老远，又脱去皮鞋、袜子，赤脚在地里走。他两只脚拼命踩地，仿佛要试试这块土地是否牢固。最后，小虾一屁股坐在地上，不肯起来……

我早就说过，土地不会丢。地就在我们脚下，永远在我们脚下！

五

惶向的夜幕迟迟不肯降临。太阳虽然沉没在西边的大海里，但余威尚存，熊熊烈焰将满天晚霞烧得彤红。晚上七点与早晨七点似乎没有区别，路上照样熙熙攘攘，行人摩肩接踵，来去匆匆。店铺为招徕顾客，一律将音箱拖到街旁，音量调到最大，让港台歌星没命地唱。满城嘈杂，处处热闹。南方城市人气就是旺，这大概与太阳不无关系。

小虾寻到公司办事处，安顿住下。虽然他归心似箭，拔腿就走毕竟不太合适。再说，他要等待公司进一步指示。小虾很想听听棉花脸主管现在说些什么。地没有丢，它静静地待在原处。小虾到达惶向的当天，就找到了 A-84 号。这说明了什么？说明某些真理是不可动摇的。小虾倒不想（也不敢）与主管怄气，但在完成任务的同时，又能证明自己观点正确，总是一件惬意的事情。小虾虽然是个小人物，对一些形而上的问题却十分执着。这很可笑，他自己也知道。

办事处位于石灰窑小区，也住在那种上粗下细、似蘑菇似碉堡的小白楼里。小虾刚进小楼，就遇到一场尴尬。楼梯极狭窄，光线昏暗，碰见人都要侧身而过。每层楼只有一套房屋，空间珍贵可想而知。办事处在二三层，其他楼层都住着外人。小虾爬上二楼，就看见一对男女挽着胳膊从楼梯下来。楼梯塞得满满，小虾让也没法让，只得一步一步退到拐弯处。男的是个胖子，趾高气扬，看也不看小虾一眼。女的年轻许多，似乎有些过意不去，与小虾贴身而过时，朝他莞尔一笑。

小虾惊呆了，楼梯小窗射进微弱的光线，使他看清那女人的脸：她的长相竟酷似欧阳牧云。如果不是过于丰满，穿得过于暴露，她简直就是牧云本人！

真像啊……天下太大了，什么人都有。小虾自言自语道。

办事处的情况很令小虾失望，一进门就感觉到冷冰冰的气氛。没有人欢迎他，没有人问候他，甚至不知道有谁管事。小虾提着小黑箱，站在客厅里，有点儿不知所措。同事们刚刚用毕晚餐，匆匆在他身旁走过。有的出门去，有的回到自己房间，居然无人与他打招呼。态度最好的一位，也不过向他点点头。那人戴着啤酒瓶底般厚的眼镜，瞎瞎蒙蒙，小虾怀疑他是看错了人。公司冷漠的气氛在这里达到顶点。

厨房里走出一个姑娘，丑陋无比，朝着小虾笑。小虾心头一阵温暖，急忙问：办事处主任在哪里？我刚来，要向主任报到，麻烦你找找他。

办事处主任？没有哇，我们这里没有专职主任……这样说吧，公司派到办事处来的人都是主任，高主任、王主任、李主任。您贵姓？

我姓夏，夏佩儿。不过你可以叫我小虾。

那么，你就是夏主任。

小虾不胜惶恐，他的姓第一次与主任之类的官衔连在一起。他问：那么你呢，你也是主任喽？

姑娘笑得更厉害，下意识地用手捂住鼻孔。她丑，就丑在鼻子上，一对鼻孔朝天长，像猪，像猴。丑归丑，人倒热情大方。她说：整个办事处就我不是主任，我是公司请来煲饭的，你们北方人叫炊事员，叫保姆也行。我是本地人，姓周，你叫我阿琴好了。楼上有一间朝西的小房间，没人住，你可以搬进去。要吃饭，你来找我……

等一下，我还有个问题。小虾敲敲脑袋，办事处的情况实在出乎他的意料。我们，这些所谓的主任们究竟接受谁的领导呢？到了惶向，公司就消失了吗？

当然不会。每个主任直接接受公司领导，公司会来电话，给他们具体指示。对了，我还负责接电话，负责叫人。哪一天，我半夜里把你叫醒，你可别有意见哦。

丑姑娘阿琴的话马上得到验证，办公桌上的电话铃忽然响起来。阿琴往前一跳，敏捷地拿起话筒。啊，你找小虾吗？夏主任——

小虾赶忙接电话。可不得了，这一声夏主任若被公司的人听见了，肯定会笑掉大牙。是棉花脸主管找他。真神，他好像料到此刻小虾已来到办事处。

我找到那块地了，主管，A-84号还在原地。小虾有些激动。

知道了，我知道你去过许坑小区。话筒里传来主管软绵绵的声音，这声音总是令小虾紧张。但是，你并没有找到那块地，你只是触及到土地的表象。你离它还很遥远，很遥远……

主管的话仿佛是一段隐喻，一段启示录。小虾深感敬畏，甚至有些毛骨悚然。

我……我该怎么办？我如何行动？

明天早晨，你去土地规划局盖章，你将到一系列行政部门盖章，直至拿到正规的土地使用证。最后，你把A-84号过户到公司名下。主管有条不紊地做出指示。

小虾明白了，他在惶向还要走很远的路。

棉花脸又说：你把传真机打开，我让办公室传给你一份重要文件。那是A-84号原始主人的身份证复印件，办过户时就要用它。你已经进入实质性找地阶段，进展较快，我在这里祝你成功。

这是含蓄的表扬，是一种信任。主管难得开金口，小虾受宠若惊。

传真机在哪儿？如何操作？小虾一窍不通。幸亏阿琴插手，熟门熟路地把传真机打开。小虾连忙道谢。过了一会儿，身份证复印件传来，小虾拿来一看，是一位七十多岁的老太太，名叫穆阿花。小虾对着老太太摇头：原来都是你惹的麻烦。

他提着小黑箱上楼，找到那个朝西的房间。天黑了，他打开灯，日光灯放出刺眼的白光。这里处处保留着公司的风格。房间很小，却安着两张单人床，还有一张桌子，几个板凳，塞得满满当当。看来，业务繁忙时，公司会派不少人来。惶向，这座新兴城市，肯定引起公司很大的投资兴趣。

窗外，相邻的楼紧贴过来，小虾有一种压迫感。那座楼尚未住人，铝合金窗被小偷偷光了，所以，窗户像一张没牙大口，黑乎乎，空荡荡。小虾感到恐惧。没有窗帘，屋里又热，不得不开着窗。小虾只有直面这黑洞洞的大口。他干脆把日光灯关掉，眼不见为净。

小虾锁上门，倒在床上。奔波一天，实在是太累了。可他无法入睡，心底阵阵不安。主管的话是什么意思？表象，只触及到表象。难道他亲手挖出的泥土，赤着脚踏过的土壤，都不是土地的本质？那么，究竟什么是土地的本质？土地的存在究竟以什么方式证实？

小虾越来越困惑。

六

没有，没有你这块地。规划局曾科长肯定地说，许坑 A 区最后的地块是 A-83 号，根本不存在 A-84 号！

小虾坐在办公桌对面，接受这个天方夜谭式的答案。曾科长年龄与小虾相仿，浑身透出精干的气质，专业，权威，一句话就否定了小虾的幻想。这个结局太意外了，小虾半张着嘴，弓着腰，真像一只上了岸的虾。即便是虾也要蹦跳几下，小虾又把手中的红线图摊在曾科长面前。

可是，你瞧，这儿明明有 A-84 号，是一块三角形地皮，面积为 203.16 平方米。

曾科长还算耐心，打开文件柜，取出一卷图纸。这可是官方的、正规的红线图，蓝色晒图纸标出整个许坑小区的每一地块。他用手指点着图纸道：喏，这是 A 区，你自己来找找。哪里有 A-84 号？这里的地块统一规划，是批给当地农民的宅基地，面积全是 80 平方米，长方形，你看明白了吗？好了，你现在把那块三角地指出来，让我看看。

小虾傻了。哪里有什么三角地？他手指颤抖地指着自己的红线图，说：怎么，怎么我的红线图上有……

曾科长忍不住嘲笑他：你的红线图可靠，还是我的红线图可靠？你自己倒说说看。

曾科长迅速地卷起红线图，放回文件柜。小虾无颜待下去，其他办事的人也催他快走。他茫然地走出办公室。

走廊里挤满了人，嗡嗡嘤嘤，一片嘈杂。那么多人来办手续，可见惶向土地生意的红火。小虾知道，要办理正规的建筑许可证，红线图须经规划局确认。建筑用地不存在问题，符合规划，才得以盖章通过。这一环最关键。现在，他手中的红线图合法性遭到质疑，要完成公司的任务可就无从谈起了。怎么办呢？空气浑浊，小虾透不过气来。他脸色惨白，阵阵晕眩，急忙在长椅找个空位坐下。急火攻心，小虾觉得自己快要垮了。

旁边坐着一位姑娘，炫耀地翻弄着一张红线图。她忽然对小虾说：这块地好靓，你要不要？小虾惊愕地望着她。姑娘忧郁地说：我老公跑了，跑到香港去了。撇下我一个女人家，还盖房子干吗？算了，我不办过户了，这块地皮就卖给你吧！小虾站起来就走，一边回头对漂亮小姐说：对不起，我看见红线图就想吐……

他遁入走廊尽头的厕所，趴在马桶边干呕。一个老头替他捶背，小虾回头说谢谢。老头道：不用谢，我这里有一块地皮，每平方米只赚你一百块钱。你把红线图拿去，不用走出这座大楼，转手炒掉，保证你再赚一百块钱！小虾不呕了，飞快逃出厕所。

看来，萝卜头阿钟说得没错，惶向人炒地皮都炒疯了！把地皮当作股票乱炒，还能不出事？小虾认定，他那块地，肯定在某个环节出了问题。他已经走出规划局大楼，在石台阶立定，对自己说：不能走，我一定要查个水落石出！他喝掉一瓶矿泉水，把空瓶扔进垃圾箱；又紧紧领带，挺挺胸脯，英勇地返回大楼。

擒贼先擒王，小虾决心去找规划局局长。他伸长脖颈，挨着门看牌子，一层一层地找，终于在三层楼的尽头看见了局长室的铜牌。别看小虾人长得小，魄力还挺大。他凝神静气，右手握拳，礼貌地叩叩门。

一位女同志开门，小虾说要找局长。女同志就笑：门牌上写着局长室，并不等于局长就坐在这里。规划局局长可不是一般人能见的，他太重要，工作太忙，所以不得不常常使用空城计。小虾说：用空城计也不要紧，只要有这座城，我就坐等。女同志和蔼地说：那就随你便了。门又被轻轻地关上。

小虾原地站着，一动不动等了半个多小时。等人他有耐心，在牧云家他已经练好了功夫。不过，他担心站在这里时间长了，惹人讨厌。那女同志像个老大姐，对人和气，小虾不好意思找她麻烦。

小虾在走廊里来回踱步，办事员出来进去老碰见他。时间久了，他们注视他的目光都变得怪异起来。这样也不行，若是惹他们产生了怀疑，叫来两个保安，恐怕会像拎小鸡一样把小虾拎出这座大楼……

小虾在洗手间发现一个拖把，眼睛一亮，有办法了！他把拖把洗净，拧干，到走廊拖地板。他拖得很慢，很仔细，没有哪个清洁工会比他更认真。他在局长室门前逗留的时间最长，把那一截走廊擦得特别干净。地板砖明晃晃的，镜子一样映出他苍白的小脸。局长室那位大姐出来解手，惊讶地哟了一声，高跟鞋几乎不敢踩地。小虾看着她小心翼翼地走向女厕所，暗想：她至少是局长秘书，弄好了可能还是办公室主任。那就让她向局长汇报去吧！他弯下腰，更加努力地工作。

小虾擦呀擦呀，直到下班时间。办公室都有空调，走廊里温度也不算高，但小虾干得过于卖力，汗水滴滴答答地淌下来。汗水跌到光洁的地板砖上，摔成几粒晶莹的珠子，很奇特，很美。到后来，小虾就在擦自己的汗珠。下班的办事员们很感动，猜测他是刚分到局里米的新同志，正在学雷锋哩。小虾有些得意，暗道：我迟早会感动上帝。

上帝终于被感动了。局长室的门打开，那位女同志请他进去。她请小虾喝茶，小虾连忙摆手：我喝凉水就行了。他拿过纸杯，自己在饮水机上放水，一杯接一杯，不停地喝。女同志一边笑一边摇头。

问清楚小虾的要求，女同志拿起电话，要曾科长马上上来。不一会儿，曾科长推门进屋，道：秦局长找我，有什么事？小虾惊叹：哇，闹了半天她就是局长！要不是碰上我小虾，一般人就让她蒙混过去了。

秦局长与曾科长再一次研究小虾的红线图。他们用客家话交谈，小虾一句也听不懂，但可以猜出他们正认真地分析着各种情况。小虾的心提到嗓子眼，这可是最后的判决！

秦局长回过头来，温和而严肃地说：当初往上报规划时，基层的同志可能出了错误。许坑属于惶向老镇，你可以到镇政府去查一下。

曾科长则讲出了最坏的可能性：惶向的土地交易不太规范，很乱。有不少骗子浑水摸鱼，你买的这块地可能是假的，红线图也是伪造的。

小虾浑身冰凉。他结结巴巴、近乎绝望地问道：那么，A-84 号这块地究竟有没有呢？

秦局长回答与曾科长一样：没有，没有你这块地。A-84 号根本不存在。

七

惶向流传着一段传奇：几年前，一个老瞎子来到此地，衣衫褴褛，蓬头如草，却又白须飘飘，仙气逼人。他赤着脚在惶向老镇的石板路上跳跶，嘴里念叨：嗖，嗖嗖！地火好旺，好旺……仿佛他踩的不是青石板，而是烧红的铁板。他从镇北走到镇南，引得一群孩童闹哄哄跟在后面。有人就问：阿公，你的脚板好烫吗？老瞎子掰起脚让人看，脚板上竟然真有一排火泡。大家知道来了高人，好茶好饭款待他，请他算卦。老瞎子捻着长须，颔首微笑：不必再算，如此旺的地火，土是压不住的。日后，这地方只怕要飞上天！

当时的镇长躬身求教：惶向以农业为本，一向贫穷。水田飞走了，叫农民如何种稻？瞎子拿水烟袋敲了一下镇长的后脑勺，道：木脑壳，香港也种稻吗？

惶向与香港隔海相望，常常有农民结伙偷渡，去过不必种水稻的生活。镇长大惊：此地前程远大，莫非要赶上香港？

日落霞飞，暮色苍茫，老瞎子离开惶向，径直朝镇南走去。镇长此时已经顿悟，命令手下人：快快跟上！那老瞎子兀自在田野里蹦跳，口中"嗖嗖"不已。跟踪他的人发现：从惶向到海边的一片旷野，瞎子的跳跃达到非凡的高度。显然，这一带地火最旺。手下人向镇长描述：嚯，他哪里是个瞎子？活脱脱一只老蚂蚱！镇长则审慎地把老瞎子跳过的地方画成一张图。

后来，国家把惶向划为开发区，其版图与镇长绘制的地图完全吻合。不久，一个国际财团决定对惶向进行大手笔投资：要建立一座金龙汽车城，生产大批高级轿车直接出口。汽车城选址，就在老瞎子跳得最高的地方。惶向自然条件原本优越，鸥歌湾是难得的深水港。开山放炮，修建码头，世界各地的万吨巨轮就可以开到惶向的大门口。惶向升格为市，地位日益显要。人们如梦初醒，发现了一块未开垦的风水宝地，纷纷前来抢滩。地价飞涨，炒地皮又成了最热门的行当。土地就像股票一样，一日三涨。老瞎子说得对：土是压不住了！惶向人眼红脸绿，怀揣自家土地证满街乱窜，几近疯狂。古老的小镇膨胀、膨胀，仿佛一个橙色巨型气球，冉冉上升……

一切都被老瞎子言中。如今，惶向人都津津乐道地传扬这个故事，以此预兆自己的未来。他们说，看看那个镇长吧，神仙用水烟袋轻轻一敲，他立马开窍了。从此他大刀阔斧搞改革，勇当对外开放急先锋。从此他也官运亨通，一路平步青云，从镇长当到市长。瞧，每晚在电视上亮相的曾市长，身着西装，手端洋酒，不时还讲两句英语……你能想到，他就是当年那个木脑壳镇长吗？如果不是高人点化，他可能至今还在某个偏远乡镇，带领农民种水稻呢！

那么，老瞎子的预言最深一层含义，迟早也必定实现。人们不把话说透，但肚子里都藏着一个秘密。想到这层含义，他们就怦然心动。互相交流一个眼神，也显露出意味深长的微笑。纸包不住火，心里有事总要漏出口风，连市长大人曾阿水也不例外。在某次全市干部大会上，曾市长激情上来，就喊出这样的口号：八十年代看深圳，九十年代看浦东，新世纪曙光在惶向！

他差点儿泄露天机。惶向人是如此解读老瞎子的预言：惶向，必是未来的香港。根据他们的历史性经验（此经验来自许多乡亲的成功偷渡），香港即天堂。同义转换，惶向必是未来的天堂！什么深圳、浦东，靠边站去吧……

阿琴总是喜欢在餐桌上讲这段传奇。说到这里，她两只眼睛放出异样的光彩，激情澎湃！显然，她是老瞎子的忠实信徒。阿琴是整个餐桌最活跃的人，办事处的主任们埋头吃饭，只有她说东道西，唱独角戏。一张圆桌挤得满满，她常常站着吃饭。这并不妨碍她的谈兴，端着碗，舞着筷，用蹩脚的普通话讲着精彩故事。人们表面冷漠，实际上听得津津有味。吃完饭，有事的走了，没事的坐着喝茶，继续听她讲。眼睛深度近视的老刘是最热心的听众，总要挨到最后才走。小虾也留下来，当然，他是另有企图。

阿琴接着说：神仙阿公讲，这地方只怕要飞上天了。什么意思？就是讲今天的地价飞涨，一口气涨上天！你们看，两年前，一般的宅基地只卖四百元一平方米，托托关系，三百元也能买到。农民把自己的宅基地都卖出去了，你们外地人买去就炒。地皮好像着了魔法，日长夜大，五百，一千，一千五……就这么连续翻番！我要是有一块地皮就好了。可惜，我是个女的，没份分宅基地……

小虾见缝插针，把话题引向自己感兴趣的方面：阿琴，你真是见多识广，什么事情都知道。你能不能给我讲讲，我的前任从谁手里买来的那块地？人家有没有骗他？

阿琴看看老刘，不说话。老刘也知趣，见话题涉及公司业务，咳嗽两声，端着茶杯就走了。阿琴故意大声说：我不好说。我一个煲饭的，怎么可以乱说公司的事情。

小虾恳求道：阿琴姐，就算你帮帮我的忙。你又不是公司的人，说错几句也不怕……

阿琴捂着朝天鼻子笑：你的嘴巴好甜，还叫我阿琴姐，我们两个谁大？……好吧，我就给你说说。陈主任，就是陈兵，从一个警察那里买了这块地。不晓得出了什么事情，他又要把地退掉。一趟一趟退，就是退不掉。本来嘛，你买了东西怎么可以随便退？更别说那是一块地皮！后来，公司就把他调回去了。他临走，就坐在我这里流泪，断断续续讲了这么几句，也没有把事情讲清楚。

一个警察？小虾沉吟道。你知道他是谁吗？

当然知道，他叫许震霆，就是许坑本地人。阿许可是惶向有头有脸的人，在公安局做治安科长，专门抓小偷、妓女、骗子。你刚才问他会不会骗人，我告诉你，肯定不会！阿许是惶向的英雄！他呀，最会抓鸡，外地来的小姐装得再正经，他一眼就能看出来。所以，鸡们见了他就发抖。今年春天扫黄，他抓了近千只鸡，惶向地面一夜之间变得干干净净。当地妇女解了恨，叫许科长"抓鸡大王"，都感谢他呢！不过，现在又老样子了，到处是小姐。没办法，全中国的鸡都往惶向飞呀……

小虾见阿琴开无轨电车似的又把话题扯远了，赶紧起身告辞。

小虾没有放弃找地的企图。他也不能放弃。如果棉花脸主管来电话，他能怎么说？他说规划局红线图上根本不存在 A-84 号这块地？说他到现在还没弄清楚公司的地到底是怎么丢失的？说他一筹莫展，束手无策，要求拍拍屁股回家？这是不可能的。说了这些话，你就永远甭想跨进公司的大门。小虾对主管拍过胸脯，找不到这块地，他就不回来。现在已经没有退路了，他必须兑现自己的诺言。

小虾心里还憋着一股不服输的劲头。他就不信，那块三角地明明摆在那里，怎么就会没有了呢？曾科长说，红线图可能是假的。可是原始发票、建设许可证，还有那个穆阿花的身份证都是假的？况且，听了阿琴的介绍，小虾不相信许震霆会伪造红线图诈骗别人。不对，这块土地绝不会无缘无故从人间蒸发！不论遭受多少挫折，他一定要查出事情的真相。小虾拿定主意，公司要是来电话，就说一切顺利，暂且把规划局的结论隐瞒下来。他独自明察暗访，继续追踪 A-84 号的下落。

小虾回宿舍拿穆阿花老太太的身份证复印件。他不知道那个警察与穆阿花什么关系，决定去找找他。A-84 号怎么会到许震霆的手中，又由他转卖出来？规划局不承认这张红线图的合法性，而红线图又出自他手，无论如何他是有责任的。小虾估计会得罪那位许科长，心里有点害怕。但事到如今，只有从许震霆身上寻找谜底了。

不知什么缘故，小虾的钥匙就是打不开防盗门。他吭哧吭哧用力，屁股翘得老高，把楼道挡得严严实实。半天，他直起腰来擦汗，忽然听见身后有人扑哧一笑。回头一看，楼上酷似牧云的女邻居正等他让道。小虾涨红了脸，说声对不起，连忙收起臀部，紧贴墙壁站着。

女邻居很大方，说：怎么，打不开门了？把钥匙给我，我来试试。

小虾像个听话的孩子，乖乖地把钥匙给她。女邻居很有经验，拧了几下，就说：这门在里面锁上了，你敲敲门。她把钥匙还给小虾，自己上楼去。

小虾呆呆地望着她。她蓦地转回身，对小虾说：你怎么老盯着我看？

小虾口吃地说：你，你，太像我一个朋友了……

是吗？我叫霏霏，"细雨霏霏"的"霏"。你可以把我当作朋友，有空上来玩。她潇洒地一甩长发，拐了一个弯，只闻脚步声，不见其身影了。

小虾敲门。敲了许久，门终于从里面打开。办事处最年青的成员李蒙，领着两条大汉走出来，狠狠瞪他一眼，飞快下楼。他们似乎在进行秘密约会，被小虾冲撞着了，恼惺惺的样子。小虾有些莫名其妙。

小虾打开小黑箱，把 A－84 号全套文件装入上衣口袋，匆匆出门。

八

惶向有一条漂亮的大道，高楼林立，装潢豪华，体现出大城市的气派。两边人行道种着棕榈、香樟，街心花坛美人蕉妖艳疯狂，渲染出亚热带的迷人风光。这里可看不见连接成堆的蘑菇状小楼，看不见城乡交融的土气。它像一件西装，套在惶向的肩膀上。大道的名字也漂亮：希望大道。的确，小虾来到这条大道，才感到一点儿惶向的希望。

惶向市公安局与规划局紧挨着，院子很大，停着很多警车。公安人员或穿制服或穿便服，大步流星，来去匆匆，到处洋溢着紧张严肃的气氛。小虾被这威严之气震慑，畏畏缩缩地跨进公安局大楼。

他找到治安科，看见一个惊人场面：三个男子打着赤膊，双手被铐，一排跪在办公桌前。一个面如张飞，高大威猛的警察在他们身后踱来踱去。他声如雷霆地说：想在我许震霆面前蒙混过关，白日做梦！你们这几个烂仔早在我掌握之中，老实交代，昨晚上你们在美美发廊干了什么坏事？

小虾吓了一跳。他急忙退到走廊，背靠墙壁，对自己说：乖乖，这就是许震霆啊！别说妓女，强盗见了他也要发抖哩。千万不可造次，我就在外面等着，等他办完公事再说。小虾不敢乱走，一直贴墙根站着，好像他也犯了事。不过他忽发奇想：真的找不到 A-84 号，倒应该来公安局报案。这种事不知道该哪个科管，大概不会落在许科长手里吧？……

走廊渐渐昏暗下来，早已过了吃晚饭时间。小虾肚子饿得叽叽咕咕响，审讯却还没有结束。做警察也很辛苦，哪一行都不容易干。又挨过一个时辰，那三个嫌疑犯总算被押走了。小虾敲敲敞开的门，怯怯地问：许科长在吗？

许震霆正坐在办公桌后看审讯笔录，蓦地抬起头来：你是谁？找许震霆干吗？

小虾受惊似的退了一步，用蚊子般的声音说：我找他……找地。

许科长反应敏捷，听到"找地"两个字，马上站起来。哦，他扫了小虾一眼，冷冷地点头。对于这个敏感的话题，他表现得很谨慎，一个字也不多说。他把案卷锁好，走到小虾面前，头一偏，简短地说：走吧，我们出去谈。

他们来到希望大道。华灯初上，景色繁华。许震霆黑着脸，迈着大步疾走，小虾一溜小跑才能跟上他。默默地走一阵，到了老街。街边上出现大排档，人越来越多，也越来越乱。小虾拽拽他，慷慨地说：你还没吃饭呢，我请客！

许震霆说：公安干警不吃请，你我各吃各的。

他们找了个摊位坐下，要了牛腩面、炒河粉，各自埋头吃起来。小虾说：真对不起，给你添麻烦了。公司派我来找地，好多情况我都不清楚，只好找你请教……

你们公司是王八蛋！许震霆忽然粗鲁地说。前一段日子，那个陈兵天天来找我。现在换了人，又派你来找我。你们公司到底想干什么？我真烦透了！

小虾忙说：我不知道，我刚来……所以才想问问你，那块地究竟是怎么回事？

怎么回事？这块地我本来不想卖给陈兵，可是他通过中介老来找我。算了，我很便宜就卖给他，每平方米只卖八百块钱。可是过了一天他又来找我，非要把地退还给我。这怎么可以呢？做生意还有没有规矩？幸亏我是公职人员，碰上烂仔，打他个半死也没话说……

许科长，是这样的，A-84号地块有一些问题，规划局不承认这张红线图，说是假的……

假的？！许震霆几乎跳起来，看来他也非常吃惊。不可能！我许震霆堂堂一个治安科长，会干诈骗犯的勾当吗？

小虾把去规划局的经过从头到尾说了一遍。最后道：你看，地是从你手里卖出来的，怎么说你也有责任吧？

许震霆要了一瓶啤酒，一边喝，一边发怔，显然，他也被这意外情况弄蒙了。小虾猜测，陈兵可能碍于面子，没有把实情告诉他，或者，陈兵自己也没有搞清楚怎么回事，只因规划局不给盖章，就急忙把地退还给许震霆。现在，问题摊在许科长面前，这位警察英雄也犯难了。

许震霆苦涩地摇头，叹了一口气。又呵呵冷笑，说：好，那很好。既然你认为我有责任，就去告我，去法院起诉。我等着法官发传票。

小虾忙说：别别，我不是这个意思。我只想找地，搞清楚问题究竟出在哪里。你，就一点儿也不知道吗？

许科长凶气消失了，两只手苦恼地抓着头皮：我不是炒地皮的，我是一个警察。我哪里有心思打听这些事情。告诉你吧，惶向市大开发，治安很乱，全国有三千多个被通缉的要犯都逃到这里来了。三千！你说吓不吓人？我们睡觉也瞪着两只眼睛，手枪从来不离身。我管治安这一摊，还是个模范警察，哪敢分一点点心？所以，我把你拉到这里来谈，就怕在办公室谈这种事情，把脸面丢光了……

小虾深表同情：我相信你。可是，你为什么要卖这块地皮？为什么会卷到这桩麻烦事里？

许震霆说：那是我姑妈的地。她儿子把她接到香港去了，托我把地卖掉。老人家从小对我好，我能不帮忙吗？哪晓得还有这七七八八的事情……你真要打官司，还得把老太太从香港揪回来。我只是为她代理，卖地的钱全交给了她，我一分钱没拿。从法律角度说，我还不是真正的被告……

小虾急忙摆手：别介，这种事我明白，告也没用。我只想问问你，A-84号这块地究竟有没有？

许震霆眼睛一瞪，又来了虎气：怎么没有？当然有！我是许坑人，什么事情都清清楚楚。前几年规划农民宅基地，卖得很便宜，家家都有份。分地的时候，我还帮姑妈去看过。当时，红线图就挂在村委会办公室。那块三角地不规范，面积大，价格便宜，还是我做主让姑妈买下的……我看，问题还是出在规划局。

小虾心头豁亮，说：有你这番话，我心里有底了。从今后我再也不来打搅你。

许震霆一挥手，豪爽地说：那好，今天我请客！

九

小虾怀疑办事处的房子闹鬼。

子夜刚过，小虾受到一种奇异的刺激，蓦然惊醒。周围特别黑，醒与非醒很难区别。迷迷糊糊中，似乎有某种动物在他脸上嗅来嗅去。他看不见它，却感觉到它的气息。那动物几乎要压到他的身上。小虾想喊，想跳起来，却丝毫动弹不得，也发不出一点声音。他着了魔法，被魔住了。那动物并无伤害他的意思，倒有一种缠绵劲儿，似乎贪恋他什么东西。他直觉到那动物是雌性，仿佛是一个女人……这样持续一段时间，那怪物反反复复嗅够了，飘然离去。

小虾终于透过一口气，忽地坐起。刚才的情景就在眼前，似幻似真。他怀疑自己做梦，掐掐手背却很疼。铝窗开着，相邻的空楼很容易跳进人来，莫非是贼？这时，他敏感的耳朵听见客厅里有窸窸窣窣的声响。接着，外面的防盗门轻轻一碰，表明那怪物是从房门出去的。小虾极度恐惧，无力下床。浓浓的倦意又攫住他，他就这么坐着，进入梦乡……

这种神秘事件大约有过一两次。到了白天，又像什么事情都没发生过。小虾有些迷惑，又从心底不愿承认，就以为自己做了噩梦。夜里，老刘常常坐在客厅，独自躲在黑影里吸烟。小虾想，也许是老刘弄出的动静。

办事处总有一种诡秘、奇异的气氛，弄得小虾心神不安。老刘、李蒙，还有办事处其他人，各有各的业务，但互相保密，小虾从不知道他们在这里干什么。每个人鬼鬼祟祟地忙自己的事情，从不交流，从不谈心。谁都怕自己被别人抓住把柄，汇报到公司，遭受严厉处罚。所以，人人显得乖张而古怪。

公司本身就是最大的神秘。小虾不知道公司的业务范围有多广，究竟从事哪个行业。它似乎什么生意都做，在黑暗中攫取着巨大的利润。公司无所不知，无所不在，所有的人都被它紧紧控制着。它是庞然大物，一架神秘的机器。别说小虾，任何人都无法认清它的庐山真面目。

三楼住着小虾、李蒙、老刘，各居一间屋子。他们彼此很少说话。小虾忍不住猜测：他们都在干什么呢？也在买卖土地吗？当然，他永远不会提出这些问题。他和老刘的关系亲近一些，李蒙却对他怀有敌意。这小伙子身材挺拔，肌肉健硕，与小虾恰成鲜明对照。他显然瞧不起小虾，总是斜眼看他。小虾明白，那天敲门，不知冲撞了他们什么事情，得罪了李蒙。本来关系就疏冷，再加上一点儿敌意，同住一套房子就更不好过了。

小虾的老毛病又犯了。他老是想洗手，一时不洗就难受。他总觉得手上沾满了污垢，手心手背痒得要命。夜里，他待在小屋没事，每隔十来分钟上一次厕所，打着肥皂一遍又一遍地洗手。这是洁癖，小虾自小就有这毛病。他怪妈妈起名起坏了：夏佩儿，女里女气的，所以招致怪癖。

欧阳牧云说，小虾有心理疾病，洁癖可能就是一种表现。他长大后很少犯病，但精神过度紧张，或心情郁闷，就忍不住想洗手。这几天，他就处于这种状况。看来情况确实不妙。

与许震霆一番谈话，小虾似乎得到明确结论：A-84号肯定存在。然而回来一想，他的信心又动摇了。许震霆提供的情况即便是真实的，规划局不接受又有何用？毕竟要规划局盖章才能解决问题。小虾进一步想道：许震霆代姑妈卖地，没有直接法律责任，那么，谁该为这个事件负责呢？谈话的结果，是失去了一位直接责任者！能不能找到 A−84 号，与许震霆没有任何关系。也就是说，现在，小虾连这块地的真正卖主也找不到了。他离目标非但没有接近，反而越来越远了！

随着事态发展，小虾似乎身陷一片黑沼泽，越是挣扎，陷得越深。黏糊糊的泥泞困住他，从脚到胸，从胸到颈，一步一步将他淹没……小虾害怕了，第一次从心底感到害怕。黑暗从四面八方向他压来，他努力抵御，却无能为力。漫漫长夜，小虾翻来覆去睡不着觉，洗手的欲望就不可扼制地翻腾起来。

水，晶莹凉爽，哗哗地冲洗着他的肌肤。丝丝凉意沁入心扉，小虾感到说不出的爽快。洗手与喝水有某种共同的功效，小虾体内那条小河又欢乐地奔腾起来。他暂且忘记烦恼，与水化为一体，自由地流淌……

砰砰砰，卫生间的门被人擂得山响，小虾开门，李蒙正横眉竖眼地瞪着他：喂，你打算在卫生间里过年啊？我一泡尿憋了仨小时，人都要给活活憋死了！李蒙一边说，一边冲进卫生间，门也不关，掏出那家伙哗哗放龙。小虾说一声对不起，轻轻地为他带上门。

老刘坐在客厅里吸烟，目睹刚才那幕情景，对他笑笑。虽然没有言语，小虾也感到一丝安慰。

天很热，小虾到后半夜才睡着。他开始做梦。那东西又来了。它的鼻子慢慢凑上前，在小虾脸颊上嗅来嗅去……

小虾想：我不醒，我就留在梦里，看它究竟想干什么。梦境就变幻了，小虾感觉自己在飞，飞入一片茂密的树林。他躺在林间空地，一个女巫走来，口中念念有词，施展神秘的法术。女巫脱去他的衣裤，将他抱起，托在空中。月光照亮他的裸体，他浑身透明，反射出银色的光亮——小虾第一次以旁观者的视角观看自身，不由得痴迷、陶醉。

防盗门咔嗒一响，小虾蓦地惊醒。它走了！小虾套上汗衫，穿上拖鞋追了出去。他觉得自己的头脑非常清醒。

楼梯间亮着灯，空无一人。小虾往下走了几步，发现二楼饭厅仍亮着灯。他举手欲敲门，又怕是阿琴粗心忘了关灯，把大家吵醒反而不好。正在犹豫之际，一楼响起脚步声，小虾探头一望，只见楼上那个酷似牧云的女人，穿着睡衣，正缓缓地上楼。

女邻居霏霏看见小虾，有些意外，问：你怎么还没睡？失眠吗？

小虾不好意思地说：天热，睡不着……

我总是失眠。到楼外走走，呼吸一点新鲜空气，才能好一些。既然睡不着，你跟我来，咱们聊聊。

小虾鬼使神差地跟着那女人走。走到四楼，却又不肯进门：算了吧，这么晚上你家，不方便。我也没穿衣服……

霏霏已经打开房门，拉他一把，说：没关系，家里只有我一个，老公到香港去了……

小虾坐在布置豪华的客厅里，心别别跳。他似乎仍处于梦境之中。霏霏从厨房取出一瓶饮料，倒在小虾面前的杯子里。她老说生活寂寞，老公在香港开公司，难得回来一趟。人生有什么意思呢？女邻居长吁短叹。她催促小虾喝饮料，小虾顺从地喝了。

霏霏像女巫一样施展法术。她按一下隐藏在沙发扶手旁的机关，屋里的灯忽然灭了。间隔几秒，她又让各种灯具亮起来，黑暗的房间顿时色彩缤纷。这样忽开忽关，灯光明灭变幻，女邻居就变成欧阳牧云。她向小虾走来。她把手上的结婚戒指取下，又戴上；戴上又取下……一不小心，结婚戒指掉在地下，滴溜溜转了一个大圈，滚到沙发后面去了。

欧阳牧云眼神暧昧地瞅着他：你帮我捡回来。

小虾趴在沙发跟前，伸长手臂，只差一点儿够不着那戒指。戒指在黑暗中闪亮。他努力张开五指，却仍然够不着。欧阳牧云弯下腰，两只丰满的乳房在他头顶蹭来蹭去。小虾的脑袋爆炸了！他想起在黑暗中嗅来嗅去的东西，那原来不是动物的鼻子，而是女人的乳房。小虾激动、紧张，呼吸急迫。那饮料里肯定有问题，小虾体内忽然大火熊熊，烧得他不能自已……

就这样，小虾落在霏霏的怀里。女邻居把小虾抱在沙发上，褪去他的衣裤，丰腴的身躯像大水母一样，紧紧地裹住小虾。她发出一声心满意足的长吟。

十

店主阿钟找到小虾，摇晃着萝卜头说：那块地我帮你卖了，人家出价每平方米一千五百元。在许坑 A 区，这可是天价哟！

小虾在人行道上走，头也不回地说：我跟你说过，这块地我不卖。

阿钟骑着一辆红色摩托车，轰轰油门，赶到小虾前面，拧头喊道：喂，我已经收了人家五千元定金，这可不是开玩笑的！

小虾提着小黑箱，两只小脚撩得飞快。我可没让你收取别人定金。你又不是不知道，这块地我无权卖，它属于我们公司的⋯⋯

阿钟控制着摩托车速度，与小虾并肩而行：你回去跟公司老板讲讲嘛，价钱好，能赚钱，为什么不卖呢？炒掉这块地，我再帮你买一块更好的⋯⋯你们老板就不想赚钱？

小虾着急办事，阿钟又纠缠不休，他有些烦恼。当初把红线图复印件留在小店，就应料到少不了这样的麻烦。干脆，把事情真相告诉他，让他死了这条心。小虾索性站住脚，对萝卜头店主说：我喝过你一瓶矿泉水，咱俩也算朋友。是朋友我就不能骗你。我向你交个实底：这块地是失踪了！

失踪？阿钟细长的眼睛睁得老大，十分惊奇。

小虾就把找地的经过从头说了一遍。说完，他有一种说不出的轻松感。阿钟皱着眉头思索，似乎在解一道解不开的难题。小虾很欣赏他的表情。

你瞧，我这就要去镇政府查红线图，真的没工夫陪你了。小虾与阿钟握手告别，急匆匆赶路。

阿钟的摩托车又追了上来，他朝小虾喊：我知道了，这件事就交给我办！

小虾愣了：你怎么办？

阿钟掉转摩托车头，说：跳楼降价，尽快出手！在惶向，管它真的假的，只要是地皮都能炒掉！他加大油门，轰然而去。

小虾摇头苦笑，这萝卜头真荒唐，却什么事情也难不倒他。如果小虾也能像阿钟那样行事，一拳头砸碎所有的规矩，那他就是天底下顶有福气的人了。可惜，他只是玻璃缸里一条金鱼，永远游不出这个貌似透明的世界！

惶向市分为三个部分：北部老城，中部新区，南部金龙汽车城。小虾一直在新区活动，今天，他要去惶向镇政府办事，首次踏入老城的地盘。这是一座古镇，地方志上出现惶向地名，至少追溯到千年以前。可是在小虾眼里，老城街道狭窄，房子破旧，人多杂乱，仿佛一下子倒退二十年。他不喜欢这地方，甭管它有多少美丽的历史传说。

小虾找到镇政府。这倒是一个漂亮的院落，两座别墅样式的小楼耸立，有鹤立鸡群之势。院内停满高级轿车，尽是世界名牌（惶向也是传统的走私据点），你到中南海恐怕也见不到如此排场。与周围环境相对照，难怪当地农民抱怨镇政府不知把卖地的钱花到哪里去了……

小虾真正体验到衙门难进的滋味。没有人搭理他，他想说什么，刚开了头就被人粗暴打断，叫他上一边等着。等了半天，他们又打发他去另一个部门。小虾变成一只皮球，在各部门之间被人踢来踢去。他从楼上跑到楼下，从东楼跑到西楼，就是找不到能管他事的领导。

这个最基层的政府部门有一种排外气氛。大大小小的官员一律说客家话，相互间亲密、热情，外人却泼不入水，插不进针。小虾讲北方话，他们的眼神就流露出明显的歧视。小虾感觉自己像一个犹太人，卑躬屈膝，受尽屈辱。虽然他只是一个小人物，一向卑微，此时也有些忍无可忍了。

秦局长说：错误可能出在基层。果真如此可就糟了，这些芝麻绿豆官哪个肯认错？当小虾终于找到镇国土所所长，把问题全部摊开时，他就明白自己已经走入绝境。

国土所所长姓吴，是个胖子，脑满肠肥，肥得流油。生活中真有这种脸谱化的人物，叫人一看就怀疑他是个贪污犯。吴所长哼哼呀呀说话，小虾兔子一样竖起耳朵，还是很难听清他在说些什么。其实，吴所长是个好脾气的胖子，可能是整个镇政府最有耐心的官员。他艰难地说着普通话，一遍又一遍解释小虾的问题，小虾差不多要感激他了。然而，他语焉不详，词意含混，有些话你似乎听懂了，却没有抓住任何意义。小虾仿佛在猜谜语，又好像在做一场晦涩的文字游戏。他从未经历过这样的交谈，越谈越糊涂，越谈越不得要领……

最后，小虾决心紧抓主题，死死不放。

你是说没有这块地？

不能说没有。你的发票盖着国土所的图章，可以证明这块地确实由本镇售出。虽然我没有经手此事，也不太了解具体情况，这个图章我还是认的。

那么，你承认有 A-84 号这块地？

我可没这么说，你千万不要误会嘛。市规划局说没有，那就没有。他们的红线图最最权威。一块地皮究竟存在不存在，最终由那张红线图决定。你我说了都不算！

我真的糊涂了。发票证明我有这块地，市规划局的红线图又否认这块地的存在。既有，又没有，这不是互相矛盾吗？

世界本来就充满矛盾，所以需要辩证法嘛。毛主席教导我们说……

小虾快要发疯了！他发出一声尖叫，急促而锐利，锥子似的几乎刺穿人的耳膜。吴所长吓了一跳，小虾自己也吓了一跳。两人惊恐地对峙着。

你可不要乱来，我们再想想办法嘛……

吴所长捏住小虾的手，他的肥厚、柔软的手掌微微地颤抖。他显然害怕了。坐在这个位置上，每天要和各种人打交道，吴所长必须提防不测。他捏着小虾的掌心，轻轻地揉，揉了又揉，似乎要把两难矛盾揉开、化解。

小虾完全没料到自己会发出这样的尖叫。从跨进镇政府的院子，他就一直憋着，实在是憋急了，憋炸了！他下意识地一叫，却收到预想不到的效果——吴所长态度大变。他轻轻揉他掌心，揉进了信心，揉进了勇气。小虾真想再叫一声！

吴所长说：A-84号这块地确实存在问题。问题出在哪里？究竟是怎么发生的？他也不清楚。现在，人们都在炒地皮，把地皮都炒乱了，什么事情都有可能发生。吴所长只是一个凡人，又不是神仙，岂能通晓一切？不过，吴所长还是为小虾指出一条路：他劝小虾到村里去查一查，因为最初的规划是村委会做出的。他们有一张原始红线图，最为可靠。村报乡、乡报市，红线图就是这样一级一级报上去的。如果有错误，肯定出在基层。错误永远在下边，这是规律。你现在就像杨子荣寻找秘密联络图一样，一定要找到原始红线图。有了这张图，一切问题都清楚了。如果小虾查出错误根源，拿到可靠证据，他吴所长还是愿意帮忙的……

不过你不要叫，不要像刚才那样叫。我知道你不是恐怖分子，你长得这样瘦小，掀不起什么风浪。可是我有心脏病，你的叫声太尖、太响了……千万别叫！

也许是真的控制不住自己，也许是恶作剧，小虾临走时又发出一声尖叫。那声音犹如金刚石猛地划过玻璃，吴所长的脸色顿时惨白……

十一

小虾的尖叫可不是随随便便就能发出的。这是一个标志，显示小虾正在发生某种根本性的转变。无须过多分析，这转变是楼上那位女邻居给他带来的。床上疯狂淫欲，几乎掏尽小虾的五脏六腑，又几乎塑造出一个新人。这个过程小虾自己意识不到，他只是隐约想起欧阳牧云的话：你的生活应该改变，和一个女人在一起也许会使你发生变化……

欧阳牧云已经离他遥远了，霏霏却是眼前活生生的现实。她的白皙丰满的身体不时地在小虾眼前翻动，犹如白色的浪涛一次次将小虾卷入吞噬。这女人的肉欲如此强烈，每次做爱小虾都有一种被她生吞活剥的感觉。她在床上想出各种游戏，荒唐神秘而又令人兴奋不已。小虾进入一种全新的生活，兴奋刺激又带着一点恐惧。他猝然不防，被霏霏推入一条爱河，从此随波逐流，痴迷不悟。这是爱河吗？他自己也不能确定。肉欲压倒一切，爱已经变得模糊不清。小虾处于极度亢奋状态。

霏霏像一只猫咪，更像一只老虎。她对自己的猎获物心满意足，常常眯缝着眼睛，仔细地研究小虾每一寸肌肤。真白，洁白无瑕。她美美地说。她喜欢全身赤裸，叼一支细长的香烟，在小虾面前走来走去。霏霏逐渐走向中年，精力特别旺盛，欲火如炽。捕到小虾这样一个情人，她内心的空虚得到满足，就像溺水者抓到一棵稻草。她真的很爱小虾，常常把他搂在怀里，久久不肯放松。小虾几乎被她巨大的乳房窒息。我的小宝贝，我的小宝贝，她叫喊着几乎流下眼泪。她好像搂着自己的孩子，为他哺乳。

你好像一直在找我，对吗？

找你？小虾有些迷惑。

是的，你一直在寻找，找了很久很久了……我有这样一种直觉！霏霏把小虾的脸搬到自己的眼前。

小虾望着她的眼睛。这双眼睛如弯弯的月牙，可爱，迷人。她一笑，眼睛就更加特别。正是这双眼睛，使她与欧阳牧云如此相像，几乎从一个模子里刻出来。小虾心中一动，明白自己正把霏霏当作欧阳牧云爱着。他点点头说：是的，我已经寻找很久很久了……他俯身吻那双弯弯的眼睛。

霏霏推开他：我知道，我只是替代品，你爱的不是我，而是另一个女人。

是啊，不，我也不知道。

什么是爱情，你恐怕一直都没弄明白。你的女朋友只是一个幻影，她只存在你的想象中。如果你和她真的结婚了，或者上床发生性关系，你就会发现她和我、和别的女人没有什么两样。你在寻找什么？其实你就在寻找一具女人的躯体，乳房、大腿，还有屁股……

小虾心灵受到震动：是啊，我在寻找什么？

你那位女朋友叫什么名字？噢，欧阳牧云，你对我说过一次。你想象一下，此刻你与欧阳牧云躺在一起，像我们一样做爱会是什么滋味？一样，一切都一样……

小虾冲动起来，抚摸着霏霏的躯体，腾身而起，猛地刺入霏霏的身体。他大汗淋漓，坚持不懈地干着。他脑子里模模糊糊地想到，我究竟在寻找什么呢……

霏霏很快达到性高潮。她一边号叫，一边搂着小虾在宽大的席梦思床上打滚。最后，她喘息着说：别看你小，你可真厉害！如果你早下手，也这样干欧阳牧云，她早就是你的老婆了……

小虾忽然感到一阵沮丧。

霏霏是某个名牌大学的大学生，对文学艺术很有造诣。在小虾眼里，她简直才华横溢。她有一些奇特的观点，新颖的思路，常常使小虾目瞪口呆。她叼着细长的摩尔烟，在地板上走来走去，高耸的乳房，丰腴的屁股不停扭动，逗得小虾眼花缭乱。她又评析小虾找地：你呀，总是抓不到问题的本质。你为什么要一条道走到底，非要去找那块地呢？还是那个问题：你到底在寻找什么？公司要求你办好正规的土地证，你应该在这方面做文章，你需要规划局盖一个印，而不是证实那块三角地存在不存在。那就好办了，我给你出一个主意：你去刻个假印，盖在你的红线图后面，再到国土局去申领土地证，规划局这一关不就过去了吗？惶向这么乱，谁去仔细辨别图章的真假。我认识一个老头，专刻假印，巧夺天工。你要国务院哪个部门的图章，他也能马上刻出来……只要花二百块钱，这问题就解决了。瞧，多么简单？

小虾目瞪口呆：怎么可以……这样做？

世界上所有的事情，其实都是一张窗户纸蒙着，你一指头把窗户纸捅破，其实就那么简单。你还傻头傻脑地去找地，找啊找啊，究竟在找什么？就像你寻找欧阳牧云，在我身上不一样找到了吗？

小虾内心受到猛烈的撼动。霏霏锐利的言辞正像小刀一样一点一点削去他意志，他想抗拒，又无力抗拒。他感到真正的危险。

与霏霏的幽会也很危险。小虾总是害怕她老公半夜从香港回来。她老公名叫吴雄飞，是香港人，开了一间外贸公司，很有钱。这栋小楼就是吴雄飞买下的。自己住一层，其他房间出租。霏霏很大胆，甚至把小虾介绍给老公认识。吴老板很傲慢，咿咿呀呀讲着香港话，也不管小虾懂不懂。小虾为霏霏感到惋惜：这样一位才女，竟嫁给了粗俗家伙，真是鲜花插在牛粪里。

霏霏经常要小虾幽会。小虾怕办事处的人知道，不敢从楼梯走。他想了个出进的办法：从自己房间的窗户跳到对面空楼的窗户里，上楼，再从楼上阳台爬入霏霏家的阳台。没有间距的楼房帮了小虾的忙。这样，深更半夜，神不知鬼不觉，他就与霏霏躺在一起了。小虾很高兴，说：你老公回来，一按门铃，我就可以从阳台溜走了！霏霏却有些担心：你从阳台爬进爬出，恐怕有危险。小虾拍拍瘦骨嶙峋的胸脯：不要紧，我人小，可机灵着呢！

办事处无人知道小虾的行径。他很少与别人见面，只有吃饭时大家坐在一起。阿琴又在讲她的故事。

阿琴讲的都是惶向当地掌故，有些事情是她的亲身经历，很有意思。她喜欢讲偷渡香港的故事，十几岁，她就加入逃港的人流，先后三次都没成功，为此还遭到过拘留。惶向与香港隔海相望，过去很穷，所以逃港是当地农民最好的生活选择。阿琴那个村子有三分之二的人偷渡香港，并成功地留在那里成为永久居民。当年逃港的规模可想而知。

天不亮就有人叫，家家户户都出来人，排着队往山里走。我也跟着队伍跑。好多人呀，哪个村子的都有，进了青龙山，队伍就越来越长。有小贩蹲在山口卖茶，一碗茶卖到两块钱！还有卖饼干的，一包要卖十块钱……过了边界，大家都趴在树林里等天黑。前面有一片水，游过去就是香港。晚上，蝙蝠在头上飞，男人们就开始游水。看看对面没警察，女人小孩都往水里跳，就像你们北方人下饺子一样。水性不好，淹死的也有。我就不会水，在水里走几步害怕，又回到岸边。我一边哭一边喊我哥，我哥心狠，头也不回游了过去。现在，人家发达了，跟着一个大老板当马仔……

老刘听得入迷，咧着方阔大嘴，双眼眯成一条线，小虾则感叹：太危险了，被边防部队抓住怎么办？

阿琴说：我就被抓住过，抓住进看守所，也没啥，又不是杀人放火。那时，看守所里塞满了偷渡的人，婆娘孩子最多，我们又哭又喊，吵得领导脑子疼。没过几天，我就给放回去了。又没过几天，我又跟逃港的队伍出发了……没办法呀，乡下太穷了。现在惶向开放了，有钱赚，像我这样的人就不会逃港了。

老刘用衣角擦擦厚眼镜片，又戴好，教授似的发表评论：香港居民有一半以上是偷渡过去的，粤东贫穷的农民为香港繁荣做出了巨大的贡献呀！

阿琴话锋一转，对小虾说：你好像和楼上吴老板一家认识？

小虾连忙否认：也不算很熟，只是在楼梯上经常碰面，打个招呼而已。

我告诉你，吴雄飞可是游水去香港的！他是本地人，就是石灰窑村的，他逃港资格还没有我老呢，三年前才逃到香港，投靠他叔叔。现在人家发达了，香港有一个大老婆，又在老家包了一个二奶……

包二奶？小虾吃惊地瞪起眼睛。

当然，你看那楼上女人漂漂亮亮、斯斯文文的，其实是做妓出身的，被吴老板敲下来了。一个月一万块就搞定了，现在的女人为了钱什么事情都肯做。

小虾脸色煞白，一句话也说不出来。

阿琴瞟了他一眼，神情怪怪地说：怎么？你和她有什么关系吗？

小虾忙说：没有没有。

阿琴一向对小虾很好，煲汤常常给小虾留起一碗，像大姐姐一样照顾着他。此时，她的语气有些严厉，一字一句地说：楼上那狐狸精会把人的魂勾去，你可要小心哦！

十二

请你帮帮我，我要找一样东西。

什么东西？

一张图。

图？

一张原始红线图。

不知道，不知道……

小虾一遍一遍重复这段对话。它好像是遥远年代一出样板戏的台词，小虾本人则像那个鬼头鬼脑的小炉匠。他向坐在老榕树下的一群阿公阿婆提出问题，却无人能解答。其中一个老者，吸着长长的旱烟袋，对小虾说：你要找柯西金，许坑村的事情都在他肚子里装着。你听清楚了吗？柯西金。

柯西金？小虾十分惊讶，这个前苏联的领导名字隐约出现在小虾的脑海里。他搞不清许坑怎么会出现一个俄国佬。

老人告诉他：柯西金原名叫许康发，是许坑村老党支部书记。这人非常有水平，做报告一做一上午，稿子也不用拿。人们就给他起个外号叫柯西金，当时，那位苏联总理也给人很能讲话的印象。

小虾急忙问：柯西金，柯老，现在住在哪里呢？

老人说：他的老屋在村东头，去望蛟山的路就从他家门前经过。可是柯西金现在不住在那里，他交游广，面子大，蹲在什么地方享福我也不晓得。

小虾告别了老人，直奔村东。前方出现青翠的山峦，这是惺向唯一的山地，临海崛起，风景雄奇。据说登上峰顶可望见大海蛟龙，故称作望蛟山。在上山的路口，小虾很容易找到一座小瓦老屋，房子歪斜，即将倒塌的模样。他想找人问问，这是不是柯西金的故居，路上却无人影。

小虾转到老屋后边，看见一片开阔地，搭着帐篷，许多人忙忙碌碌，在挖掘一个大坑。小虾上前询问，得知他们是省里派来的考古队，正在挖掘一处古代遗址。小虾问及那座老屋，他们都叫起来：小许小许，有人找你！

土坑里爬上一个年轻人，手里拿着一架袖珍录音机，模样斯斯文文。小虾与他握手，说明来意。年轻人说：柯西金是我的伯父，你跟我来吧。

他们来到老屋。那位年轻人名叫许征，有一种极特殊的气质，眼睛细而长，微微眯缝着，过一会儿，又渐渐睁圆，放出柔和而具有渗透力的光亮。小虾突然从他的眸子里看见了太阳，温暖的阳光一下子射入他的心扉，使他产生信任、折服的感觉。这是一位奇异的人！小虾呆呆地望着他，忘记了说话。

许征对小虾的出现也颇感兴趣，仔细地打量着他。老屋光线晦暗，散发着经年尘埃的味道。两个年轻人默默对视着，久久没有说话。他们好像一对神交已久的朋友，忽然见面了，一时不知说什么好。

你在找什么？许征轻声地问。

一块地。小虾回答。他接着反问：你在找什么？

我在找人。许征说，找一支失踪的民族。

小虾心头一动，问道：那是什么人？怎么会失踪了呢？

惶向这地方曾生活着鸥人，他们是我们的祖先。据说，鸥人是一只巨大海鸥的后裔，来自太平洋深处某一个岛屿。他们善于航海，善于寻找财宝，以海鸥为图腾，是一个非常奇特的民族。

你怎么能找到他们？

凭我的信仰。我慢慢地找，不停地找，通过一块砖一片瓦，甚至通过我的梦，我的感觉，总有一天我会找到他们的足迹。

小虾陷入深思：信仰……

许征问：你呢，你为什么来此找地？

小虾摇头：我不知道，也许是一种宿命。

许征意味深长地说：在惶向找地，可不是一件容易的事情。大家都说惶向是一座魔城。

小虾点头：这一点我已经深有感触了。你能告诉我惶向的秘密吗？我觉得，你一定知道许多别人不知道的事情。

许征柔和地笑了，他眼睛里又闪现出太阳的光芒：是的，惶向是一片神奇的土地。你去过老镇吗？你一个人顺着镇子的老街走，走着走着，你就会发现惶向的秘密。

那是什么？

这个镇子的建筑隐藏着古人的智慧。它的街道遵循着奇妙的 0.618 黄金分割率，呈螺旋形环环展开。外人在镇子上走，不知不觉就会迷失方向。这可比八卦阵更为高明，并且古老得多。我认为这是鸥人留下的遗迹。正因为这个特点，我们的老镇才被称为惶向。

小虾听得痴迷，叹道：早知道，我就去老街转一转了……

你要夜晚去。你不但会迷路，还会陷入一个大梦，无边无际、纯黑色的梦境。这梦会唤醒你对远古时代的记忆……好了，不必多说，你很快将去惶向老镇。你会在那街道转来转去，寻找一个人。那时你就会体验到一切。

你怎么会知道？

你不是要找我的伯父吗？他现在就住在惶向老镇。

你能不能告诉我确切地址？

不，我也不清楚。柯西金，我那位伯父，是一个古怪的老人，他现在完全隐居起来了。

小虾告辞。不知怎么，他非常喜欢许征。他走到街上，又转回来搂抱许征，他脸颊贴着对方的脸颊，在他耳旁低声说：帮我，你要帮我。

许征同情地望着他，没有表态。

十三

办事处出事了！

那天夜里，小虾准备上楼与霏霏约会。刚跳上窗台，忽然听见防盗门被擂得轰轰山响。停了一会儿，有人把门打开，人声嘈杂，吆喝声不断，仿佛有人在打架。小虾急忙躺回床上，犹豫着是否开门出去看看。这时，他的门也被人猛烈敲打，同时伴有野蛮而粗鲁的喊声：开门开门！

小虾慌忙跳下床，扭开门锁。几个警察冲进来，迅速地搜查他的房间……

　　小虾被带到二楼餐厅，看到办事处全体成员都聚集在那儿。他惊恐而又懵懂，浑身瑟瑟颤抖。站在旁边的阿琴拽拽他衣角，小声说：李蒙出事了。警察问什么，你都说不知道。阿琴很有主心骨，小虾守她站着，心里渐渐安定下来。

　　过了一会儿，许震霆陪同公安局一位领导来到餐厅。小虾与他目光接触，他冷然一笑。小虾吓得心别别跳。

　　公安局领导问：李蒙涉嫌汽车走私大案，你们知不知道？大家皆摇头不知。领导把目光停留在小虾身上：你，过来回答问题。公司派你来办什么业务？有没有指示你参与汽车买卖？

　　小虾战战兢兢地回答：公司派我来找地，一块土地不见了……

　　许震霆在一旁插话：他说的是实话，我知道情况。

　　小虾非常感激许震霆，没想到他在关键时刻肯为自己做证。小虾回到队列。过一会儿，李蒙戴着手铐从楼上下来，他以好汉的口气从容说道：走私汽车是我个人行为，与公司无关。

　　众警察将他押走。许震霆叫大家明天去公安局做笔录。

　　这一场惊吓闹得办事处惶惶不安。小虾不敢再爬楼去会霏霏，独自坐在黑暗中发呆。真没想到会出这样的事情！小虾记得那天门在里面反锁，小虾敲了半天门李蒙才与两条大汉匆匆出来。现在想来，他们正在密谋走私汽车，被小虾无意冲撞着了。

　　小虾心底有一层疑惑：这真是李蒙的个人行为吗？难道不是公司的生意？凭李蒙一个毛头小伙子，怎能搞起走私大案？

　　公司总是蒙着神秘的面纱。小虾想起棉花脸主管，也怪，他竟没来过一次电话，没询问一次小虾的情况。莫非他对小虾一举一动真的了如指掌？他知道小虾正在苦苦追寻那块失踪的土地？谁把他的情况向主管汇报？难道他身上暗藏着跟踪器之类的东西？

　　小虾穿过客厅。忽然，他发现客厅一角有一点火星，仔细看是老刘的烟头。小虾走近前去，发现老刘歪倒在沙发上，跟死了一般。小虾急忙打开电灯，伏在他耳边喊：老刘老刘，你怎么了？

　　老刘脸色惨白，嘴唇乌紫，断断续续地说：快，把我床头，那个药瓶拿来……

小虾飞奔到老刘的房间，很快找到小小的药瓶，一看，是心脏病急救药。小虾回到沙发旁，在老刘跟前跪下，掰开老刘的嘴，按药瓶上的服用方法取出两片药，填入他口中。老刘缓缓苏醒，小虾又倒了一杯水给他喝。过一会儿，老刘渐渐恢复，脸上又有了血色。

你救了我一条命，要是等到天亮，我死定了，老刘感叹地说。

小虾扶老刘回他的房间，在床上躺下。小虾刚要走，老刘叫他在床边坐下。老刘握着他的手，说：你是一个好人，心太善良。有些话我要对你说，我们的公司呀，你要小心。今晚这个事你怎么看？

小虾把自己对公司的猜疑告诉老刘：我觉得，公司派李蒙来就是执行特殊任务。

对，我们每个人都有特殊任务。李蒙走私，你知道我的任务是什么？告诉你，我来惶向做资金。

做资金？小虾十分不解。

惶向地价飞涨，就是大量的资金所推动。资金是一种稀缺商品，谁能借到钱谁就发财。做资金就是在银行和公司之间牵线，牟取暴利。惶向这样一个地方，光湖南省就有十几家银行常驻这里。这是金融领域非常复杂的生意，说白了，也是贴着犯罪的边缘走。假如明天我被捕了，也要说是我个人行为。这是公司的规矩。你还年轻，对于公司交代的任务，别死心塌地地去做，要留一点儿心眼。

小虾感激老刘的点拨，回到房间久久不能入睡。

第二天早饭开得很晚。阿琴去公安局探望李蒙，并找熟人打通关节。她把带回来的早点往桌上放，一边说：我是本地人，公安局里尽是老乡，李蒙出了事，也只有我这个煲饭的出头了……大家狼吞虎咽地吃饭，阿琴照常演说。她说，惶向刚破获一个走私大案，牵扯到不少当官的。李蒙没事，被别人瞎咬咬出来的。过一段日子，活动活动，就能把他保出来……

阿琴今天说话的内容很有分量。她嘱咐大家不要出去乱说。并且，这段时间每个人办业务都要小心一些。只要李蒙出来，危机就算过去了。阿琴倒像一个女主任，指挥料理一切。那些所谓的主任们，埋头吃饭，默默地听着阿琴的训导。

阿琴把目光停留在小虾身上，语气变得严厉：我发现，办事处个别主任夜出不归，这样很不好。在这个特殊时期，每个人的行为都要谨慎、检点。我一个煲饭的，在这里瞎说，要是被公司知道了，谁惹的麻烦自己就要吃苦果！

小虾浑身发烧，恨不得把脸藏在盛豆浆的大碗里。他心想：糟，阿琴怎么会发现我的行踪？

办事处的人都走了。阿琴追到门口，将几只特意留下的叉烧包塞到小虾手里。她的眼睛很亮，望着小虾笑。小虾惭愧地垂下脑袋……

十四

天淅淅沥沥下着小雨，惶向老镇涂抹上一层灰色的调子。雨水沿着小瓦屋檐滴流下来，在人行道沿下汇成涓涓细流。小虾穿着雨衣，缓缓行走，用好奇的目光打量着老街上的一切。

他来寻找柯西金。这事情有点荒诞，在这样一个雨天，在一个陌生的古镇，他逢人就打听柯西金住在哪里，显得神经兮兮。街两边开着士多，这是香港人叫法，其实是夫妻老婆店。小虾去店里打听，遇到有学问的就嘲讽他：柯西金？你还想找勃列日涅夫吧？你找错地方了，应该到克里姆林宫去找。

很多人分明知道柯西金，他毕竟是许坑村有名的老支书。这一点小虾能从对方的眼神中看出来。他们对陌生人怀有敌意，或者说，一种很深的戒备，小孩也是如此。一座老屋大门敞开，两个衣服肮脏的小孩正在玩耍，小虾掏出早已预备好的糖果，一人一粒分给他们吃。他问：小朋友，你们知道柯西金爷爷住在哪里吗？小孩嚼着糖，挤眉弄眼朝他诡笑，然后一哄而散。

街上都是老屋，也有几栋新盖的小楼。小楼都安着防盗门，看来是有钱人家，戒备森严。有一扇防盗门后面站着位老太太，双手抓住不锈钢栏杆，像囚犯，又像关在笼子里的老猴。老猴瞎了一只眼睛，另一只眼睛闪亮如炬，目光烁烁地凝视着街道。小虾走入她的视线范围，那目光便如机关枪洞穿小虾的身体。小虾情不自禁站住，走到她的面前。

开门！老猴声音低沉嘶哑地命令道。

小虾怯怯地说：我想找柯西金，他住在这座楼里吗？

老猴不耐烦地道：开门！他不在这楼，你给我开门，我领你去找。

小虾为难地说：你在里面，自己不能开门吗？

那老太太说：我儿子把门锁住了，不知道搞了什么鬼，我开不开。

老太太暴躁起来，瘦骨嶙峋的手抓住栏杆，摇得防盗门轰轰直响。小虾吓了一跳，急忙逃之夭夭。

天黑了，路灯发出昏暗的灯光。小虾沿着老街走，渐渐地迷失了方向。他记起许征的话，仔细观察惶向街道。那街道始终弯弯的，不知不觉中你老在拐弯。许征说过，整个镇子的布局像一只螺蛳壳，由核心向外一圈一圈扩展。圆的扩展也是按照 0.618 黄金比率，真是奇妙无比！但是，在小虾眼里，惶向老街破旧、阴冷，到处弥漫着鬼气。这里的人相貌也有些古怪，鼻子尖尖，像鸟嘴，似乎证实了关于鸥人的传说……

小虾转来转去，没有多少寻古访幽的心情，他急于寻找柯西金。真怪，小虾本来是要寻找一块地，现在转而要寻找一个人。某种绝望情绪，在他心间一点一点地弥漫开来。初来惶向时，他信心十足，坚决不相信一块土地会不翼而飞。现在，他开始服了，在惶向什么事情都可能发生。小虾找了很多人，找了很多线索，却离 A-84 号这块土地越来越远了。他仿佛是一片叶子，在水里漂着，被一股潮流带着越漂越远。

小虾怀疑一切，他开始怀疑自身的存在。夏佩儿，绰号"小虾"，这个人究竟存在不存在？在找地的过程中，他渐渐地迷失了自己。他与霏霏的事情就像是另一个人做出的事情。过去的信条全都摇摇欲坠，他还能抓住什么？他还能信任什么？他曾强调一个人的哲学处境，并有些自鸣得意。现在，他恰恰陷入哲学的危机。他不知道该怎样理解周围世界，该怎样理解身边发生的事件。他不断问自己：是我疯了，还是世界疯了？

夜深了。小虾不想回去，也无心寻找柯西金，就在惶向老镇螺蛳壳一般弯弯的街道上行走。无所谓方向，无所谓目标，就那么漫步走吧。他想，你要认真寻找，追根寻底，最终可能什么也找不到。就像一张桌子，它真的存在吗？不，从本质上说，它只是一堆木头。可是木头就存在吗？不过是各种分子构成的。分子是什么？分子是一些原子的组合。原子又是电子、夸克构成的……你可以无限分割下去，最后，你却不知道这世界究竟是什么。

小虾越想越苦恼，这些问题像一团团绳索勒着他的灵魂，要把他的灵魂绞杀。他想呼救，却发不出声音。

惶向老街弯来弯去总也没有穷尽。对于小虾来说，这并无关系。他只想走，走……但是，脚步越来越沉重，他终于走不动了。此时他已来到惶向老镇的中心，那是一个小小的土广场，广场中央长着一棵老榕树。这棵老榕树古老庞大，七八个人手拉手也抱不过来。树影婆娑遮蔽了整个广场，气根飘飘散发着灵气。广场上有一些石台石凳，小虾找一石凳坐下。他几乎立刻进入梦乡，脑子里闪过最后一个念头：来了，许征讲的那个大梦……

黑色，无边无际的黑色。人类最原始的记忆在小虾大脑深处泛起，他好像在无边无际的原野中奔跑，总也跑不出黑色的包围。恐惧混杂在黑暗中，挤压他的灵魂。他挣扎，他呼喊，呼喊一个个神的名字。前方出现一堆篝火，光明在黑幕撕开一条裂缝。小虾拼命奔向火光，却总也达不到目标。他筋疲力尽地倒下，匍匐在地，一寸一寸地朝前爬。火光仿佛在后退，他尽了一切努力，也无法缩短与它的距离。

他永远无法摆脱黑暗，但他的眼睛里却永远燃烧着那堆篝火！

十五

惶向的地价一直在上涨。小虾找地的过程中，炒地热潮达到最高峰。希望大道两侧土地炒到天价，据说已经超过北京、上海，令人瞠目。但是它还在上涨，惶向人都相信它最终会赶上香港的皇后大道！激动的人们互相传递着最新土地行情，比赛胆量似的争相喊出最高价。鸡鸣狗盗之辈、引壶卖浆之流无不怀揣红线图复印件，逮着机会就向人推销他们自己从未见过的土地。这一切，真像有神仙吹了一口气，惶向的土地飘摇上升，变成精灵，雪片似的漫天飞舞——正如萝卜头阿钟对小虾所说。

阿钟一趟一趟来找小虾。许多人要买 A-84 号，手续存在问题，那没关系，打点折就行了。阿钟开始报价一千元，后来一百一百地往上涨，竟涨到三千六百元。就像一个有缺陷的姑娘，瘸一点瞎一点照样嫁得出去。

小虾千方百计躲避萝卜头，萝卜头则骑着红色摩托到处找小虾。找到了，阿钟就朝小虾发急：人家催着我要买这块地，我小店的玻璃窗都被挤碎了！小虾也发急：我说过不能卖，这是公司的地，打死我也不能卖！小虾瞅个空子，噌一下逃个无影无踪……

真的不能卖？我看不一定。霏霏凝视着小虾的眼睛，意味深长地说。

不经公司同意，我怎么能把它卖掉呢？我没这个权利。小虾不解地对霏霏说。

这位女邻居已经脱光衣服，照例吸着细长的摩尔烟，裸露着丰满美丽的躯体，在房间里走来走去。小虾则正襟危坐，穿着短袖衬衣，打着永远不懈的紫色领带。霏霏弯下腰，眯起眼睛仔细打量小虾的领带。她翻弄领结，似乎研究那里面藏着什么秘密。

多可怜啊，这么热的天你还打领带。霏霏一边说一边动手，解散领结，将它从小虾的脖颈抽去。它老拴着你，让你像牲口一样生活。你还要它干吗？你怎么能忍受它？霏霏挥舞领带，在小虾面前转着圆圈。丢了它，你把它扔到窗外，喊一声去你妈的！

小虾被激起一股豪情，他拿过领带，走到窗前，骂了一声：去他娘的！一扬手，把领带扔了出去。

霏霏笑了，搂住小虾给他一个长吻。瞧，你做到了。你什么事都能做到。为什么不能把地卖掉呢？红线图、原始发票、建设许可证，还有那个穆阿花老太太的身份证复印件……所有的文件都在你手里，这块地就是你的！想想吧，你把这些文件交给阿钟，再在合同上随便签个名，如果需要盖什么图章，我也能想法帮你解决。买地的人一手交钱，你一手交货，买卖不就完成了吗？

那，那公司怎么办？我先斩后奏，棉花脸主管不知道会怎样惩罚我。

棉花脸主管再也见不到你了。一个女人将伴随你走到天涯海角，开始全新的、自由的、充满爱情的生活！

逃跑？

准确地说是私奔。霏霏站起来，又在房间里走。我坦白地告诉你，吴雄飞不是我的老公，他有家有室，在香港过好日子。他从未打算娶我，只把我当金丝鸟养在这个笼子里。当然，我也不是什么鸟，这两年我攒了一笔可观的私房钱。我已经为未来的生活打好基础，只等一个人，来和我共享幸福生活。这个人终于出现了，他就是——你！

小虾仍处在惊恐之中：那就是说，你要我拿着卖地的钱，跟你一块逃跑，哦，私奔？

不是我要你如何，而是你自己的选择！你拿不拿钱不要紧，反正我要拿着钱，拿着我的身体，伴你度过一生。你可能不知道，我是多么多么地爱你……

霏霏抱着小虾，在宽大的席梦思床躺下。她疯狂而热烈的爱伴随着性欲，将惊魂未定的小虾卷入痴迷的旋涡。

天将亮，小虾穿越阳台，在空楼里摸索着前进。没有以往的迟疑，只有惶恐、紧张。他下楼，摸到窗前，轻轻一跃，跳进自己房间。这时，日光灯忽然亮了，雪白的灯光像探照灯一样照住小虾！

小虾惊呆了，好像一个窃贼刚跳进窗户就被人家拿获。他看见自己那张小床上坐着一个人，目光雪亮地盯住他。

阿琴……你，你怎么在这里？小虾的牙齿在打架，几乎说不出话来。

阿琴冷笑：你以为我真的只管煲饭，别的什么都不管？我在这里等了你整整一夜！

你，你是怎么进我房间的？

这不是你的房间，是公司办事处的房间。我有钥匙，每个房间的钥匙我都有。公司主管半夜常常来电话，我有责任开门进屋，把你们叫醒。

小虾的眼睛又鼓了起来：以前，你来过我的房间……是吗？

阿琴不置可否，拽着小虾的胳膊让他在身边坐下。她的难看的朝天鼻子在小虾脸颊上嗅嗅，说：有女人气味。你不该这样做，她会毁了你……

小虾一跳，离开阿琴躲入房间角落：原来是你，半夜进我屋，对我做下流动作的，原来是你！

阿琴的面容变得狰狞起来，不错，是我！你以为办事处没有主任啊？现在我可以告诉你，真正的主任就是我！我们来谈公事吧，你的主管让我监视你，发现你图谋不轨就及时报告。你自己说吧，跳窗偷情，算不算下流行为？

小虾只感到惊恐，身子瑟瑟发抖说不出话来。

显然，你睡到别人床上去了！这就危险了，公司利益可能受到损害，现在，请你把 A-84 号的所有文件交给我。阿琴伸出手，一步一步向小虾逼近。

不，不！小虾极力反抗。

我以办事处主任的名义命令你！如果你不服从，我马上向公司汇报，你将受到更严厉的处罚！阿琴弯下腰，丑陋的脸庞贴近小虾，她眼睛里凶光毕露，黑幽幽的，像森林中某一种野兽。

小虾拿出绝望的勇气：我只听命于我的主管，别人说什么，都不能让我放弃我的使命！

那么好吧，你穿好衣服，提着小黑箱，带走一切属于你的东西，跟我下楼。这个房间你再也不能进来了。

小虾按阿琴的命令，拿着东西下楼。天色已经大亮，老刘坐在餐厅，正等着开饭。他瞪大深度近视眼，怔怔地望着小虾。

阿琴迅速拨通电话，只低声地说一句：他来了。就把话筒递给小虾。

小虾听见棉花脸主管阴阳怪气的声音：你解决难题了吗？

小虾急急地说：我马上就要找到那块地了，我离 A-84 号只有一步之遥……

主管毫不容情地说：立刻把你的工作移交给办事处主任，我指的是 A-84 号的所有文件！至于你，可以回来，也可以不回来，这已经与公司没有关系了。

小虾叫道：为什么？我做错了什么？

阿琴把一样东西扔在办公桌上。小虾一看，正是他扔掉的紫色领带！话筒里传来主管嘲讽的声音：你自由了，不是吗？

小虾手一松，话筒掉在桌子上……

十六

小虾坐在 A-84 号那块三角地中央，像庙里的一座泥胎，一动不动。他已经在这里坐了一整天，不觉得饿，甚至不觉得渴。离开办事处，他漫无目标地在街上走，不知不觉就来到这里。他想：找到这冤家了，我再也走不动了。就一屁股坐在泥地上，把小黑箱扔出老远。晚霞如他刚来时那样美丽绚烂，满天空飘飘游游。三角地长满青草，草汁被太阳蒸腾出来弥漫在空中，令人陶醉，令人心伤。

小虾领口大敞，满面汗迹污垢，有点像野人。除去紫色领带，他的呼吸前所未有的畅快。但是，又有一种失重感，身心飘荡，不知所归。真没想到阿琴是如此人物，给他凌厉一击，改变了他生命的方向。公司是回不去了，他丢了饭碗。今后怎么办？小虾心中茫然，脑海里一片空白。

一阵摩托车轰鸣，阿钟找到这里。他停车，熄火，摇晃着萝卜头吵吵嚷嚷地向小虾奔来。

喂，我给你找到一个大买家，每平方米一千八，这价钱买块好地都不成问题，你别再犹豫了！

小虾茫然地望着他：这块地，A-84号，到底有没有？

你屁股底下坐的什么？不就是A-84号吗？

小虾摇头：不，红线图上没有，我还没有找到它。

阿钟摇着萝卜头冷笑：像你这样找，永远也找不到。他转了个圈，又耐心地说：什么是土地？对于我们来说，那就是红线图、原始发票、土地建筑许可证，有这三大件，我就可以炒，我就可以卖，我就真正拥有了这块土地。没有这些证件，土地又有什么意义？望蛟山上的地可倒多了，谁要？喜马拉雅山上的地更多，你爬也爬不上去。没有人要，没法炒，那还算地吗？不算，肯定不算！

小虾抱着脑袋：我被搞糊涂了，真正的土地不是地，红线图上画的方框框倒是地！这世上的人是不是全疯了？

阿钟指着小虾的鼻子说：是你疯了！你为什么那么较真呢？

小虾执拗地说：只要找到柯西金，就能把问题搞清楚。

就算你找到柯西金，他不肯告诉你真相怎么办？他可以把问题推给下一个人，就像你前边经历的一样，让你再去找某某某，你找到某某某，他又往下推……你在惶向找地，不就是经历了这么一个过程吗？只有把这块地卖掉，你才能走出怪圈！

小虾摇头：晚了，公司已经炒我鱿鱼了。

阿钟吃了一惊：你干吗不早说，害我白费半天口舌……

小虾离开三角地。夜晚，他在一家商场门口遇见霏霏。霏霏衣着华丽，光彩照人，在人群里显得鹤立鸡群。小虾看见她，仿佛遭到雷击，木头人一样呆住了。霏霏朝他姗姗走来，脸上露出迷人的微笑。

怎么见不到你？忘记我们的约定了？霏霏责备道。

我没有忘记，我不知道该怎么办……

我们不是计划好了吗？卖掉那块地，你我远走高飞！你已经把事情办得差不多了吧？

小虾垂头丧气：我被公司炒掉了，办事处主任阿琴收去了所有文件。所以，我没来找你……

霏霏睁圆眼睛，定定地望着小虾。那神情、那模样太像欧阳牧云了，小虾不禁回想起临分手那个夜晚，牧云凝视他的表情。他等待着，霏霏的态度可能决定他的未来。

霏霏慢慢地说：高，真的很高！你比吴雄飞高明得多。我真没有看出来，你是一位高手……

小虾莫名其妙：你在说什么？我哪里高了……

霏霏冷笑：骗吴雄飞的钱难，骗你更难！你看起来挺纯洁，甚至有点傻气，到头来却被你骗了，白白把我玩了……

小虾吃惊地弓起腰，眼睛都鼓凸出来：你说什么？我骗你？玩你？

霏霏恼怒地说：当然了！你别装蒜，你已经把地卖了，自己独吞了那笔钱！这两天，你们办事处那个保姆到处讲你的丑闻，每一层楼的邻居都知道了。你，带着那块土地所有的文件失踪了。她说：你私下卖掉公司的地，卷走地款，带着一位小姐逃之夭夭……

小虾气急震惊，浑身颤抖，一句话也说不出来。

霏霏逼近一步：分钱，你若不拿出一半钱给我，我立刻报警！

小虾一步一步后退，忽然一转身，挤入人缝中。他听见身后一片喧闹，似乎有人在喊抓贼。他从商场的边门窜出，飞快地、像一只受惊的兔子逃跑。

小虾停不下来，一直向南跑。他跑出新城区，穿过金龙汽车城宽广辽阔的土地。当年老瞎子就在这片土地上蹦跳，像一只老蚂蚱跳得又高又远。小虾耳旁风声呼呼，他也跳了起来，一蹦一蹦地跳向海边。